Jen Rivers wurde 1991 in Braunschweig geboren, zog aber bereits im Kindesalter nach Berlin. Dort lebt sie auch heute noch mit ihrem Mann und ihren beiden Söhnen in einem chaotischen Männerhaushalt.

Das Schreiben hat sie schon immer fasziniert und so sprengen die Ideen regelmäßig ihren Kopf und sorgen häufiger dafür, dass sie den Worten ihres Mannes nicht mehr folgen kann. Wenn sie nicht gerade schreibt, liest sie sich in andere Welten und verliert sich zwischen den Tiefen von Buchseiten.

JEN RIVERS

Close to you

FAST PERFEKT

Erstausgabe Juni 2022

© 2022 dp Verlag, ein Imprint der dp DIGITAL PUBLISHERS GmbH

Made in Stuttgart with ♥
Alle Rechte vorbehalten

Close to you

ISBN 978–3–98637–556–0
E–Book–ISBN 978–3–98637–538–6

Covergestaltung: Anne Gebhart
Umschlaggestaltung: ARTC.ore Design
Unter Verwendung von Abbildungen von
shutterstock.com: © SeventyFour, © Lukasz Szwaj
elements.envato.com: © sigitdwipa
Lektorat: stephanie Schilling
Satz: dp DIGITAL PUBLISHERS GmbH
Druck und Bindung: Books on Demand GmbH, Norderstedt

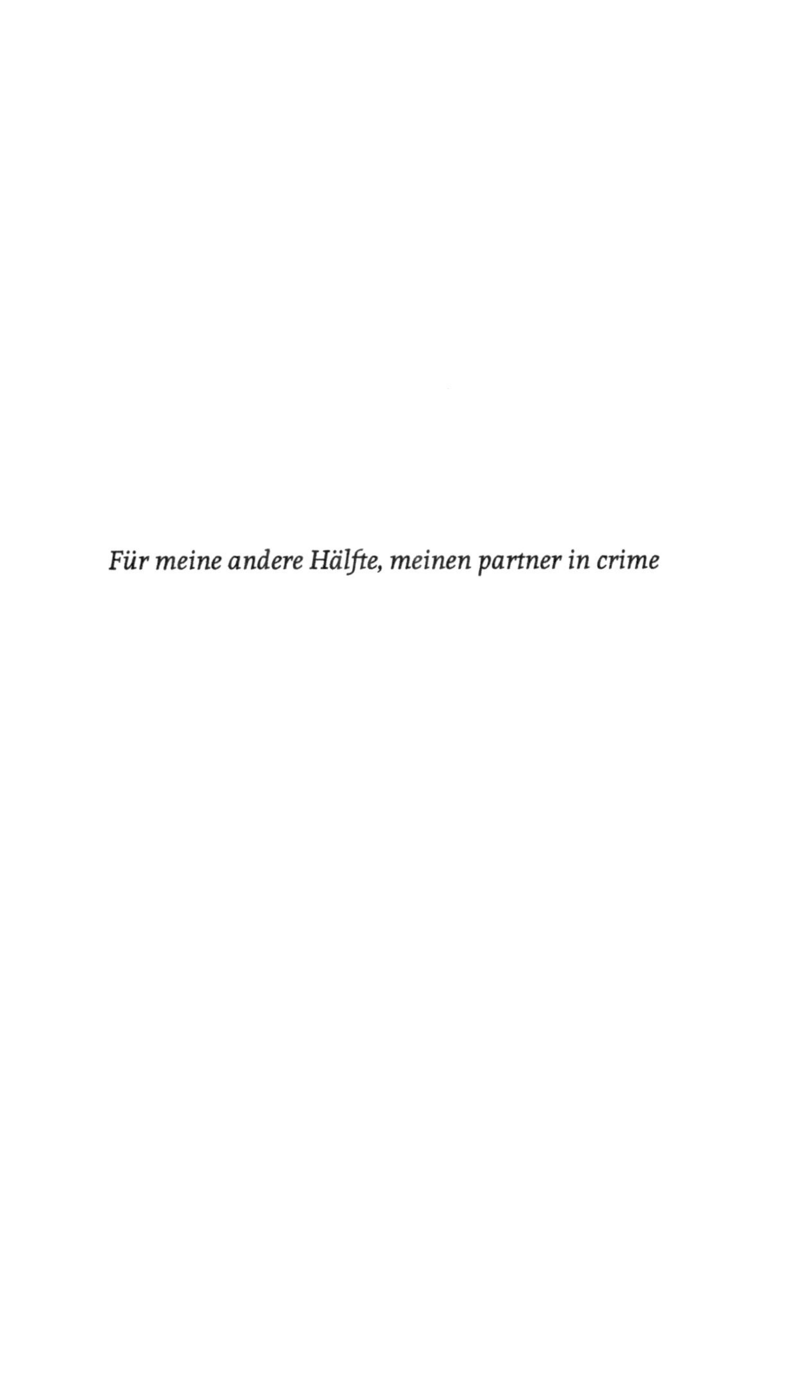

Für meine andere Hälfte, meinen partner in crime

Kapitel 1

„River, achte bitte darauf, gerader zu sitzen. Du siehst aus wie Quasimodo, Herrgott", raunte mein Vater mir zu, während sein Gesicht pure Glückseligkeit verströmte.

Ich unterdrückte den Impuls, die Augen zu verdrehen und tat, was er von mir verlangte, einfach, weil es den Ärger nicht wert war.

„Besser so?", fragte ich lächelnd und setzte extra meine liebreizende Stimmlage auf, von der er genau wusste, dass sie gleichbedeutend mit *du kannst mich mal* war.

Dad war ein absoluter Profi, der zu jedem Zeitpunkt genau wusste, was er tat. Hier in der Öffentlichkeit würde er niemals das Gesicht verziehen. Leider.

„Vielen Dank, dass Sie mich zum Essen eingeladen haben, Mr und Mrs Scott", meldete sich nun auch meine Freundin Penelope zu Wort, die direkt neben mir saß und unter dem Tisch meine Hand hielt.

Wieso standen Mädchen bloß auf dieses Händchenhalten?

„Ist uns eine Freude, Schätzchen. Du gehörst doch schon zur Familie", antwortete meine Mutter mit einem strahlenden Lächeln, von dem ich wusste, dass es ehrlich war. Meine Mom liebte Penelope und hätte fast vor Freude geweint, als ich ihr vor ein paar Monaten erzählt hatte, dass wir ein Paar waren.

„Die Scotts und die Chamberlains passen eben in jeder Hinsicht wunderbar zusammen", sagte Dad genau so laut, dass ihn auch ja alle anderen Gäste des überteuerten, französischen Restaurants hören konnten. Es war ihm wichtig, gesehen und gehört zu werden, schließlich hatte der Wahlkampf begonnen. Sollte bisher niemand mitbekommen haben, dass wir hier waren, dann taten sie es spätestens jetzt.

Ich wandte den Blick von meinen Eltern ab und schielte zu Penelope. Auf ihren leicht geschminkten Lippen lag ein Lächeln, während sie sich mit meiner Mom über das nächste Charity–Projekt unterhielt, das demnächst anstand und das meine Eltern ausrichteten, um auch die sozial eingestellten Wähler zu erreichen. Mein Vater war total konservativ und hatte zwar die Wählerstimmen der konservativen Wähler sicher, diese reichten aber nicht, um zu gewinnen. Meine Freude auf diese Wohltätigkeitsveranstaltung war so groß, dass ich mich am liebsten jetzt schon von einer Brücke gestürzt hätte. Öffentliche Veranstaltungen waren nicht mein Ding, denn dort ließ Dad immer die perfekte Familie heraushängen. So wie bei diesem Mittagessen hier.

Penelope strich sich eine Strähne ihrer glänzenden, blonden Haare hinter das Ohr und lachte.

„Was sagst du dazu, River?", fragte sie nun direkt an mich gewandt.

Ich schüttelte leicht den Kopf und blinzelte sie verständnislos an. „Äh …“

„Du hast mir nicht zugehört, oder?“ Pen unterdrückte ein Grinsen.

„Doch, klar.“

„Okay.“ Sie kicherte. „Was ist denn dann deine Meinung dazu?“

Abwartend und mit einem triumphierenden Gesichtsausdruck sah sie mich an und nahm dabei betont einen Schluck aus ihrem Wasserglas. Sie war unheimlich hübsch, wenn sie so lächelte.

Natürlich hatte ich nicht zugehört. Fieberhaft überlegte ich, was ich antworten sollte. Leider hatte ich bereits aufgegessen und konnte somit keine Zeit mit Kauen schinden.

„Ich sehe das genauso wie du!“ Das war im Zweifel doch immer eine gute Antwort.

Penelope lachte laut auf, ebenso wie meine Mom. Verwirrt sah ich zwischen ihnen hin und her. Verschwörerisch grinsten die beiden sich an, als wären sie die besten Freundinnen und hätten sich gegen mich verschworen. Irgendwie war es gruselig, dass sich meine Mom und meine Freundin so gut verstanden.

Ich nutzte die Gelegenheit, Penelope meine Hand zu entziehen, verschränkte meine Hände miteinander und lehnte mich mit dem Kinn darauf.

„Du bist also der Meinung, dass dem Sport an den High Schools viel zu viel Gewicht beigemessen wird und der Fokus mehr auf die Fächer, wie Politik, Mathematik oder Naturwissenschaften gelegt werden sollte?“, fragte Pen und musste sich sichtlich das Lachen verkneifen.

„Fuck, nein!", antwortete ich geschockt.

Wer dachte denn so einen Mist?

„River", zischte mein Vater mir zu. „Achte auf deine Ausdrucksweise."

Der Griff um meine eigenen Finger wurde automatisch fester, doch sonst zwang ich mich, ihn zu ignorieren und mir nichts anmerken zu lassen.

„Der Fokus auf dem Sport ist genau richtig", sagte ich und zwinkerte meiner Freundin zu.

„Als Captain des Basketballteams solltest du das wohl auch so sehen. Trotzdem könntest du mir beim nächsten Mal durchaus zuhören."

„Das ist nicht unbedingt seine Stärke", mischte sich Dad schon wieder ein. Er klang, als hätte er einen Witz gemacht, doch leider wusste ich nur zu gut, dass er es ernst meinte. Pen aber nicht, denn sie kicherte, was ich ihr nicht einmal verdenken konnte. Immerhin wusste sie nicht, wie er wirklich war.

„Wenn das nicht Bürgermeister Scott ist", riss mich die Stimme einer älteren Lady, die ich noch nie in meinem Leben gesehen hatte, aus meinen Gedanken. Dad schien sie zu kennen, denn er begrüßte sie freudestrahlend und stand sogar auf, um ihre Hand zu schütteln. *Heuchler.*

„Bürgermeister Scott, wir müssen dringend noch einmal über die geplante Verschönerungsaktion des Marktplatzes reden", fuhr sie fort.

„Unbedingt. Vereinbaren Sie doch direkt einen Termin mit meiner Assistentin. Sie wissen, wie sehr mir dieses Projekt am Herzen liegt. Ich bin Ihnen so dankbar, dass Sie diesen Beitrag für uns, für Grove Hill, leisten", antwortete mein Vater.

Während die alte Lady verzückt das Gesicht verzog, musste ich den Impuls unterdrücken, auf den Tisch zu kotzen. Dads aufgesetztes Getue war nicht zu ertragen.

„Sie sind großartig. Wie ich sehe, essen Sie mit ihrer Familie."

Ach was, Sherlock.

Ziemlich penetrant starrte sie dabei ausschließlich Penelope und mich an. Gelassen starrte ich zurück. Mit den Jahren hatte ich gelernt, ein Pokerface aufzusetzen und mein Innerstes in mir zu verbergen. Als Sohn des Bürgermeisters stand ich viel zu oft im Zentrum der Aufmerksamkeit, wobei jedes Verhalten meinerseits auseinandergenommen und analysiert wurde.

„Ach, sie wissen doch, wie wichtig die Zeit mit der Familie ist. Und da mein Sohn seine Mannschaft verfrüht in die Playoffs gebracht hat, wollten wir das unbedingt noch gebührend feiern."

Soweit ich mich erinnerte, hatte er meinen Sport heute Morgen noch als völlig unbedeutend und lächerlich hingestellt. Aber jetzt erfüllte es mal wieder seinen Zweck. Die Frau war völlig außer sich vor Freude, so als würde es sie persönlich betreffen. Ich bezweifelte, dass sie auch nur ein Spiel meiner Mannschaft gesehen hatte.

„Sie müssen so stolz sein."

„Sie glauben gar nicht, wie sehr. River ist ein großartiger Junge."

Das waren die schwersten Momente. Ich schluckte. Nach all der Zeit sollte es mich nicht mehr treffen, wenn er so etwas sagte, doch das Gegenteil war der Fall. Wann immer Fremde um uns herum waren, gab er mit mir an, als wäre ich ein Zirkuspony. Er beteuerte, wie stolz er war und wie sehr er mich liebte. Alles in allem das genaue Gegenteil von dem, was tatsächlich im Hause Scott ablief.

Ich atmete tief durch und biss mir auf die Zunge. Diese aufgesetzten Essen in der Öffentlichkeit kosteten mich einiges an Nerven und machten mich vor allem wütend.

„Wie ich sehe, ist auch Ihre bezaubernde Freundin hier, River", quatsche sie nun direkt mich an. Ein weiteres Mal atmete ich durch. Wieso sprach diese Frau die ganze Zeit Dinge an, die vollkommen offensichtlich waren? Da es keine Option war, ihr die Zunge rauszustrecken, versuchte ich mich an einem Lächeln, das mir wohl nicht so ganz gelingen wollte. Jedenfalls entnahm ich das dem gequälten Gesichtsausdruck meiner Mom.

„Sind die beiden nicht hinreißend?", übernahm sie für mich. Sie wusste, wie sehr ich es hier hasste und dass ich auch nicht mit der Frau reden wollte. Ich wollte nicht mal hier sein.

Mom hingegen wusste ganz genau, was zu tun war. Mit ihrem perfekt sitzenden, schwarzen Hosenanzug, dem kurz geschnittenen, dunkelblonden Bob und dem No–Make–up–Look, von dem ich wusste, dass er sie morgens fast eine Stunde kostete, strahlte sie Vertrauen aus und schüchterte, wie die meisten Frauen in ihrer Position, nicht ein. Ihr warmes Lächeln tat sein Übriges. Mann, es war kein Wunder, dass ganz Grove Hill unsere Familie für perfekt hielt.

Am Arsch!

Von perfekt war ich verdammt weit entfernt. Mein Leben war zum Kotzen, diese Familie war zum Kotzen und allen voran war mein Dad zum Kotzen. Und dennoch spielte ich meine Rolle.

„Ein Traumpaar die zwei.“

Mein Kopf fuhr zu Penelope herum und unsere Blicke trafen sich. Ihre Wangen waren leicht gerötet, doch man sah ihr an, wie glücklich sie diese Worte machten. Pens Dad war der Stellvertreter meines Vaters und all das, was ich an diesem Theater hier verabscheute, liebte sie. Und während mir so ziemlich am Arsch vorbeiging, ob dieser Lady gefiel, dass wir zusammen waren, freute es Pen.

„Seit wann sind sie denn eigentlich schon ein Paar?“, fragte die Frau meine Mom.

„Seit sechs Monaten“, grätschte ich dazwischen, weil mein Geduldsfaden so langsam, aber allmählich überstrapaziert war, wofür ich einen scharfen Blick von Dad kassierte.

„Nicht so bescheiden, Schatz“, winkte Mom ab. „River und Penelope kennen sich, seit sie kleine Kinder waren und haben bereits im Sandkasten zusammengespielt. Immer hatten sie die Köpfe zusammengesteckt. Sie hätten sehen müssen, wie die beiden sich immer angesehen haben.“ Moms verträumter Blick legte sich auf uns. Wahrscheinlich malte sie sich gerade aus, wie unsere Kinder einmal aussehen würden. Allein der Gedanke reichte aus, um mir einen kalten Schauer über den Rücken laufen zu lassen.

„Eine Buddelkastenliebe, das ist ja wundervoll!“ Jetzt klatschte die alte Lady auch noch begeistert in ihre faltigen Hände. Das Geräusch ließ mich zusammenzucken. Ihre weißen Haare, die sie zu zwei Zöpfen gebunden trug, flogen auf und ab. Ich konnte nicht anders, als sie verstört anzublinzeln.

„Wir erwarten Großes von den beiden“, säuselte mein Vater dazwischen, was man durchaus als liebevoll hätte auffassen können, hätte sein scharfer, warnender Blick dabei nicht auf mir gelegen.

Mom schmückte währenddessen die Beziehung von Pen und mir weiter aus und ich ließ sie machen. Es hörte sich an, als wäre schon immer vorherbestimmt gewesen, dass wir ein Paar werden würden und vielleicht stimmte das sogar. Pen war immer meine Verbündete gegen Preston, die Pappnase, gewesen. Ihr Bruder war ein nerviger Streber, der von meinem Dad stets gegen mich benutzt wurde. Mit niemandem wurde ich so oft verglichen, wie mit ihm.

Pen hingegen war einer der nettesten Menschen, die ich kannte, also auch das Gegenteil von mir. Und sie war Captain der Cheerleader, womit wir so ziemlich jedes Klischee bedienten.

„Wieso hat es denn so lange gedauert, bis die beiden ein Paar geworden sind?“, quetschte die nervige Frau weiter meine Mom aus. Ich konnte doch nicht der Einzige sein, der sie tierisch unhöflich fand.

Diesmal sah mein Dad wieder seinen Moment zum Strahlen.

„Sie wissen doch, wie das mit den Männern ist. Bis wir unseren Mut zusammennehmen können, einer schönen Frau unsere Gefühle zu gestehen, dauert es seine Zeit.“

Albernes Gekicher von allen Seiten. Mittlerweile hörte schon das halbe Restaurant zu und ich wollte einfach nur weg. Dad war völlig in seinem Element. Seit der Wahlkampf für die Wiederwahl begonnen hatte, war ohnehin alles einfach nur noch schrecklich. Und mir fiel es zunehmend schwerer, diese alberne Tirade mitzuspielen.

„Wo ist denn eigentlich Ihre Tochter, Bürgermeister Scott?" Ich konnte gar nicht anders als die alte Lady mit hochgezogener Augenbraue anzusehen. Mann, war die Frau neugierig.

Erwartungsvoll sah ich meinen Dad an, als ich meine Arme verschränkte und mich in meinem Stuhl zurücklehnte.

„Sie ...", setzte er mühsam um Worte ringend an, konnte seinen Satz jedoch nicht zu Ende bringen. Sein Blick fiel auf Mom, wobei sein Zahnpasta–Lächeln keine Sekunde verrutschte. Man musste ihn schon so gut kennen, wie ich, um zu erkennen, dass er in der Klemme steckte. Der Mistkerl hatte keine Ahnung, wo seine Tochter war. Mir wurde schlecht.

Während er wahrscheinlich kaum bemerkt hatte, dass sie nicht hier war, vermisste ich meine kleine Fee wie verrückt. Sadie war fünf Jahre alt und mein Ein und Alles. Allein sie war der Grund, warum ich jeden Scheiß zu Hause schluckte, warum ich überhaupt durchhielt.

„Sie ist für mehrere Tage auf einer Kindergartenfahrt", rette meine Mom meinen Dad aus dieser Situation, wie sie es immer tat, obwohl er es definitiv nicht verdient hatte.

Leider war ich nicht mal überrascht – William Scott kümmerte sich vor allem um eines: sich selbst. Die ganze Stadt verehrte ihn wie einen Helden, dabei war er einfach nur ein Tyrann.

Einer, dem ich es einfach nicht recht machen konnte, egal wie verzweifelt ich es versuchte.

Doch all das behielt ich für mich. Der Einzige, der wusste, wie mein Vater wirklich war, war Jace. Vor ihm hatte ich keine Geheimnisse, denn er war mein bester Freund, mein engster Vertrauter. Mittlerweile drehte sich das Gespräch am Tisch nicht mehr um mein Liebesleben, was ich sehr begrüßte. Ich zog mein Handy aus der Hosentasche, entsperrte es und ließ es laut lachend wieder sinken. Jace hatte mir ein Meme von Darth Vader geschickt, bei dem er ein Bild meines Dads reingeschnitten hatte. Immer wieder schaffte er es, alles etwas erträglicher für mich zu machen. Und wie immer war er für mein erstes echtes Lachen heute verantwortlich.

Alle Anwesenden sahen mich an, als wäre ich komplett verrückt, inklusive Penelope. Leider bekam ich das Bild nicht mehr aus dem Kopf und schaffte es nicht, mein Grinsen zu unterdrücken. Ich hielt mir die Faust vor den Mund, um mich zu beruhigen, was mir leider nicht gelang.

Die Augen meines Dads funkelten mich an, während Mom die Aufmerksamkeit gekonnt wieder auf sich lenkte.

„Alles okay?", fragte Penelope und beugte sich leicht in meine Richtung.

Belustigt sah ich sie an. „Alles super. Mach dir keine Gedanken."

Sie sah mich noch einen Moment an, nickte dann enttäuscht und wandte sich wieder dem Gespräch am Tisch zu. Ein Stich durchfuhr mich. Ich wollte nicht, dass Pen traurig war. Nur leider war ich absolut schlecht darin, andere in meine Gedankengänge miteinzubeziehen.

Ich drückte ihr einen schnellen Kuss auf den Mund, wofür ich nicht nur ein Lächeln von ihr, sondern von so gut wie jedem in diesem Raum erntete. Am liebsten hätte ich allen den Mittelfinger gezeigt. Genau aus diesem Grund hasste ich Zärtlichkeiten in der Öffentlichkeit und vermied sie auch so gut es eben ging. Weil es irgendwelche Fremden nichts anging, wen ich küsste oder befummelte und ebendiese Leute einen immer anstarrten.

In manchen Bundesstaaten nannte man sowas auch Stalking.

Mein Handy vibrierte.

Jace.

Wo bleibst du? Deine Playstation läuft bereits.

Bin auf dem Weg.

„Wir müssen dann auch so langsam mal los, Mom."

Ich richtete absichtlich meine Worte nur an meine Mutter, da ich genau wusste, wie sehr mein Dad es hasste, übergangen zu werden.

Überrascht zog Mom die Augenbrauen hoch. „Jetzt schon?" Leichte Enttäuschung schwang in ihrer Stimme mit. Wieso taten Mütter das andauernd?

„Ja, leider. Du weißt doch, die Party." Ich stand bereits auf. Penelope blinzelte zwar überrascht, sprang aber ebenso schnell auf und ließ sich nichts anmerken. Sie wusste ebenso gut wie ich, dass bis zur Party, die ich am Abend bei mir zu Hause schmeißen durfte, noch mehr als genug Zeit war. Doch die Aussicht, bis dahin noch ein paar Stunden mit Jace zocken zu können, war einfach zu gut.

„Wir müssen noch so viel vorbereiten", sagte Pen mit einem entschuldigenden Lächeln in Richtung meiner Eltern. Ich konnte nicht anders, als sie anzugrinsen. Deshalb waren wir wohl schon immer Komplizen gewesen. Für den anderen zu lügen war uns noch nie schwergefallen.

„Das verstehe ich natürlich. Habt viel Spaß ihr zwei. Aber nicht zu viel", sagte Mom etwas leiser und zwinkerte uns zweideutig zu.

„Gott, Mom", sagte ich gequält.

„Falls aber doch, River, habe ich dir zu Hause –"

„Himmel, hör auf zu reden, Mom!", stoppte ich sie in der Sekunde, bevor sie tatsächlich laut aussprechen konnte, dass sie irgendwo Kondome hinterlegt hatte.

„Cynthia", sagte nun auch mein Dad warnend in ihre Richtung.

Glücklicherweise hatte sich die nervige, alte Lady mittlerweile verzogen, aber wir saßen immer noch in einem vollen Restaurant. Dad verfolgte ein konservatives, familiäres Leitbild und seinem Sohn Kondome zum Vögeln zu kaufen, passte da nicht unbedingt hinein.

„Entschuldige, Liebling. Ich will nur sichergehen, dass die beiden sich schützen."

„O mein Gott", murmelte ich und vergrub mein Gesicht in meiner Hand. Aus dem Augenwinkel nahm ich wahr, wie Penelope nervös auf der Stelle trat, rot wie eine Tomate. Es war wirklich süß.

Nicht, dass wir beide keinen Sex hätten, aber es kam für sie nicht in Frage, darüber mit anderen zu reden oder es an die große Glocke zu hängen. Was den Sex keinesfalls langweilig machte.

„Dennoch ist das ein Gespräch für Zuhause." Nun war die Stimme meines Vaters so scharf, dass sie die Luft zerschneiden könnte.

Mom kniff den Mund zusammen. „Natürlich. Bitte entschuldige."

„Vielleicht einigen wir uns einfach darauf, nie wieder darüber zu reden", sagte ich mit einem gequälten Lächeln. „Wir müssen jetzt los. Mach's gut, Mom." Ich ging um den Tisch herum und drückte ihr einen Kuss auf die Wange.

Schnell griff ich nach Penelopes Hand und wollte so schnell es ging hier weg.

„River", hielt Dad mich zurück.

Ich blieb stehen und schaute über die Schulter zu ihm zurück.

„Ich erwarte mein Haus morgen in tadellosem Zustand wieder vorzufinden."

In seinen Augen stand nichts als Eiseskälte.

Ich nickte lediglich und stürmte, meine Freundin hinter mir herziehend, aus dem Restaurant.

Kühle Luft schlug uns entgegen, die ich gierig in meine Lungen einsaugte. Schweigend gingen wir zu meinem Wagen, der auf dem Parkplatz stand. Ich weigerte mich wie immer, mein Auto beim Parkservice abzugeben, einfach weil es total albern war.

„Mann, war das peinlich", brach Penelope wenige Minuten später die Stille.

Ich lenkte den Wagen nachdenklich durch die Straßen von Grove Hill.

„Mir fehlen die Worte, um zu beschreiben, wie unangenehm das eben war", stimmte ich ihr zu.

Sie kicherte und brachte mich damit ebenfalls zum Lächeln. Mein Kopf fuhr zu ihr herum, bevor ich mich wieder auf die Straße konzentrierte.

„Es war schon süß, wie die alte Mrs Connoly eben über uns gesprochen hat", fuhr sie leise fort.

„Du meinst die nervige, neugierige Lady? Mir kam sie eher wie eine Stalkerin vor."

Penelope lachte befreit auf. „Du bist schrecklich." Dann strich sie mir über den Nacken und sagte lachend: „Ich liebe dich."

Meine Hände griffen fester ums Lenkrad, bis meine Fingerknöchel weiß hervortraten.

Ich liebe dich. Keine Worte verabscheute ich mehr. Ständig schmissen die Leute damit um sich, doch letzten Endes meinte sie sowieso niemand ernst. Penelope wusste, dass sie diese Worte von mir niemals hören würde, was aber nichts daran änderte, dass ich mich jedes Mal schlecht fühlte. Ich hatte sie nicht verdient, so viel war klar. Ich sollte mich täglich glücklich schätzen, dass das hübscheste und klügste Mädchen der Schule ausgerechnet mit mir zusammen sein wollte. Und doch ... fühlte ich mich unbehaglich. Immer wenn wir allein waren, wurde ich das Gefühl nicht los, dass etwas nicht stimmte. Das zwischen uns sollte leicht sein. War es aber nicht, jedenfalls nicht für mich.

„Ich liebe diesen Song", sagte Penelope glücklich und drehte das Radio lauter.

Ich lächelte, meinte es aber nicht so. Keine Ahnung, was mit mir los war. Naja, mal abgesehen von meiner katastrophalen Familie und der Wut, die ständig die

Kontrolle über mich hatte und die ich einfach nicht in den Griff bekam, egal was ich auch versuchte. Meine Gedanken schweiften zu einem Vorfall ab, der über fünf Jahre zurücklag und der mir einfach nicht aus dem Kopf gehen wollte, so prägend war er in meiner Erinnerung verankert.

„Wo warst du?"

Ich zuckte zusammen, kaum, dass ich die Haustür aufgeschlossen hatte. Dad stand inmitten unserer großen Eingangshalle im Dunkeln und wartete offenbar auf mich. Fuck.

„Hey, Dad", murmelte ich und versuchte irgendwie den Umstand zu verstecken, dass ich etwas getrunken hatte.

„Wo, zum Teufel, bist du gewesen?" Seine Stimme klang scharf, doch er beherrschte sich um eine passende Lautstärke. Vermutlich, um Mom nicht zu wecken. Seit sie schwanger war, ließ er sie in Ruhe, achtete aber umso mehr darauf, wie ich mich verhielt.

„Unterwegs."

Dad trat bedrohlich einen Schritt näher und funkelte mich wütend an.

„Ich frage dich ein letztes Mal. Wo warst du?"

„Wir waren am Grove Lake", gab ich leise zu.

„Hatte ich dir nicht gesagt, dass ihr dort abends nichts zu suchen habt?"

Ich verdrehte die Augen. Schließlich war ich kein kleines Kind mehr. Dad hatte nur Angst, dass ich ein schlechtes Licht auf ihn warf, nicht, dass ich mit dreizehn Bier trank.

„Ist keine große Sache, niemand hat mich gesehen."

Er kam noch näher und stand nun direkt vor mir. Ich wich zurück, bis ich mit dem Rücken gegen die Haustür stieß.

„Ich entscheide, ob es eine Sache ist, River. Wie oft muss ich dir noch sagen, dass alles, was du tust, darüber entscheidet, wie man mich als Bürgermeister wahrnimmt?" Er sprach aus zusammengebissenen Zähnen, eine Ader pochte verräterisch auf seiner Stirn und sein Atem roch nach Scotch.

Mein Herz begann wie wild zu klopfen, als mir klar wurde, dass heute wieder einer dieser Abende sein würde. Dabei war das letzte Mal erst gestern gewesen.

„Okay. Entschuldige, Dad", murmelte ich, um ihn zu beschwichtigen. Nicht, weil mir irgendetwas leidtat.

Er blieb, wo er war, und sah mich weiterhin wütend an.

„Dein Mathelehrer hat angerufen."

Gequält schloss ich die Augen. Was stimmte nur mit diesem Lehrer nicht, dass er jede Note von mir auf einem Silbertablett servierte?

„Ich habe mich wirklich angestrengt", setzte ich zu einer Erklärung an, die nicht mal gelogen war. Mein Nachhilfelehrer war mein Zeuge.

Die schallende Ohrfeige traf mich ebenso unvorbereitet, wie ich sie erwartet hatte. Meine Wange brannte augenblicklich wie Feuer, was mir zeigte, dass er sich nicht zurückgehalten hatte. Wut überrollte mich. Am liebsten würde ich mich auf ihn stürzen und doch tat ich es nicht. Weil ich feige war.

„Es reicht nicht, dass du dich anstrengst. Wozu zahle ich Hunderte Dollar für Nachhilfe, wenn du es dann trotzdem nicht hinbekommst?"

Ich schluckte einen bissigen Kommentar, der mir nur noch mehr Ärger einbringen würde, herunter.

„Ich habe mein Bestes gegeben, Dad!" Wieso konnte er das nicht sehen? Wieso konnte das nicht genug für ihn sein?

„Dein Bestes ist nicht gut genug!", brüllte er mich an. Ich kannte die Worte zu Genüge, was nichts daran änderte, dass sie verflucht wehtaten.

Trotzig riss ich mich von ihm los und sah ihn mindestens ebenso wütend an, wie er mich.

„Fick dich", knurrte ich ihn an.

Diesmal traf seine Faust meinen Bauch. Ich krümmte mich wimmernd zusammen und sank auf die Knie. Das saß.

„Geh ins Bett. Morgen haben wir einen Pressetermin, um das Geschlecht des Babys zu verkünden."

Ich zuckte zusammen und sah geschockt zu ihm auf.

„Ihr kennt das Geschlecht bereits?" Meine Stimme klang abgehackt.

Dad stand über mir, das Gesicht missbilligend verzogen.

„Es wird ein Mädchen", sagte er, bevor er sich kopfschüttelnd von mir abwandte und hinter den großen Flügeltüren ins Wohnzimmer verschwand.

Auf meinem Gesicht breitete sich ein Lächeln aus. Ein Mädchen. Ich würde eine kleine Schwester bekommen.

Blinzelnd kehrte ich ins Hier und Jetzt zurück, während eine Gänsehaut meine Arme überzog. Mein Blick fiel auf den glitzernden Grove Lake, der umgeben von Wäldern und steinigen Hügeln am Straßenrand verlief und diesen Ort zu etwas so Besonderem machte. Auch wenn ich die Stadt und die meisten ihrer Bewohner verabscheute – der Grove Lake war all dies wert.

Er war besonders, er war strahlend und er war vor allem eines – unperfekt.

Er war unperfekt mit seinen steinigen Hügeln, den gefährlichen Klippen und den dennoch seichten Stellen am flachen Ufer. Er war wie ich.

Kapitel 2

River

Ich stieß die Tür zu meinem Zimmer auf, während Penelope fröhlich von ihren Plänen berichtete. Sie hatte tausende Ideen, wie wir den Wahlkampf unserer Eltern unterstützen könnten und ich brachte es nicht übers Herz, ihr zu sagen, dass mir ebendieser komplett am Arsch vorbeiging.

„Wir könnten auch die Schüler viel mehr mit ins Boot holen. Wir könnten –"

Mitten im Satz brach sie abrupt ab und starrte auf mein Sofa. Jace saß vor der Playstation und zockte. Augenblicklich überrollte mich ein Gefühl von Wärme, als ich ihn dort sitzen sah. Seine weichen, braunen Haare waren locker gestylt und doch saß jede Strähne perfekt. Nicht, dass ich wirklich wusste, ob sie weich waren, aber so stellte ich es mir halt vor. Er steckte in einer engen, dunkelblauen Jeans und einem locker sitzenden Kapuzenpulli. Ein glückliches Grinsen legte sich auf meine Züge, als ich ihn begrüßte und mich sofort neben ihn auf die Couch fallen ließ. Endlich wurde der Tag wieder besser.

Penelope sah unzufrieden in seine Richtung. Die beiden mochten sich nicht sonderlich, was ich nicht recht verstand. Beide waren eher der nette, zuvorkommende Schlag Mensch und wichtiger Bestandteil meines Lebens.

„Jace. Was für eine Überraschung. Hast du kein Zuhause? Kannst du nicht mal vorher anrufen, bevor du hier einfach aufkreuzt? Es ist unhöflich, sich in Abwesenheit Anderer, einfach in ihr Zimmer zu setzen“, versuchte Penelope nicht einmal ihr Missfallen zu verstecken. Ich kannte kaum jemanden, zu dem sie unfreundlich war, aber bei Jace konnte sie irgendwie nicht anders.

Spöttisch schaute Jace zu ihr herüber. „Pennywise, ich gehe hier seit Jahren ein uns aus. Nur weil du meinst, seit ein paar Monaten das Vorrecht auf dieses Haus zu haben, lass dir gesagt sein – ich gehöre zum Inventar.“

Ich prustete los, was mir sofort einen bitterbösen Blick von Pen einbrachte, doch bei dem unerwarteten Spitznamen, der sie mit einem Horrorclown verglich, konnte ich nicht anders.

„Sorry. Er war zuerst da“, sagte ich und gab Jace ein High Five.

Penelope schnaubte laut auf und verschränkte augenrollend ihre Arme miteinander, wobei ihr Blick auf ihre glänzende Armbanduhr fiel.

„Sollen wir jetzt die Party vorbereiten, River?“, fragte sie stirnrunzelnd.

Überrascht sah ich auf. „Was soll ich da bitte vorbereiten? Ich habe haufenweise Alkohol besorgen lassen. Es ist also alles vorbereitet.“

Sie riss die Augen auf. „River, es geht hier um eine Mannschaftsparty. Es werden sicher haufenweise Bilder gemacht und wir sollten darauf achten, dass das Gesamtbild stimmt und eben nicht überall Alkohol herumsteht. Stell dir mal vor, das lädt jemand ins Internet, ausgerechnet während des Wahlkampfes. Am besten verbieten wir Fotos heute Abend komplett. Dad hat auch gesagt, dass das vermutlich eine kluge Entscheidung wäre." Sie fuhr sich durch die Haare.

„Na wenn Daddy das gesagt hat", murmelte Jace leise neben mir, aber doch laut genug, damit Penelope ihn hören konnte.

Ich biss mir auf die Lippen, um nicht laut loszulachen, was Penelope aber registrierte und die Augen verengte. Ihr strafender Blick fand aber wieder einmal Jace und nicht mich.

„Schön, wie ihr wollt. Ich gehe gleich rüber, Heather und die anderen Mädels wollen sich bei mir fertigmachen. Ich bin rechtzeitig wieder hier, bevor die ganzen Gäste da sind." Jace grinste zustimmend bei ihren Worten, was mir wieder ein wohlig warmes Gefühl durch den Körper schickte.

Heather war Penelopes allerbeste Freundin und die beiden in Kombination waren wirklich mit Vorsicht zu genießen. Sie vergaßen nichts und konnten stumm ellenlange Gespräche über den Tisch hinweg führen, alles nur mit ihren Blicken. Was die eine nicht sah, bekam definitiv die andere mit.

Demonstrativ kam meine Freundin auf mich zu, stellte sich vor mich und versperrte die Sicht auf den Bildschirm. Sie legte ihre Lippen auf meinen Mund und gab mir einen sanften Kuss. „Bis später", sagte sie lächelnd, warf Jace einen letzten Blick zu und ging aus meinem Zimmer. Kaum, dass sich die Tür hinter ihr schloss, atmete ich erleichtert auf.

Das laute Lachen von Jace riss mich aus meinen Gedanken und handelte ihm einen Schlag in die Seite ein.

„Hast du gerade erleichtert aufgestöhnt?" Eine braune Strähne fiel ihm über die Augen und ich widerstand dem Drang sie ihm zurückzustreichen. Stirnrunzelnd fragte ich mich, woher dieses Bedürfnis kam. Wir waren seit Jahren die besten Freunde, aber in letzter Zeit konnte ich ihm gar nicht nahe genug sein. Das war ziemlich schräg, aber vermutlich lag es daran, dass er der einzige normale Mensch in meinem Leben war.

Ich startete Mario Kart auf der Switch und drückte ihm den zweiten Controller in die Hand.

„Nein, habe ich nicht."

Spöttisch sah Jace mich an. „Bitte."

Ich legte den Kopf in den Nacken und schnaufte ein weiteres Mal durch.

„Shit, ich weiß doch auch nicht."

Ich schluckte. Die ausgelassene Stimmung war vorüber. Jedes ernste Gespräch, das wir bis jetzt miteinander geführt hatten, war immer beim Zocken gewesen. Über meinen Dad. Über alles.

„Was ist los mit dir?", fragte Jace, ohne den Blick vom Fernseher zu nehmen. Wir wählten unsere Charaktere aus. Ich war wie immer Yoshi, während er den kleinen Pilzkopf bevorzugte. „Ist es wegen Penelope?"

Ich biss mir auf die Unterlippe und überlegte fieberhaft, was ich darauf antworten sollte.

„Nein. Doch. Ach, ich weiß es nicht, vielleicht."

Aus dem Augenwinkel bemerkte ich sein Stirnrunzeln.

„Könntest du das etwas näher ausführen?" Er spannte sich an, weil das Rennen startete und lehnte sich etwas weiter vor. Ich tat es ihm gleich, denn ich hatte nicht vor, gegen ihn zu verlieren.

„Ich weiß nicht. Eigentlich ist alles in Ordnung."

Jace lachte spöttisch auf. „Ja, klar. Ist ja auch nicht zu übersehen. Ehrlich gesagt, verstehe ich bis heute nicht, was du an ihr findest."

„Was hast du gegen Pen?"

„Nichts. Sie ist nur so nett und unschuldig. So ... perfekt, tut immer, was ihr Daddy ihr sagt. Sie passt nicht zu dir."

„Du bist auch nett", rief ich ihm ins Gedächtnis, denn das war er zweifelsohne.

„Ja, zumindest so lange, bis du mich in irgendeine Scheiße mit reinziehst." Wie verrückt drückte er auf seinem Controller herum. Kurz darauf wurde meine Figur von einem Panzer attackiert.

„Fuck, warst du das?", fragte ich ihn entsetzt, da ich nun nicht mehr auf dem ersten Platz lag.

Ein dreckiges Lachen seinerseits verriet mir, was ich wissen musste.

„Na warte", murmelte ich und konzentrierte mich weiter aufs Spiel.

„Aber jetzt mal ohne Witz. Wieso bist du eigentlich mit Penelope zusammen?" In Jace' Stimme schwang irgendetwas mit, was ich nicht zuordnen konnte. Er versuchte, beiläufig zu klingen, aber es gelang ihm nicht.

„Naja", setzte ich an. „Zum Schulanfang haben wir irgendwie wieder angefangen miteinander rumzuhängen. Ich war down wegen der Trennung von Haley und irgendwie hatte ich gedacht, dass es eine gute Idee wäre sie zu küssen. Hat sich in dem Moment auch richtig angefühlt. Aber jetzt. Keine Ahnung. Irgendwie ist es komisch."

„In letzter Zeit wirkst du nicht sonderlich happy mit ihr."

Ich biss mir auf die Unterlippe.

„Bin ich auch nicht", gab ich zum ersten Mal zu und fühlte mich augenblicklich schlecht. „Ich weiß nicht, was los ist. Eigentlich müsste alles super sein."

„Ist es aber nicht", stellte er klar.

„Nein", antwortete ich leise. „Und ich weiß nicht mal, wo das scheiß Problem ist."

Das Rennen bei Mario Kart endete und wie zu erwarten war, hatte ich verloren. Ich schmiss den Controller neben mich und fuhr mir mit den Fingern durch die Haare, die Ellbogen auf meine Knie gestützt.

„Ich komme aus der Nummer einfach nicht wieder heraus", murmelte ich. „Meine Eltern killen mich, wenn ich die Beziehung während des Wahlkampfs vergeige. Außerdem will ich ihr nicht wehtun. Sie bedeutet mir viel. Ich weiß ja nicht mal, was mit mir los ist oder ob ich überhaupt mit ihr schlussmachen will. Der Sex ist super." Ich zuckte mit den Schultern. „Toll, jetzt hör ich mich auch noch wie ein Arschloch an." Ich schnaufte. Das war alles so ... verwirrend. Und ätzend.

Jace legte seinen Controller weg und drehte sich zu mir.

„Das ist doch Bullshit, Alter. Kann sich dein Dad nicht wenigstens bei deinen Schwanzangelegenheiten raushalten?"

Ich lachte laut auf. Jace wusste, wie man die Situation wieder auflockern konnte. Deshalb war er mein bester Freund. Er kannte meine Stimmungen, wusste, wann ich reden musste und wann es auch wieder gut war. Er wusste, dass man mich nicht drängen durfte. Er wusste, wie kaputt ich eigentlich war und seine ruhige Art hatte mir schon so manches Mal den Arsch gerettet.

„Alter, ich glaube du solltest lieber selbst mal wieder einen wegstecken. Ich weiß, du stehst auf mich, aber mein Schwanz interessiert dich heute etwas zu sehr."

Jace grinste sein breites Grinsen. „Zufällig hatte ich erst letzte Woche Sex, ich habe also aktuell keine Probleme."

„Was? Wann? Mit wem? Kenne ich sie?"

Er bekam das fette Grinsen nicht mehr aus dem Gesicht. „Es war ein One–Night–Stand aus einer Bar. Ein verdammt guter."

Verdammt, wieso hatte er mir das nicht erzählt?

„Du warst ohne mich in einer Bar? Was soll das?", fragte ich ihn gespielt empört, auch wenn ich tatsächlich etwas beleidigt war. Normalerweise machten wir alles, was Spaß machte, zusammen.

„Ach, ich war mit ein paar anderen da", sagte er betont beiläufig.

Ich runzelte die Stirn. Ich kannte diesen Ton. Ich kannte diese Art. Die setzte er immer dann auf, wenn er besonders desinteressiert klingen wollte, weil er eigentlich etwas nicht erzählen wollte. Er war mit anderen dort gewesen. Den Code verstand ich. Ich wusste genau, wen er meinte.

„Wie geht's ihr?", fragte ich also. Ich wusste, dass er mit seiner Cousine in der Bar gewesen war – Haley, meiner Exfreundin.

Er lächelte. „Es geht ihr gut. Sie hat momentan ein Praktikum in der Nähe. Praxissemester oder irgend sowas."

Ich nickte und grinste dabei. Haley war intelligent. Sie studierte Jura und ich wusste, sie würde irgendwann groß rauskommen.

„Gibt es sonst was Neues bei ihr? Ist sie glücklich?" Ich sah ihn direkt an, um keine Regung zu verpassen. Die Trennung von ihr hatte mich ganz schön aus der Bahn geworfen.

„Nö, nichts Neues. Alles bestens." Wieder dieser Tonfall. Er verheimlichte was.

Ich runzelte die Stirn. „Spuck's schon aus."

„Ich weiß nicht, was du meinst." Diesmal wurde seine Stimme noch merkwürdiger und er zuckte dabei ganz seltsam mit den Schultern, als hätte er einen epileptischen Anfall. Eine Karriere bei der CSI hatte er wohl nicht vor sich. Professioneller Pokerspieler fiel wohl auch aus.

Ich verdrehte die Augen. „Jetzt sag es einfach. Ich werde schon nicht durchdrehen."

Er seufzte. „Muss ich dich daran erinnern, dass du nach eurer Trennung sehr wohl durchgedreht bist und dich durch ganz Grove Hill und Umgebung gevögelt hast?" Abwartend musterte er mich.

„Jetzt übertreib mal nicht."

„Ich übertreibe keineswegs. Du warst komplett am Ende."

Ich zuckte mit den Schultern. „Ja okay, vielleicht. Sie war halt meine erste große Liebe."

Jace' Blick fand meinen und kurz sahen wir uns einfach nur schweigend an. Wieder wurde mir ganz warm und ich war nicht fähig wegzusehen. Was war das in letzter Zeit? Jace' Lippen öffneten sich leicht. Er hatte schöne, volle Lippen.

Dachte ich gerade ernsthaft über seine Lippen nach?

Peinlich berührt räusperte ich mich und zwang mich auf meine Finger herunterzusehen und mich abzuwenden. Irgendetwas stimmte ganz gewaltig nicht mehr mit mir.

„Sie wird heiraten. Sie hat sich verlobt." Die Worte hallten in meinem Zimmer wider und machten mein Gedankenchaos komplett.

Perplex starrte ich ihn an. Ich hatte jetzt sicherlich mit vielem gerechnet, aber nicht damit. Das musste ein Witz sein. Ich durchforstete sein Gesicht nach einer Regung, die mir zeigte, dass er bloß einen Scherz machte, aber die war nicht zu sehen. Er sah mich ernst an, fast schon mitleidig. Ich wollte nicht bemitleidet werden, das hatte ich noch nie gewollt. Ich war stark. Der starke River.

Ich fuhr mit den Fingern durch meine Haare, stand auf und tigerte durchs Zimmer. Keine Ahnung, weshalb ich so reagierte. Ich war definitiv nicht mehr in sie verliebt und hatte schon eine ganze Weile nicht mehr an sie gedacht. Irgendwie hatte ich aber wohl immer angenommen, dass wir irgendwann wieder zusammenkommen würden. Was gar keinen Sinn ergab. Dieser Tag war einfach ätzend.

„Ist doch gut für sie, ich meine der Typ scheint sie doch wirklich glücklich zu machen, oder? Jedenfalls sieht das auf ihren Bildern bei Instagram immer so aus. Schön für sie." Nun war es an mir, beiläufig mit den Schultern zu zucken. Er nahm es mir nicht ab. Er sah mich eher an, als hätte ich einen Knall. Allerdings war er clever genug, das Ganze nicht zu kommentieren.

Ich vermisste Haley. Seit einem Jahr habe ich nicht mehr mit ihr gesprochen. Anfangs hatte ich es noch oft versucht, aber vergeblich.

Jace sah mich an, wobei ich wieder wie automatisch von seinen Lippen angezogen wurde.

Ich brauchte ein Bier. Oder Stärkeres. Bevor ich noch irgendwo gegen treten musste.

„Bereit zum Partymachen?", grölte mein Kumpel Tristan, kaum dass er unser geräumiges Wohnzimmer betreten hatte. Die Eingangstüren standen offen und so kamen bereits die ersten Jungs hereingestürmt. Erleichtert stellte ich fest, dass es sich nur um wenige handelte. Es war klar, dass es heute noch voll werden würde, aber ich war dankbar, als ich zunächst nur die Jungs erblickte, die den Kern unserer Mannschaft bildeten. Seit dem Gespräch mit Jace war ich irgendwie von der Rolle.

Tristans weißblonde Haare strahlten im schummrigen Licht des Zimmers, wohingegen Brandon fast unterging, so schwarz waren seine. Die beiden waren wie Ying und Yang. Sie waren sehr enge Freunde und häufig zusammen anzutreffen. Aber, wo Brandon laut und frech war, wirkte Tristan ausgeglichen und ruhig. Während Brandon stets wie ein arrogantes Supermodel aussah, der das Herz auf der Zunge trug, versprühte Tristan eher seinen *nice–boy–next–door–Charme*. Ich mochte beide extrem gerne – neben Jace waren sie meine besten Freunde.

„Bitte, die sind doch beide schon voll", gab Brandon lachend zum Besten. Seine kurzen schwarzen Haare saßen perfekt und er trug ein schickes, dunkles Hemd zu einer engen Hose und limitierten Air Jordans.

Ich grinste nur dümmlich in die Runde und begutachtete dann den Alkohol, der ausgebreitet auf dem Tisch stand. Es war gar nicht so leicht gewesen, da heranzukommen. Mit den gefälschten Ausweisen brauchten wir es in Grove Hill gar nicht versuchen und so hatten wir eine Weile fahren müssen, um alles zu organisieren.

Auch Tyler und Sam kamen lachend mit einem Fass Bier, von dem ich wusste, dass Tylers Dad es ihm gekauft hatte, herein und stellten es auf dem massiven Holztisch ab, der den Großteil des Essbereiches einnahm und den mein Vater mehr liebte als jede Person in diesem Haus.

Ich hoffe er hat einen fetten Kratzer abbekommen.

Beide gehörten zur Mannschaft und zu unserer Gruppe. Dennoch wurde ich mit beiden nicht so richtig warm.

„Hey Jungs, ihr seid ja schon hier." Penelope kam herein, ihre Freundinnen im Schlepptau und wurde sofort freudestrahlend von allen begrüßt.

Ich lächelte kurz in ihre Richtung, konzentrierte mich aber wieder auf den Tisch mit dem Alkohol, so als müsste ich dort noch irgendetwas richten. Nur Tristan schien seinen Blick nicht von den Mädchen losreißen zu können. Welche ihm wohl gefiel? Er war da wesentlich zurückhaltender als Brandon, der gerne seine Aufreißergeschichten erzählte. Tristan wurde leicht rot und ich musste mich fragen, ob er sich verknallt hatte. Ich nahm mir fest vor, ihn bei nächster Gelegenheit auszuquetschen.

Penelope und ihre Freundinnen kamen zu uns herüber. Sie schlang ihre Arme um meinen Hals und drückte mir einen Kuss auf die Wange. Ich spürte sofort den Lipgloss und wischte mir unweigerlich mit der Hand darüber.

„Bäh, ich hasse dieses Zeug", jammerte ich und erntete einige Lacher von den Mädchen, Pen eingeschlossen.

„Wir holen uns mal was zu trinken", flüsterte sie in mein Ohr und verschwand kurz darauf in der Küche. Ich konzentrierte mich auf den Shot, den Brandon mir in die Hand drückte und kippte ihn herunter. Es folgten weitere und bereits nach kurzer Zeit war ich so betrunken, dass ich kaum wahrnahm, wie sich das Haus füllte. Musik wummerte aus den Boxen, Bier Pong wurde gespielt und draußen am Pool wurde weitergefeiert. Wohin ich auch sah, blickte ich in strahlende Gesichter. Sie nervten mich extrem. Gedankenverloren nippte ich an meinen Drinks und konzentrierte mich auf meine Freunde. Und auf Jace. Er war ebenfalls total betrunken. Auf seinen Wangen lag eine leichte Röte, er grinste breit und seine bernsteinfarbenen Augen funkelten. Ich könnte ihn den ganzen Abend ansehen und doch wusste ich nicht weshalb.

Ehe ich mich versah, spielten Jace, Brandon, Tristan und ich eine Runde Bier Pong, in der Jace und ich gnadenlos verloren.

„Ihr seid so schlecht, wenn ihr betrunken seid", zog Brandon uns lachend auf.

„Du bist selber betrunken", korrigierte ihn Tristan.

„Ja, aber manche Menschen sind unter Alkoholeinfluss eben Naturtalente. So wie ich. Selbst Sex kann ich besser betrunken.“

Ich schnaubte. „Ist klar.“

„Nur kein Neid, weil du zu der Sorte gehörst, die sich unter Alkoholeinfluss in dämliche Volltrottel verwandeln.“

„Ich bin nicht …“, setzte ich an, gerade, als ich meinen Tischtennisball neben einen Becher warf.

Brandon lachte mich offenkundig aus und zeigte mit dem Finger auf mich. „Siehst du. Sag ich doch. Dämlicher Volltrottel. Wie unkoordiniert kann man sein, Mr Basketballsuperstar?“

Jetzt musste sogar ich lachen.

Die Drinks, die wir hatten, machten sich deutlich bemerkbar und möglicherweise trug der Joint, der eben herumgereicht wurde, auch nicht unbedingt dazu bei, dass wir besser wurden. Aber es war definitiv lustiger. Alle schienen den ausgelassenen River gut zu finden – und ich fand ihn eigentlich auch besser. Er hatte um einiges bessere Laune.

Leider hielt die nicht so lange an, wie es mir liebgewesen wäre. Viel zu schnell kreisten meine Gedanken wieder um Penelope, meinen Dad und meine komischen Reaktionen auf Jace. Über nichts davon wollte ich nachdenken, schon gar nicht, wenn Pen mir immer wieder verliebte Blicke zuwarf.

Kurzerhand torkelte ich auf die Bar meines Dads zu und griff wahllos zu. Tequila. Auch gut. Irgendeine sauteure Marke, die er von einer Geschäftsreise mitgebracht hatte und wegen der er mir die Hölle heißmachen würde.

In diesem Moment war es mir komplett egal. Jace half mir die Flasche zu vernichten.

„Hey, hast du Lust zu tanzen?", wurde ich aus meinem Gedankenkarussell gerissen. Ein braunhaariges Mädchen stand vor mir. Glaubte ich. Denn so ganz scharf war mein Sichtfeld nicht mehr.

Ehe ich antworten konnte, stand Penelope wieder an meiner Seite und legte leicht ihren Arm um meine Hüfte. „Hier steckst du, Honey", sagte sie lächelnd und tat so, als würde sie das Mädchen jetzt erst bemerken.

„Oh, hey", begrüße sie das Mädchen lächelnd und streckte ihr die Hand hin. „Ich bin Penelope. Rivers Freundin."

Ich konnte zwar durchaus selbst für mich sprechen – normalerweise –, aber momentan war ich ganz dankbar dafür, dass sie das übernahm.

Die Jungs um uns herum prusteten los vor Lachen. Ich hatte gar nicht mitbekommen, dass sie wieder bei uns standen. Die Kleine zog sich eingeschüchtert zurück, obwohl Pen nicht mal fies zu ihr gewesen war.

Sie schmiegte sich an mich und sah lächelnd zu mir auf. „Ich liebe dich", flüsterte sie mir zu.

Mein Körper versteifte sich, während ich versuchte, nicht noch weiter durchzudrehen.

Ich drückte ihr nur einen Kuss aufs Haar, wobei sie ihre Enttäuschung nicht ganz verbergen konnte.

Ein Lachen löste sich aus meiner Kehle, als Brandon erzählte, dass er letztes Wochenende eine Collegestudentin flachgelegt hatte. Sowas brachte nur er fertig. Und mir wurde klar, wie spürbar mein IQ mit jedem Glas sank. Normalerweise war ich kein großer Trinker. Ich wollte immer voll und ganz für Basketball da sein, doch heute Abend tat es verflucht gut. Und es war nötig. Es verdrängte mein inneres Chaos.

„Meine Güte, wie betrunken bist du denn bitte?", fragte Penelope leise und ich biss mir auf die Unterlippe, um nicht irgendetwas zu sagen, was ich hinterher bereuen würde. Schließlich meinte sie es nur gut. Das tat sie immer.

„Die Kavallerie ist da", zog Jace sie an meiner Stelle auf. Ich konnte nichts gegen das Grinsen machen, das mich übermannte.

Penelope wollte sich gerade von mir losreißen, als ich sie zurückhielt.

„Komm schon, er hat nur einen Witz gemacht", verteidigte ich Jace ganz automatisch. Ich nahm ihre beiden Hände in meine.

Da ich nicht wusste, was ich sonst tun sollte, zog ich sie dicht an mich heran und küsste sie. Säufer–River fand das eigentlich ganz gut. Säufer–Jace sah eher aus, als hätte er in eine Zitrone gebissen.

Pen war zunächst überrascht von meiner Zuneigungsbekundung in der Öffentlichkeit, doch sie genoss es sichtlich und intensivierte den Kuss. Ich löste mich von ihr und überlegte eine Sekunde.

„Wollen wir nach oben?", fragte ich. Vielleicht würde ich ja wieder halbwegs klarkommen, wenn wir miteinander schliefen.

Pen lächelte und nickte zustimmend.

Ich stieß meine Zimmertür auf, während unsere Münder aufeinanderlagen. Meine Hände wanderten zu Penelopes Brüsten, während sie an meinem Shirt zog, um es mir auszuziehen. In Rekordzeit schlängelte sie sich aus ihrem Kleid und stand in ihrem rosa Spitzen–

BH und dem dazu passenden Slip vor mir. Pen sah fantastisch aus. Sie warf ihre langen blonden Haare über ihre Schulter, stieß mich auf mein Bett und setzte sich rittlings auf mich. Das letzte Mal war gut zwei Wochen her, da wir ständig von irgendwas unterbrochen wurden. Mein Kopf drehte sich. Halleluja, ich konnte mich nicht daran erinnern, dass ich jemals so betrunken gewesen war. Penelope beugte sich zu mir herunter und presste ihre Lippen auf meine. Ein Stöhnen entfuhr meiner Kehle, als sie anfing sich auf mir zu bewegen und Druck an genau der richtigen Stelle auszuüben. Ich ignorierte die Tatsache, dass irgendwas nicht richtig war, denn genau genommen war seit sechs Monaten nichts mehr richtig. Sie knabberte sich meinen Hals entlang und stoppte an meinem Ohrläppchen. „Ich liebe dich", flüsterte sie heiser. Erneut.

Meine Güte, nicht schon wieder. „Du bist so sexy, du machst mich ganz verrückt", antwortete ich kurzatmig. Sie hielt in der Bewegung inne. Offensichtlich hatte sie angenommen, dass ich die Worte in meinem benebelten, erregten Zustand einfach sagen würde. Würde ich nicht.

Mit einem Ruck setzte sie sich auf und sah ungläubig auf mich herab. „Ist das dein Ernst, River? Nicht mal jetzt kannst du es mir sagen?"

Ich stöhnte genervt auf und schob sie von mir herunter. Nicht mal das hier funktionierte.

„Penelope, ich habe es dir schon oft genug erklärt. Ich werde diese Worte nicht sagen. Akzeptier es oder lass es."

Ich erkannte den Schock in ihren Augen.

„Willst du mich verlassen?", fragte sie mit zitternder Stimme.

Was? O Gott, ich war zu betrunken, um ihren Gedanken folgen zu können.

„Hä?", fragte ich also weniger intelligent. „Wieso denn verlassen?" Ich stand auf und sah sie an.

„Es klang so, als wolltest du mich verlassen, wenn ich nicht damit aufhöre", sagte sie verunsichert.

„Nein. Ich will dich nicht verlassen. Ich meinte, dass du mich doch verlassen kannst … Nein warte, das ist auch irgendwie falsch." Verwirrt strich ich mit den Fingern über meine Augen. Was hatte ich jetzt genau sagen wollen? Eigentlich hatte ich eh schon wieder vergessen, was ich gesagt hatte. „Was wolltest du jetzt eigentlich wissen?"

Mit schräg gelegtem Kopf sah sie zu mir herüber, bevor sie in lautes Kichern ausbrach. Keine Ahnung, warum, aber irgendwie war ihr Lachen so ansteckend, dass ich einfach mitlachen musste. Worüber wusste ich allerdings nicht. Wieder drehte sich das Zimmer und ich schwankte. Ihr liefen vor Lachen Tränen übers Gesicht, die sie sofort wegwischte.

„Es ist herrlich, dich so betrunken zu sehen, Honey. Komm her", winkte sie mich lächelnd zu sich. Das ließ ich mir nicht zweimal sagen und kniete mich zu ihr aufs Bett. Ich nahm ihr Gesicht in beide Hände und verschloss ihren Mund wieder mit meinen Lippen, um das seltsame Gefühl in mir zum Schweigen zu bringen.

Das Klingeln ihres Handys unterbrach uns. Ernsthaft?

„Vergiss es", knurrte ich an ihren Lippen, doch ehe ich mich versah, schlüpfte sie aus dem Bett und rannte zu ihrem Handy.

„Das ist der Klingelton von meinem Dad, River, da muss ich rangehen", sagte sie panisch.

Dad. Hey, wie sexy. Frustriert schmiss ich mich aufs Bett und versteckte mein Gesicht im Kissen. In meinem Kopf drehte sich alles.

„Honey, ich muss los."

Ich hob den Kopf. Hä? Hatte sie schon telefoniert? Hatte ich gar nicht mitbekommen.

„Komm schon, ich mache auch ganz schnell", bettelte ich sie an und setzte mich auf.

Sie lachte. „Es tut mir so leid. Dad will, dass ich nach Hause komme. Morgen früh ist der wichtige Wohltätigkeitsbrunch und er hat Panik, dass wir dort unangenehm auffallen. Er hat Angst, dass die Party eskaliert. Also, du gehst besser auch schlafen, sonst flippen unsere Väter morgen unnötig aus."

Ich hatte noch Mühe, ihre Worte zu verarbeiten, als sie mir schon einen Kuss auf den Mund drückte und die Tür hinter sich zu donnerte.

Wirklich jetzt? Ich lag in Boxershorts in meinem Bett. Wann hatte ich denn meine Hose verloren? Frustriert stöhnte ich auf, drehte mich auf den Rücken und legte den Unterarm über meine Augen. Das Deckenlicht nervte mich, aber ich konnte mich nicht dazu aufraffen, aufzustehen und es auszumachen. Der Raum drehte sich schwindelerregend schnell. Meine Gedanken waren wie leergefegt.

Aus dem Nichts öffnete sich meine Zimmertür und Jace stolperte herein.

„Hey, Mann“, nuschelte er. „Ich muss dringend pennen, irgendwie ist Laufen heute total schwer. Ich habe Ewigkeiten die Treppe hochgebraucht.“

Ich nahm den Unterarm von meinem Gesicht und sah zu ihm rüber. „Welche Treppe?“

„Die Treppe bei dir, die da draußen vor deinem Flur ist. Die, die da in dieses große Dings führt“, antwortete er mit sichtlicher Anstrengung. Ich nickte. Diese Treppe meinte er.

„Wo ist Penelope?“ Er sah sich um, als ob sie sich irgendwo versteckt hätte.

„Musste gehen. Daddy hat gerufen“, brummte ich verärgert.

„O, ist da jemand nicht zum Abschluss gekommen?“ Er lachte. Penner.

„Du mich auch, du Wichser.“ Ich zeigte ihm den Mittelfinger. Er lachte wieder, diesmal noch lauter. Torkelnd lief er durch den Raum auf mich zu.

„Rutsch rüber.“ Nun stand er neben meinem Bett. Ich schnaubte auf. „Ich bewege mich keinen Zentimeter. Kannst du komplett vergessen. Bewegen geht nicht.“

Jace machte einen jammernden Gesichtsausdruck und versuchte, über mich zu krabbeln. Dabei war er ungefähr so elegant wie ein Schwein, was mich augenblicklich zum Lachen brachte. Er versuchte, weiter über mich zu kriechen, als er mit dem Arm wegrutschte und mit dem Kopf auf meinem Bauch landete. Mein Lachen wurde lauter und er stimmte mit ein. Alkohol war lustig. Und Gras. Das sollte ich öfter rauchen, so lustig war mein Leben sonst nie. Er stütze sich auf seine Hände und war nun direkt über mir. Jace hielt inne und starrte mich an. Seine bernsteinfarbenen Augen verdunkelten sich, während seine Haare ihm über die Stirn fielen. Ich strich sie ihm zurück. Einfach so. Und sie waren genau so weich, wie ich es mir ausgemalt hatte.

Er sieht unglaublich heiß aus.

Warte ... was? Hatte ich gedanklich gerade meinen besten Freund als heiß bezeichnet?

Definitiv.

Jace atmete schwer. Keiner von uns beiden bewegte sich. Was war das hier? Irgendwas lief hier doch total falsch. Seine Augen wanderten zu meinem Mund und er knabberte an seiner Unterlippe. Augenblicklich wurde ich hart, was er bemerkt haben musste, denn seine Augen weiteten sich. Sanft strich er mit dem Daumen über meine Lippen und senkte langsam, wie in Zeitlupe, den Kopf. Ganz sachte fuhren seine Lippen über meine.

Fuck.

Wie konnte diese winzig kleine Berührung so ein Feuerwerk in mir auslösen? Mein Körper kribbelte bis in die Fingerspitzen und meine Lippen brannten von seiner Berührung. Nun konnte ich auch seine Härte an meinem Bein spüren. Das war der Moment, in dem ich meinen Kopf komplett ausschaltete und nur noch fühlte. Nur noch machte, was sich richtig anfühlte.

Mit einem Ruck riss ich ihn herum, sodass er nun unter mir lag. Seine Augen weiteten sich vor Schock. Ich presste hungrig meine Lippen auf seine. Er stieß mich nicht weg, sondern vergrub seine Hände in meinem Haar und zog dabei leicht daran. Ein tiefes Stöhnen entfuhr mir. Ich konnte mich nicht daran erinnern, wann ich jemals so scharf gewesen war. Ihm ging es offensichtlich ähnlich, denn auch er stöhnte heftig, als ich mit meiner Zunge seinen Mund erforschte. Shit, er hatte viel zu viel an. Ich ließ von ihm ab und zerrte ihm sein Shirt über den Kopf. Daraufhin strichen meine Finger über seine definierten Bauchmuskeln, was ihn unter mir zum Erzittern brachte.

Was zur Hölle?

Ich bedeckte seine Brust mit Küssen, was ihn immer wieder aufstöhnen ließ. Das aufregendste Geräusch, das ich je gehört hatte. Seine Hände wanderten überall an meinem Körper entlang, bis er endlich dahin gelangte, wo ich ihn haben wollte. In meine Boxershorts.

„Fuck", stöhnte ich tief.

Irgendwie hatten wir es geschafft, auch ihn von seiner Hose zu trennen.

Von unten drang das laute Wummern des Basses in mein Zimmer, was mir vorher gar nicht aufgefallen war. Eminems Stimme war zu hören.

Als ich auch endlich meine Hand in seine Boxershorts gleiten ließ, sog Jace scharf die Luft ein. „O Gott, River."

Wenig später stieß er mich sanft nach oben und rutschte über mein Bett zu meinem Nachttisch. Wir beide wussten genau, was dort drinnen war. Meine Kondome. Sie lagen immer dort, falls er oder ich welche brauchten. Er holte eines heraus und hielt es mir hin. Meine Augen weiteten sich. Meinte er …? Er nickte und leckte sich über die Lippen, während er seine Boxershorts auszog und in all seiner Pracht auf meinem Bett kniete. Ich hatte ihn schon oft nackt gesehen, aber ich hatte ihn bisher noch nie auf diese Weise wahrgenommen. Außerdem war er bisher nie erregt dabei gewesen. Mehr Aufforderung brauchte ich nicht. Ich entledigte mich meiner Boxershorts und streifte mir das Kondom über. Davon abgesehen, hatte ich nicht die geringste Ahnung, was ich hier eigentlich tat. Er scheinbar schon, denn er hatte eine kleine Packung aus seiner Hosentasche gezogen. Gleitgel. An so etwas hatte ich gar nicht gedacht. War das wichtig? Jace begann selbst, sich damit vorzubereiten und ihm dabei zuzusehen war extrem heiß. Ich küsste ihn noch einmal intensiv, bis ich es nicht mehr erwarten konnte. Ich drückte ihn mit seinem Bauch in meine Kissen, positionierte mich und schob mich endlich in ihn. „Fuck", keuchte ich schwer atmend auf. Auch er stöhnte heftig. Ich wartete ein paar Sekunden und fing dann an mich zu bewegen. Laute Musik dröhnte aus den wummernden Boxen im Haus zu uns. Eminems und Ed Sheerans „River" war in Dauerschleife zu hören. Wie passend.

Die Musik vermischte sich mit unserem Keuchen. Das hier war so verdammt gut. Nie hatte sich etwas so richtig angefühlt. Auch wenn sich das Zimmer immer noch um mich drehte, war das hier der Himmel auf Erden. Mein ganzer Körper stand in Flammen. Jede Pore meines Körpers kribbelte. Ich ließ meine Hände über seinen Körper wandern, musste so viel wie möglich von ihm berühren.

Ich bewegte mich immer schneller. Es wurde immer besser. Ich war so nah dran. Jace stöhnte laut meinen Namen, als er kam, was auch mich mitriss und wie ein elektrischer Stoß durch mich hindurchwanderte. Mein ganzer Körper spannte sich an und zuckte, als ich losließ.

Heilige. Scheiße.

Ich zog mich aus Jace zurück und brach direkt vor Erschöpfung und etwas benebelt neben ihm zusammen. Ich zog ihn fest an mich, sodass wir Löffelchen lagen und schloss meine Augen. Ich fühlte mich so leicht. So zufrieden.

Fuck, war ich vielleicht müde.

Kapitel 3

Ich öffnete meine Augen, schloss sie aber direkt wieder, als ein heftiger Schmerz durch meine Schläfen schoss. Verdammt. Mein Schädel hämmerte. Wieder öffnete ich meine Augen, diesmal allerdings wesentlich langsamer. Ich blinzelte und fühlte mich, als hätte mich ein Traktor überfahren. Vor allem aber war mir kotzübel. Ich hatte mächtig viel getrunken gestern Abend. Ich glaube ich hatte sogar ein bisschen was geraucht. Keine Ahnung, wann ich zuletzt so dermaßen Party gemacht hatte, das letzte Mal musste nach der Trennung von Haley gewesen sein. Ich rieb mir über die Augen. Ich war definitiv immer noch betrunken. Ich angelte nach meinem Handy, das auf dem offenen Nachttisch lag. Es war bereits nach elf. Keine Ahnung, wann ich ins Bett gegangen war. Ich durchforstete meine Gedanken.

Ich hatte letzte Nacht Sex gehabt – und was für welchen.

Sollte ich mich bei meiner Freundin dafür bedanken? Vorsichtshalber schrieb ich ihr eine Nachricht.

Hey Pen. Bist du letzte Nacht gut nach Hause gekommen?

Guten Morgen mein Hübscher, wieder unter den Lebenden? Tut mir so leid, dass ich gestern so plötzlich losmusste, bevor wir es tun konnten. Das holen wir so schnell wie möglich nach.

Mein Handy fiel mir aus der Hand und ich setzte mich mit einem Ruck auf. Ein hämmernder Schmerz schoss in meinen Kopf und ich ließ mich stöhnend wieder zurück in mein Kissen sinken. Fuck, fuck, fuck.

Ich hatte definitiv letzte Nacht Sex gehabt. Das benutzte Kondom lag als Beweis in dem Mülleimer neben dem Bett. Meine Augen schlossen sich. Ich erinnerte mich an starke Hände, die meinen Körper entlangwanderten. Leuchtende bernsteinfarbene Augen sahen zu mir hoch, bevor ich meine Lippen auf seinen Mund presste. Jace, der laut meinen Namen schrie.

Ich riss die Augen auf. Mein Herz hämmerte in meiner Brust. Scharf sog ich die Luft ein. Nein, nein, nein. Hatte ich etwa …

O ja, hatte ich. Die Erinnerungen überrollten mich und ließen mein Herz, wenn überhaupt möglich, noch schneller schlagen. Langsam setzte ich mich auf und vergrub den Kopf in meinem Schoß. Was hatte ich nur für eine Scheiße angerichtet? Was war denn bloß mit mir los? Kaum betrank ich mich mal heftig und rauchte ein bisschen Gras, schon ging ich mit Kerlen ins Bett? Ich war doch nicht schwul, verdammt. Wie konnte ich nur mit Jace vögeln?

Viel schlimmer war, dass es gut gewesen war. So verdammt gut. Der Gedanke an unseren Sex ließ sofort wieder ein aufgeregtes Kribbeln durch meinen Körper wandern. Ich vergrub meine Finger in meinen Haaren und zog leicht daran. Wie konnte das nur passieren? Ich war ja praktisch über ihn hergefallen. Bisher hatte ich noch nie auch nur ansatzweise daran gedacht, Sex mit Jace zu haben. Kein einziges Mal. Oder? Und jetzt hatte ich tatsächlich meine Freundin betrogen, obwohl ich nie so ein Typ sein wollte. Ich wurde ständig ange-baggert und ich stand auf Sex. Bevor ich mit Penelope zusammengekommen war, hatte ich mit einigen ande-ren Mädels One–Night–Stands, unter anderem an allen möglichen Orten, aber seitdem ich eine Beziehung mit Pen führte, war damit Schluss gewesen. Das schlechte Gewissen nagte an mir. Eine neue Welle Übelkeit über-kam mich. Ich sprintete aus dem Bett in mein Badezim-mer und spie den ganzen Alkohol der letzten Nacht aus. Danach ging es mir tatsächlich ein klein wenig besser. Wenigstens die Übelkeit hatte nachgelassen. Ich warf einen Blick in den Spiegel. Himmel, sah ich beschissen aus. Dunkle Ringe lagen unter meinen Augen, meine hellen Haare standen in sämtliche Richtungen ab und ich war blass, wie eine Leiche. Am liebsten würde ich direkt unter die Dusche springen, aber dazu war ich noch nicht in der Lage. Ich putzte mir die Zähne und spritzte mir kaltes Wasser ins Gesicht. Scheiße, scheiße, scheiße. Wie hatte das alles passieren können? Meine Gedanken wirbelten umher. Wieso um alles in der Welt war ich mit Jace im Bett gelandet? Ich war nicht schwul. Auf keinen Fall konnte ich schwul sein. Ich hatte eine heiße Freundin, war schon mit vielen Mädchen im Bett gewesen und hatte es verdammt nochmal genossen, also, wie hatte diese Scheiße passie-ren können?

Mann war das peinlich. Ich war über Jace hergefallen, der musste mich ja für vollkommen wahnsinnig hal-ten. Wieso hatte er mich nicht einfach weggestoßen? Er hätte mich doch wegstoßen müssen, dann hätten wir gelacht, er hätte mich verarscht und dann wäre alles gut gewesen.

Mein Handy piepste und ich sah, dass eine Nachricht von Penelope aufleuchtete:

Komm nicht zu spät zum Brunch im Hutchersens.

Das Hutchersens war das beste Hotel, das man in Grove Hill finden konnte. Sämtliche Schickimickiveranstaltungen in unserer Stadt fanden dort statt. Ich stöhnte genervt auf. Diesen blöden Brunch hatte ich schon wieder vollkommen vergessen. Mein Dad veranstaltete diesen Affentanz, um der ganzen Stadt zu zeigen, was er doch für ein wundervoller Kerl war. Ein Pressefuzzi war eingeladen, der einen passenden Artikel schreiben sollte. Ekelhaft. Meine ganzen Freunde würden dabei sein, da die meisten Eltern zur High Society von Grove Hill gehörten. Auf gar keinen Fall konnte ich dahin. Erstens konnte ich nicht schon so schnell Jace gegenübertreten, auf gar keinen Fall. Außerdem war ich froh, wenn ich den Tag überstand. Leichte Übelkeit machte sich bereits wieder bemerkbar. Ich musste etwas essen. Roza, unsere Haushälterin, würde mich retten. Ich schlurfte aus meinem Zimmer den Flur entlang. Ein Schritt nach dem anderen. Die Treppe nahm ich besonders langsam, weil ich Angst hatte, über meine eigenen Füße zu stolpern. Mein Kopf tat so verdammt weh. Als ich in Richtung Küche unterwegs war, lief mir meine Mutter über den Weg. *Wieso?*

Sie blieb abrupt stehen und hob eine ihrer perfekt gezupften Augenbrauen. Wie immer trug sie einen schwarzen Hosenanzug und ihre dunkelblonden Haare reichten ihr perfekt bis zum Kinn. Ihr Blick wanderte an mir herab.

„Welcher Bus hat dich denn überfahren?“

Ginge es mir nicht so schlecht, hätte ich definitiv gelacht. Ab und zu konnte meine Mutter wirklich witzig sein. Vermutlich wäre sie wesentlich witziger, wenn sie nicht meinen Vater an ihrer Seite hätte.

„Dir auch einen guten Morgen, Mom." Ich drückte ihr einen Kuss auf die Wange, den sie lächelnd entgegennahm.

„Schätzchen, du stinkst." Sie wedelte mit ihren perfekten Fingernägeln vor ihrer Nase herum. Ich verzog das Gesicht zu einer Grimasse.

„Tut mir leid. Ich brauche etwas zu essen. Dringend", zuckte ich entschuldigend mit den Schultern.

„River, wir besuchen jetzt einen Brunch."

Ich schüttelte den Kopf, bereute es aber sofort wieder. Ich fasste an meine Schläfen.

„Mom, ich komme nicht mit", antwortete ich ihr.

Sie setzte zu einer Antwort an, wurde aber von der dröhnenden Stimme meines Vaters unterbrochen.

„Das kannst du dir abschminken. Wir haben dir gestern erlaubt, diese lächerliche Party zu feiern. Wie immer bist du eine Enttäuschung. Jeder weiß, dass ihr gestern eine Party gefeiert habt. Was wirft das für ein Licht auf mich, wenn mein minderjähriger Sohn heute nicht zum Mittagsbrunch erscheint? Reiß dich zusammen und mach einmal das, was man von dir verlangt."

Ich knirschte mit den Zähnen. „Wenn ich heute bei dem Brunch etwas zu Essen sehe, kotze ich vor versammelter Mannschaft auf meinen Teller. Was meinst du, wirft das für ein Licht auf dich?", entgegnete ich in sarkastischem Tonfall.

Angewidert sah mein Vater mich an. Meine Mutter seufzte.

„River Scott, du bewegst deinen Arsch zu diesem beschissenen Brunch!“, schrie mein Vater durch unsere
Eingangshalle. Zischend atmete ich die Luft ein. Mein
Kopf dröhnte. Wütend funkelte mein Vater mich an
und trat bedrohlich einen Schritt näher. Ich tat es ihm
gleich. Was sollte er schon tun? Seit ich mit dreizehn
mit dem Boxtraining begonnen hatte, meinem Dad daraufhin die Lippe blutig geschlagen und eine Rippe an-
geknackst hatte, fasste er mich nicht mehr an. Und damals war ich dreizehn gewesen, er wusste ganz genau,
dass ich ihn mittlerweile in der Luft zerfetzten würde.
Es war damals wie ein wahrer Befreiungsschlag gewesen – wortwörtlich.

Mittlerweile hatte er andere Wege gefunden mich zu
bestrafen. Sollte er ruhig seine Wut an mir auslassen.
Dann ließ er wenigstens Mom und Sadie in Ruhe.

Er musste sich sichtlich zusammenreißen, um nicht
zu explodieren. Dies bemerkte auch meine Mutter.

„William Darling, das macht doch nichts. Das kann
ich wunderbar für die Presse nutzen. Es gibt genug
Wähler, die dich viel zu konservativ finden und wir
müssen es schaffen, auch diese für dich zu gewinnen.
Jugendlicher Leichtsinn, das ist doch perfekt. Du
kannst ihnen zeigen, wie mitfühlend du mit den Eska-
paden deines Sohnes umgehst. Du lässt zu, dass er sich
ausruht, nachdem er einen tollen Erfolg mit seiner
Mannschaft gefeiert hat. Du wolltest ihm ein bisschen
Schlaf gönnen, weil er ihn sich nach der harten Arbeit
mit dem Team redlich verdient hat. Wir waren alle mal
jung, das ist perfekt.“

Meine Mutter strahlte bei ihrem guten Einfall. Sie war die Presseagentin meines Dads und schaffte es regelmäßig, Negatives in gute Presse zu verwandeln.

Mein Vater nickte grimmig.

„Schlaf dich aus, du siehst erbärmlich aus", raunte er mir noch zu, bevor er auf dem Absatz kehrtmachte und zur Haustür stampfte.

Ich bedachte meine Mom mit einem stummen *Danke*. Sie nickte mir schmallippig zu und folgte meinem Vater nach draußen. Ihre Absätze klackerten auf dem marmorgefliesten Boden, der die gesamte Eingangshalle zierte. Lächerlich.

Endlich nahm ich meinen Weg in die Küche wieder auf.

Kaum betrat ich den großen Raum, wurde ich auch schon in eine herzliche Umarmung gezogen.

„Guten Morgen, Herzchen", sagte Roza mit ihrem warmen Lächeln im Gesicht. Sie schob mich direkt an den Küchentisch und das mit viel Kraft. Man konnte Roza als das Herzstück dieses Hauses betrachten – ohne sie würde gar nichts funktionieren. Sie war klein und rundlich, trug immer eine Schürze über ihrem Kleid und ohne Haarnetz würde man sie niemals in der Küche antreffen.

Ein großes Omelette mit Steinpilzen stand schon für mich bereit. Es dampfte noch. Sicherlich hatte Roza uns draußen in der Halle gehört und direkt ein klassisches Katerfrühstück für mich zubereitet. Daneben stand ein Glas mit irgendeiner kotzgrünen Flüssigkeit darin. Ich verzog das Gesicht.

„O mein Gott, was ist das?" Ich roch daran und rümpfte die Nase.

„Trinken, mein Junge. Es hilft."

Ich tat, wie mir befohlen, hielt den Atem an und würgte die Flüssigkeit runter.

Ekelhaft, absolut ekelhaft.

Danach schaufelte ich mir das Essen in den Mund.

Nach dem Frühstück fühlte ich mich etwas besser. Die Kopfschmerzen waren allerdings immer noch da, weshalb ich mich nach einer Aspirin erkundigte, die Roza mir warm lächelnd hinhielt. Kein Tadel. Kein enttäuschter Ausdruck. Ausschließlich Verständnis und Liebe waren in ihrem Blick zu erkennen. Ich küsste sie auf die Wange und verließ den Raum. Von einer Party war heute nichts mehr zu erkennen. Das Personal war fleißig gewesen. Ich ging schnurstracks zurück in mein Zimmer, ließ mich in mein Bett fallen, startete Netflix und fiel langsam in einen tiefen Schlaf.

Stunden später wachte ich auf. Es war bereits dunkel. Ich war immer noch verkatert, aber ich fühlte mich nicht mehr so, als ob jede Sekunde meine Zeit zum Sterben gekommen war. Meine Gedanken rasten augenblicklich zu Jace. Was er wohl gerade dachte? War er ebenso überfordert wie ich? Was bedeutete dieser ganze Mist für unsere Freundschaft? Ich durfte ihn keinesfalls verlieren. Panik überkam mich. Was, wenn er jetzt nichts mehr mit mir zu tun haben wollte? Das durfte nicht passieren. Er war alles an wahrer Familie, was ich hatte. Wir mussten dringend reden, aber dazu konnte ich mich einfach nicht überwinden. Was hätte ich auch sagen sollen?

Hey Kumpel, geiler Sex letzte Nacht, lass uns 'ne Runde zocken?

Verflucht nochmal. Ich war wirklich völlig überfordert. Auf jeden Fall musste ich deutlich machen, dass ich nicht schwul war, nicht, dass er jetzt noch irgendwie Angst oder so bekam, wenn er in meiner Nähe war. Mann, das war alles so verkorkst.

In der Zwischenzeit hatte Penelope mir eine Nachricht geschickt und mir angedroht, nie wieder mit mir zu schlafen, wenn ich wagen würde, den gemütlichen Abend bei Brandon zu verpassen.

Was hatte dieses Wochenende nur gegen mich? Ich war noch nicht bereit, Jace gegenüberzutreten. Die ganze Situation war irgendwie peinlich.

Ich war nicht schwul, hatte mit meinem besten Freund geschlafen, meine Freundin betrogen und nebenbei auch noch den weltbewegendsten Sex meines Lebens gehabt. Mit einem Typen. Reichlich viel für einen einzigen Abend. Unter gar keinen Umständen würde ich heute zu Brandon gehen. Nur der engste Freundeskreis würde dort sein und im Gegensatz zu gestern könnte ich mich nicht verstecken. Dann auch noch Penelope zu ertragen, würde dem ganzen noch die Krone aufsetzen.

„Riiiiiiiiveeeeeeeeeeeeeeer“, donnerte die Stimme meines Vaters durchs Haus und ließ mich zusammenzucken. Was war denn nun schon wieder los?

Ich seufzte laut und setzte mich im Bett auf, als auch schon meine Zimmertür krachend aufflog. Wow, sachte.

„Wie kannst du es wagen“, schrie mein Vater mir entgegen und schleuderte die fast leere Flasche des guten Tequilas durch mein Zimmer, die gegen meinen

Schreibtisch knallte und in tausend Teile zersprang. Das war ihm aber erstaunlich früh aufgefallen.

„Sorry, Dad", hob ich beschwichtigend die Arme.

Er war fuchsteufelswild. So außer sich war er lange nicht mehr gewesen. Der Brunch lief offensichtlich nicht so, wie geplant. Wenn er so wütend war, dann lag das sicherlich an meinem Fehlen. Wahrscheinlich war Moms Plan, mein Nichterscheinen in etwas Positives zu verwandeln, nicht aufgegangen.

„Verschwinde, River, und tritt mir heute nicht mehr unter die Augen."

„Komm schon, Dad."

„SOFORT!", schrie er aus Leibeskräften. Dieses Wochenende war wirklich einfach nicht meins.

Er hatte mich schon oft vor die Tür gesetzt. Jedes Mal war ich bis jetzt bei Jace untergekommen. Scheiße.

Ich kannte meinen Dad gut genug, als dass ich wusste, dass Diskussionen an dieser Stelle zwecklos waren. Am Ende würde er nur seinen Frust auf Mom übertragen. Ich hatte also früh gelernt, einfach zu tun, was er von mir wollte.

Ich kramte einen Pullover aus dem Schrank, schnappte meine Autoschlüssel und verließ das Irrenhaus.

***

Wenig später stand ich bei Penelope vor der Tür, um sie abzuholen. Sie kam grinsend auf das Auto zugerannt, sichtlich glücklich mich zu sehen.

Was war ich nur für ein Mistkerl. Das schlechte Gewissen nagte wieder an mir. Sie vergötterte mich mehr als offensichtlich, während ich nichts Besseres zu tun hatte, als sie zu betrügen. Sie stieg ins Auto und drückte mir glücklich einen Kuss auf die Lippen. Meinen Zustand kommentierte sie nicht, ebenso wenig wie den Brunch, wofür ich ihr mehr als nur dankbar war.

Als wir Brandons Haus betraten, wurden wir direkt von Heather begrüßt. Ich mochte sie. Sie war klug und hilfsbereit und entsprach nicht dem typischen Ideal, von denen einige meinten, dass es für Cheerleader gelten musste. Sie war die kleinste im Team und hatte breite Oberschenkel und Hüften. Dazu trug sie eine Brille und immer einen Pferdeschwanz. Ihre große Oberweite bot häufig Gesprächsstoff bei den Jungs – und Heather war sportlicher als die meisten von ihnen. Laut Penelope wollte sie was von Sam. Glücklicherweise wusste sie nicht, dass ich mal was mit Heather gehabt hatte. Das war zwar, bevor die beiden beste Freundinnen wurden, aber es wäre trotzdem ... unangenehm. Jetzt hatten sie wieder die Köpfe zusammengesteckt und liefen schnurstracks in das große Wohnzimmer.

Mir blieb das Herz stehen, als wenige Sekunden später Jace aus der Küche kam, ein Bier in der Hand. Panik überkam mich. Was sollte ich sagen, wie sollte ich reagieren? Er sah verdammt gut aus heute. Scheiße, wieso fiel mir diese Tatsache überhaupt auf? Er trug eine enganliegende, graue Jogginghose von Nike und die dazu passenden reinweißen Sneakers. Ein dunkelblauer Hoodie mit Nike–Logo rundete sein Outfit ab. Seine braunen Haare waren sexy durcheinandergewirbelt.

Fuck, meine Gedanken spielen mir wohl einen Streich, ich wollte ihn nicht sexy finden. Er war nicht sexy, er war ein Kerl. Er war mein Freund, mehr aber auch nicht. Ich schluckte. Meine Gedanken rasten zur letzten Nacht. Er nackt unter mir. Stöhnend. Ich wischte meine schweißnassen Hände an meiner Jeans ab und drehte hier gerade völlig durch. Ich hatte mit allem, aber nicht mit dieser Reaktion auf ihn gerechnet. Ich war mir sicher, dass ich vor Scham im Erdboden versinken würde. Stattdessen wollte ich am liebsten hier vor allen Leuten über ihn herfallen. Was war nur los mit mir? Das war doch nicht normal. Eine Welle von Übelkeit überrollte mich. Was war nur auf einmal nicht mehr richtig mit mir? Gestern war noch alles in Ordnung gewesen. Wut auf mich selbst löste das Gefühl von Übelkeit ab. Ich musste mich zusammenreißen und drehte dennoch vollkommen ab.

Jace kam mit seinem breiten Grinsen auf mich zu. O Gott, was sollte ich sagen? Wie sollte ich dieses Gespräch beginnen? Meine Gedanken überschlugen sich. Ich öffnete den Mund, um etwas zu sagen, zögerte aber

„Hey, Bro. Du solltest dich beeilen, die Pizza ist schon fast leer."

Er nahm einen Schluck aus seiner Flasche und lief ebenfalls ins Wohnzimmer. Ich stand immer noch an Ort und Stelle und starrte ihm mit offenem Mund hinterher.

Bro? Hatte Jace mich eben ernsthaft Bro genannt? BRO?

Es war, als hätte jemand einen Eimer kaltes Wasser über mir ausgeschüttet. Ich blieb wie angewurzelt stehen. Wollte dieser Mistkerl mich eigentlich verarschen? Gestern hatten wir den Sex überhaupt gehabt und heute nannte er mich Bro und tat, als wäre niemals etwas zwischen uns vorgefallen? Ich glaubte es nicht. Wut überkam mich.

Scheiße, wieso war ich plötzlich so sauer auf ihn? Er hatte etwas gesagt, er hatte das Eis gebrochen und nicht irgendwas Peinliches vor sich hin gestammelt, wie ich es vermutlich getan hätte. Dennoch hatte mir dieses Bro einen fiesen Stich versetzt. Ich wollte nicht weiter ergründen, warum es mir überhaupt etwas ausmachte. Denn das tat es. Ich war wütend und hatte das Bedürfnis, die Gegenstände in diesem Flur durch die Gegend zu werfen. Diese potthässliche, mit goldenen Blumenranken verzierte Vase, in der frische Hortensien auf einem kleinen Beistelltischchen aus Ebenholz standen, zum Beispiel. Davor stand ein antiker Stuhl, der mit einem babyblauen Stoff bespannt war. Hässlich. Ich sah in den Spiegel, der über dem Tischchen hing und war angewidert von meinem eigenen Spiegelbild.

Ich brauchte etwas zu trinken. Anderenfalls konnte ich diesen Abend nicht überstehen. Schnurstracks steuerte ich die Küche an. Ich begrüßte Tristan, der sich gerade einen Cocktail zubereitete.

„Du siehst ja scheiße aus", begrüßte er mich und sah dafür nur meinen Mittelfinger. Ich öffnete die Tür zur Vorratskammer, in der immer guter Alkohol stand. Eigentlich hatten die Wests so ziemlich alles, was das Herz begehrte, egal ob es Essen oder Getränke betraf. Ich griff wahllos zu. Scotch. Von mir aus. Ich setzte die Flasche an und nahm einen großen Schluck. Und noch ein paar weitere, bevor ich mir ein passendes Glas nahm und es vollkippte.

Tristan beäugte mich erstaunt. Er sah wie immer aus wie ein Filmstar aus einer romantischen Netflix–Komödie.

„Alles klar, Mann?", fragte er mich vorsichtig.

„Sicher. Harte Nacht“, wiegelte ich ab. Das war die absolute Untertreibung.

Ich leerte das Glas in einem Zug. Viel brauchte es heute definitiv nicht.

„Willst du drüber reden?“, fragte Tristan und sah mir direkt in die Augen. Typisch Tris. Er war einer derjenigen, der meinte, dass man mit Reden seine Probleme lösen konnte.

Ich schnaubte und sagte mit einem bitteren Lachen: „Bestimmt nicht.“

Genau genommen wollte ich nicht mal darüber nachdenken, da hatte ich ganz sicher nicht vor, irgendwas davon laut auszusprechen. Ich füllte mein Glas nach und nahm einen weiteren Schluck. Tristan schlug mir freundschaftlich auf die Schulter und lächelte mich an.

„Alles klar, Mann. Sag Bescheid, wenn ich dir helfen kann.“ Ich nickte ihm mit einem falschen Lächeln im Gesicht zu und setzte mein Glas erneut an die Lippen. Konnte es sein, dass der Raum bereits anfing sich etwas komisch zu drehen? Egal.

Jetzt fühlte ich mich gewappnet und betrat das Wohnzimmer. Jace sah auf, als ich den Raum betrat. Oder sollte ich besser sagen, mein *Bro*. Ich schüttelte den Kopf und nahm einen weiteren Schluck Scotch. Das ganze Wohnzimmer bestand aus verschiedenen Sitzgruppen und glich eher einem kleinen Ballsaal. Ich ließ mich auf eine der Ledersofas neben Penelope und Heather fallen. Tristan sah zu uns herüber, doch auch ihn ignorierte ich.

Ich verbrachte den Abend damit, möglichst viel Alkohol in mich reinzuschütten, um dem Drang zu widerstehen, Jace in meine Arme zu ziehen. *Mit Jace zu reden,* korrigierte ich mich im Stillen. War das alles verkorkst. Die ganze Zeit ignorierten wir uns völlig. Das war bis zum heutigen Tag noch nie passiert. Bisher hatten wir jeden Streit sofort ausgetragen, wenn es auch nicht viele gewesen waren. Doch dies war kein Streit und ich fand nicht den Mut, zu ihm zu gehen und mit ihm zu reden. Gleichzeitig wurde ich mit jedem Glas wütender auf ihn.

Ich war gestern offensichtlich betrunken gewesen und einfach nicht mehr klargekommen. Ja, Jace hatte mich geküsst, aber ich denke, das war eigentlich aus Versehen passiert, als er über mich klettern wollte.

Als ich ihm quasi meine Zunge in den Hals gesteckt hatte, hätte er mich doch einfach nur wegschubsen müssen. Scheiße. Ich hätte ihn gar nicht erst küssen dürfen.

Penelope und Heather steckten bereits seit ein paar Minuten die Köpfe zusammen und schauten immer wieder in Sams Richtung. Wenn ich es nicht besser wüsste, würde ich sagen, dass Heather vielleicht in kleines bisschen auf Sam stand. Doch eigentlich war er gar nicht ihr Typ. Obwohl ... warum eigentlich nicht.

„Wie sieht es mit einer Runde *Wer hat noch nie* aus? Wer ist dabei?", rief Heather aufgeregt durch den Raum.

„Wie ging das doch gleich?", fragte Sam und trank einen Schluck Bier.

„Ganz einfach. Einer von uns, sagt etwas, das er noch nie getan hat. Und diejenigen von uns, die genau das schon mal gemacht haben, müssen trinken."

„Äh, ja, ich weiß. Die Frage war nicht ernstgemeint", sagte Sam und legte einen entschuldigenden

Gesichtsausdruck auf. Heather lachte hingegen laut auf und warf dabei ihren Kopf in den Nacken. Irritiert sah ich ihr dabei zu, während ich am liebsten laut aufgestöhnt hätte.

Ich konnte das Spiel nicht leiden. Es lief immer darauf hinaus, dass es um Sexthemen ging.

„Ich fange an. Ich hatte noch nie Sex im Auto." Heather sah erwartungsvoll in die Runde. Ich griff nach meinem Glas und nahm einen Schluck, während Pen so tat, als merkte sie es nicht. Sie trank nicht, denn es war nicht mit ihr gewesen. Noch so ein Grund, warum das Spiel dämlich war, irgendwer fühlte sich immer blöd dabei.

Meine Freunde hatten aber sichtlich ihren Spaß, als es reihum ging, und ich riss mich halbwegs zusammen, meine Laune nicht zu sehr heraushängen zu lassen. Heather und Penelope beobachteten Sam und ließen sich absolut keine Regung von ihm entgehen, was meinen Verdacht, dass Heather auf Sam stand, erhärtete. Doch er war schrecklich schüchtern und damit das absolute Gegenteil von der offensiven Heather.

„Ich hatte noch nie einen Dreier", kommentierte Tristan. Glücklicherweise musste ich nicht trinken, doch Sam hob sein Glas an und errötete. Meine Brauen hoben sich. Stille Wasser waren wohl tief. Er sah aus wie eine Tomate, was seine roten Haare und seine Sommersprossen nur noch untermauerten. Sam war wirklich ein klassischer Brite. Die Mädchen neben mir waren so aufgeregt und ich war mich sicher, dass Sam eben nochmal um einiges interessanter für Heather geworden war.

Ich rätselte noch, warum ich dieses blöde Spiel eigentlich mitspielte, als mich der nächste Satz erstarren ließ.

Penelope war an der Reihe. „Ich habe noch nie Sex mit jemandem gehabt und es hinterher bereut."

Mein Herz blieb stehen. Ich definitiv schon. Oder nicht? Es war schließlich so gut gewesen. Ich schüttelte den Gedanken ab. Verstohlen blickte ich in die Richtung von Jace. Viele meiner Freunde lachten und mussten bei diesem Satz trinken. Jace hob sein Glas, sah mir über den Raum hinweg tief in die Augen und trank einen Schluck.

Fuck, das tat weh. Das tat richtig weh. Jace bereute, was letzte Nacht zwischen uns passiert war. Ich schluckte den Kloß in meinem Hals herunter. Ich bereute es doch schließlich auch. Oder nicht? Ich musste hier raus. Irgendwie musste ich dieser Situation hier entkommen. Ich stand auf und torkelte aus dem Raum.

Das Haus machte es mir wie immer nicht leicht, mich darin zu orientieren. Nicht, dass ich nicht schon hunderte Male hier gewesen wäre, aber es war einfach riesengroß. Was sollte ich jetzt machen? Nach Hause konnte ich heute nicht, mein Dad hatte mich rausgeworfen. Autofahren war auch nicht mehr drin. Ich ging also die Treppe rauf, wofür ich erstaunlich lange brauchte, und öffnete die Tür, hinter der ich ein Gästezimmer erwartete. Ich landete in der Putzkammer. Ich versuchte es noch bei zwei weiteren Türen, bis ich endlich ein Gästezimmer fand. Ich schrieb Penelope eine Nachricht, dass ich gegangen war. Mehr nicht. Zu einer Erklärung war ich jetzt nicht imstande. Meine Hände zitterten. Eine einzelne Träne lief meine Wange herab und ich wischte sie wütend weg. Ich wollte mir keine

Gedanken darüber machen, was meine heftige Reaktion zu bedeuten hatte. Stattdessen begrüßte ich die Leere, die mit jeder Minute mehr und mehr Besitz von mir ergriff. Alkohol war fantastisch. Ich schmiss mich aufs Bett, vergrub meinen Kopf unter dem Kissen und schloss meine Augen.

Kapitel 4

Jace

Mein Blick ging ins Leere, als ich vergeblich versuchte, mich zusammenzureißen. Dieser Abend war eine absolute Katastrophe. Es war ganz genauso gekommen, wie ich es immer prophezeit hatte und weshalb ich ganz bewusst niemals versucht hatte, bei River zu landen.

Jetzt war es zu spät und alles war anders. Wieso hatte ich ihn küssen müssen?

Auch wenn ich bereits seit Jahren in River verliebt war, hatte ich immer gewusst, dass aus uns nicht werden würde. Es war okay, einfach in seiner Nähe sein können, sein bester Freund sein zu können. Und jetzt hasste er mich.

Ich kämpfte gegen die Tränen an und nahm einen Schluck von meinem Bier, mit dem ich mich heute mächtig zurückhielt. Alkohol würde nur alles noch schlimmer machen.

Ich schluckte den Kloß in meinem Hals herunter.

River war hetero. Ich war es nicht. Eigentlich hatte ich schon immer gewusst, dass ich schwul war, aber ich behielt es für mich, um es einfach in meinem Freundeskreis nicht kompliziert zu machen. Bis letzte Nacht hatte das gut funktioniert.

Mein Sexleben war komplett intakt, ich war häufiger in Schwulenbars unterwegs, wo ich letztens erst einen süßen Typen namens Blake kennengelernt hatte, mit dem ich im Bett gewesen war. Mit jedem einzelnen Kerl versuchte ich River aus meinen Gedanken zu vertreiben, was mir nur semioptimal gelang und nach letzter Nacht nie wieder gelingen würde. Denn mit River zu schlafen, war um so vieles besser gewesen, als ich es mir immer vorgestellt hatte. Mein ganzer Körper hatte in Flammen gestanden und mein Herz hatte heftig in meiner Brust gepocht. Vor Lust, vor Aufregung und vor Liebe. Fuck.

Ich konzentrierte mich auf meine Freunde um mich herum. River war bereits verschwunden. Heather belagerte den armen Sam und man sah ihm deutlich an, dass das alles zu viel für ihn war. Heather war laut und einnehmend und ich war mir sicher, dass das nicht unbedingt Sams Ding war. Genau genommen war er ein kleiner Nerd, der es liebte, Zeit mit seinem Computer und seinen Sammelkarten zu verbringen. Ich mochte ihn extrem gerne.

Ich schnaubte belustigt, als Sam Stück für Stück von Heather wegrutschte, was sie scheinbar als Aufforderung betrachtete, immer weiter aufzurücken. Sie berührte ihn nicht, sie war ihm einfach nur sehr nahe. Und strahlte übers ganze Gesicht.

Penelope tippte abwesend auf ihrem Handy rum. Ich beobachtete sie oft, wie sie mitten in einer Runde irgendwelche Artikel las oder sich auf Klausuren vorbereitete. Wäre sie nicht mit River zusammen, würde ich sie bewundern. Sie arbeitete hart, hatte genaue Ziele und nahm sich, was sie wollte. Dennoch konnte ich sie nicht leiden, einfach weil sie River hatte und ich nicht. Und immer, wenn ich das dachte, fühlte ich mich wie ein bockiger, dummer, kleiner Junge.

Brandon zeigte Tristan auf seinem Handy irgendwelche Videos und schüttelte sich vor Lachen. Tristans Augen hingegen lagen nicht auf dem Smartphone, sondern auf Penelope. Ich hob überrascht meine Augenbrauen. Seine Augen funkelten und ein leicht trauriges Lächeln lag auf seinen Lippen. War Tristan etwa in Penelope verliebt? Wusste River davon?

River. Wieder wanderten meine Gedanken zu ihm und meinem Herzen durchfuhr ein Stich.

Er war heute Abend vollkommen von der Rolle gewesen. Weil ich ihm die Panik angesehen hatte, hatte ich versucht, für ihn locker zu sein und ihm zu zeigen, dass wir Freunde sein konnten. Auch wenn ich ihn am liebsten wieder an mich gezogen hätte. Nie war mir etwas schwerer gefallen. Er hatte sich sofort betrunken und kein Wort mit mir geredet. Das war so ätzend. Diese ganze Situation war total beschissen. Ich dachte die ganze Zeit über an ihn und unsere verschlungenen Körper. Verdammt. Ich war in mein eigenes Verderben gerannt, denn ich wollte es wiederholen. Immer und immer wieder.

Kapitel 5

Sonntag zog ich mich komplett zurück. Brandon staunte nicht schlecht, mich morgens in seinem Haus zu sehen. Er fand den Säufer–River scheinbar lustig und sympathisch. Säufer–River hatte aber keine Ahnung. Wieder hatte ich viel zu viel getrunken und hatte einen absolut fiesen Kater.

Ich fühlte mich so elend. In den letzten Tagen hatte ich kaum gegessen, dafür aber umso mehr getrunken. So etwas war mein Körper nicht gewohnt. Penelope hatte mir ein paar wütende Nachrichten hinterlassen, aber ich hatte einfach nicht die Kraft, mich mit ihr auseinanderzusetzen, weshalb ich sie fürs erste ignorierte. Sicher war das alles nicht fair, aber es ging nicht anders. Meinen Eltern erzählte ich, dass ich mich krank fühlte und da sie panische Angst vor Keimen hatten, die sie vom Arbeiten abhalten könnten, ließen sie mich in Ruhe. Roza brachte mir etwas Warmes zu Essen, was ich allerdings nicht anrühren konnte. Ich hatte einen dicken Knoten im Magen und dachte ununterbrochen an Jace.

Keine Ahnung, wann ich das letzte Mal praktisch zwei Tage im Bett verbracht hatte. Ohne Sport und ohne Boxen.

Am Montag kam ich unglaublich schwer aus dem Bett. Außerdem sah ich nach wie vor genauso beschissen aus, wie ich mich fühlte. Ich hatte dunkle Ringe unter den Augen und war immer noch blass. Schlafen konnte ich sowieso nicht. Meine wirren Gedanken hielten mich die ganze Zeit über wach. Mein Bett roch noch nach ihm, aber ich konnte mich nicht dazu überwinden, die Bettwäsche zu wechseln. Ich erwischte mich immer wieder dabei, wie ich daran roch. Wie ein erbärmliches Weichei.

Sicher fehlte mir einfach nur mein bester Freund, mehr konnte da nicht dahinterstecken.

Ich brachte mich trotzdem dazu, wie gewohnt, meine Haare zu stylen und fuhr los.

Auf die Schule konnte ich mich nicht konzentrieren, da ich permanent damit beschäftigt war, mich vor Jace zu verstecken. So bekam ich meinen Tag halbwegs rum.

Nach der Schule begann das Basketballtraining und mein Wochenende forderte seinen Tribut.

„Ihr habt nun die Playoffs erreicht, Ladys. Das heißt, dass wir das Training verschärfen. Sprints zum Anfang, los geht's", donnerte die Stimme von Coach Bryer durch die Halle. Ich stöhnte auf, biss die Zähne zusammen und rannte los, von der einen Seitenlinie zur anderen, tippte auf den Boden und rannte zurück. Immer so weiter. Und war bereits nach zwei Sprints völlig am Ende.

„Was ist los mit dir?", raunte Brandon mir zu, der neben mir lief.

„Ich kann nicht mehr", keuchte ich.

„Dein Ernst?" Er klang nicht halb so außer Atem wie ich. „Normalerweise macht dir doch das bisschen Rennen nichts aus. Nicht umsonst bist du Coach Bryers

Liebling." Diesmal hatte ich das Wochenende durchgesoffen, gekifft und nichts gegessen. Ich hatte nicht einmal Sport gemacht, mich kaum bewegt und nicht die Kraft gehabt, meinen Boxsack zu malträtieren. Dementsprechend brodelte es in mir. Ich hatte früh erkannt, dass das Boxen mir half mit meinem Leben klarzukommen. Es half mir nach der Trennung von Haley und es half mir, wenn ich es zu Hause nicht mehr aushielt. Doch diese Situation war noch weitaus schlimmer, fühlte sich viel schlimmer an. Ich hatte das dringende Bedürfnis, jemanden zu verprügeln. Nichts davon sprach ich aus. Unter anderem, weil ich hier kurz vorm Verrecken war. Ich keuchte laut und hatte Seitenstechen.

„Fuck, ich kann nicht mehr", keuchte ich, brach die Sprints ab und stürmte aus der seitlichen Hallentür ins Freie. Ich schaffte es gerade noch, die kleine Reihe von Büschen vor mir zu erreichen, bevor ich mich übergab.

Zwei Teamkameraden, die allerdings noch relativ frisch im Team waren, taten es mir gleich. Erschöpft lehnte ich mich an die Wand der Sporthalle. Der Coach würde mich in der Luft zerfetzen. Die Jungs starrten mich an und waren kurz darauf schon wieder hinter der Tür verschwunden. Sicher erzählten sie drinnen brühwarm, dass der Captain hier draußen kotzen musste. Ich raufte mir die Haare und betrat erneut die Halle.

Hanni und Nanni hatten bereits gepetzt. Jeder starrte mich an. Vor allem Jace war erstaunt, der nach wie vor topfit aussah. Schweißperlen standen auf seiner Stirn. Er sah verflucht gut aus und allein der Gedanke ließ mich wieder zusammenzucken.

Ich wandte mich von ihm ab und sah zu meinem Coach. Er war sichtlich wütend. Irgendwie konnte ich damit sehr gut umgehen. Wütende Menschen um mich herum kannte ich.

„Verdammt, River, was ist hier los? Seit wann muss der Captain nach ein paar albernen Sprints kotzen gehen?"

Genervt verdrehte ich die Augen, was der Coach stirnrunzelnd zur Kenntnis nahm. Normalerweise war ich sein Liebling und ich behandelte ihn stets mit Respekt. Aber momentan war mir eigentlich alles egal. Außerdem hatte ich nicht Jace an meiner Seite, der mich immer zurückhielt, wenn ich im Begriff war, Mist zu bauen. Also was soll's? Der Coach sollte sich mal entspannen.

„Etwas viel gesoffen am Wochenende, Coach. Nichts dramatisches."

Meine Teamkameraden sahen mich geschockt an. Niemand band dem Coach auf die Nase, dass er seine Fitness mit Alkohol zerstörte. Schließlich saß man so schneller auf der Bank, als man Basketball sagen konnte.

Coach Bryer bekam einen roten Kopf und presste wütend die Zähne aufeinander. „Scott, ich werde jetzt so tun, als hätte ich nichts gehört. Reiß dich verflucht nochmal zusammen. Wir sind in den Playoffs. Wir brauchen Höchstleistung."

Ich lachte bitter auf. Wieder jemand, der sich nur dafür interessierte, dass ich gut im Basketball war. Dass ich genau das tat, was von mir erwartet wurde. So war es zu Hause, so war es in der Schule, so war es bei Penelope und so war es auch hier in der Halle. Immer sollte ich der River sein, den andere haben wollten. Meistens fügte ich mich dem Ganzen. Wie passte das letzte Wochenende dazu?

Penelope würde ich das Herz brechen, wenn sie wüsste, was ich getan hatte. Meine Familie würde mich vermutlich verstoßen, denn so etwas passte absolut nicht in das konservative Leitbild meines Vaters. Er wäre total entsetzt und angewidert. Und ich hatte nicht die geringste Ahnung, was Mom dazu sagen würde. Eigentlich gab sie mir nie das Gefühl, nicht gut genug zu sein, aber was, wenn sich das dann ändern würde? Vielleicht wäre sie ebenfalls … abgeneigt? Panik überkam mich. Jetzt versagte ich auch noch hier in der Halle. Ich lebte für den Basketball. Es war das Einzige, was ich wirklich gut konnte. Aber ich hielt diese ganzen Erwartungen an mich nicht mehr aus.

Ich wollte den Coach wütend machen. Mit dieser Reaktion konnte ich immer umgehen. Außerdem konnte ich mich dann auf die Konsequenzen konzentrieren, anstatt auf mein Gefühlschaos.

„Bitte, Coach. Ein bisschen Party hat noch niemandem geschadet. Wir haben eben gefeiert, dass wir in die Playoffs eingezogen sind. Was solls. Entspannen Sie sich. Ist doch wirklich kein Drama", gab ich möglichst arrogant von mir. Ganz in der Ich–bin–ein–verzogener–reicher–Bengel–Manier. Wenn ich wollte, konnte ich diesen River auf Knopfdruck hervorrufen.

Ich hasste ihn aus tiefster Seele. Er stand für alles, was ich verabscheute und all das, was ich niemals sein wollte.

In diesem Moment wollte ich allerdings einfach nur Ärger bekommen, der mich davon abhielt, durchzudrehen.

Ich sah irgendetwas in den Augen von Coach Bryer aufblitzen, während die gesamte Mannschaft um uns herum deutlich laut nach Luft schnappte. Ich erwartete, dass der Coach mich vor versammelter Mannschaft auseinandernehmen würde. Stattdessen antwortete er in deutlich ruhigerem Tonfall: „In mein Büro, Scott. Dort wartest du auf mich."

Ich riss überrascht die Augen auf. Damit hatte ich bei Weitem nicht gerechnet. Er wandte sich an das Team und schrie wieder in seiner lauten Stimme: „Das Training ist für heute beendet. Ab mit euch in die Duschen, ihr stinkt."

Die Jungs sahen sich verwirrt an, setzten sich aber alle nach und nach in Bewegung. Jace blieb stehen und sah mich prüfend an. Ich wandte den Blick ab.

„Jace Midland, ob Co–Captain oder nicht, diese Aufforderung galt ebenso für dich, ab mit dir unter die Dusche." Der Coach wedelte ungeduldig mit den Armen und drehte sich dann zu mir um.

„Na los", forderte er mich auf. „Ich sagte, du sollst in mein Büro."

Ich verdrehte erneut die Augen und lief betont langsam los. Irgendwann musste er doch ausflippen. Selbstbeherrschung war eigentlich nicht seine Stärke. Im Training machte er uns öfter runter, als mir lieb war. Lief im Spiel nicht alles nach Plan, schrie er sich regelmäßig am Spielfeldrand in Rage. Er musste doch auch jetzt wütend auf mich werden. Doch ich hörte nur ein kleines Lachen hinter mir. Was sollte das?

In seinem Büro ließ ich mich lässig auf einen unbequemen Stuhl plumpsen. Sicherlich würde ich jetzt meine Standpauke erhalten.

Er schloss die Tür seines Büros, damit die lauten Stimmen meiner Teamkollegen verstummten. Die Kabinen und die angrenzenden Duschen waren gleich den Gang runter.

Er setzte sich mir gegenüber in den großen, schwarzen, ausladenden Ledersessel und sah mich an. Trotzig starrte ich zurück. Nur der bullige Schreibtisch, auf dem sich Zeitungsauschnitte, Spielzugbretter und Blätterstapel türmten, stand zwischen uns in dem viel zu engen und dunklen Raum.

„Also Junge, was ist los?", fragte er in sanftem Tonfall. Ich runzelte die Stirn.

„Wollen Sie mich gar nicht anschreien, Coach?" Ich reckte das Kinn vor und sah angriffslustig zu ihm auf.

Er quittierte meine Bemühungen mit einem lauten Lachen. „Ich habe vier Söhne, River. Dieses Getue kannst du dir schenken. Ich weiß, dass etwas nicht stimmt und du verlässt nicht eher mein Büro, bevor du mir nicht gesagt hast, was dich bedrückt."

Ich schnaubte verächtlich.

„Ärger mit deiner Freundin?", fragte er mich ruhig und sah mich dabei aufmerksam an, jede Regung meines Gesichts studierend. Seine grauen Haare waren unter dem blauen Basecap verborgen und seine Falten im Gesicht deuteten darauf hin, dass der Coach schon älter war, als er durchblicken ließ. Ich schüttelte den Kopf.

„Die Schule? Hast du Probleme mit einem Lehrer?", bohrte er weiter nach.

Wieder schüttelte ich bloß den Kopf. Ich war verwirrt. Wieso interessierte ihn das? Ich würde ihm sicher nicht von Jace berichten.

„Probleme zu Hause? Mit deinem Vater?"

Ich zuckte zusammen. Noch niemals hatte mich jemand gefragt, ob zu Hause alles in Ordnung war. Niemals. Im Gegenteil – jeder sagte mir, was ich doch für ein Glück hatte, mit solch wundervollen, liebenden Eltern aufgewachsen zu sein. Fassungslos sah ich zum Coach, dem meine Reaktion sofort aufgefallen war. Er strich sich durch sein kurzes, stoppeliges und bereits grau gewordenes Haar.

„River, ich kann mir vorstellen, dass es zu Hause vielleicht nicht immer leicht ist", versuchte er weiter, mich zum Reden zu bringen. Ich lachte bitter auf. Das war die Untertreibung des Jahres.

„Kann sein", antwortete ich und verschränkte die Arme vor der Brust. Argwöhnisch blickte ich ihn an. Eigentlich liebte jeder meinen Vater. Er spendete regelmäßig massenweise Geld an diese Schule und unterstütze somit Rektor Phillips in all seinen Vorhaben. Ich konnte nichts an dieser Schule machen, ohne, dass mein Vater davon erfuhr.

Der Coach schien meinen Argwohn zu bemerken und nickte verständnisvoll.

„Ich will ehrlich zu dir sein und ich hoffe, du bist es dann ebenso mit mir. Ich hatte bereits öfter das ungewollte Vergnügen, deinen Vater zu treffen. Er wollte schon öfter Einfluss auf das Team oder die Aufstellung nehmen. Du bist nicht Captain, weil du der Sohn vom Bürgermeister bist. Das wäre für mich eher ein Grund gewesen, dir diesen Posten nicht zu überlassen. Aber du hast ihn, weil du verdammt nochmal gut bist. Du bist der beste Basketballer, den ich bisher coachen durfte. Das habe ich früh erkannt. Dein Dad kam bereits das erste Mal in mein Büro, als du noch ein Freshmen warst. Er verlangte, dich nicht ins Team zu nehmen und sagte mir, wie lächerlich und unwichtig so ein Sport doch wäre, der dich nur vom Wesentlichen abhielte. Ich habe direkt abgelehnt und ihm erklärt, dass ich über so etwas nicht mit Eltern verhandele."

Er sah mich prüfend an und wartete ab, wie ich diese Neuigkeit verarbeiten würde. Ich ballte die Hände zu Fäusten und biss die Zähne zusammen.

„Verdammter Mistkerl", murmelte ich wütend. Wieder überkam mich das dringende Bedürfnis, auf etwas einzuschlagen. Ich brauchte meinen Boxsack.

Dad hatte verlangt, dass ich nicht ins Team aufgenommen werde? Mittlerweile erwartete er Höchstleistungen im Basketball, etwas anderes wurde bei ihm nicht akzeptiert.

„Dein Vater ist ein Arschloch. Tut mir leid, dass du es mit ihm aushalten musst", entgegnete Coach Bryer mit einem entschuldigenden Gesichtsausdruck.

Mir fielen die Augen aus dem Kopf.

„Was?", fragte ich fassungslos.

Bisher war Jace der Einzige, der jemals zu mir gesagt hatte, dass mein Dad ein Arschloch war. Was er ohne Zweifel war. Ein Lachen entfuhr meiner Kehle und auch der Coach schmunzelte. Mein Lachen wurde immer lauter, bis ich mir den Bauch halten musste. Es dauerte, bis ich mich wieder beruhigen konnte. Direkt nach meinem kleinen Lachanfall wich der Heiterkeit wieder Traurigkeit. Normalerweise lachte ich mich mit

Jace über meinen Dad kaputt. Das konnte ich dem Coach allerdings nicht sagen.

„Pass auf, Junge. Wenn du jemanden zum Reden brauchst, bin ich da. Wenn du einen Ort brauchst, wo du hingehen kannst, bin ich da. Ich helfe dir. Aber bitte tu mir den Gefallen und setze nicht deine Zukunft aufs Spiel. Du hast große Chancen auf ein Basketballstipendium. Jetzt, wo wir in den Playoffs stehen, werden immer wieder Talentscouts auftauchen. Verbau dir nicht alles, was du dir so mühsam erarbeitet hast, nur weil dein Vater ein Arschloch ist, River. Du hast eine echte Chance, Collegebasketball zu spielen. Dein Team braucht dich. Und *du* brauchst das hier auch. Gegen ein bisschen feiern ist nichts zu sagen, aber übertreibe es nicht. Haben wir uns verstanden?“ Er sah mich ernst an. Ich schluckte schwer. Jahrelang hatte ich gelernt, mit meinem verrückten Vater auszukommen. Hier ging es nicht um ihn. Es ging um Jace. Seit dem vergangenen Wochenende fehlte ein Stück von mir. Wir beide waren schon immer ein eingeschworenes Team. Nun hatten wir mehrere Tage kein Wort mehr miteinander geredet und vermutlich unsere enge Freundschaft versaut. Er fehlte mir. In meiner Brust war es seitdem so eng, dass ich das Gefühl hatte, egal wie sehr ich versuchte, Luft in meine Lungen zu bekommen, es doch einfach nie genug war. Ich hatte das Gefühl, nicht mehr richtig atmen zu können, seit der alles verändernden Nacht. Aber das konnte ich ihm nicht erzählen. Nicht das.

„Verstanden“, antwortete ich also. Was hätte ich auch sonst sagen sollen. Er hatte trotzdem Recht. Ich durfte nicht einfach das Team im Stich lassen und musste ein Ventil für meine Wut, für meine Gefühle finden.

Coach Bryer entließ mich und ich konnte endlich duschen gehen. Alle anderen waren bereits weg. Gott sei Dank.

Als ich endlich fertig war, setzte ich mich in meinen Range Rover und fuhr nach Hause.

Mein Weg führte mich direkt in unseren Keller. Dort hatte ich einen eigenen Trainingsraum, der, nur durch eine Glaswand getrennt, neben dem Poolbereich lag. Ich wechselte in Shorts und Muskelshirt und zog mir meine Boxhandschuhe über.

Mit dem starren Blick auf die glatte Wasseroberfläche schlug ich auf meinen Boxsack ein, bis es mir endlich besser ging.

Irgendwie musste ich mich zusammenreißen und bei meinem Plan bleiben. Ich musste ein Stipendium fürs College bekommen, um auf eines meiner Wahl gehen zu können. In der Nähe, denn ich musste unbedingt bei Sadie bleiben.

Nach einer ausgiebigen Dusche konnte ich das Unvermeidliche nicht mehr länger hinauszögern – ich musste Penelope anrufen. Ich ging in mein Zimmer, schlüpfte in eine Jogginghose und ein einfaches T–Shirt und griff mit noch tropfenden Haaren nach meinem Smartphone.

Es tutete zweimal, dann nahm sie ab. Und schwieg.

„Pen?", fragte ich leise, doch erntete weiter nur Stille. Ich nahm kurz das Handy vom Ohr, um mich zu vergewissern, dass der Anruf nicht unterbrochen war.

„Pen? Kannst du bitte mit mir reden?"

„Ist ein blödes Gefühl, ignoriert zu werden, oder?"
Touché.

„Ist es", stimmte ich ihr leise zu und ließ mich auf mein Bett fallen. „Es tut mir leid."

„Was genau?" Mist, so leicht würde sie es mir nicht machen.

„Dass ich dich ignoriert habe."

Penelope schnaubte leise. „Nicht nur, dass du mich ignorierst. Du hast mich einfach bei Brandon sitzen lassen und bist ohne eine Erklärung abgehauen."

„Ich weiß." Meine Stimme klang zerknirscht, während mein schlechtes Gewissen immer stärker wurde. „Es tut mir wirklich leid."

„Was sollte das denn überhaupt?"

Ich schloss meine Augen und dachte eine Sekunde nach. Nicht nur, dass ich nichts von Jace erzählen konnte. Ich konnte auch genauso wenig von der Situation Zuhause erzählen – oder wollte es vielmehr nicht. Das alles ging nur mich etwas an. Außerdem bewies mir meine Mom Tag für Tag, dass es eh nichts änderte. Sie wusste, was Dad mir angetan hatte. Was er mir noch immer antat. Doch wir lebten noch immer mit ihm in einem Haus zusammen. Wozu sollte ich jemandem davon erzählen, wenn es sowieso nicht bringen würde?

„Ist irgendwie alles gerade etwas zu viel."

„Meinst du den Wahlkampf?", hakte Penelope nach. „Ich weiß, dass diese Zeit stressig ist, aber wir müssen uns da durchbeißen, River. Das ist extrem wichtig für unsere Väter und unsere Familien."

Ich vergrub meine eine Hand in meinen Haaren und zog leicht daran.

„Ja. Der Wahlkampf. Und Basketball“, kommentierte ich lahm.

„Komm schon, wir sind in den Playoffs, das ist doch der Wahnsinn. Du wirst großartig spielen.“

Ich lächelte bei ihren Worten.

„Du hast vermutlich recht. Ich krieg mich schon wieder ein.“

„Okay. Ich bin trotzdem noch sauer auf dich.“

Ich stöhnte auf. „Komm schon, sei nicht böse auf mich. Ich verspreche, dass ich dich nicht mehr ignorieren werde.“

„Und was ist damit, dass du mich stehen lassen hast?“

„Ich verspreche, dass ich nicht mehr einfach abhauen werde. Zufrieden?“

„Ein kleines bisschen.“

„Was soll ich machen? Sag es mir und ich tue es.“ Irgendwie meinte ich das sogar so.

Ich konnte Penelope quasi durch das Telefon Lächeln hören.

„Okay. Das Konzert meiner Lieblingsband, das bald in Portland stattfindet.“

„O nein.“

„Das, wo du nicht mitwolltest. Mittlerweile habe ich all unsere Freunde zusammengetrommelt. Und du wirst dabei sein.“

„Das ist mitten in den Playoffs“, protestierte ich. „Hast du eine Ahnung, was der Coach uns momentan antut?“

„Du könntest mich auch endlich mal bei den Wahlkampfarbeiten unterstützen. Wir könnten deine Hilfe wirklich gut gebrauchen.“ Nur über meine Leiche.

„Konzert klingt gut“, erwiderte ich also und Penelope lachte auf.

„Ich wusste, dass du das sagst", antwortete sie triumphierend. Ich grinste. „Du hast mich ausgetrickst, oder?"

„So etwas würde ich niemals tun."

„Wenn du das sagst." Ich griff nach dem kleinen Mini–Basketball, der neben mir lag und warf ihn mit einer Hand immer wieder in die Höhe, während mein leerer Blick auf die Zimmerdecke gerichtet war.

„Aber, River?"

„Ja?", fragte ich argwöhnisch.

„Was auch immer gerade los ist – schieb es während des Wahlkampfs beiseite. Wir beide müssen eben auch unseren Beitrag leisten."

Ich unterdrückte ein bitteres Lachen.

„Klar", gab ich nur zurück.

„Schlaf gut. Sehen wir uns morgen?"

„Sicher."

Wir verabschiedeten uns und ich ließ mein Handy neben mich fallen. Augenblicklich kreisten meine Gedanken wieder um Jace. Wie eigentlich schon die ganze Zeit über.

Kapitel 6

River

Die restliche Woche verlief wie immer, mit Ausnahme meines Verhältnisses zu Jace. Allmählich bekamen auch unsere Freunde mit, dass irgendwas komisch war, aber niemand traute sich zu fragen. Nach dem Training versuchte ich immer noch irgendetwas mit dem Coach zu besprechen oder ein paar Minuten länger zu trainieren, nur um nicht mit den anderen Jungs duschen zu müssen. Jace nackt und nass unter der Dusche wäre mein Untergang. Es reichte, dass ich das Bild von ihm, wie er nackt in meinem Bett lag, jedes einzelne Mal sah, wenn ich meine Augen schloss. Oder in meinen Träumen. Noch nie hatte ich so heiße Träume gehabt, wie die letzte Woche über. Ausgeschlossen, dass ich mit ihm unter der Dusche stehen konnte, ohne ihn zu bespringen. Ich schämte mich so sehr für meine Gedanken. Jace wäre bestimmt furchtbar angeekelt, wenn er davon wüsste. Allerdings hatte ich aufgegeben, meine Gedanken zu verdrängen, denn sie waren nun mal da. Gegen meinen Frust malträtierte ich täglich meinen Boxsack. Das zusätzliche Training hielt mich fit.

Jeden Morgen ging ich am See joggen. Die kühle Morgenluft, die aufgehende Sonne und die Ruhe, weil die meisten Leute noch schliefen, beruhigten mich.

Am Freitagnachmittag kam endlich ein Lichtblick in Sicht – Sadie kam aus ihren Reiterferien zurück.

Meine Mutter wollte die Nanny schicken, um sie abzuholen, weil meine Eltern, wie könnte es auch anders sein, arbeiten mussten. Auf keinen Fall würde ich zulassen, dass meine kleine, fünfjährige Schwester von der Nanny abgeholt wurde. Sie hatte ihre Familie eine Woche lang nicht gesehen, da konnte man sie doch keiner praktisch Fremden übergeben. Meine Mutter fand, dass ich übertrieb, aber das war mir egal. Ich erklärte dem Coach, dass ich nicht am Training teilnehmen konnte, was er, einen Tag vor dem letzten regulären Spiel, nicht sonderlich gut aufnahm. Als er jedoch hörte, dass es um Sadie ging, klopfte er mir auf die Schulter und sagte mir, es sei kein Problem. Wenn mein Dad davon erfuhr, würde er wohl nicht so verständnisvoll sein.

Ich lenkte meinen Range Rover auf den Parkplatz vor der Grundschule, an den direkt das Kindergartengebäude grenzte. Ich stieg aus und lehnte mich an die Motorhaube meines Wagens. Mein Blick schweifte über den Spielplatz, auf dem einige Kinder auf dem großen Klettergerüst spielten, das die Form eines Piratenschiffs hatte. Meine Schwester liebte es, dort zu spielen und erzählte regelmäßig aufgeregt von dem großen Schiff. Am liebsten erzählte sie Jace davon, der dann immer seine Stimme verstellte, sein Bein hinter sich herzog, als hätte er ein Holzbein und sagte er sei J der Pirat. Meine Schwester kicherte jedes Mal so sehr, dass mir bei dem Gedanken daran warm ums Herz wurde. Seufzend fuhr ich mit den Händen durch meine Haare.

Als der Bus wenige Minuten später auf den Parkplatz fuhr und ich sah, wie sich meine Schwester am Fenster die Nase plattdrückte, stahl sich ein schiefes Grinsen auf mein Gesicht. Als erstes Kind verließ sie den Bus und rannte lachend auf mich zu, wobei ihre niedlichen blonden Zöpfe, die zwei pinke Schleifchen zierten, hin und her wippten. Sie sah einfach nur süß aus und strahlte mich mit ihrem pausbäckigen Gesicht an. Ich streckte die Arme nach ihr aus und wirbelte sie herum, als sie bei mir ankam. Ihr herzliches Lachen war wie Balsam für meine Seele.

„Hey, kleine Fee", begrüßte ich sie glücklich und drückte sie kräftig an mich. Ich inhalierte ihren Zuckerwatteduft, der für mich Zuhause verkörperte.

„Wo ist Mommy?", fragte sie leise.

„Arbeiten. Aber ich bin da." Ich drückte sie noch fester.

„Ich habe dich vermisst, Rivi", sagte sie, während sie ihren Kopf an meiner Schulter anlehnte.

„Ich dich auch. Und wie. Wie waren deine Ferien?"

„Die waren so toll", sagte sie aufgeregt. „Tami und ich waren im gleichen Zimmer. Jeden Morgen mussten wir die Tiere füttern. Schweine waren da. Und Ziegen. Und Pferde. Ich durfte ein Pferd reiten. Es heißt Stardust. Stardust ist weiß und hat einen braunen Fleck am Kopf."

Ich lachte bei dieser Informationsflut.

„Das hört sich super an. Du musst mir unbedingt bei einem Eis davon erzählen."

Bei dem Wort Eis leuchteten ihre Augen auf.

Ich winkte den Eltern von Tami zu, die gerade ihre Tochter abholten. Beide gemeinsam. Auch sie waren berufstätig, hatten aber trotzdem Zeit, ihre Tochter abzuholen, nachdem sie eine Woche weg gewesen war. Sie kamen zu uns rüber und begrüßten mich herzlich.

„Hallo River, wie schön, dich zu sehen. Lieb von dir, dass du deine Schwester abholst“, sagte Tamis Mutter liebevoll. Dennoch war klar, was sie eigentlich sagen wollte. *Wo sind deine Eltern. Warum holen sie Sadie nicht ab?*

„Ich wollte nicht, dass sie von der Nanny in Empfang genommen wird“, gab ich schulterzuckend zurück. Bestürzt sah sie mich an und streichelte kaum merklich über meine Hand.

„Du bist ein guter Bruder. Sadie hat Glück dich zu haben.“ Sie sah mir fest in die Augen.

„Danke. Sadie ist kein besonders großer Fan von der Nanny.“

Ich sah zu ihr rüber. Sie unterhielt sich aufgeregt mit Tami über Pferde und bekam unser Gespräch gar nicht mit.

Tamis Eltern nickten verständnisvoll und wünschten uns ein schönes Wochenende. Ihr Gesicht sprach Bände. Sie fanden es nicht richtig, dass Sadies eigene Eltern nicht das Bedürfnis hatten, ihre Tochter nach einer Woche in die Arme zu schließen. War es auch nicht. Doch bei uns zu Hause stand die Arbeit an erster Stelle.

Sadie und ich stiegen in meinen Wagen und fuhren zu *Frosties Eisdiele*. Hier war alles bunt und mit Clowns verziert. Ich für meinen Teil fand das zwar extrem gruselig, aber den Kindern hier schien es zu gefallen. Sadie bestellte sich einen riesigen Kindereisbecher und trank dazu einen Milchshake. Meine Mutter würde einen Anfall bekommen, wenn sie das sehen würde. Zu Hause durfte Sadie nie so viel Zucker essen, weshalb ich stets darauf achtete, dass sie trotzdem genug bekam. Immerhin war sie ein Kind.

„Und jetzt möchte ich alles von deinen Ferien wissen, kleine Fee“, horchte ich sie aus.

„Es war so toll. Da waren so viele tolle Tiere, nicht nur Pferde. Es gab auch Schafe und Hühner. Die Leute waren sehr nett. Ihnen hat der ganze Hof gehört und sie mussten sich um alles kümmern. Ganz allein.“ Ich nickte beeindruckt.

„Und was war das beste von allem?“

Sofort fingen ihre Augen an zu leuchten. Sie vergaß sogar kurz das Essen.

„Wir haben einen Tagesausritt gemacht. Das durften nur die Kinder machen, die schon richtig reiten können, so wie ich.“ Ich hielt ihr die Faust hin und sie schlug mit ihrer kleinen Faust dagegen.

„Ich bin stolz auf dich“, sagte ich zwinkernd. Glücklich aß sie ihr Eis weiter.

Unser Vater hatte dafür gesorgt, dass Sadie bereits mit dem Reiten begann, kurz nachdem sie laufen konnte. Er gab gern mit ihren Reitkünsten an, was der einzige Grund für die Reitstunden war. Ob Sadie Lust dazu hatte, stand nie zur Debatte. Glücklicherweise hatte sie aber große Freude daran. Unwillkürlich musste ich daran denken, wie es mir damals ergangen war. Mein Blick wurde leer, als mich eine Erinnerung fest in ihre Fänge nahm.

„Dad, ich habe keine Lust, Golf zu spielen“, quengelte ich und trottete hinter ihm her. Meine Golftasche war total schwer und ich musste sie den ganzen Weg selbst tragen. Weit und breit war noch niemand zu sehen.

„Hör auf zu jammern“, entgegnete er barsch.

„Aber meine Golfstunden fangen erst in zwei Stunden an." Nicht mal auf die hatte ich Lust.

„Ja, und dein Golflehrer hat mir gesagt, dass du keine Fortschritte machst. Deshalb üben wir jetzt." Genervt sah er über die Schulter zu mir zurück.

„Aber ich mag kein Golf."

Jetzt blieb er stehen und drehte sich zu mir herum.

„Du musst es nicht mögen. Du sollst einfach gut darin sein."

„Wieso denn?"

„Weil Geschäftsabschlüsse nun mal auf dem Golfplatz geschlossen werden. Hier werden Beziehungen geknüpft."

„Aber ...", setzte ich an.

„Kein Aber", unterbrach er mich.

„Ich will aber nicht", versuchte ich es ein weiteres Mal, was ich hätte lassen sollen.

Er kam bedrohlich mehrere Schritte näher, woraufhin ich einige zurückwich. Sein Blick war wütend und seine Augen blitzten. Jetzt bekam ich Angst.

„Ich will, dass du Golf spielst, also spielst du auch gefälligst Golf. Weil du dich, verdammt nochmal, irgendwann einmal als nützlich erweisen kannst. Kapiert?" Nun war sein Gesicht dicht vor meinem. Ich brachte nur ein Nicken zustande. Meine Augen brannten. Eine Träne stahl sich aus ihnen und lief mir über die Wange. Dad biss die Zähne fest zusammen und musterte mich abschätzig.

„Hör auf zu heulen wie ein Mädchen und beweg dich endlich. Den Rest klären wir nachher zu Hause."

Mit diesen Worten ließ er mich stehen und lief weiter über den Golfplatz. Ich zuckte zusammen, da ich genau wusste, was das bedeutete. Nachher würde er mir dafür eine runterhauen. Weil ich ihm widersprochen hatte. Schon wieder.

Dabei wollte ich doch einfach nur kein Golf spielen. Ich wollte viel lieber meine Zeit mit Basketball verbringen.

Ich schulterte meine Tasche und stolperte schniefend wieder los.

Als mein Blick auf meine kleine Schwester fiel, stellte ich erleichtert fest, dass sie voll und ganz auf ihren Eisbecher konzentriert war und nicht mitbekommen hatte, dass ich gedanklich eben komplett woanders gewesen war. Bewusst schob ich all das Negative von mir und so verging der Nachmittag fast wie im Flug. Sadie lenkte mich ab und ich war glücklich, dass sie wieder bei mir war. Meine Eltern ließen sich den ganzen Tag nicht blicken. Abends las ich ihr noch ihre liebste Piratengeschichte vor, gab ihr einen Kuss auf die Stirn und verließ ihr Zimmer. Kaum hatte ich ihre Zimmertür geschlossen, merkte ich die Wut über meine Eltern in mir hochrollen. Wie konnte man nur so sein? Dass Sadie sich den ganzen Tag nicht einmal nach Dad erkundigt hatte, sagte einiges aus. Dennoch war klar, dass ihr das Fehlen von Mom aufgefallen war. Sadie war aufgeregt ins Haus gelaufen, direkt ins Wohnzimmer. Doch Mom war nicht zu Hause gewesen. Sadie hätte ihr so gerne von den Ferien berichtet. Wütend schrieb ich meiner Mutter eine Nachricht.

Sadie ist übrigens noch am Leben. Es geht ihr gut, falls es dich interessiert.

Ich ging in mein Zimmer, zog mir eine blaue Shorts und mein Basketballtrikot über und ging in den Hof, um ein paar Körbe zu werfen. Morgen war ein wichtiges Spiel und ich war immer noch durch den Wind. Dass ich eine Woche nicht mit Jace geredet hatte, nagte an mir. Neben meiner Schwester war er meine Familie. Dass mein Herz jedes Mal laut in meiner Brust pochte, wenn ich ihn sah, half auch nicht unbedingt dabei.

„Hey Schatz", unterbrach mich die Stimme meiner Mom und sorgte dafür, dass der Ball nicht den Korb traf. Ich blieb an Ort und Stelle stehen und atmete tief durch, bevor ich mich gewappnet fühlte, sie anzusehen. Als ich es tat, stand ihr das Bedauern bereits auf der Stirn geschrieben.

„Es tut mir leid", sagte sie leise und trat ein paar Schritte auf mich zu. Sie sah müde aus, wie so häufig in den letzten Wochen. Dennoch machte sie immer weiter und riss sich für meinen Dad den Hintern auf. Ich konnte mir beim besten Willen nicht vorstellen, dass er dafür auch nur den Hauch Dankbarkeit empfand.

„Tut es immer", erwiderte ich bitter und biss mir auf meine Unterlippe.

„Es ging einfach nicht früher. Aber ich mache es wieder gut, versprochen. Morgen nehme ich mir Zeit für Sadie."

Meine Mutter liebte Sadie, das wusste ich. Leider wusste ich auch, dass es nicht genug war, nicht, solange alles andere Priorität hatte.

„Das glaube ich erst, wenn ich es sehe."

„Danke, dass du dich um sie gekümmert hast. Du hattest Recht. Die Nanny wäre in diesem Fall nicht die richtige Wahl gewesen."

Es bedeutete mir etwas, dass sie ihren Fehler wenigstens einsehen konnte, denn das war etwas, das mein Dad niemals über sich brachte.

Ich nickte ihr zu, rieb mir über die Augen und seufzte. Sie hatte es auch nicht leicht, so viel stand mal fest.

„Sei das nächste Mal einfach da. Sadie hat die ganze Zeit auf dich gewartet."

Nun war es an meiner Mom, zu nicken. Ihre Augen glitzerten leicht und sie presste ihre Lippen fest aufeinander.

„Ich liebe dich, Schatz."

Als Antwort drückte ich ihr einen Kuss auf die Wange und lief an ihr vorbei zum Haus. Mehrere Stufen auf einmal nehmend, ging ich die Treppe hoch und verschwand in meinem Zimmer. Ich schlüpfte aus meinen Klamotten, verschwand in meinem Badezimmer und stellte die Dusche an. In mir tobte ein Sturm, der Stunde um Stunde mehr von mir Besitz zu ergreifen drohte. Warmes Wasser lief über meine verspannten Schultern, was mich aber nicht entspannen ließ. Ich seufzte tief und stützte mich frustriert an der Wand ab. Das Wasser prasselte auf meinen Hinterkopf und lief mir das Gesicht herunter. Ich schloss die Augen. Wie von selbst wanderte meine Hand an meinem Körper hinab. Zeit, anders für Entspannung zu sorgen. Meine rechte Hand fand meinen Schwanz und wanderte langsam auf und ab. Ich biss mir auf die Unterlippe und dachte an Penelope und die vielen Male, die wir Sex gehabt hatten.

Bernsteinfarbene Augen stahlen sich in meine Gedanken. Meine Bewegungen wurden schneller. Ich stöhnte laut auf, während der Wasserstrahl meinen Rücken hinunter strömte. Ich stellte mir vor, wie meine Hände sich in braunen Haaren vergruben und meine Zunge in seinen Mund vordrang. Mein Stöhnen wurde lauter, während meine Hand immer schneller auf und abwanderte. Ich dachte an Jace – wie heiß er heute in der Schule ausgesehen hatte. Jace.

Erschrocken riss ich die Augen auf und nahm die Hand weg. Mein Atem ging schwer und mein Herz klopfte wie wild. Mir stand der Mund offen und ich konnte nicht fassen, was ich eben im Begriff gewesen war zu tun.

Am Wochenende war ich sternhagelvoll gewesen. Jetzt hingegen war ich vollkommen klar. Ich war eben dabei gewesen mir einen runterzuholen, während ich an Jace gedacht hatte. Scheiße. Ich hatte bewusst an Penelope, meine heiße Freundin, gedacht, nicht an ihn.

Das Duschgel musste dran glauben, als ich es quer durch die Dusche schmiss.

Konnte es eigentlich noch beschissener werden? Die Träume konnte ich noch abtun. Ich hatte sie nicht so ernst genommen, immerhin konnte ich nicht beeinflussen, von wem oder von was ich träumte. *Ich konnte aber sehr wohl beeinflussen, an wen ich dachte, wenn ich es mir selbst besorgen wollte, verdammt nochmal.*

Mein Unterbewusstsein musste diese Nacht aus meinem Gedächtnis streichen. Wie ich das allerdings bewerkstelligen wollte, war mir ein absolutes Rätsel.

Kapitel 7

River

Das Spiel gegen die *Red-Panthers* war eine einzige Katastrophe. Ich konnte mich nicht daran erinnern, jemals so schlecht gespielt zu haben und das ausgerechnet gegen unseren größten Konkurrenten.

Normalerweise machte ich die meisten Punkte. Jace und ich waren auf dem Platz ein eingeschworenes Team und eigentlich nicht zu stoppen. In Kombination mit unseren Mannschaftskameraden, waren wir unglaublich stark – und dieses Schuljahr bisher ungeschlagen. Das änderte sich heute.

Ich konnte kaum in Jace' Nähe sehen, weil ich nicht aus dem Kopf bekam, was ich am Abend vorher getan hatte. Ich grübelte ununterbrochen, was das alles zu bedeuten hatte. *War ich schwul?*

Nein, das ganz sicher nicht. Doch die einzige Person, mit der ich hätte darüber reden können, war ausgerechnet die Person, mit der ich eben nicht reden konnte. Dieses verdammte *Bro* ging mir ebenfalls nicht mehr aus dem Kopf, was prompt zu einem Ballverlust führte.

„Verdammt, River, was ist los mit dir?", zischte Brandon mir zu, während der Coach am Rand wutentbrannt sein Basecap auf den Boden schmiss.

„Keine Ahnung, Mann“, sagte ich entschuldigend. Ich versuchte wirklich, mich zu konzentrieren, aber es gelang mir einfach nicht.

Am Vortag war ich so von Sadie abgelenkt gewesen, dass ich kaum Zeit zum Grübeln gefunden hatte. Irgendwie prallte heute alles mit doppelter Wucht auf mich ein.

Ich lief weiter über den Platz, aber da ich kaum in Jace' Richtung schauen konnte, bekam ich nicht mit, dass er den Ball zu mir spielte. Es folgte unweigerlich der nächste Ballverlust, der auf meine Kappe ging. Mein Gegner hatte ein fettes Grinsen im Gesicht, das ich ihm zu gerne aus dem Gesicht gewischt hätte. Er war der Captain des gegnerischen Teams und ein totales Arschloch.

Als er mich wenig später auch noch foulte und ich auf meinem Hintern landete, sprang ich wutentbrannt auf und stieß ihm mit voller Wucht vor die Brust, was ihn gegen einen seiner Mitspieler prallen ließ. „Was sollte das, du Penner?“, fragte ich ihn provozierend.

Das tat gut. Überrascht sah er auf. „Was hast du denn für ein Problem?“

Ich vernahm das Pfeifen des Schiris. Die *Red–Panthers* bekamen 2 Freiwürfe, was meinen Coach am Rand vollkommen ausflippen ließ. Dieses Foul war es wert gewesen.

Es gelang mir dennoch, wenigstens ein paar Punkte zu machen, die restlichen Punkte holte alle Jace. Er machte ein gutes Spiel. Letztendlich verloren wir das Spiel mit zwanzig Punkten weniger. Insbesondere diesen Gegner hätten wir heute platt walzen müssen. Hatten wir aber nicht. Kaum hatten wir die Kabine erreicht, als Coach Bryer auch schon losbrüllte: „Was zum Teufel war das da draußen? Ihr wart so dermaßen schlecht, da hätte ich auch mit dem Baby–Team meines Enkels spielen können, die hätten sich nicht weniger blamiert als ihr."

Er schrie sich so in Rage, dass Spuckefäden seinen Mund verließen. Niemand traute sich, auch nur ein Wort zu sagen.

„Scott", richtete sich nun seine Aufmerksamkeit auf mich. „Was war los mit dir da draußen? Kein Spielzug hat geklappt, du warst der schlechteste auf dem Platz." Er sah mich durchdringend an. Ich schluckte. Normalerweise musste ich mir nur zu Hause anhören, dass ich schlecht war, aber er hatte Recht.

„Tut mir leid, Coach. Keine Ahnung, was heute los war", sagte ich entschuldigend.

Jace schnaubte neben mir deutlich hörbar. Ich biss die Zähne aufeinander und sah wütend in seine Richtung. War das etwa sein Ernst? Seit einer Woche redete der Mistkerl nicht mehr mit mir und jetzt kam so eine Reaktion?

„Hast du irgendetwas dazu zu sagen?", presste ich aus zusammengebissenen Zähnen hervor.

Er lachte bitter auf. „Nee, lass mal."

Es war, als ob jemand ein Messer tief in meinen Bauch stieß. Dass er mir so abwertend gegenübertrat, tat furchtbar weh. Seit einer Woche fühlte ich mich, als ob jemand auf meiner Brust saß und mir die Luft abschnürte, weshalb ich schlechter Luft bekam. Nun kam noch der Knoten in meinem Magen hinzu.

Augenblicklich wurde es still in der Umkleidekabine. Alle starrten uns an. Wenn bislang noch nicht allen klar gewesen war, dass irgendwas zwischen uns nicht in Ordnung war, so hatte es spätestens jetzt auch der letzte Idiot begriffen. Jace wandte sich von mir ab und ging auf die andere Seite zu seinem Spind. Alle sahen mich gespannt an. Konnten die sich nicht alle um ihren eigenen Dreck kümmern? Ich räusperte mich und sprach zum Coach: „Es tut mir leid, Coach. Wird nicht wieder vorkommen."

„Das will ich auch hoffen. So eine Niederlage können wir uns nicht mehr erlauben, wenn jetzt die Playoffs starten. Spielt so, wie den Rest der Saison, dann wird es auch kein Problem geben. Und ...", Coach Bryer sah mich warnend an, „Wut hat auf dem Platz nichts verloren, River. Solche Fouls möchte ich nicht mehr sehen. So, und jetzt ab in die Dusche, wir sehen uns Montag beim Training." Damit drehte er sich um und verließ die Kabine. Ich ließ mich auf die Bank vor meinen Spind plumpsen und lehnte mich dagegen. Die Farbe blätterte langsam ab. Dort, wo der Spind blau gestrichen sein sollte, blitzte silbriges Metall hervor. So in etwa fühlte sich mein Herz momentan an. Die Farbe blätterte ab. Tristan und Brandon kamen zu mir herüber und Tristan wollte gerade anfangen zu sprechen, als ich ihm scharf ins Wort fiel: „Lass es."

Er hob entwaffnend seine beiden Arme. „Okay, schon gut."

Sam und Jace waren bereits unter der Dusche und Tyler stand mit den anderen Jungs zusammen, die heute nicht gespielt hatten. Ich stützte meine Ellenbogen auf die Knie und fuhr mir mit den Händen über die Augen, bevor ich meine Stirn auf meinen Handflächen ablegte. Ich hatte so eine Scheißwut auf Jace. Abrupt stand ich auf und schnappte mir mein Handtuch und mein Duschzeug aus meinem Schrank. So wütend, wie ich war, bestand heute definitiv keine Gefahr Jace in der Dusche gegenüberzutreten. Ich zog meine Sachen aus und stellte mich unter den warmen Wasserstrahl. Keine Sekunde sah ich zu Jace und allmählich traten auch die anderen Jungs in den großen Duschraum. Die Stimmung war heute gedämpft, aber ob das an der Niederlage oder an der Stimmung zwischen mir und Jace lag, konnte ich nicht sagen. Dieser verließ ziemlich schnell die Dusche, was mir nur entgegenkam und ich entspannte mich ein kleines bisschen. Gleichzeitig fühlte es sich so falsch an, dass er von mir wegging.

Die anderen Jungs unterhielten sich über Golf und das morgige Turnier. Ich schloss seufzend die Augen. Das hatte ich vollkommen vergessen. Morgen war das Charity–Golfturnier, bei dem für krebskranke Kinder Geld gesammelt wurde. Ausgeschlossen, dass ich mich vor dieser Veranstaltung drücken konnte. Wir würden in Teams gegeneinander antreten, die wir bereits vor Wochen festgelegt hatten. Jace und ich hatten uns zusammen gemeldet, doch nach heute würde ich auf gar keinen Fall mit ihm zusammen den ganzen Tag auf dem Golfplatz verbringen. Niemals.

„Ihr müsst mit mir tauschen. Ich spiele nicht mit Jace", sagte ich zu Brandon, Sam und Tristan, die mich allesamt perplex anstarrten. „Die Teams sind doch schon lange angemeldet", antwortete Sam mit entschuldigender Miene, während er sich die Haare wusch.

Ich stellte das Wasser ab und rubbelte kurz meine Haare trocken. „Ich regle das schon mit meinem Dad, keine Sorge. Tristan, Brandon, tauschen wir?"

Die beiden sahen sich an und schienen ein stummes Gespräch zu führen. „Klar, Kumpel, ich werde mit dir zusammenspielen", wandte sich Tristan wenige Sekunden später an mich.

„Danke, Mann."

Ich hielt ihm die Faust hin und er schlug mit seiner dagegen. Mit einem Handtuch um meine Hüften, ging ich zu meinem Spind, um mich umzuziehen und verließ wenig später die Halle.

Zuhause angekommen, wollte ich mich direkt in meinem Zimmer verkriechen. Ich war so unglaublich müde. Jeder Muskel tat mir weh und ich war einfach nur erschöpft.

Ich ging durch unsere große, marmorgeflieste Halle und stellte meine Sporttasche direkt in der Wäschekammer ab. Eigentlich hatte ich vor, direkt die Treppe rauf in mein Zimmer zu gehen, hielt aber jäh inne, als ich lautes Geschrei vernahm. Mein Vater. Wer hätte es auch sonst sein können, wenn nicht er. Dazu mischte sich aber auch die laute Stimme meiner Mutter. Die beiden schrien sich lautstark an. Ich stöhnte genervt auf und sah auf die Uhr. Es war bereits neun Uhr abends, Sadie schlief also. Ich könnte demnach direkt die Treppe raufgehen und die beiden würden gar nicht bemerken, dass ich da war. Das Brüllen meines Vaters wurde lauter und ein lautes Klirren ließ mich aus meiner Starre erwachen. Ich stürmte in Richtung Wohnzimmer, öffnete die großen Flügeltüren, die normalerweise immer offenstanden und sah auf die Szenerie vor mir. Mein Vater stand vor Wut zitternd vor dem großen Mahagonitisch, während meine Mutter vor dem teuren, weißen Designersofa stand, das die ganze rechte Wand für sich einnahm. Zu ihren Füßen lag ein Haufen Scherben. Hatte der Dreckskerl etwa ernsthaft mit einem Glas nach ihr geworfen? Diese Situation war vollkommen surreal.

„Was zum Teufel ist hier los?", rüttelte ich meine Eltern aus ihrer Starre, in der sie sich wütend anfunkelten.

Meine Mutter sah erschrocken zu mir herüber und setzte zu einer Antwort an: „Ach, mir ist nur das gute Glas zerbrochen, das hat deinen Vater etwas aufgeregt."

Ja klar. Meine Mutter hatte einen Scheißdreck zerbrochen, da war ich mir mehr als sicher.

„Mom, hör auf zu lügen", stieß ich zwischen zusammengebissenen Zähnen hervor.

„Was fällt dir ein, so mit deiner Mutter zu sprechen?", richtete mein Vater seine Wut nun auf mich. Gut so, dann ließ er sie in Ruhe.

„Willst du mich verarschen, du bist es doch, der sie mit Gläsern bewirft", gab ich bewusst ruhig zurück. Er hasste es, wenn ich so ruhig war.

Sein Kopf lief rot an und er stürmte um den Tisch herum. Er kam mit erhobenem Zeigefinger bedrohlich auf mich zu.

„Pass gut auf, was du von dir gibst, River. Treibe es nicht zu weit. Es reicht, dass du eine so große Enttäuschung bist und ich damit leben muss, dass mein Sohn ein Versager ist, reiß dich jetzt wenigstens mit deinen unverschämten Äußerungen zusammen."

Hasserfüllt sah er mich an.

Ich schluckte. Mittlerweile sollte ich gewohnt sein, dass mein Vater solche Dinge zu mir sagte und eigentlich dürfte es mich nicht mehr treffen. Tat es aber. Ich blieb stumm, was scheinbar mein neues Ding war. Mein Vater wandte sich von mir ab und tippte auf seinem Handy herum, während meine Mom sich daran machte, das zerbrochene Glas aufzuheben. Ich fuhr mir mit der Hand durch meine Haare und schloss frustriert die Augen.

Ein Scheppern neben mir ließ mich zusammenzucken und abrupt die Augen öffnen. Was zum ...

Mein Vater hatte sein Handy nach mir geworfen. Mit voller Wucht, so wie es neben mir gegen die Wand gekracht war. Ich stand mit aufgerissenem Mund stocksteif da, unfähig, mich zu bewegen. Er hatte mich seit Jahren nicht mehr körperlich angegriffen.

„William", rief meine Mom aufgebracht und sprang auf. Sie stürmte auf ihn zu. „Bist du vollkommen wahnsinnig?"

Am liebsten hätte ich sie von ihm weggezerrt und mich beschützend vor sie gestellt. Allerdings befand sich mein Körper immer noch in Schockstarre, während ich meinen Dad ansah, der mich mit Abscheu in seinem Blick betrachtete. Im Augenwinkel fiel mir die offene Scotchflasche auf. Anscheinend hatte er wieder getrunken. Normalerweise tat er es selten und wenn, dann immer mit Stil. *Was hatte sich verändert?* Irgendwas entging mir hier, ich hatte aber keine Ahnung, was das war.

„Du bist wirklich zu nichts zu gebrauchen, River", setzte mein Vater an. „Ich verlange doch wirklich nicht viel von dir. Benimm dich anständig, besuche ein paar Veranstaltungen, auf denen du lächelst und befördere diesen verfluchten Ball in diesen scheiß Korb. Das kann doch wohl nicht so schwer sein. Du wolltest unbedingt in dieses blöde Team – wenn es nach mir gegangen wäre, hättest du dich auf die Politik–Leistungskurse konzentriert. Also gewinne wenigstens dieses blöde Spiel. Wie soll ich allen Leuten näherbringen, wie wichtig Erfolg und Fleiß im Leben sind, wenn mein eigener Sohn nichts auf die Reihe bekommt? Du machst mich lächerlich. Hast du eine Ahnung, was für gute Arbeit Preston bereits jetzt leistet und wie sehr er uns im Wahlkampf unterstützt?"

Dad riss die Arme nach oben, was ihn fast verzweifelt aussehen ließ. Ich schluckte den dicken Kloß in meinem Hals herunter und ignorierte den Stich in meinem Herzen. Es war nicht das erste Mal, dass ich mit Preston verglichen wurde. Dem perfekten Preston, der selbstverständlich Politik und Kommunikationswissenschaften studieren würde – in Harvard. Seine frühzeitige Zusage war bereits angekommen. Er war genau der Sohn, den mein Dad immer haben wollte, aber niemals bekommen würde. Das wusste er und das wusste ich. Trotzdem war es ein wunder Punkt für meinen Vater.

„Du bist sein Patenonkel, das ist doch auch was", antwortete ich ihm trotzig.

„River", bat meine Mutter leise mahnend.

„Willst du jetzt auch noch frech werden?", schrie mein Vater aus Leibeskräften. „Erklär mir lieber, warum du wie ein verdammter Fünfjähriger gespielt hast."

„Ich habe ein einziges Spiel verkackt. Wo ist dein scheiß Problem?" Nun war ich es, der seine Wut nicht mehr zügeln konnte. Ich war aus meinem Schock erwacht und ging mehrere Schritte bedrohlich auf meinen Vater zu. „Ich bin der beste Spieler des Teams, was du wissen würdest, wenn du hin und wieder mal bei einem Spiel wärst."

„Ich habe mehr als genug zu tun, ich habe nicht auch noch Zeit deine Händchen zu halten. Soweit ich beurteilen konnte, warst du beim letzten Mal noch mein Sohn und nicht meine Tochter. Oder bist du nun neuerdings auch noch schwul geworden und brauchst jetzt ein paar Tätscheleien?", feuerte er mit eisiger Stimme in meine Richtung.

Ich wich zurück, als hätte er mich geschlagen. Hätte er es getan, hätte es nicht mehr wehgetan als seine Worte. Sie erinnerten mich daran, dass von mir erwartet wurde, perfekt zu sein, was ich in der letzten Zeit absolut nicht gewesen war. Ich hatte meine Freundin, die ich nach dem Willen meiner Eltern am besten sofort heiraten sollte, betrogen. Ich hatte mich so besoffen, dass ich nicht mehr in der Lage gewesen war an den bescheuerten Veranstaltungen meiner Eltern teilzunehmen. Ich hatte das schlechteste Basketballspiel meines Lebens gemacht und allem voran hatte ich meinen besten Freund gefickt. Wenn mein Vater davon wüsste, würde er mich sicherlich sofort enterben und vor die Tür setzen. Dauerhaft.

Ein Zischen von meiner Mutter holte mich aus meiner Trance. Sie saß vor den Scherben auf dem Boden und hielt sich die Hand.

Stirnrunzelnd sah ich sie an. „Alles okay, Mom?"

Sie zwinkerte mir zu. „Alles in Ordnung, ich habe mich nur am Glas geschnitten. Ist nicht weiter schlimm."

Ich warf meinem Vater einen eisigen Blick zu und folgte meiner Mom aus dem Raum. Schnurstracks lief sie in Richtung Badezimmer und öffnete das kleine, weiße Schränkchen, in dem sich Verbandzeug befand.

„Zeig mal her, Mom."

Sie legte mahnend den Kopf schräg. „Hör auf, mich zu bemuttern, Schatz. Es ist nur ein kleiner Schnitt und nur halb so wild."

Ich nickte. Wie auch bei Sadie war mein innerer Beschützerinstinkt gegenüber meiner Mom wohl etwas zu ausgeprägt. Warm lächelte sie mich an. Mit schnellen Handgriffen säuberte sie die Wunde, die zu meiner Erleichterung wirklich nicht tief aussah. Ich sah ihr schweigend einen Augenblick lang zu.

„Wann verlässt du ihn endlich, Mom?", durchbrach ich die Stille zwischen uns.

Sie zuckte zusammen und sah mich einen Moment aus geweiteten Augen schockiert an, bis sie den Blick von mir abwandte.

„Das ist kompliziert, River", sagte sie leise.

„Mom, er hat dich mit einem Glas beworfen, direkt neben meinem Kopf ein Handy zerschmettert und geschrien wie ein vollkommen Wahnsinniger. Das ist krank. Wieso sind wir noch hier?", presste ich hervor, mühsam um Fassung ringend.

Ich durfte sie jetzt nicht auch noch anschreien, obwohl alles im mir sie einfach nur schütteln und zur Vernunft bringen wollte. Ich wollte ihr entgegenschreien, dass sie ihn endlich verlassen musste. Viel zu lange schon tyrannisierte er uns alle. Was, wenn er irgendwann so mit Sadie umging? Ich musste sie um jeden Preis beschützen. Das durfte auf keinen Fall passieren.

„Wenn wir gehen, verlieren wir alles, was wir haben, River. Einfach jeder würde über uns sprechen."

„Na und?", entgegnete ich. „Er geht auf uns los. Der einzige Grund, warum er mir keine mehr runterhaut, ist der, dass ich mittlerweile größer bin als er und er weiß, dass ich zurückschlage."

Verzweifelt sah ich sie an. Aber ich erreichte sie nicht. Mom sah mich nicht an und ich wurde das Gefühl nicht los, dass sie mir nicht die Wahrheit sagte. Ich schluckte den Kloß in meinem Hals herunter.

„Es ist doch schon viel besser geworden. Auch, wenn er es oft nicht zeigen kann – er liebt dich. Er liebt diese Familie. Das ist alles, was zählt." Argwöhnisch musterte ich sie. Den Schwachsinn konnte sie doch selbst nicht glauben.

Mom lächelte mich nur an, als wäre überhaupt nichts vorgefallen, und strich über meine Wange. „Mach dir keine Gedanken. Ich liebe dich, mein Schatz."

Mit diesen Worten ließ sie mich im Badezimmer zurück. Da waren sie wieder, diese vollkommen bedeutungslosen Worte – ich liebe dich. Ich hatte sie schon oft gehört. Von meinem Dad, von Mom. Von Haley, von Penelope. Nie waren sie von Bedeutung.

Kapitel 8

Ich zuckte zusammen, als jemand meine Schulter berührte. Ich lag im Bett und hatte tief und fest geschlafen. So erschöpft wie ich war, konnte ich gar nicht anders.

Sadie stand neben mir. Sie trug ihr rosafarbenes Tinkerbell–Nachthemd, das ihr bis zu den Knöcheln reichte und hatte ihren Lieblingsteddy im Arm. Ihre Haare waren zerzaust und standen in alle Richtungen ab. Der Mond schien direkt in mein Fenster und warf ein helles Licht auf ihr zierliches Gesicht. In ihren Augen standen Tränen.

„Rivi, darf ich zu dir?", fragte sie, bevor sie die ersten Schluchzer schüttelten und sie bitterlich zu weinen anfing. Mein Herz brach ein kleines Stück, als ich meine kleine Schwester, die ich eigentlich immer beschützen wollte, so sah.

Ich zog sie in meine Arme und breite die große Decke über ihr aus. Ich streichelte ihr beruhigend übers Haar, zog sie fest an mich und hielt sie so lange, bis sie sich etwas beruhigt hatte.

„Was ist los, kleine Fee, hast du schlecht geträumt?", fragte ich sie sanft. Sie vergrub das Gesicht an meiner Brust und ich konnte spüren, wie sie heftig nickte. „Magst du mir erzählen, wovon du geträumt hast? Dann geht es dir bestimmt gleich besser."

„Da war ein böses Monster in meinem Zimmer, das wollte mich fressen." Sie drückte mich fester.

„Das war nur ein Traum, mein Schatz. Du weißt doch, in Echt hätte kein Monster der Welt eine Chance gegen mich." Ich spannte meinen Bizeps an und führte ihn vor, was sie zum Lachen brachte.

„Bist du der stärkste Mann auf der Welt?", fragte sie mich mit großen Augen.

Ich grinste. „Natürlich bin ich der Stärkste." Wieder deutete ich auf meine Muskeln, was sie erneut kichern ließ. Kurz darauf verstummte sie wieder. Irgendetwas brannte auf ihrer kleinen Kinderseele, also wartete ich geduldig ab, was sie sagen würde.

„Rivi?", setzte sie endlich zur Frage an.

„Ja, kleine Fee?"

Sie runzelte die Stirn. „Warum ist Daddy so wütend in letzter Zeit?"

Damit hatte ich nicht gerechnet. Ehrlich gesagt dachte ich, dass Sadie gar nichts davon mitbekommen hatte.

„Ich weiß es nicht, kleine Fee. Daddy arbeitet viel, ich denke deshalb ist er manchmal so wütend. Aber das hat nichts mit dir zu tun, also mach dir keine Sorgen." Ich gab ihr einen Kuss auf den Kopf.

„Ist Daddy wütend auf mich?", fragte sie leise.

„Was?", fragte ich schockiert. „Nein, selbstverständlich nicht. Er ist nicht wütend auf dich, Daddy hat dich lieb." Mein Dad war ein schrecklicher Mann, aber Sadie hatte er immer vergöttert, auch wenn er nur selten Zeit mit ihr verbrachte.

Ich drückte sie nochmal kräftig an mich, gab ihr erneut einen Kuss auf den Kopf und sagte ihr, sie solle weiterschlafen, was sie kurz darauf auch tat. Während sie gleichmäßig schwer atmete, dachte ich über ihre Frage nach. Wie kam sie plötzlich darauf, dass unser Dad wütend auf sie sein könnte? Was hatte sich verändert? Mir gegenüber war er immer wütend und gereizt, aber eigentlich war er niemals gegenüber Sadie so und achtete stets darauf, dass sie so etwas nicht mitbekam. Ich würde darauf achten müssen, auf keinen Fall durfte Sadie das Gefühl bekommen, dass jemand sie nicht liebhatte. Irgendwas entging mir, ich wusste allerdings nicht was.

Ich grübelte noch eine Weile, bis auch ich wieder in einen unruhigen Schlaf fiel.

Kapitel 9

Jace

Er hatte ernsthaft die Teams geändert. ER HATTE DIE TEAMS GEÄNDERT.

Das war ja wohl nicht sein Ernst.

Ich war heute in der Erwartung beim Golfplatz angekommen, dass ich mit River spielen würde und wir irgendwann die Gelegenheit hatten, endlich miteinander zu reden oder uns wenigstens anzuschreien. Bei den Umkleidekabinen hatte mir Brandon allerdings eröffnet, dass er nun mein Teampartner war. Angeblich hätten River, Tristan und er beschlossen, dass es ja auch mal lustig wäre, die Teams zu mischen.

Ja klar. Als ob es darum gehen würde.

River mied mich einfach so gut er konnte. Dass er gestern so wütend auf mich gewesen war, hatte mich hoffen lassen, dass die Phase des gegenseitigen Ignorierens vorüber war. Er fehlte mir so sehr, es war, als ob die gesamte letzte Woche meine zweite Hälfte nicht bei mir gewesen war.

Widerwillig zog ich mich um.

Als ich rausging, standen schon viele unserer Altersklasse bereit. Die ältere Generation mit unseren Eltern hatte bereits heute Morgen gespielt. Nun, am späten Mittag, waren wir an der Reihe. Ich trat zu meinen Freunden. River war bereits da und stand mit Tristan zusammen. Er sah zu mir und malmte mit dem Kiefer.

Seine Augen leuchteten und er sah aus, als wäre er wütend. Wollte der mich verarschen? *Er* war wütend? River hatte mich das gesamte gestrige Spiel nicht mal angesehen und jetzt war er derjenige, der sauer war, nachdem er ein total beschissenes Spiel hingelegt hatte? Was war nur los mit ihm? War ja nicht so, dass ich der Einzige war, der an dieser blöden Situation schuld war. Mag sein, dass der erste Kuss von mir ausgegangen war, aber ich hatte ihn definitiv nicht gezwungen, mit mir zu schlafen. Ich weiß, dass es schlimm für ihn sein musste, dass er was mit einem Jungen gehabt hatte, aber wieso musste er sich so benehmen?

Wenigstens hatte ich versucht, normal mit ihm umzugehen, auch wenn es mir innerlich das Herz zerrissen hatte. Ich wollte nicht sein Freund sein. Ich wollte ihn an meiner Seite, ich wollte alles von ihm. Trotzdem hatte ich versucht diese verdammte Situation zu retten, während er mich nur ignoriert hatte.

Es ließ sich nicht bestreiten – ich hatte heftigen Liebeskummer. In der letzten Woche hatte mich öfter in den Schlaf geweint, als mir lieb war. Ich versuchte, mich auf Basketball zu konzentrieren und mich voll reinzuhängen. Das half etwas. Gleichzeitig fehlte mir einfach mein bester Freund, mein engster Vertrauter. Ich wusste kaum etwas mit meiner ganzen Zeit anzufangen – sonst hatte ich jede freie Minute mit River verbracht.

Jetzt hatte ich Brandon an meiner Seite. *Großartig.* Wir waren zwar Kumpel und Teamkameraden, aber damit hatte es sich auch schon. Brandon war anders. Er war selbstbewusst und sagte einfach immer, was er dachte, auch wenn er einfach mal die Klappe halten sollte. Sein Sarkasmus sorgte häufiger dafür, dass ich ihm eine kleben wollte.

Die meisten seiner Geschichten handelten von Sex und bei vielen konnte ich nur den Kopf schütteln. Brandon hielt mich vermutlich für verklemmt.

Als wir nacheinander in Teams beim ersten Loch starteten, nervte er mich bereits.

„Du könntest auch etwas mehr Schönheitsschlaf vertragen, weißt du das? Deine Augenringe hängen ja schon bei deinen Eiern." Grinsend nahm er sich einen Lolli aus seiner Hosentasche, wickelte ihn aus und steckte ihn in den Mund. Permanent hatte der Typ Süßigkeiten bei sich.

Murrend sah ich ihm entgegen. Natürlich sah er selbst aus, wie ein Hollywoodstar. Sein Polohemd saß perfekt und seine Frisur sah aus, als hätte er heute früh einen persönlichen Stylisten zur Verfügung gehabt. Leider hatte ich ihn schon oft genug nach einem Spiel beobachtet und wusste, dass er das selbst so hinbekam.

„Erzähl Onkel Brandon doch mal, weshalb du so ein Gesicht ziehst. Du kannst mich als deinen persönlichen Therapeuten betrachten."

„Mir geht's gut, danke", antwortete ich knapp und schlug den ersten Ball. Miserabel.

Brandon trat direkt neben mich und sah meinem lächerlichen Schlag hinterher.

Sein Blick wechselte vom Fairway zu mir.

„Jacey-Boy, das war kacke." Immer diese blöden Spitznamen.

„Danke, Brandon", gab ich sarkastisch zurück. *Oh, Gott, das war ansteckend.*

„Keine Ursache, Bruder", sagte er gutgelaunt.

Verdammt. Dieses Spiel würde endlos werden.

***

Ich behielt Recht. Es war furchtbar. Brandon hatte ekelhaft gute Laune gehabt und bei jedem einzelnen Loch den Kommentator gespielt. Ich kannte einfach niemanden, der so verdammt nervig war. Wieso hatte ich nicht wenigstens mit Sam oder Tristan spielen können? Meinetwegen auch mit Tyler. Ich war vollkommen genervt und froh, endlich zurück in den Club zu können, wo bereits kühle Getränke auf uns warteten. Ich nahm mir glücklich eine Cola und trank einen großen Schluck.

River und Tristan standen etwas abseits und hatten sichtlich Spaß. Sie lachten immer wieder und reden aufeinander ein. So ausgelassen hatte ich River länger nicht gesehen. Ich schluckte. Offenbar war Tristan jetzt sein neuer bester Freund. Die Zähne zusammenbeißend verschränkte ich die Arme. Wieder kicherten die beiden los und konnten sich kaum beruhigen. Ich sah genauer hin. Brandon und ich gingen zu ihnen. Mein Blick ruhte auf River. Er hatte ein dickes, fettes Grinsen im Gesicht. Seine Augen waren blutunterlaufen. Hatte er ernsthaft was mit Tristan geraucht? Sonntagmittag auf dem Golfplatz? Was war nur mit ihm los? Hatte ihn die Nachricht von Haley so sehr aus der Bahn geworfen?

Dieses Grinsen konnte ich mir nicht ansehen. Ich war kein Fan von Drogen, noch nie gewesen, und fand Rivers Verhalten unmöglich.

Früher hatte er öfter das Bedürfnis gehabt, Drogen zu nehmen, um mit dem ganzen Scheiß, der bei ihm

111

abging, fertig zu werden. Doch ich hatte ihn überzeugen können, dass er sich auf andere Sachen konzentrieren musste, dass er ein Ventil finden musste. Drogen waren beschissen und niemals eine Lösung. Ich dachte, das hätte er mittlerweile verstanden. Ich war wütend auf ihn, aber gleichzeitig machte ich mir auch unglaubliche Sorgen. Mein Herz wurde schwer und am liebsten hätte ich ihn einfach in den Arm genommen. Ich musste ihn unbedingt im Auge behalten.

Kapitel 10

River

So viel Spaß hatte ich schon lange nicht mehr und es tat verdammt gut, endlich mal wieder zu lachen. Die Idee, die Teams zu tauschen war grandios gewesen. Ich hatte nicht mal meinen Dad bitten müssen, ein Telefonat mit dem Sohn des Golfplatzinhabers und schon war alles geregelt. Eigentlich hatte ich keine Lust auf dieses blöde Turnier gehabt, aber Tristan hatte kurz vorher ein Tütchen Gras hervorgezaubert und so dafür gesorgt, dass mir Golf zum ersten Mal in meinem Leben Spaß machte.

Ich versuchte nicht, irgendwen zu beeindrucken oder besonders gut zu spielen und vielleicht waren wir genau deshalb das beste Team. Es verschaffte mir unheimliche Genugtuung, dass wir Preston und seinen Spießer–Schachclub–Kumpel geschlagen hatten. Dabei hatten wir es nicht darauf angelegt, zu gewinnen.

Bei der Siegerehrung trug ich ein selbstgefälliges Grinsen im Gesicht, das ich demonstrativ in Prestons Richtung hielt. Es ärgerte ihn definitiv, was das Ganze nur noch schöner machte. Der perfekte Preston hatte gegen den Versager verloren – welch Ironie des Schicksals.

Auf dem Basketballplatz beim vergangenen Spiel hatte ich alles gegeben und wollte unbedingt gewinnen. Hier gelang es mir nun, obwohl ich es nicht darauf angelegt hatte.

Tristans Eltern waren ganz aufgeregt und freuten sich für ihren Sohn. Wie immer, wenn ich seine Mom sah, lag eine Traurigkeit in ihrem Blick, die sich nicht leugnen ließ. Tristan hatte vor vielen Jahren seinen kleinen Bruder verloren, was die Familie sowohl zerrüttet als auch zusammengeschweißt hatte. Tristan war damals selbst erst neun Jahre alt gewesen.

Mir lief eine Gänsehaut den Rücken runter. Niemand dachte gerne daran zurück.

Ich konnte Tristan nur bewundern – statt daran zu zerbrechen, war er der netteste und hilfsbereiteste Typ geworden, den ich kannte. Gut, vielleicht hatte er auch ein Helfersyndrom, aber wen störte das schon, solange er selbst glücklich war?

Es war schön zu sehen, wie Tristan und seine Eltern es geschafft hatten weitermachen. Ich ließ meinen Blick weiter zu Dad wandern.

Auch er trug ein zufriedenes Grinsen zur Schau. Hatte ich ausnahmsweise mal etwas richtig gemacht? Er hatte bei den Senioren gewonnen, wie konnte es auch anders sein, zusammen mit Henry Chamberlain, Prestons und Penelopes Dad.

Bei der Siegerehrung wurden wir nebeneinandergestellt, während haufenweise Fotos von uns geschossen wurden. Händeschüttelnd betonte mein Vater, wie stolz er sei, dass ich so erfolgreich war. Nach dem vorherigen Abend fühlte es sich verdammt gut an, zur Abwechslung mal etwas richtiggemacht zu haben. Wir posierten für mehrere Fotos und gaben Statements ab. Sowas kannte ich und war ich gewohnt. Meine Mutter hatte mir schon früh eingetrichtert, was ich wann und wo zu sagen hatte und mittlerweile beherrschte ich dieses Spiel im Schlaf. Ich sagte alles, was die Reporter hören wollten und mein Dad nickte neben mir zufrieden. Es war so lange her, dass wir so miteinander umgegangen waren.

Es folgte ein großes Essen im Club, vor dem Tristan, Brandon und ich noch einen durchzogen. Wir lachten ausgelassen und ich musste zugeben, dass ich wirklich Spaß hatte. So einen Tag hatte ich gebraucht. Es tat einfach gut, nicht allein zu Hause rumzusitzen und zu grübeln.

Als sich der Tag dem Ende zuneigte und sich so langsam alle zum Aufbruch bereitmachten, ging auch ich zu meinem Wagen. Mein Dad und ich waren getrennt gefahren, wie eigentlich immer. Ich lief ihm nach.

„Hey, Dad."

Irritiert drehte er sich um und musterte mich von oben bis unten.

„Kann ich dir helfen, River?", fragte er abschätzig.

„Nein. Ich ... ich weiß nicht. Ich wollte nur sagen, dass es cool heute war. Es war cool, dass wir zusammen da oben standen und den Pokal bekommen haben", stammelte ich.

Er hob irritiert eine Augenbraue und verzog die Mundwinkel.

„Ja, prima. Ich habe keine Zeit, ich muss nochmal ins Büro."

Er wandte sich von mir ab.

Kein *Ich bin stolz* oder *gut gemacht*.

Was hatte ich eigentlich erwartet? Die Kameras waren aus. Geknickt ließ ich die Schultern sinken.

„Hat es dir geholfen, dass ich heute gut gespielt habe? Ich meine für die Presse?", hakte ich hoffnungsvoll nach.

Er musste doch einfach ein nettes Wort für mich übrighaben. Gute Presse war ihm doch das Wichtigste.

Genervt drehte er sich wieder um, als wäre es fürchterlich nervig, sich mit mir auseinanderzusetzen.

„Dieses Turnier war so unbedeutend, was willst du jetzt von mir hören? Ein netter Artikel wird erscheinen, der wird aber auch nichts bringen. Diese Zeitung liest doch ohnehin kein Mensch."

Er schüttelte den Kopf, setzte sich in sein Auto und schlug die Tür direkt vor meiner Nase zu. Ich blieb verdattert stehen, als er den Motor startete und losfuhr.

Was für ein verdammter Heuchler. Vor der Kamera hatte er betont, wie unglaublich stolz er auf mich wäre und hatte mit mir geprahlt. Ich Idiot hatte mir erlaubt, das Ganze einen Nachmittag lang zu genießen.

Ich war selbst schuld. Schließlich wusste ich ganz genau, was er für ein Mensch war.

Frustriert ging ich zu meinem Wagen und schmetterte die Tür hinter mir zu. Ich startete den Motor und fuhr nach Hause.

Als ich das Haus betrat, war auch von Mom keine Spur. Ich ging die Treppe hoch, um mich in meinem Zimmer zu verkriechen, hörte aber die durchdringende Stimme der Nanny, die bis zu meinem Zimmer vordrang. Ich folgte dem Geräusch in das Zimmer von Sadie, die ich, mit trotzig verschränkten Armen, auf ihrem Bett vorfand, während ihre Nanny, deren Namen ich mir nie merken konnte, mahnend vor ihr stand.

„Was ist hier los?", fragte ich streng, wobei die Strenge tatsächlich mehr der Nanny galt als meiner Schwester.

Sadies Augen leuchteten auf, als sie mich sah. Sie quiekte vor Freude auf, hüpfte aus dem Bett und rannte auf mich zu. Ich nahm sie in den Arm und drückte sie fest an mich.

Bevor die Nanny mir antworten konnte, kam Sadie ihr zuvor: „Clara ist blöd. Ich mag sie nicht."

Ich versteckte mein Schmunzeln in Sadies Haaren.

„Sadie", zischte Clara oder wie auch immer ihr Name war, streng. „So redet man nicht. Benimm dich bitte. So und nun musst du baden gehen, wie ich es dir gesagt habe. Deine Haare sind schon ganz spröde."

„Ihre Haare sind bitte was?", fragte ich entsetzt und setzte Sadie wieder auf ihrem Bett ab.

Clara stemmte die Hände in die Hüften und presste die Lippen fest aufeinander.

„Morgen ist wieder Zeit für den Kindergarten, weshalb sie ja entsprechend aussehen muss", verteidigte sie sich.

Die Alte hatten ja wohl einen Sockenschuss.

„Ich übernehme ab hier, danke", wiegelte ich sie ab und drehte ihr den Rücken zu. Empört hörte ich sie nach Luft schnappen.

„Aber ich sollte den Abend bleiben und sie ins Bett bringen."

Ich drehte mich wieder zu ihr um und warf ihr einen eisigen Blick zu.

„Verschwinden Sie", brummte ich.

Sie riss die Augen weit auf, verstand aber, dass ich es ernst meinte und ging endlich.

Was für eine unmögliche Frau. Welch ein Mensch sagte einer Fünfjährigen, dass sie spröde Haare hatte?

Sadie hüpfte aufgeregt auf ihrem Bett herum und freute sich, dass Tante Emma endlich weg war. Baden war kein Thema mehr.

„Los komm, gehen wir in die Küche. Du musst was essen", sagte ich und schmiss sie kurzerhand über meine Schulter, wo sie nun kopfüber baumelte.

„Rivi", kicherte sie ausgelassen.

Wir gingen in die Küche, wo bereits ein Teller mit Abendbrot auf Sadie wartete. Auf Roza war immer Verlass. Ein Brot in Schmetterlingsform und Gemüse in Form von Herzchen ließen Sadie in hellen Aufruhr verfallen und sie begann aufgeregt zu essen. Lächelnd betrachtete ich sie.

Eigentlich hätte ich Hausaufgaben machen müssen, aber diese Tatsache ignorierte ich gekonnt. Heute nahm ich mir viel Zeit, um Sadie ins Bett zu bringen und erzählte ihr eine spannende Gutenachtgeschichte über Drachen und Ritter, wie sie es liebte.

Danach sprang ich unter die Dusche, was mich unweigerlich wieder an Jace denken ließ. Irgendwie war es tagsüber leicht gewesen, alles auszublenden, weil ich abgelenkt gewesen war und Spaß gehabt hatte.

Das Bedürfnis, ihn anzurufen war so übermächtig, dass ich nach dem Duschen nach meinem Handy griff. Ich brauchte diesen Mistkerl an meiner Seite, verdammt nochmal. Mit ihm war alles so viel leichter. Wenn er da war, kam mir die Scheiße zu Hause gar nicht so furchtbar schlimm vor. Er wusste immer genau, was er zu mir sagen musste. Verdammt nochmal, er fehlte mir. Alles fühlte sich so falsch an. Jace war mein bester Freund, ich musste doch mit ihm reden können.

Das *Hey Bro* kam mir wieder in den Sinn und ich ließ das Handy auf mein Bett fallen, als hätte ich mich verbrannt.

Ich konnte es einfach nicht vergessen und biss die Zähne zusammen. Wieso störte mich dieses Wort so sehr? Waren wir nicht immer sowas wie Brüder gewesen?

Genervt schmiss ich mich auf mein Bett und startete Netflix.

Kapitel 11

River

Das Training diese Woche war die Hölle. Nach dem furchtbaren Spiel hatte der Coach das Training nochmals verschärft. Jeden Abend brannten meine Muskeln und ich fiel in einen tiefen Schlaf, in dem immer wieder bernsteinfarbene Augen auf mich warteten. Jeden Morgen fühlte ich mich leer. Noch immer verspürte ich diesen Druck auf der Brust, so als würde mir jemand mit Absicht die Luft abschnüren.

Am Mittwochabend durfte ich mich allerdings nicht ins Bett flüchten. Die Band *Select Stuff* gab ein Konzert in einem Club in Portland. Kneifen kam nicht in Frage, immerhin hatte ich es Pen versprochen, allerdings war ich so erledigt vom Training, dass ich am liebsten abgesagt hätte.

Tristan wollte heute unbedingt fahren, da er einen neuen Mercedes von seinen Eltern bekommen hatte, den er ausfahren wollte.

Ich ließ mich auf den Beifahrersitz fallen.

„Netter Schlitten", kommentierte ich grinsend und strich über die feine Lederarmatur.

„Sei ja zärtlich", mahnte er mich grinsend. „Sie ist eine Königin und will keine groben Finger an sich haben."

Penelope und Heather saßen hinten im Wagen.

„Wieso genau sind Autos für Männer eigentlich immer weiblich?", fragte Penelope und beugte sich zwischen den Vordersitzen vor. Sie trug ein enges Kleid zu einer schwarzen Lederjacke und sah verboten gut aus.

„Sieh sie dir an. So heiß kann kein Mann sein“, antwortete Tristan und brachte uns damit zum Lachen.

„Wo er Recht hat“, stimmte Heather von hinten zu. Sie trug eine enge Jeans zu schwarzen Stiefeln und betonte ihr Outfit ebenfalls mit einer Lederjacke. Ihr Make–up war aufwendig, ihre Augen leuchteten förmlich zwischen den vielen dunkeln Tönen hervor.

„Aber einen Namen hat sie nicht, oder?“, hakte Pen weiter nach.

Tristan ließ sich Zeit, so als wüsste er nicht, welche Antwort erwartet wurde. Dabei fragte ich mich, weshalb es ihn interessierte, was die Mädels davon hielten. Klar, hatte der Penner seinem Auto einen Namen gegeben.

„Nein, natürlich nicht“, antwortete er leise, was ihm einen spöttischen Blick meinerseits einbrachte.

„Gut so. Endlich mal ein Junge, der sich halbwegs erwachsen verhält.“ Zufrieden ließ sich Penelope wieder in den Sitz sinken.

„River nennt seinen Range Rover Hannah“, setzte sie nach, so als wüsste Tristan das nicht längst. Ich verkniff mir ein Lachen und kommentierte nicht, dass er für seinen neuen Wagen den Namen Layla gefunden hatte.

„Mein Auto heißt Hulio“, kam es trocken von Heather. Schallend lachte ich los, beugte mich nach hinten und hielt ihr meine Faust hin. Sie schlug grinsend mit ihrer dagegen.

Den Rest der Fahrt blödelten wir weiter herum. Trotzdem wäre ich am liebsten umgedreht.

Im Club trafen wir auf unsere anderen Freunde und mein Blick blieb sofort an Jace hängen. Er hatte ein dunkles Hemd an und trug eine enganliegende Jeans. Seine Haare standen gekonnt gestylt in mehrere Richtungen ab und ein breites Grinsen lag auf seinem Gesicht. Ich schluckte und wandte, mich selbst ermahnend, den Blick ab.

Nicht starren.

Ein ums andere Mal erinnerte ich mich daran, dass ich vergessen musste, was passiert war.

Brandon und ich tranken mehrere Shots, unserem gefälschten Ausweis sei Dank. Tristan hielt sich raus, weil er fahren musste und Jace stand bei Sam und trank ein Bier. Immer wieder blickte ich verstohlen in seine Richtung. Als die Band anfing zu spielen, wirkte er richtig ausgelassen und tanzte mit Heather. Ich versuchte nicht meinen Blick auf seinen Hintern wandern zu lassen. Scheiße. Ich bestellte einen weiteren Shot und versuchte, mich auf die Band zu konzentrieren, die mich eigentlich null interessierte. So gar nicht.

Bis zur Pause hatten Brandon und ich bereits gut vorgelegt und waren entsprechend betrunken. Mein Blick wanderte erneut zu Jace. Einzelne Strähnen hatten sich aus seiner Frisur gelöst und fielen ihm ins Gesicht. Seine Wangen waren rot vom Tanzen und kleine Schweißperlen standen auf seiner Stirn. Er sah so unendlich gut aus. Fest biss ich auf meine Lippen, um den Gedanken zu vertreiben. Bilder von ihm, wie er laut meinen Namen stöhnte, tauchten in meinen Gedanken auf und ich wurde gegen meinen Willen hart. Scheiße, verdammt nochmal. Ich musste diese Gedanken aus meinem Kopf bekommen. JETZT.

Ohne nachzudenken, steuerte ich direkt auf Penelope zu und zog sie in meine Arme. Ich küsste sie fordernd, meine Hände an ihrer Hüfte. Sie quiekte überrascht auf.

„Komm mit." Ich nahm Penelopes Hand und zog sie hinter mir her. Wir überquerten die überfüllte Tanzfläche, auf der sich haufenweise Gäste räkelten. Während der Pause ertönte Musik aus den Boxen und der Bass wummerte laut. Ich zog sie weiter in Richtung Toiletten, steuerte aber direkt auf eine geschlossene Tür mit der Aufschrift *Staff only* zu und riss sie auf. Ich wusste, dass dahinter eine Vorratskammer versteckt lag, denn es war nicht das erste Mal, dass ich hier eine Nummer schieben wollte.

Ich schob Pen in den Raum und knallte die Tür hinter mir zu. Der enge Raum war gerammelt voll mit Regalen, die bis zur Decke reichten, vollgestopft mit Klopapier, Putzutensilien, Gläsern und vielem weiteren Zeug.

„Was zum ...", setzte sie an, bevor ich ihr Gesicht in meine Hände nahm und sie auffordernd küsste. Ich drängte mich ihr, in der verzweifelten Hoffnung, dass ihr Körper irgendwas bei mir auslösen würde, entgegen, doch das Gegenteil war der Fall. Ich fühlte nichts.

Anstatt sich darauf einzulassen, schob Pen mich schwungvoll von sich.

„Was soll das hier werden?", fragte sie entsetzt und sah mich mit großen, runden Augen an.

„Ähm", stammelte ich.

„Wieso ziehst du mich hinter dir her wie ein Neandertaler?", bohrte sie weiter.

„Naja, ich dachte wir könnten ... du weißt schon."
Selbst in meinen Ohren klang das dämlich.

Ihr Gesichtsausdruck bestätigte das.

„Du dachtest wir würden hier in dieser Kammer Sex haben?" Zur Untermauerung riss sie ihre Arme nach oben.

„Also so wie du das sagst, klingt das irgendwie blöd."

„Natürlich klingt das blöd – weil es total bescheuert ist! Was, wenn uns jemand gesehen hat? Denkst du, ich möchte in der Presse als Flittchen hingestellt werden? Denn das würde passieren, wenn ein Foto auftaucht, auf dem du mich in eine billige Abstellkammer zerrst. Mal abgesehen davon würde ich niemals hier mit dir schlafen wollen."

Zerknirscht sah ich sie an und vergrub meine Finger in meinen Haaren.

„Entschuldige, ich habe nicht richtig nachgedacht."

Plötzlich fühlte sich alles einfach nur noch falsch an und Panik überkam mich. Was tat ich hier überhaupt? Mit *ihr*?

„Wir gehen getrennt nach draußen", beschloss Penelope. „Du zuerst. Und danach reden wir am besten nie wieder darüber, dass das hier passiert ist."

Hilflos presste ich meine Lider zu. Ich fühlte plötzlich zu viel und alles war zu laut. Die Regale vibrierten unter dem Bass. Meine Panik nahm zu. Die letzten Töne des aktuellen Liedes verstummten und die ersten des neuen Liedes ertönten.

I've been a liar, been a thief

been a lover, been a cheat

Ich zuckte zusammen, als mich das Lied von Ed Sheeran und Eminem zurück in die Nacht mit Jace katapultierte. Mein Herz raste immer schneller. Es war zu viel, verdammt.

„Ich … ähm …", stammelte ich. „Gute Idee. Ich gehe zuerst."

Ich machte auf dem Absatz kehrt und ergriff die Flucht.

Durcheinander trat ich zurück in den Flur, der zu den Toiletten führte, atmete tief durch und lehnte mich an die Wand. Mein Atem ging stoßweise und mein Herz raste. Ich war mir nicht sicher, ob ich hier eine kleine Panikattacke hatte. Was war hier los? Fuck.

„Was hast du denn da drinnen gemacht?" Diese Stimme. *O mein Gott, diese Stimme.* Die einzige Stimme, die mich jemals hatte beruhigen können, drang an mein Ohr. Jace verließ gerade die Toiletten und kam auf mich zu. Das war die Gelegenheit, endlich mal mit ihm zu reden, da ich mich augenblicklich besser fühlte, als er in mein Sichtfeld kam. Ich trat ein paar Meter weiter zur Seite, zum Ende des Flurs. Hier waren keine weiteren Türen und es war dunkler. Jace folgte mir sofort.

„Nichts weiter", erwiderte ich leise.

Er sah mich kurz an und nickte, als er mich von oben bis unten musterte.

„Gehts dir gut?", fragte er mich sanft.

Ich schloss die Augen und wollte ihm am liebsten ins Gesicht schreien, dass ich ein Wrack ohne ihn war und dass er mir fehlte, tat es aber nicht. Erneut atmete ich tief durch. Meine Gedanken wirbelten umher. Ein kleines Gefühl des Triumphes überkam mich, als mir klar wurde, dass wir endlich wieder miteinander redeten.

„Ich komme klar", sagte ich mit geschlossenen Augen.

„River …", flüsterte er und kam näher. Ich riss erschrocken die Augen auf. Prüfend sah er mich an, so als versuchte er, jede meiner Regungen wahrzunehmen. „Ich vermisse dich, weißt du das?"

Ich sog scharf die Luft ein. Jace war nur wenige Zentimeter von mir entfernt und der Drang, ihn zu küssen war so übermenschlich groß. Langsam ging ich einen Schritt auf ihn zu, als ich hinter mir das Geräusch einer sich öffnenden Tür vernahm. Jace sah über meine Schulter und erstarrte.

Kapitel 12

Penelope verließ den Raum, aus dem River eben gekommen war, was mich erstarren ließ. Mein Herz schlug mir bis zum Hals, weil ich River eben so nahe gewesen war. Ich dachte wir würden uns jeden Augenblick küssen.

Jetzt starrte ich Penelope hinterher, die uns gar nicht bemerkt hatte. Ich kannte diesen beschissenen Raum, da ich mehr als einmal mitbekommen hatte, wie River ein Mädchen mit hineingenommen hatte. Scheiße – selbst ich hatte dort schon mal gevögelt.

River hatte eben gerade in diesem verdammten Raum gefickt – mit Penelope.

Ich presste die Lippen fest zusammen und brachte wieder etwas Abstand zwischen River und mich. Mein Herz schmerzte, als ob mir jemand einen Dolch in die Brust gestoßen hätte.

Es hatte so gutgetan, mit River zu reden. Und ich hatte tatsächlich für einen kurzen Moment gedacht, dass wir uns küssen würden.

Wieso war ich nur so überrascht? Er hatte Sex mit seiner Freundin gehabt – na und? Das war doch eigentlich klar. Trotzdem tat es verflucht weh und ich konnte nichts gegen das Stechen in meiner Brust machen. Der Moment zwischen uns war vorüber. Vielleicht hatte ich aber auch viel zu viel in diese Situation hineininterpretiert und hätte beinahe alles noch schlimmer gemacht. Ich sollte froh sein, dass er überhaupt mit mir redete, obwohl er jetzt bestimmt Angst vor mir bekam, nachdem ich ihm so auf die Pelle gerückt war.

Der Gedanke von ihm und Penelope in der Abstellkammer war einfach zu viel. Ich musste hier weg, denn ich hielt es keine Sekunde länger in diesem stickigen Flur aus.

„Sorry, ich muss los, wir sehen uns später", würgte ich hervor und stürmte an ihm vorbei. Ich eilte durch den kleinen Flur, schlängelte mich über die Tanzfläche und rannte die Treppen zum Ausgang hoch. Ich flüchtete mich nach Draußen.

Dort stieß mir eine kühle Abendluft entgegen und ich sog gierig Luft in meine Lungen. Ich ging um das Gebäude herum und ließ mich an der kalten Betonwand zu Boden sinken. Die Dunkelheit verschlang mich, als auch schon die ersten Tränen meine Wangen hinunterliefen. Ich konnte mit dieser Situation nicht mehr umgehen. Wie sollte ich River Tag für Tag gegenübertreten, wenn ich schon vollkommen überfordert mit dem Wissen war, dass er Sex mit seiner Freundin hatte? Mit seiner festen Freundin wohlgemerkt, was sollten die beiden also sonst machen?

Traurig wischte ich mir mit dem Handrücken über die Augen. Er fehlte mir so sehr. Diese wenigen Worte mit ihm hatten schon so unendlich gutgetan. Selbst wenn sich jetzt alles noch schlimmer anfühlte als vorher, so war ich doch froh, dass es passiert war. Für einen kurzen, wenn auch nur kleinen Moment war alles wieder an seinem richtigen Platz gewesen.

Ich wischte mir die Tränen ab und atmete noch einmal tief durch. Irgendwie musste ich diesen Abend noch hinter mich bringen. Es half nichts, wenn ich mich hier verkroch. Schließlich hatte ich immer gewusst, dass aus River und mir niemals etwas werden würde. Ich durfte nicht den Kopf in den Sand stecken, dafür war ich nicht der Typ.

Nachdem ich aufstand, starrte ich noch eine Weile leer vor mich hin, bevor ich mich gewappnet fühlte, wieder in den Club zu gehen. Ich würde das schon schaffen. Das hatte ich bisher schließlich immer.

Verdammt, es gab so viele heiße Kerle auf dieser Welt. Wieso musste ich mich ausgerechnet in meinen besten hetero Freund verlieben?

Die Band spielte bereits wieder, als ich die Treppen zum Club hinunterstieg. Eigentlich gefielen sie mir, man konnte gut zu der Musik tanzen. Dazu hatte ich allerdings jetzt keine Lust mehr. Ich hoffte, dass man mir nicht ansah, dass ich geweint hatte, das wäre mehr als nur peinlich. Der Co–Captain des Basketballteams – die kleine Heulsuse.

Ich bestellte mir ein weiteres Bier, zeigte brav meinen gefälschten Ausweis vor, und nahm einen Schluck. Etwas Härteres wollte ich auf keinen Fall trinken. Zum einen war am nächsten Tag Schule und ein Test in Mathe stand an und zum anderen war ich schon traurig genug. Alkohol würde mich nur noch mehr runterziehen, das konnte ich heute wirklich nicht gebrauchen.

Das Mädchen hinter der Bar lächelte mich aufreizend an. Ich registrierte, dass sie ihre Nummer auf das Etikett der Flasche geschrieben hatte. Sie sah süß aus, trug ihre Haare zu einem kurzen Bob und war dezent geschminkt. Sie trug einen kurzen Lederrock und ein locker anliegendes rotes Top. Sie war eindeutig hübsch, aber das änderte nichts daran, dass ich nicht auf Frauen stand. Ich schenkte ihr ein kleines Lächeln, was sie zu freuen schien und stellte mich etwas abseits der Bühne an den Rand und beobachtete die Menge. Es dauerte nicht lange, bis ich meine Freunde wiederfand. Tristan und Penelope hielten sich locker an den Händen und sprangen zusammen zur Musik, als wären sie die besten Freunde. Heather und Sam hielten sich ebenfalls an den Händen, waren sich dabei aber deutlich näher. Ein kleines Lächeln schlich sich auf mein Gesicht. Die beiden passten so wenig zusammen, dass es irgendwie schon wieder genial war. Wo war River? Brandon konnte ich auch nirgendwo entdecken. Die beiden zusammen waren keine gute Kombination. Ich lief zurück zur Bar, die etwas erhöht auf einem Podest stand, um den großen Club besser überblicken zu können. River und Brandon standen am Rande des Clubs auf der anderen Seite an ein paar Stehtischen, ziemlich viele leere Shotgläser darauf verteilt. Zwei Mädchen, die ich noch nie gesehen hatte, standen an ihrem Tisch. Brandon befummelte bereits die Blonde, deren Brüste fast aus ihrem knappen Oberteil sprangen. Ich verzog das Gesicht. Das andere Mädchen war offensichtlich damit beschäftigt, River anzuschmachten. Ich konnte es ihr nicht verübeln. Aus der Ferne nahm ich mir Zeit, ihn anzusehen. Seine Haare standen in alle Richtungen, so als ob er mehrmals mit den Fingern durch sie hindurchgefahren wäre. Das schien er in letzter Zeit wieder öfters zu machen. Es war wie eine Art Tick –

wenn River besonders viel Stress hatte, neigte er dazu, sich ständig die Haare zu raufen. Er sah verboten sexy aus, wenn sie so verwuschelt waren.

Er trug eine locker sitzende Jeans, einen einfachen, weißen Adidas Hoodie und die dazu passenden Sneakers.

Ein weiterer Shot landete in seinem Rachen, was die Mädchen am Tisch zum Lachen brachte. Ich runzelte die Stirn, als er leicht schwankte. Selbst von hier aus konnte ich sehen, dass er total betrunken war. Eines der Mädchen legte eine Hand auf seinen Arm und er grinste sie schief an. Mir wurde es eng in der Brust. Ich wollte eigentlich meinen Blick abwenden und mich nicht weiter quälen, aber ich konnte nicht anders. Es war, als würde er meinen Blick magisch anziehen. In der Schule und beim Training waren immer so viele Leute um uns herum, da wäre mein Starren sofort aufgefallen.

Ich hätte ewig so herumstehen können. Die Band war bereits zum Ende gekommen und die meisten Leute strömten Richtung Ausgang. Andere versuchten, bei der Bühne zu bleiben, um noch mit der Band reden zu können. Mein Blick fand erneut River, der sich in Bewegung setzte und bedrohlich schwankte. Scheiße. Meinem Körper durchfuhr ein Ruck, als ich auch schon in seine Richtung unterwegs war. Ich ließ ihn nicht aus den Augen. Die Mädchen und Brandon verschwanden in Richtung der Toiletten. Was sollte das denn werden? Ein heißer Dreier? Mich schüttelte bei dem Gedanken. Sowas konnte doch wirklich keinen Spaß machen.

River stützte sich mit den Händen an der Wand ab und lehnte seine Stirn dagegen. Ich überbrückte die letzten Meter zwischen uns, legte meine Hand auf seine Schulter und ignorierte den Funken, der augenblicklich auf mich überzugehen schien.

„Hey, River. Alles klar?"

Langsam hob er den Kopf und sah in meine Richtung. Ein Lächeln umspielte seine Lippen. Seine Augen waren blutunterlaufen und ich war mir nicht mehr sicher, ob es heute Abend ausschließlich bei Alkohol geblieben war.

„Ähm ... das weiß ich ... keine Ahnung", brachte er lallend hervor und ließ seine Stirn wieder gegen die Wand sinken. O Mann.

„Hey, wir sollten dich nach Hause schaffen", sagte ich zu ihm, während meine Hand immer noch auf seiner Schulter lag.

Er stöhnte gequält. „Ich habe kein Zuhause."

Ich runzelte die Stirn und biss mir auf die Lippen. Ich würde viel darauf verwetten, dass sein Vater sich mal wieder, wie der letzte Arsch aufgeführt hatte. Hatte er deshalb so tief ins Glas geguckt?

Beruhigend strich ich über seine Schulter, was ihn etwas zu entspannen schien.

Wenig später erschien Tristan hinter mir.

„Mann, hier seid ihr. Wir haben euch gesucht. Sam ist bereits mit den Mädels losgefahren. Penelope ist schon fast durchgedreht wegen River."

Ich sah über meine Schulter.

„Alles klar. Schreib ihr, dass alles okay ist."

Tristan runzelte die Stirn.

„Was macht er da?", fragte er vollkommen irritiert und nickte mit dem Kopf in Richtung River.

Der stand immer noch an der Wand, lehnte seine Stirn dagegen und stützte sich mit beiden Händen ab.

„Ich kann hören, was du sagst, du Penner", brummte River mit gequälter Stimme.

„Schön, können wir dann?", gesellte sich nun auch Brandon zu uns. Er hatte ein fettes Grinsen im Gesicht, rote Wangen, war verschwitzt und seine Haare waren durchwühlt.

„River Alter, du hast was verpasst."

Dieser hob nur den Mittelfinger, den er krumm in die Höhe hielt. Vermutlich hatte er vor, den Finger auf Brandon zu zeigen.

Er schaffte es, sich von der Wand abzustützen, schwankte aber sofort wieder. Augenblicklich war ich an seiner Seite.

„Was ist denn mit dem los?", fragte Brandon lachend. Sehr witzig.

River schloss die Augen und konnte den Kopf kaum oben behalten. Fuck. Wie viel hatte er denn in sich reingekippt?

„Hat er was genommen?", fragte ich direkt Brandon.

„Quatsch. Er hat nur einen Shot nach dem anderen in ziemlich kurzer Zeit gekippt."

Ich verdrehte die Augen. „Warum hast du ihn denn nicht davon abgehalten?"

„Ähm", antwortete er und runzelte die Stirn. „Weil ich nicht seine Mutter bin, vielleicht?"

Ich schenkte Brandon einen genervten Blick und widmete mich wieder voll und ganz River.

„Hey, schaffst du es zum Auto?", fragte ich ihn und sprach extra laut. Er öffnete seine blutunterlaufenen Augen, schloss sie aber direkt wieder.

„Ein Auto bin ich schon mal gefahren", murmelte er.

Ich presste die Lippen aufeinander. Wenn ich mir nicht solche verfluchten Sorgen um ihn gemacht hätte, hätte ich ihn sogar süß bei dieser Aussage gefunden.

Ich sah zu Tristan und forderte ihn stumm dazu auf, mir zu helfen. Er verstand den Wink und trat an Rivers andere Seite, um sich seinen Arm um die Schulter zu legen. Wir schleiften River praktisch hinter uns her. Besonders die vielen Treppen bereiteten uns eine wahre Freude. Nicht.

Seit wann war dieser Typ so unendlich schwer? Er versuchte wirklich uns zu helfen und seine Beine voreinander zu setzen, aber er war mehr mit Stolpern, als mit Laufen beschäftigt, weshalb Brandon uns helfen musste. River legte seinen Kopf auf meiner Schulter ab. Unweigerlich stieg mir sein Duft in die Nase. Wie konnte jemand, der so voll war, immer noch so gut riechen?

Zu dritt schafften wir es, River auf den Rücksitz zu bugsieren. Wir atmeten erschöpft aus und ich wischte mir den Schweiß von der Stirn. Brandon kicherte und holte sein Handy hervor, um ein Foto vom weggetretenen River zu machen. Ich war mit einem Satz bei ihm. Meine Hand schnellte hervor und schlug ihm das Handy aus der Hand.

„Das kannst du vergessen, Alter", knurrte ich ihn wütend an.

Auf keinen Fall würde ich zulassen, dass er dafür sorgte, dass die halbe Welt River so sah. Brandon konnte die ganze Sache lustig finden, wie er wollte. River ging es nicht gut, das sah man mehr als nur deutlich und ich musste ihn beschützen.

Geschockt starrte Brandon erst zu mir, dann auf sein Handy auf dem Boden, das sicherlich kaputt war. Sein Problem, nicht meins.

„Bist du komplett bescheuert, Jace?" Er fluchte auf und bückte sich nach seinem Handy. Vorwurfsvoll blickte er mich an.

„Das Display ist gesprungen, du Idiot. Was sollte das? Ich wollte doch nur ein Foto von ihm machen, um ihn damit zu verarschen. Heul doch nicht gleich."

Bedrohlich trat ich einen Schritt auf ihn zu. Ich bemühte mich, ganz leise zu sprechen: „Verarsch ihn damit und ich nehme deine scheiß Fresse und presse sie auf den Fußboden."

Seine Augen weiteten sich und auch Tristan starrte mir fassungslos entgegen. So kannten sie mich nicht. Ich war nicht der gewaltbereite Typ und ging körperlichen Auseinandersetzung eigentlich aus dem Weg, wenn es sich vermeiden ließ.

Wenn es allerdings um River ging, war ich schon immer bereit zu allem gewesen. Ich war schon in die dämlichsten Schlägereien verwickelt gewesen, bloß weil er mal wieder Ärger provoziert hatte.

Obwohl Brandon deutlich breiter und muskulöser war, als ich, war ich doch einen halben Kopf größer. Außerdem versprach mein Gesicht wohl, dass es mir ernst mit meiner Aussage war, denn er ging einen Schritt zurück und hob entwaffnend seine Arme.

„Wow, ist ja gut. Übertreib doch nicht gleich so."

Er ging um das Auto herum, stieg schmollend in den Wagen auf den Beifahrersitz und knallte die Tür hinter sich zu. Er hatte es nicht gern, wenn ihm jemand blöd kam.

Tristan konnte sich ein Lachen nicht verkneifen und stieg ebenfalls in den großen, teuren Wagen. Ich ging um das Auto herum, öffnete die schwere Tür und setzte mich neben River. Er lag praktisch auf dem Rücksitz. Ich sah zu ihm herunter und betrachtete ihn. Er sah hundeelend aus und hatte einen gequälten Ausdruck im Gesicht. So weggetreten, wie ich dachte, war er wohl doch nicht.

Die Heimfahrt dauerte nicht lange, da die Straßen bereits wie leergefegt waren. Es war bereits nach zwei Uhr nachts, als wir vor Brandons Haus hielten. Er schlug mit Tristan ein und verabschiedete sich auch von mir. Zum Glück war er nicht der nachtragende Typ.

River stöhnte leidend neben mir.

„Hey, alles okay, du bist gleich zu Hause", flüsterte ich ihm beruhigend zu. Ich achtete darauf, dass Tristan auf die Straße konzentriert war und strich vorsichtig über Rivers Kopf. Er hob ihn an und legte ihn auf meinem Schoß ab. Mir wurde warm ums Herz. So müsste es eigentlich immer sein, aber ich wusste, dass das nur Wunschdenken war. Ich konnte ihn nicht haben, weshalb ich versuchte den Moment zu genießen, wie ein Ertrinkender, der nach einem Strohhalm griff. Denn ich wusste, der Moment würde viel zu schnell vorüber sein.

Als Tristan in der großen Auffahrt vor der protzigen Villa der Scotts hielt, wollte er mir direkt zu Hilfe eilen. Ich wollte River allerdings nicht teilen.

„Ich mach das schon allein mit ihm. Du musst mir nur helfen, ihn aus dem Auto zu bekommen", murmelte ich leise.

„Bist du sicher?", fragte Tristan skeptisch.

„Klar. Wie packen das schon. Rivers Dad darf ihn so nicht sehen, wir haben bessere Chancen, wenn wir allein gehen."

Tristan nickte. „Okay, du hast Recht."

***

„River, wir sind da", sprach ich laut mit ihm. „Los komm, du musst mir ein bisschen helfen."

Vorsichtig öffnete er die Augen und sah zu mir hoch. In ihnen lag ein Funkeln, auch wenn sie blutunterlaufen waren. Er blieb stumm, aber dennoch schob ich sanft seinen Kopf von meinem Schoß und zwang ihn, sich aufrecht hinzusetzten. Er ließ seinen Kopf sofort wieder sinken.

Ich stieg aus dem Auto und mit Tristans Hilfe gelang es mir, ihn aus dem Wagen zu ziehen, ohne ihm irgendwas zu brechen. Ich legte mir seinen Arm wieder über die Schulter und ging los. Auch wenn er stolperte, gelang uns irgendwie bis zur Haustür zu kommen. Da ich hier normalerweise ein- und ausging, hatte ich einen Schlüssel und öffnete die Tür. Mondlicht fiel durch das riesige Dachfenster auf den glatten Marmorboden der großen Halle und erhellte den ganzen Raum. Die Scotts vergötterten dieses komische Fenster. Die Treppe erwies sich als wesentlich schwieriger, als ich gedacht hatte. Da River kaum in der Lage war, die Füße zu heben, fielen wir mehrmals hin. Ich stieß mir öfter das Schienbein, als es mir als kleiner Junge passiert sein musste und würde morgen bestimmt reichlich blaue Flecken davontragen. Wir schafften es dennoch und ich atmete erleichtert auf, als ich die Tür zu Rivers Zimmer aufstieß und leise hinter mir schloss, um keinen

137

Lärm zu machen. Während ich ihn zum Bett rüberschob, krallte er sich haltsuchen in meinem Hemd fest. Ich wollte ihn vorsichtig auf sein Bett legen, aber er ließ mich nicht los. Wir standen nun direkt voreinander und er legte seinen Kopf auf meiner Schulter ab. Dieser Kerl war mein Untergang, mein verdammtes Verderben. Ich konnte nicht anders und zog ihn in meine Arme. Auch er schloss die Arme um mich und so standen wir eine Weile einfach nur da. Er und ich. Seinen Duft inhalierend hielt ich ihn einfach nur fest.

Was war nur mit ihm los? Ich wollte ihm so gerne helfen. Was konnte ihn innerhalb so kurzer Zeit nur so quälen? War es einzig und allein die Tatsache, dass er nicht ertragen konnte, dass er Sex mit einem Kerl gehabt hatte? Lag es an Haley?

Er vergrub das Gesicht an meiner Brust und krallte sich von hinten an meinem Hemd fest, so als wollte er nicht, dass ich ihn allein ließ. Leider konnte ich nicht ewig so stehen bleiben, das war mir klar. Ich würde nicht mehr bekommen als diesen Augenblick. Der Gedanke an ihn und Penelope ließ mich vor Schmerz zusammenzucken. Ein letztes Mal inhalierte ich seinen Duft und löste seine Hände von meinem Rücken. Wenn ich jetzt nicht ging, würde ich es nicht mehr schaffen ihn loszulassen.

River fiel quasi von allein auf sein Bett. Er blieb auf dem Rücken liegen, den Kopf zur Seite geneigt und sah … friedlich aus. Ich setzte mich auf die Bettkante und fuhr mit den Fingern durch seine dunkelblonden Haare, die sich so weich anfühlten. Ich liebte seine Haare. Er öffnete seine Augen und sein Blick suchte meinen. Ich ertrank in dem tiefen türkisblau seiner Augen.

„Es tut mir leid", flüsterte er mit rauer Stimme.

„Was denn?", fragte ich ihn, während meine Finger weiter durch sein Haar glitten.

Er schluckte hörbar. „Alles."

Ich schloss die Augen. Gott, ich liebte ihn so sehr. Am liebsten hätte ich ihn in meine Arme gezogen und nie mehr losgelassen. So lange, bis all der Schmerz in seinen Augen erloschen war.

Ich durfte es nicht, konnte nicht, weil er einfach nicht das gleiche fühlte. Diese Welt war so verdammt unfair. Wie konnte sie dafür sorgen, dass man sich so sehr nach jemanden verzehrte, den man doch nicht haben konnte?

„Mir auch", gab ich also nur leise zurück und riss mich von dem Türkis seiner Augen los.

Leise stand ich auf und schlich mich aus dem Zimmer, die Treppe nach unten, wo ich kurz darauf die Haustür hinter mir zuzog. Da ich heute mit Sam gefahren war, hatte ich kein Auto dabei, also trat ich den Heimweg zu Fuß an.

Ich sog die kalte Nachtluft in meine Lungen und fröstelte. Ausgerechnet heute Nacht musste es kalt sein und die Leere in meinem Herzen verstärkte diese Kälte umso mehr.

Ein Blick auf die Uhr verriet mir, dass mein Wecker bereits in drei Stunden klingeln würde. Das verhieß keinen schönen Morgen.

Mein Handy vibrierte in meiner Hosentasche und ich nahm es heraus, um die Nachricht zu lesen. River.

Danke.

Ich hielt inne, als dieses eine Wort auf dem Display erschien. Tränen traten mir in die Augen. Vielleicht bestand irgendwie ja doch noch Hoffnung, dass ich wenigstens meinen besten Freund wiederbekommen könnte. Allerdings stellte sich mir unweigerlich die Frage, ob *ich* in der Lage sein würde, weiterhin nur mit ihm befreundet zu sein. Ich kannte die Antwort nicht.

Kapitel 13

Laute Musik riss mich aus dem Tiefschlaf. O mein Gott, was war das?

Mein scheiß Handy lag direkt neben mir auf dem Kopfkissen und die Titelmusik von Star Wars – mein Klingelton – brüllte mir direkt ins Ohr. Autsch.

Ich stöhnte genervt, griff nach dem Handy und hielt es an mein Ohr.

„Mh?", meldete ich mich.

„Honey, wo steckst du?", ertönte die unglaublich laute Stimme von Penelope. Gott, war diese Frau immer so dermaßen laut? Ihre Stimme ließ meine Ohren klingeln und meinen Schädel hämmern, was mich zischend Luft holen ließ.

„Bett", gab ich als knappe Antwort und ließ meine Augen geschlossen.

Stille. Hatte ich aufgelegt?

„Der Unterricht fängt in zwei Minuten an.", sagte sie alarmierend.

Ups. Heute war erst Donnerstag, nicht Wochenende.

„Okay", gab ich nur zurück.

Wieder Stille. Was war denn mit der los? Normalerweise war sie nicht so leicht zum Schweigen zu bringen.

„River, du weißt, dass wir heute einen Test schreiben? In Mathe? Wir haben doch gestern noch darüber geredet."

Fuck. Das hatte ich vergessen. Wie so einiges in letzter Zeit, wenn ich recht darüber nachdachte.

Ich hob vorsichtig meinen Kopf und sah auf die Uhr an meiner Wand. Kurz vor acht. In der zweiten Stunde war der blöde Mathetest. Genervt ließ ich den Kopf wieder in mein Kissen sinken. Der Wunsch, einfach zu Hause zu bleiben, war so groß, aber ich wusste, dass ich zu diesem Test musste. Mein Vater würde mir niemals eine Entschuldigung schreiben und meine Mom entschied sowas niemals hinter seinem Rücken.

Ich durfte nicht durchfallen. Meine Noten mussten halbwegs in Ordnung bleiben, wenn ich meinen Abschluss in ein paar Monaten haben wollte und ich hatte wirklich keine Lust, eine Ehrenrunde zu drehen.

Ich murmelte irgendwas davon, dass ich mich auf den Weg machte und setzte mich auf. Mein Kopf fiel in meinen Schoß. Er war verdammt schwer und brummte, als ob jemand mit einem Hammer dagegen schlagen würde.

Ich schälte mich aus meiner Decke und stand vorsichtig auf. Ich schwankte. O Gott, ich war auf jeden Fall immer noch betrunken. Eigentlich kein Wunder bei den Massen an Alkohol, die ich in mich reingeschüttet hatte.

Es war aber auch ein selten beschissener Abend gewesen. Obwohl ich gestern so voll gewesen war, waren meine Erinnerungen daran vollkommen klar. Ich hatte versucht Pen zu benutzen, um Jace aus meinen Gedanken zu vertreiben. Eigentlich musste ich mit ihr Schluss machen. Ich konnte es nicht. Wenn ich jetzt auch noch die Sache mit Penelope gegen die Wand fuhr, würde mein Vater mich vermutlich wirklich umbringen. Die Situation hier zu Hause war so unglaublich angespannt, ich war mir sicher, dass es das Fass zum Überlaufen bringen würde. Ich seufzte. Ich war so müde. Momentan trank ich einfach viel zu viel, das war mir selbst klar. Trotzdem konnte ich es nicht lassen. Mit dem Alkohol war es wenigstens kurz erträglich.

Langsam setzte ich meine Beine in Bewegung und schlurfte ins Badezimmer. Meine Glieder brannten. Ich musste dringend duschen. Noch immer trug ich Jeans und Pullover. Beides landete auf dem Badezimmerboden. Ich ließ meine Boxershorts sinken und stieg in meine geräumige Dusche. Ich fühlte mich, als ob mich jemand ausgekotzt hätte. Eine Welle von Übelkeit überschwemmte mich und ließ mich erneut wanken. An die Wand gestützt rieb mich mit Duschgel ein. Als ich an meinem Penis ankam musste ich unwillkürlich die Zähne zusammenbeißen. Er regte sich sofort, als ich mich daran erinnerte, wie nahe ich Jace gestern Abend gewesen war. *Verräter.*

Ich war total scharf und hätte es am liebsten sofort zu Ende gebracht. Leider fehlte mir die Kraft und die Zeit dazu, weshalb ich mich mit Abtrocknen und Anziehen beeilte und wahllos irgendwelche Anziehsachen griff.

Als ich endlich mit noch feuchten Haaren das Haus verließ, war ich viel zu spät dran. Ich war nicht in der Lage schnelle Bewegungen auszuführen, vor allem, weil mir schlecht war.

Ich stieg in mein Auto, auch wenn ich todsicher noch nicht wieder fahren durfte. Zum Glück war der Weg zur Grove Hill High nicht weit. Wenige Minuten später bog ich auf den Parkplatz der Schule ein. Ich freute mich kurz darüber, auf dem Weg keinen Unfall verursacht zu haben, das Pochen in meinen Schläfen dämpfte diese Freude allerdings wieder sehr schnell.

Ich schlüpfte ins Schulgebäude und ging den endlos langen Flur entlang zum Klassenzimmer meiner Mathelehrerin aka. *Frau Ich-hasse-Jugendliche-und-habe-mich-deshalb-entschlossen-sie-täglich-zu-quälen.* Diese Frau war der schlimmste Albtraum.

Die Blicke meiner Mitschüler entgingen mir nicht, aber sie waren mir zum Glück vollkommen egal. Sollten sie gaffen, sollten sie reden, denn es interessierte mich nicht mehr.

Meine Freunde sahen überrascht auf, als ich in den Klassenraum trat. Ich hatte noch zwei Minuten bis zum Unterrichtsbeginn und war wahrlich stolz auf mich, dass ich es pünktlich geschafft hatte.

Der Platz neben Jace war bereits besetzt, also ging ich auf den Platz neben Tristan zu. Ich zog den Stuhl zurück, ignorierte seinen hämischen Blick und ließ mich darauf fallen. Himmel, war das anstrengend gewesen. Ich senkte meinen Kopf stöhnend auf die Tischplatte vor mir. Ich hätte an Ort und Stelle weiterschlafen können, so müde war ich. Tristan lachte neben mir laut auf und auch Brandons Lachen mischte sich dazwischen.

„Na, River? Fit?", fragte mich Tristan prustend.

„Leck mich."

Tristan schlug mir freundschaftlich auf die Schulter, was den Schmerz in meinem Kopf in neue Sphären schickte. Ich konnte mir ein lautes Wimmern nicht verkneifen. Das würde der Scheißkerl zurückbekommen.

„Fick dich, Arschloch", war meine einzige Erwiderung.

Es klingelte und die Tür wurde zugeknallt.

Die durchdringende Stimme meiner Lehrerin durchschnitt die Luft und sie faselte bereits von Test und Büchern weglegen. Allgemeines Rascheln entstand, als alle ihre Sachen verschwinden ließen.

Plötzlich trat Stille ein. Nicht gut.

„Mister Scott, schlafen Sie ernsthaft in meinem Unterricht?", vernahm ich nun ihre Stimme direkt vor mir. Sie konnte nur direkt vor meinem Tisch stehen.

„Nein, ich bin wach." Meine kratzige, raue Stimme untermalte meinen Zustand.

„Setzen Sie sich gefälligst anständig hin, wenn Sie nicht gleich zu dem Direktor geschickt werden wollen. So ein Verhalten dulde ich in meinem Klassenraum nicht."

Ich stöhnte gequält auf und hob langsam meinen Kopf. Wieder verstärkte sich meine Übelkeit. Ich würde diesen Test niemals überstehen.

Sie stand immer noch vor mir und sah mich streng an. Aus dem Augenwinkel sah ich die amüsierten Gesichter von Tristan und Brandon, während Penelope und Jace besorgt in meine Richtung schauten. Wobei Penelope eigentlich ziemlich angepisst aussah, was man so nicht von ihr kannte. Bestimmt war sie ganz und gar nicht damit einverstanden, dass ich hier völlig verkatert in der Schule saß.

„Was ist los mit Ihnen, sind Sie krank?"

Ich schluckte, da die Übelkeit mich fest in den Fängen hatte.

„Keine Ahnung, irgendwie schon. Mir ist schlecht", würgte ich hervor.

Sie runzelte die Stirn und ihre Gesichtszüge wurden weicher. Dass das möglich war, überraschte mich wirklich.

Wenn sie gewusst hätte, dass ich eigentlich nur verkatert und immer noch besoffen war, wäre ihre Miene sicherlich nicht so sanft geworden.

„Gehen Sie zur Schulkrankenschwester, River. Den Test können Sie auch an einem anderen Tag schreiben." Ich nickte ihr dankbar zu und stand schwankend auf. Tristan erhob sich ebenfalls und hielt mich am Ellenbogen fest.

„Tristan, meinen Sie, dass Sie ihn begleiten könnten? Selbstverständlich würden Sie den Test ebenfalls nachschreiben."

Brandon riss entsetzt und voller Neid den Mund auf, um uns stumm zu beschimpfen.

„Natürlich, ich werde ihm nicht von der Seite weichen", versicherte Tristan ihr grinsend.

Offenbar machte sich die Frau tatsächlich Sorgen um mich, ich musste also echt beschissen aussehen. Ich schaffte den Weg zur Schulschwester nicht, ohne zur nächstbesten Toilette zu sprinten und mir die Seele aus dem Leib zu kotzen. Fuck, war das eklig.

Ich hätte im Bett bleiben sollen.

Die Schulkrankenschwester brauchte, im Gegensatz zu meiner Mathelehrerin, nur wenige Sekunden, um zu durchschauen, dass ich einen Kater hatte. Sie sah mich mit einem verkniffenen Gesichtsausdruck an, schob mich dann aber seufzend zu einer Liege rüber.

„Du solltest in deinem Alter wirklich nicht so viel trinken“, tadelte sie mich. „Hinlegen.“

Ich gehorchte ihr stumm.

Sie brachte mir ein Glas Wasser und eine Aspirin. Spöttisch zog ich die Augenbrauen hoch und sah ihr entgegen.

„Was erwartest du, Junge? Am liebsten würde ich dir eine Infusion verabreichen, aber dann müsste ich umgehend deine Eltern informieren und einen Notdienst anrufen. Ich nehme nicht an, dass das in deinem Interesse wäre?“ Sie stemmte die Hände in die Hüften und sah mich streng an. Sie trug einen schwarzen Rollkragenpullover und darüber einen weißen Kittel. Ihre braunen Haare waren zu einem Dutt zusammengebunden, was den strengen Eindruck noch verstärkte. Allerdings wusste ich, wie jeder andere auch, dass sie ein sehr ausgeprägtes Helfersyndrom hatte und sich so ziemlich jeder immer gern von ihr helfen ließ. So auch ich.

Ich nahm ihr die Tablette ab, steckte sie in meinen Mund und kippte gierig das Wasser runter. Vermutlich hätte ich langsamer trinken sollen, denn dieser Leichtsinn wurde sofort mit neuer Übelkeit belohnt. Ich ließ mich ächzend auf die Liege fallen.

„Du kannst die nächsten Stunden hierbleiben“, sagte sie noch zu mir, bevor sie den kleinen engen Raum, in dem fünf Liegen, die man lediglich durch einen dünnen Vorhang trennen konnte, nebeneinander standen, verließ. Tristan ließ sich auf die Liege neben mir fallen und sah ziemlich zufrieden mit sich aus. Ich kümmerte mich nicht mehr darum, was Tristan noch hier zu suchen hatte, da meine Augen augenblicklich zufielen.

Als ich wieder wach wurde, hatte ich nicht das Gefühl, dass es mir besser ging. Ich blickte auf die Uhr und sah, dass bereits volle drei Stunden vergangen waren. Ich schnaubte vernehmlich, als ich sah, dass Tristan tatsächlich auf der Liege neben mir lag und pennte.

Er riss ebenfalls die Augen auf und rieb sich verschlafen darüber. Seine weißblonden Haare standen ihm vom Kopf ab.

„Warum musstest du denn bitteschön schlafen?", fragte ich ihn amüsiert.

„Hey. Es war spät gestern. Irgendwer musste dich blöde Saufnase ja nach Hause fahren", verteidigte er sich.

Er setzte sich auf und räkelte sich langsam, wobei ihm ein Gähnen entfuhr.

Sein Blick fiel auf die Uhr an seinem Handgelenk. „Hey, es ist langsam Zeit, Mittag essen zu gehen. Kommst du mit?"

Der Gedanke an Essen ließ mich erneut würgen. Erschrocken wich er ein Stück auf seiner Liege zurück und sah mich angewidert an.

„Alter. Wie viel hast du gestern nur getrunken?"

Ich zuckte lediglich die Schultern.

Seine zufriedene Miene wechselte zu besorgt.

„Was war eigentlich los? So habe ich dich noch nie erlebt."

„Was? Darf ich nicht mal einen Abend Party machen?", blaffte ich ihn genervt an.

„Doch, klar darfst du", sagte er, meine schlechte Laune ignorierend, „aber das hatte mit Party nicht mehr viel zu tun. Wären wir nicht gewesen, wärst du heute Morgen vermutlich in irgendeiner verschissenen Ecke aufgewacht."

„Oh ja. Danke, oh großartiger Tristan, dass du mich gerettet hast", gab ich mit vor Spott triefender Stimme zurück.

Er lachte kurz auf, wurde aber direkt wieder ernst. Jetzt ging er mir wirklich auf die Nerven.

„Ich mache mir einfach Sorgen um dich okay? Du bist mein Freund und ich habe dich noch nie so dermaßen weggetreten gesehen."

„Und jetzt sollen wir uns gegenseitig die Haare flechten und über unsere Gefühle reden? Es wäre einfacher unsere Schwänze abzuschneiden."

Tristan verdrehte kopfschüttelnd die Augen und presste seine Lippen verkniffen aufeinander.

„Du bist ein Arschloch, River", sagte er genervt, bevor er sich von der Liege schwang und zur Tür hinausging.

Ja, manchmal war ich das. Ich war scheiße darin über meine Gefühle zu reden.

Ich legte mich auf die Seite und versuchte wieder einzuschlafen. Heute fiel es mir erstaunlich leicht, weil ich einfach keine Kraft für irgendwas hatte. Selbst Nachdenken strengte mich viel zu sehr an, weshalb meine Gedanken herrlich leer waren.

Ich war gerade dabei, wieder in den Schlaf abzudriften, als die schrille Stimme von Penelope durch den Raum hallte.

„Willst du mich eigentlich verarschen?"

Ich riss die Augen auf und blickte in das sehr angepisste Gesicht meiner Freundin. *Echt jetzt?*

Ich blickte sie ausdruckslos an und gab keinen Laut von mir. Scheinbar hatte sie irgendein Problem und wenn sie es unbedingt loswerden wollte, würde ich es ihr ganz sicher nicht aus der Nase ziehen. Also wartete ich ab, was ihre Nasenflügel beben ließ und ihre Wut offenbar verstärkte. Ein seltsamer Anblick, schließlich war sie sonst stets gefasst.

„Hast du gar nichts zu sagen?", fragte sie mich entgeistert.

„Wozu?", fragte ich schlicht.

Sie kniff die Augen zusammen und presste die Zähne fest zusammen.

„Was ist denn nur los mit dir?"

Erst hatte Tristan mich nerven müssen und jetzt machte sie ausgerechnet damit weiter.

„Keine Ahnung, was du von mir hören willst", gab ich emotionslos zu.

Ich wusste wirklich nicht, was ich sagen sollte.

„River. Erst zerrst du mich gestern in eine Abstellkammer und jetzt tauchst du so in der Schule auf. Was soll das alles? Ich erkenne dich überhaupt nicht wieder."

„Und wenn schon", murmelte ich trotzig.

Ihr verständnisloser Blick traf meinen. „Außerdem hast du mich schon wieder einfach stehenlassen, ohne mir zu sagen, wo du bist."

Mist.

„Was ist denn los mit dir in letzter Zeit?", fragte sie nun geknickt und nicht mehr wütend.

„Nichts", kam meine Antwort viel zu schnell.

„Ich kenne dich, River. Und ich weiß, dass irgendwas los ist, was du mir nicht sagst. Wie du mir eigentlich nie etwas sagst." Hilflos riss sie die Arme hoch.

Mich packte das schlechte Gewissen, denn sie hatte recht. Ich schloss sie aus den meisten Bereichen meines Lebens aus.

„Ich bin deine Freundin. Lass mich für dich da sein.“

Ich schwieg beharrlich weiter. Schließlich konnte ich nicht sagen, was mich wirklich bedrückte. Fair wäre es gewesen, mich jetzt von ihr zu trennen, es wäre die perfekte Gelegenheit – doch ich war ein Feigling.

Nachdenklich neigte sie den Kopf.

Ich wollte allerdings schlafen und nicht Nachdenken.

„Ich tue alles, damit es zwischen uns funktioniert, doch du stößt mich immer wieder weg.“

Tränen glitzerten in ihren Augen. Scheiße. Das wollte ich nicht.

Meine Stimme wurde sanfter. „Hey, wir kriegen das schon wieder hin. Gib mir einfach ein bisschen Zeit, okay? In meinem Kopf ist gerade ein riesiges Durcheinander ... du weißt schon, der Stress zu Hause und der Stress beim Basketball.“

Wow, war ich ein Mistkerl.

Traurig sah Penelope mich an.

„Wirst du mir erzählen, was für Stress das ist?“, fragte sie leise und beäugte dabei ihre Hand.

Sie drehte an den schmalen, silbernen Ringen, die ihre zarten Finger zierten. Das tat sie immer, wenn sie nervös war.

Ich verzog das Gesicht. Ich redete nicht über meine Probleme. Haley und Jace waren die einzigen, die überhaupt wussten, was bei mir zu Hause los war und man sah ja, was es mir gebracht hatte.

„Nein, eigentlich nicht. Zu Hause ist extrem viel los.“

Mehr sagte ich dazu nicht. Penelope nickte enttäuscht.

„Okay. Auch wenn ich mir wünsche, dass du dich mir gegenüber endlich öffnest. Du kannst mir vertrauen.“

„Tut mir leid“, gab ich zu und fuhr mir durch die Haare.

„Du bedeutest alles für mich, River. Ich will dich nicht drängen, zu reden, aber sowas wie gestern Abend geht nicht. Du kannst mich nicht einfach irgendwo allein stehenlassen, während ich keine Ahnung habe, was los ist“, sagte sie mit fester Stimme und sah mich eindringlich an.

Betreten sah ich sie an. Natürlich hatte sie recht.

Penelope gab mir einen Kuss auf die Wange.

In dem Moment wurde die Tür aufgestoßen.

„Oh, äh ... sorry“, nuschelte Tristan betreten und schien offenbar nicht zu wissen, wohin er sehen sollte. Mir entging nicht, dass er Penelope ansah, was ich ihm nicht mal verdenken konnte.

„Soll ich später wiederkommen?“, fragte Tristan, einen seltsamen Ausdruck im Gesicht.

„Schon gut. Ich muss zurück“, murmelte Penelope, bevor sie aus dem Raum schlüpfte, eine leichte Röte im Gesicht, als hätten wir hier etwas Verbotenes getan.

„Ernsthaft? Hier?“, fragte Tristan, kaum, dass die Tür sich geschlossen hatte.

„Nerv mich nicht, Tristan.“

„Es ist aber mein Job, dich heute zu nerven. Unsere liebe Schulschwester ist damit beschäftigt, Medikamente zu zählen und zu sortieren und da ich ihr gesagt habe, dass man dich nicht unbedingt allein lassen sollte, war sie sehr dankbar, dass ich dich überwache.“

Er ließ sich, mit sehr zufriedenem Gesichtsausdruck, auf sein Bett sinken und fing an, auf seinem Handy zu spielen.

Idiot. Ich ignorierte ihn einfach, legte mich auf die Seite, um ihm den Rücken zuzudrehen und fiel schnell wieder in einen tiefen Schlaf.

***

Als es Zeit fürs Training war, wusste ich, dass ich mich nicht länger verstecken konnte. Ich hätte aber wirklich nichts dagegen gehabt einfach bis morgen in diesem Bett zu bleiben, wo mich, abgesehen von Tristan, niemand nerven konnte. Natürlich war das keine Option, da mich auch die Schwester allmählich loswerden wollte, damit auch sie endlich gehen konnte.

Ich bedankte mich bei ihr und verließ, mit Tristan im Schlepptau, das Krankenzimmer. Er hing seit heute Morgen an meinem Rockzipfel und ich überlegte ernsthaft, ihm nur für seine nervige, gute Laune eine runterzuhauen.

Ich schlurfte in die Kabine und zog mir mein Trikot und meine Hose an, während Tristan fröhlich von seinem Tag berichtete.

„Ehrlich der hat die ganze Zeit nur gepennt. Das war der entspannteste Tag meines Lebens." Die anderen lachten.

„Und als ich nur mal kurz was Essen war, hat er direkt eine Nummer mit Penelope geschoben", fügte er hinzu, einen bitteren Unterton in der Stimme.

Ich hielt mitten in der Bewegung inne und sah ihn geschockt an. Das.Hatte.Er.Nicht.Gesagt. Mit einem Satz war ich bei ihm und schnippte mit ordentlicher Wucht gegen seine Stirn.

Er jammerte gequält auf und sah mich vorwurfsvoll an. „Hey.“

„Hör auf, so eine Scheiße zu erzählen“, verlangte ich aufgebracht.

Unsere Freunde sahen uns lachend zu, auch wenn Jace die Lippen aufeinanderpresste, bis sie weiß hervortraten.

„Bitte“, sagte Tristan spöttisch.

Ich schlug ihm schwungvoll auf den Hinterkopf, was ihn stolpern und gegen seinen Schrank stoßen ließ. Zufrieden ging ich zurück zur Bank und zog mir meine Turnschuhe an. Tristan machte keine Anstalten, weiter zu nerven. Gut für ihn, ich hätte ihn nämlich nur zu gerne eine runtergehauen.

Irritierenderweise gelang es Jace und mir gemeinsam das Aufwärmen zu übernehmen. Irgendwie schafften wir es, uns nicht vollkommen zu ignorieren, auch wenn wir eigentlich kaum miteinander redeten. Basketballkram das Team betreffend, war aber scheinbar möglich. Erleichterung durchflutete mich. Es tat gut, ihn nicht die ganze Zeit ignorieren zu müssen. Es war nach wie vor komisch und unangenehm, in seiner Nähe zu sein, aber gleichzeitig auch so richtig. Ich wollte ihm nah sein, er hatte mir so unglaublich gefehlt.

Ich ignorierte die Tatsache, dass mir wieder auffiel, wie gut er aussah. Früher war mir das definitiv nicht aufgefallen.

Nach dem Aufwärmen war ich bereits fix und fertig und mir war wieder übel. Ich hatte den ganzen Tag noch kein Essen runterbekommen können, was die Übelkeit noch verstärkte.

Der Coach betrat die Halle und teilte uns direkt in Teams auf, damit wir Spielzüge üben konnten.

Er teilte mich und Jace, der mich sofort prüfend ansah, in ein Team ein.

„Gehts?", fragte er vorsichtig.

Ich schüttelte nur den Kopf, lief aber dennoch dribbelnd mit dem Ball durch die Halle und warf den Ball zu Jace, der ihn daraufhin direkt wieder zurückspielte. Meine Augen konnten nicht schnell genug folgen, ich kam einfach nicht hinterher. Ich verfehlte ihn, geriet bei dem Versuch, mich zu drehen ins Straucheln und fiel prompt auf die Seite.

„Fuck", murmelte ich und blieb erschöpft liegen.

Coach Bryer war keine zwei Sekunden später direkt neben mir. Er beäugte mich prüfend und kniff wütend die Augen zusammen. Dicke Falten legten sich um seine Augen.

„Scott, lieferst du hier ernsthaft wieder so ein beschämendes Training ab? Du wirst ja wohl in der Lage sein den Ball zu fangen, ohne hinzufallen, wie ein kleiner Schuljunge. Ich hatte dich gewarnt, dass du besser nicht wieder wegen Alkohol das Team gefährden sollst. Was soll das, verdammt nochmal? So benimmt sich kein Captain", donnerte er mit lauter, kräftiger Stimme durch die Sporthalle.

Stille trat ein. Von seinem Verständnis mir gegenüber war offenbar nicht mehr viel übriggeblieben. Die Enttäuschung war ihm deutlich anzusehen, gepaart mit einer gehörigen Portion Wut. Solch ein Gesichtsausdruck war mir nicht fremd, ich begegnete ihm täglich.

Ich wollte gerade zu einer entschuldigenden Antwort ansetzten, da spürte ich, dass der Coach diesmal wirklich, wirklich sauer war, als ich von Jace jäh unterbrochen wurde: „Coach, tut uns leid. Wir waren alle gestern Abend eine Runde feiern und haben uns nichts Schlimmes dabei gedacht. Wir haben alberne Trinkspiele gespielt und River hatte leider dabei noch weniger Glück als wir. Wir alle haben uns danebenbenommen.“

Verwundert sah ich zu Jace herüber, ebenso wie Brandon und Tristan, die offenbar weniger begeistert von seinen Worten waren. Dennoch widersprach ihm niemand.

Coach Bryer biss wütend die Zähne zusammen und malmte mit dem Kiefer.

Ich erkannte den Schachzug von Jace. Ich war mir sicher, dass der Coach mich für das nächste Spiel eigentlich auf die Bank setzen wollte. Er hatte mich gewarnt, ich hatte ihn ignoriert und sowas hasste er – zurecht. Jetzt konnte er allerdings nicht nur mich bestrafen, da Jace zugegeben hatte, dass die anderen mitgemacht hatten. Er müsste das gesamte A–Team auf die Bank setzen und somit die Playoffs gefährden. Bei einer Niederlage könnten wir die Meisterschaft vergessen.

Er kommentierte die Situation nicht weiter, sondern quälte uns die restliche Trainingszeit über. Wir mussten sprinten ohne Ende, Bälle hin und her werfen sowie Freiwürfe üben. Am Ende war ich kaum noch dazu in der Lage, meine Arme oben zu halten, geschweige denn einen Ball zu werfen. Ich war bei Weitem nicht der einzige. Damit wir alle für das Spiel am Samstag gewappnet waren und weil der Coach, ebenso wie wir, wusste, dass er uns indirekt doch alle irgendwie bestraft hatte, ließ er das Training für morgen ausfallen. Erleichtert atmete ich auf. Noch so ein Training wie heute und ich wäre nicht in der Lage, am Samstag auch nur einen Ball im Korb zu versenken.

Ich hoffte nur, dass ich es schaffen würde, dieses Spiel zu bestehen. Ich musste einfach und durfte nicht schuld daran sein, dass wir nicht weiter um die Meisterschaft spielten, nachdem wir eine so grandiose Saison abgeliefert hatten.

Kapitel 14

River

Erleichterung ergriff von mir Besitz, als der Pfiff ertönte. Das Spiel war wahrlich glücklich verlaufen. Auch, wenn ich nach wie vor von der Rolle war, schaffte ich es in Jace' Richtung zu sehen und mit ihm gemeinsam Spielzüge umzusetzen. Dennoch war ich längst nicht in meiner gewohnten Form. Ich fühlte mich einfach nicht wohl in meiner Haut.

Als Team holten wir aber alles aus dem Spiel heraus, was uns möglich war und so konnten wir das Spiel knapp für uns entscheiden. Das Glück lag auf unserer Seite und ich konnte tatsächlich ein paar Bälle von der Dreipunktelinie im Korb versenken. Jace und Brandon retteten uns letztendlich.

Die Creeveman High School hatte längst keine so große oder so gut ausgestattete Turnhalle, wie wir in Grove Hill. Die gelben Trikots wirkten bereits abgetragen, wohingegen unsere blauen glänzten und, auf Wunsch meines Dads, regelmäßig erneuert wurden – nicht dass sein Sohn noch zu oft das gleiche Trikot trug.

Trotzdem waren sie ein harter Gegner, der uns fast aus den Playoffs befördert hatte. Fast.

Bei der Rückfahrt im Schulbus waren wir alle spürbar erleichtert und alberten herum. Selbst der Coach wirkte zufrieden, auch wenn wir nicht unser bestes Spiel gemacht hatten.

„Leute, ernsthaft. Ich kann nicht der einzige sein, den es tierisch anmacht, wenn wir gewinnen", grölte Brandon durch den Bus und erntete einige Lacher und zustimmende Laute. Auch ich lachte befreit.

„Wieso fahren die Cheerleader eigentlich nicht bei uns mit?", rief er nach vorne zum Coach.

Dieser drehte sich mit hochgezogenen Augenbrauen zu uns herum. „Weil ich diese armen Mädchen vor euch schützen muss", konterte er.

„Das schaffen Sie sowieso nicht."

Ich schmunzelte und griff nach meinem Handy.

Immer wieder erwischte ich mich dabei, wie ich die letzte Nachricht von Jace auf meinem Handy las. In der Nacht, als ich ihm ein *danke* geschickt hatte, hatte er mir nur wenige Sekunden später geantwortet.

Immer.

Was hatten diese Worte zu bedeuten? Immer, wie, er war immer für mich da? Immer, wie, er würde sich immer um mich kümmern, obwohl ich ihm allmählich ein Klotz am Bein wurde? Immer, wie, wir würden für immer Freunde sein?

Auch, wenn es unendlich guttat, dass wir uns nicht mehr ignorierten, so fehlte mir trotzdem die Zeit mit ihm. Das gemeinsame Zocken, die gemeinsamen Fressattacken, die Gespräche.

Wir redeten momentan nur oberflächliches und unbedeutendes Zeug. Selbst mit Brandon und Tristan gingen die Gespräche mehr in die Tiefe und das sollte was heißen bei meinen knappen Antworten.

„Alles klar, Mann?", fragte Brandon und ließ sich grinsend auf den freien Platz neben mir fallen.

„Eigentlich will ich einfach nur pennen", gab ich zu und lehnte meinen Kopf gegen die lederüberzogene Bank.

„Schön wärs. Auf uns wartet ein feuchtfröhlicher Abend voller gestellter Scheiße und Leuten, die einen Stock im Arsch haben."

„Gott, erinnere mich nicht an diese blöde Spendengala", brummte ich gequält.

„Packen wir schon", sagte Brandon und hielt mir die Faust hin. Ich schlug mit meiner dagegen. Den Rest der Fahrt verbrachte ich musikhörend.

Zu Hause raste ich in Rekordgeschwindigkeit nach oben, um mich umzuziehen. Wie ich es schaffte, pünktlich in unserer Halle zu stehen, wusste ich selbst nicht.

Mir wurde ein enganliegender, dunkelblauer, maßgeschneiderten Anzug aufgezwungen, während mein Vater fast genau den gleichen trug. Ich bekam fast das Kotzen, als wir uns gegenüberstanden. Sadie wurde in ein aufgebauschtes Kleid gezwängt, das sie, das wusste ich, abgrundtief hassen musste. Ich wiederum hasste es, dass sie ständig in Sachen gezwängt wurde, die ihr nicht gefielen. Es hatte den gleichen Blauton, wie die Anzüge und das enganliegende Abendkleid meiner Mutter, das sich zwar eng um sie schmiegte, aber dennoch nach obenhin weit geschlossen war, um nicht zu aufreizend zu wirken. Dennoch wollten meine Eltern die perfekte, glückliche, attraktive Familie verkörpern. Nach außen hin sahen wir vermutlich wirklich genau danach aus. Sadie sah zum Niederknien süß aus, meine Mom wirkte wie Anfang Dreißig, nicht Mitte Vierzig und mein Dad und ich machten ebenfalls eine gute Figur in unseren Anzügen. Leider nahm ich mir mittlerweile das aufgesetzte Grinsen, das ich zur Schau stellte, selbst nicht mehr ab.

Sadie war ganz aufgeregt, da sie bisher noch nicht oft bei Abendveranstaltungen dabei sein durfte und redete ganz aufgeregt durcheinander. Sie bestaunte die Limousine, die uns abholte und freute sich darüber ständig den Platz wechseln zu können. Ihre Stimme nahm dabei immer wieder einen quietschenden Ton an, der ihr einen bösen Blick von meinem Vater bescherte, den sie aber glücklicherweise nicht bemerkte. Ich schenkte meinem Vater einen ebenso bitterbösen Blick zurück und verschränkte die Arme vor der Brust. Meine Mutter tippte lediglich auf ihrem Handy herum und arbeitete die ganze Autofahrt über. Ein normales Gegenüber bei den Scotts also.

Kurz bevor wir beim *Hutchersens* ankamen, legte mein Vater seinen menschlichen Schalter um und setzte sein unwiderstehliches, nettes Lächeln auf, das aller Welt signalisierte, dass man ihm stets vertrauen konnte. Ich verzog abfällig die Lippen. Er beherrschte es perfekt, sich derart zu verstellen.

„Ich erwarte Perfektion", sagte er mit einem warnenden Ton in der Stimme, ohne dass seine perfekte Maske dabei einen Riss bekam.

Als sich die Türen der Limousine öffneten, versuchte auch ich mich zu einem Lächeln zu zwingen. Meine Eltern verließen vor mir das Auto und nahmen Sadie beide an die Hand, als täten sie nie etwas anderes. Dabei bekamen sie sie sonst die meiste Zeit der Woche kaum zu Gesicht.

Wir blieben stehen, damit die Presse, die bereits wartete, einige Fotos von uns als Familie machen konnte.

Mein Vater legte mir freundschaftlich den Arm um die Schulter, als wäre er einfach nur ein stolzer Dad. Sadie grinste fröhlich in die Kamera.

Wenig später kam auch schon Penelope zu uns rüber, die kurz zuvor angekommen sein musste, und hakte sich bei mir unter. Wie immer rastete die Presse aus, als sie uns zusammen sah.

„Das neue Nachwuchs–Politik–Pärchen", riefen einige. Ich runzelte irritiert die Stirn. Von Politik verstand ich ungefähr genauso viel, wie von Quantenphysik. Nämlich gar nichts.

Penelope schmiegte sich strahlend an mich, als weitere Fotos geschossen wurden. Sie beherrschte dieses Spiel perfekt und konnte immer ein Lächeln aufsetzen, wenn es erforderlich war. Mittlerweile kannte ich sie gut genug, um erkennen zu können, wann es fake war und wann nicht. Jetzt gerade war es ganz klar aufgesetzt. Vermutlich war sie immer noch sauer auf mich, was ihr gutes Recht war.

Alles wäre einfacher, wenn sie sich einfach von mir trennen würde.

Bei diesem fiesen Gedanken zuckte ich leicht zusammen.

„Ich würde gerne reingehen", flüsterte ich ihr ins Ohr.

„O Gott, bitte", flüsterte sie ebenso leise zurück.

Auch, wenn sie solche Veranstaltungen liebte, war es wahrscheinlich nicht unbedingt leicht, mit den Spannungen zwischen uns, diese Show abzuziehen.

Sie trug ein bodenlanges, champagnerfarbenes Kleid, das eng an ihrem Körper lag und genug Einblick in ihren Ausschnitt lieferte. Sie sah umwerfend aus und doch schenkte ich ihr kaum einen zweiten Blick. Ihrem

Gesichtsausdruck konnte ich entnehmen, dass ihr das sehr wohl auffiel.

Wir betraten den großen Saal des *Hutchersens*. Er war festlich geschmückt, mit runden Tischen, feinen weißen Tischdecken und silbernen Kerzenleuchtern, die zarte, helle türkisfarbige Kerzen beherbergten. Aufwendige Blumengestecke im gleichen Farbton zierten die Tische.

Kellner mit Tabletts voller Champagnergläser liefen umher und ich nahm mir glücklich ein Glas und reichte Penelope auch eines weiter.

Wir stießen an und ich ließ die prickelnde Flüssigkeit meine Kehle hinabfließen. Etwas unbeholfen standen wir zusammen.

Ich sah direkt zum Eingangsbereich, als Jace mit seinen Eltern den Saal betrat. Er trug einen perfekt sitzenden schwarzen Anzug, der jeden seiner Muskeln betonte und keinen Spielraum für Spekulationen bot. Ich verschluckte mich und musste heftig husten. Scheiße, Jace sah verboten gut aus.

Das Bild von ihm, nackt in meinem Bett, materialisierte sich vor meinem inneren Auge und verstärkte das Husten noch. Währenddessen schlug mir Penelope auf den Rücken. Ich musste knallrot angelaufen sein, aber nicht wegen des Hustens, sondern vor Scham.

Wir waren auf einer öffentlichen Veranstaltung, ich wurde stets von hunderten von Leuten beobachtet und dachte daran, wie mein bester Freund nackt aussah. *Halleluja.*

Penelope zog mich den ganzen Abend über von wichtigen Menschen zu wichtigen Menschen, von denen ich mir ohnehin keinen einzigen Namen merken konnte und die, wenn man es recht betrachtete, vollkommen unwichtig waren. Die meisten waren Politiker und irgendwelche reichen Leute, die nicht wussten, was sie Besseres mit ihrem Geld anfangen sollten, als den Wahlkampf meines Dads zu unterstützen. Mittlerweile reichten seine Kontakte weit über Grove Hill hinaus und ließen mich vermuten, dass er demnächst höhere Ziele anstrebte, als nur der Bürgermeister eines kleinen Städtchens zu sein.

Penelope blühte in ihrer Rolle auf, umgarnte wichtige Männer, unterhielt mächtige Frauen und bekam immer wieder stolze Blicke von ihren Eltern zugeworfen. Diese waren allerdings, das wusste ich, nicht so aufgesetzt, wie die meiner Eltern und dennoch wusste ich, dass sie nicht den Hauch einer Ahnung hatten, was Penelope wirklich leisten konnte.

Ich wurde immer mal wieder zum Basketball befragt ebenso wie zu meinen Leistungen der letzten beiden Spiele. Meine Mom hatte mir genau aufgeschrieben, was ich sagen musste und so ratterte ich es auch dieses Mal im Gespräch mit einem älteren, reichen Ehepaar aus Los Angeles herunter: „Leider hatte ich mit gesundheitlichen Schwierigkeiten zu kämpfen. Ich hätte mir vermutlich eine Auszeit nehmen müssen, aber ich konnte mein Team einfach nicht im Stich lassen, schon gar nicht in den Playoffs. Da am nächsten Wochenende kein Spiel stattfindet, habe ich genug Zeit, meine gewohnte Fitness wieder aufzubauen und unser Team wird im alten Glanz erstrahlen."

Ich bekam fast das Würgen bei diesen schmalzigen Worten, aber sie verfehlten ihre Wirkung nicht, als die Mrs Oberreich glitzernde Augen bekam und mich verträumt ansah, während Mr Oberreich mir anerkennend auf die Schulter klopfte und murmelte: „So ist es richtig, Junge. Du weißt genau, was du willst. Solche Ziele sind wichtig im Leben."

Ich hätte beinahe laut aufgelacht, beherrschte mich aber glücklicherweise. Ich sollte genau wissen, was ich wollte. Schön wärs.

Als endlich das Essen serviert wurde, war ich schon vollkommen erschöpft von dem vielen Lächeln und Händeschütteln. Wie mich sowas nervte.

Zufrieden nahm ich wahr, dass ich nicht mit meinen Eltern an einem Tisch saß, dafür aber Prestons Anwesenheit vernahm.

„Na, Pressi", schenkte ich ihm mein schiefes Grinsen. Ich wusste genau, dass er es hasste, wenn er mit seinem alten Spitznamen angesprochen wurde, weshalb ich selten eine Gelegenheit ausließ, ihn damit zu nerven. Amüsiert nahm ich wahr, wie er wütend die Zähne zusammenbiss.

Ich vernahm das Lachen von Brandon, der mit uns an einem Tisch saß, ebenso wie Heather und irgendein Nerd–Freund von Preston.

„River", gab Preston nur knapp zurück.

„In letzter Zeit mal auf dem Golfplatz gewesen?", fragte ich betont beiläufig. Brandon lachte sich halbtot und selbst Penelope kicherte neben mir. Darin waren wir uns schon immer einig gewesen. Preston zu verarschen, gehörte seit jeher zu unserer gemeinsamen Lieblingsbeschäftigung. Trotzdem vergötterte sie ihren Bruder, was kaum recht zusammenpassen wollte. Im Zweifelsfall gingen die beiden durch Dick und Dünn, trotzdem zog sie sehr gern über ihn her, was auf

Gegenseitigkeit beruhte, denn sogar Preston konnte hin und wieder mal einen Spruch ablassen. Ich verstand ihre Beziehung nicht. Sollte es jemand wagen, über Sadie auch nur ein schlechtes Wort zu verlieren, musste er damit rechnen mit meiner Faust in Kontakt zu kommen.

Preston verzog trotzig sein Gesicht. „Ich bin dort regelmäßig, danke der Nachfrage."

Es machte wirklich Spaß, zuzusehen, wie er versuchte gleichgültig zu wirken, ihm der Ärger aber praktisch aus den Ohren rauchte.

„Oh, ich dachte, die Niederlage läge dir vielleicht noch in den Knochen", fachsimpelte ich und sah grinsend zu Brandon. Er gab mir ein High Five und grinste dabei frech.

Penelope redete kaum mit mir und unterhielt sich überwiegend mit Preston und seinem Kumpel. Brandon warf mir fragende Blicke zu, die ich allerdings ignorierte. Auch wenn ich eigentlich nicht wirklich mit Pen zusammen sein wollte, so war sie mir trotzdem wichtig und eine gute Freundin – dass sie kaum mit mir redete, verletzte mich ein wenig. Was total bescheuert war, immerhin war ich hier der Lügner. Das Arschloch, das sie nicht verdient hatte.

Das Essen wurde kurz darauf serviert und lenkte mich ab. Ich hasste Essen mit mehreren Gängen. Es dauerte einfach jedes Mal ewig und vor allem hatte ich nach dem Spiel heute verdammt Hunger. Die kleinen Portionen stellten mich kaum zufrieden, vor allem die Wildmedaillons als Hauptspeise waren winzig. Hoffentlich konnte ich heute zeitnah nach Hause und bei irgendeinem Fast Food Laden anhalten.

Das Dessert reichte ich an Brandon weiter, der ohne Süßkram kaum existieren konnte. Gierig schlang er das Tiramisu runter und angelte sich direkt danach Penelopes, die ebenso wie ich nicht so auf Süßes abfuhr. Brandon freute sich sichtlich und beteuerte, was wir doch verpassten. Ich hingegen aß selten Süßigkeiten, konnte mir dafür aber fünf Tüten Chips auf einmal reinziehen.

Als das Essen vorüber war, wurde die Stimmung etwas ausgelassener. Einige Paare tanzten, es floss mehr Alkohol bei den Erwachsenen und von überall her hörte man aufgeregte und lachende Frauenstimmen. Der Klatsch und Tratsch bei solchen Veranstaltungen war enorm, was auch eine der Gründe war, warum ich sie verabscheute. Mich interessierte nicht, was der Sohn oder die Tochter von sonst wem getan oder nicht getan hatte oder welche reiche Tussi mit dem Poolboy durchgebrannt war.

Ich ließ immer wieder meinen Blick auf der Suche nach Jace durch den großen Saal wandern. Jedes Mal fand ich ihn auf Anhieb, als würde mein Blick magisch von ihm angezogen werden. Instinktiv wusste ich, wo ich hinsehen musste. Heute Abend hatte ich, abgesehen von dem Glas Champagner zu Anfang, keinen Alkohol getrunken, trotzdem zog mich alles in meinem Inneren zu ihm und es hatte keinen Sinn es zu leugnen. Ich wollte in seiner Nähe sein und einfach mit ihm reden. Keine Ahnung, was ich zu ihm sagen sollte, aber war er nicht mein bester Freund? Es sollte doch möglich sein, die ganze Sache mit einem blöden Witz oder irgendwas aus dem Weg zu räumen. Ich wollte meinen besten Freund zurückhaben. Ich musste ja nicht unbedingt erwähnen, dass ich ihn mir den ganzen Abend über nackt vorstellte.

Als ich sah, dass er den Raum in Richtung der Toiletten verließ, konnte ich einfach nicht dem widerstehen ihm hinterherzugehen.

Ich lief den langen Gang entlang, direkt zu der eleganten, weißen Tür mit dem Zeichen für Männer und stieß sie auf.

Der Raum war riesig, mit sechs geräumigen Kabinen, die alle offenstanden. Im hinteren Teil des Raumes stand über Eck eine elegante Couch, auf der ich noch niemals jemanden hatte sitzen sehen.

Jace wusch sich bereits die Hände und sah mich über den Spiegel hinweg überrascht an.

„Hey", sagte ich vorsichtig.

„Hey", gab er ebenso vorsichtig zurück.

Es fühlte sich so gut an, hier mit ihm zu stehen und diese knappen Worte mit ihm zu wechseln. Er drehte sich zu mir und kam auf mich zu.

„Überstehst du diesen Abend?", fragte er mich schmunzelnd, denn er wusste, wie sehr ich solche Veranstaltungen hasste. Er war mir so nah, dass ich kurz das Atmen vergaß, was mich vollkommen aus dem Konzept brachte.

„Es ist furchtbar", antwortete ich mit meinem schiefen Grinsen im Gesicht, was ihn augenblicklich sein breites Grinsen aufsetzen ließ. Fasziniert sah ich ihn an. Verdammt, er hatte mir gefehlt. Das Bedürfnis, seine Haare zu berühren war übermenschlich.

Ich wollte unbedingt herausfinden, was er mit seinem *Immer* in der Nachricht gemeint hatte, wollte ihn unbedingt provozieren und sehen, was unsere

Freundschaft wirklich aushielt. Es war egoistisch und vielleicht zerstörte ich damit alles, was wir hatten. Ich hielt es allerdings nicht länger aus, ihn zu behandeln, als wäre er mir egal. Er war mein allerbester Freund und ich wollte ihn wieder in meinem Leben. Dass ich ihm dabei an die Wäsche wollte, bewies mir mein Körper mit aller Macht. Es war so anstrengend, mich dagegen zu wehren oder es zu leugnen, denn es lag auf der Hand.

Wie von selbst hob sich mein Arm und berührte seine Haare, die weich durch meine Finger glitten. Das Licht spiegelte sich leicht in ihnen und ließ die Strähnen in mehreren Brauntönen schimmern, als wären sie aus Edelsteinen gemacht.

Er zuckte zusammen, als ich ihn berührte, blieb aber wo er war. Abwartend. In seinen Augen erkannte ich ein Leuchten. Ich wusste nicht, ob das ein gutes oder ein schlechtes Zeichen war, aber es ließ meinen ganzen Körper beben. Ich kam ihm näher, alles in mir schrie nach ihm. Er öffnete seine Lippen leicht und befeuchtete sie vorsichtig mit seiner Zunge. Was er damit anstellen konnte, wusste ich zu gut. Mein Blick blieb wie hypnotisiert an seinem Mund hängen. Sein Atem beschleunigte sich und auch mein Herz hämmerte wild in meiner Brust.

Ich wollte unsere Freundschaft nicht noch weiter zerstören, dennoch konnte ich nicht von ihm ablassen. Beim letzten Mal, als wir uns so nah waren, war er danach fluchtartig vor mir weggerannt, hatte mich aber dennoch nach Hause gebracht. Ich musste wissen, was ich für ihn war und konnte einfach nicht anders, als dem Drängen meines Körpers nachzugeben.

Ich beugte mich zu ihm vor und legte meine Lippen federleicht auf seine. Mehr nicht, nur eine kleine, zarte, vorsichtige Berührung. Sie reichte vollkommen aus, um mein Blut in Wallung zu bringen und verrückte Schmetterlinge in meinem Bauch tanzen zu lassen. Mein Körper reagierte dermaßen heftig auf ihn, dass ich ihn überrascht ansah, als ich meinen Kopf, wieder etwas zurückzog.

Er sah mich mit großen Augen an und der Mund stand ihm offen. Ich wollte ihn so dringend wieder mit meinem verschließen. Ehe ich allerdings reagieren konnte, stieß er mich plötzlich in den hinteren Teil des Raumes, um die Ecke herum. Er schubste mich mit Schwung gegen die Wand, war kurz darauf bei mir und presste wild seine Lippen auf meine. Ich öffnete sie ihm bereitwillig und sofort war seine Zunge in meinem Mund und umspielte meine. Wie konnte sich das hier so verdammt richtig und alles mit Penelope so verdammt falsch anfühlen?

Ein tiefes, raues Stöhnen entfuhr mir, was ihn nur noch mehr anzuheizen schien. Jace drückte seinen ganzen Körper gegen mich und zog mein Hemd aus meiner Hose. Er fuhr mit den Händen darunter und zog Spuren auf meinem Rücken entlang, nichts als Hitze hinterlassend. Ich wollte, dass er mich überall berührte. Das hier war so unglaublich. Seine Härte drückte sich gegen mein Bein, als er sich an meinem Hals entlang küsste und sich in meiner Halsbeuge vergrub. Ich bekam eine Gänsehaut am ganzen Körper und stöhnte erneut, als er mir sanft in die Schulter biss. Verflucht nochmal. Er war so verdammt sexy.

Jeder Zentimeter meines Körpers stand in Flammen.

Seine Lippen fanden wieder meine und ich ließ die Hände zu seiner Hose wandern und öffnete sie. Er stöhnte, als ich hineingriff und ihn berührte. Sein Name kam mir keuchend über die Lippen, was ihn unter meinen Fingern erzittern ließ, was so ziemlich das Heißeste überhaupt war.

Ich erstarrte jäh, als ich ein lautes Geräusch und kurz darauf Stimmen vernahm. Verfluchte Scheiße, wir waren nicht mehr allein. Augenblicklich war ich mir wieder meiner Umgebung bewusst. Wir waren auf einer beschissenen öffentlichen Toilette, ich war der Sohn des Bürgermeisters und überall wimmelte es nur so von sensationsgeilen Leuten. Panik überkam mich. Ich legte Jace eine Hand auf den Mund, um ihm zu bedeuten, dass er keinen Mucks von sich geben sollte. Er sagte nichts. Man hörte mehrere Türen, das Geräusch, dass jemand pinkelte. Zweimal ging die Toilettenspülung. Mein Herz klopfte wild, meine Atmung ging panisch schnell. Ich traute mich nicht, mich zu bewegen, aus Angst, man könnte uns entdecken. Meine Hände zitterten leicht.

Die Männer unterhielten sich ausgelassen und kurz darauf hörte man die große, schwere Tür ins Schloss fallen. Im Raum hätte man eine Stecknadel fallen hören können, so still war es. Ich schloss meine Augen und atmete erleichtert auf.

Mit einem Ruck löste Jace sich von mir.

„Nimm deine Hände weg." Wütend sah er mich an.

Meine Augen wurden groß. Ich konnte ihn nur dämlich anstarren.

Schon wieder war ich kurz davor gewesen mit Jace zu schlafen – auf einer öffentlichen Toilette. Ich war kein bisschen betrunken, ich war vollkommen klar. Auch wenn er definitiv mitgemacht hatte, war er jetzt ziemlich wütend auf mich. Ich hatte ihn ja unbedingt küssen müssen. Meine Hände fuhren durch meine Haare. „Man, scheiße, es tut mir leid", stammelte ich.

Er sah mir immer noch wütend entgegen. „Was genau?"

Ich runzelte die Stirn. Ja, was eigentlich? Es tat mir nicht leid, dass ich ihn geküsst hatte, es tat mir genauso wenig leid, dass ich ihn berührt hatte. Nichts davon tat mir leid, obwohl ich wusste, dass es falsch war, absolut falsch. Mein Körper verzehrte sich mit jeder Faser nach ihm, aber mein Kopf wusste genau, dass es nicht richtig war. Er war mein bester Freund, auf den war man normalerweise nicht schärfer als auf seine Freundin. Was stimmte nur nicht mit mir? Er musste mich doch für vollkommen bekloppt halten.

Also sagte ich das einzige, das ich meiner Meinung antworten konnte: „Es tut mir leid, dass ich dich so überfallen und einfach geküsst habe, ich weiß nicht, wieso ich das getan habe." Das war nur zum Teil gelogen.

Meine Stimme war leise und schien trotzdem von den gefliesten Wänden widerzuhallen.

Er kniff die Augen leicht zusammen und schwieg ein paar Sekunden. Tief sah er mir in die Augen. „Weißt du was? Fick dich, River", knurrte er mit kehliger Stimme, stieß mich an der Schulter zurück gegen die Wand und ließ mich vollkommen verwirrt allein zurück.

Kapitel 15

Dieser blöde Scheißkerl. Dieser blöde, egoistische, selbstverliebte Scheißkerl.

Ich flüchtete direkt zu den Ausgängen, denn ich musste schleunigst hier weg. Ein schmerzhaftes Ziehen zog sich durch meine Brust und meine Augen wurden verdächtig feucht. Ich setzte ein leichtes Lächeln auf, als ich das *Hutchersens* verließ, denn ich wusste, dass dort überall die Presse lauern würde. Für sie war ich eigentlich nicht interessant, aber momentan war ich der einzige vor dem eleganten, alten Backsteinbau und es war zumindest bekannt, dass River und ich gut befreundet waren. Ich wollte definitiv keinen Spielraum für Spekulationen bieten. Also riss ich mich zusammen, so gut es ging und lief die Straße runter. Sobald ich weit genug weg war, öffneten sich die Schleusen in meinen Augen und Tränen liefen ungehindert meine Wangen hinab. Ich bog links ab und lief durch ein Dickicht aus Bäumen. Ich kannte Grove Hill, wie meine Westentasche. River und ich hatten uns schon oft aus dem *Hutchersens* geflüchtet und dies war der schnellste Weg, um zum See zu kommen. Ich erreichte nach wenigen Minute die kleine Klippe, setzte mich an den Rand und betrachtete den Grove Lake. Ich befand mich an der hügeligen Seite. Es waren nur ein paar Meter Fläche, die nicht dicht von Bäumen bewachsen war und ich liebte diesen Ort. Die Nacht war klar und der Mond spiegelte sich glitzernd auf der Wasseroberfläche. Es war Vollmond. Ich ließ meinen Tränen freien Lauf und fühlte mich absolut beschissen. Ich konnte das nicht mehr. Jedes Mal, wenn ich River näherkam, zerriss es mich ein kleines Stück mehr. Ich konnte nicht fassen, dass ich zugelassen hatte, dass er mich küsste. Wahrscheinlich hatte ich die kurze, kleine Hoffnung gehabt, dass er nicht vollkommen irrational handelte und sein Tun wirklich ernst meinte. Wieso hatte er mich geküsst, was sollte das?

Er hatte mich verarscht und war mir schon wieder so nahegekommen, hatte mich wild und hungrig geküsst, nur um mir danach zu sagen, dass er das nicht tun wollte und dass es ihm leidtat? Hatte er sie eigentlich noch alle? War das ein krankes Spiel für ihn? Machte es ihn an, immer wieder mit meinen Gefühlen zu spielen? Ich war doch keine Puppe, die man nach Belieben an sich drücken und dann wieder von sich stoßen konnte. Ich war ein Mensch mit Gefühlen. Traurig ließ ich den Kopf auf meine angewinkelten Knie sinken. Ein Schluchzen entfuhr mir.

River war so von Panik erfüllt gewesen, als er gedacht hatte, dass uns jemand bemerken könnte. Wäre es wirklich so verdammt schlimm, mit mir zusammen so gesehen zu werden? Ich wusste eindeutig, dass es ihm auch gefallen hatte, daran hatte es keinen Zweifel gegeben.

Mein Herz war viel zu viel in diese Scheiße involviert. Ich durfte das auf keinen Fall mit mir machen lassen, wenn ich nicht vollkommen zusammenbrechen wollte. Es tat so schon schrecklich weh, nicht mit ihm zusammen sein zu können. Es war aber die Hölle, ihm erst nahe zu kommen und ihn unmittelbar danach jedes Mal aufs Neue zu verlieren. Die letzten Tage hatte ich so gehofft, dass wir irgendwie wieder zur Normalität zurückkehren könnten. Ich wäre schon irgendwann darüber hinweggekommen. Gut, vermutlich nicht, aber ich wäre wenigstens weiterhin in seiner Nähe gewesen. Mit diesem Hin und Her kam ich allerdings nicht klar. Ich wusste nicht, was er eigentlich von mir wollte oder wieso er mich geküsst hatte, aber es war mehr als deutlich, dass er es nicht wirklich wollte. Dass er mich nicht wollte. Seine Panik und seine Entschuldigung danach hatten mich bis ins Mark getroffen. Ich war tief verletzt und fühlte das fette Loch in meiner Brust. Ich gab mich dem Schmerz vollkommen hin. Sonst versuchte ich, immer stark zu sein und den Kopf nicht hängen zu lassen. Seit ich ihn kannte, hatte ich dabei zugesehen, wie River litt, was für eine Scheiße er zu Hause ertragen musste und hatte mich immer glücklich geschätzt, ein so gutes Leben zu haben. Ich hatte die besten Eltern der Welt, hatte tolle Freunde, meine Cousine Haley, die mehr wie meine Schwester für mich war. Ich war gut in der Schule und erfolgreich im Basketball. Ich hatte River als besten Freund an meiner Seite gehabt. Ohne ihn fühlte ich mich allerdings, wie eine leere Hülle. Wie ein kaputtes Teil, das einfach nicht mehr richtig funktionierte. Seine Zurückweisung war das härteste, das ich je erlebt hatte.

Irgendwie musste ich es schaffen, darüber hinwegzukommen oder ich würde mich selbst verlieren. Ich musste mich in Zukunft von ihm fernhalten. Wir waren uns seit der gemeinsamen Nacht auf der Party bis jetzt jedes Mal nähergekommen, sobald wir allein gewesen waren, also durfte ich es nicht mehr zulassen.

Ich wollte zwar immer für ihn da sein, ihm immer zur Seite stehen, aber jetzt musste ich mich selbst schützen. Mich und mein verzweifeltes, blutendes Herz.

Es dauerte lange, bis ich es schaffte, mich zu bewegen. Ich hatte bereits eine Nachricht von meiner Mom auf dem Handy, die sich sorgte, weil sie mich auf der Gala nirgends entdecken konnte. Ich schrieb ihr, dass alles okay und ich auf dem Weg nach Hause war.

Mir wurde alles zu viel. Mir wurde zu eng um die Brust, ich lockerte meine Krawatte und öffnete die obersten Knöpfe meines Hemdes. Meine Augen schlossen sich gequält, als ich daran dachte, wie River vorhin in meine Hose gegriffen hatte. Allein bei dem Gedanken kribbelte mein ganzer Körper, bis sich mein Herz einmischte und jäh zu verstehen gab, dass ich dennoch allein war. River würde mir niemals gehören.

Die Einsamkeit zerfraß mich fast. Kurzentschlossen griff ich nach meinem Smartphone und suchte die Nummer von Blake heraus, dem Typen, den ich letztens in einer Bar kennengelernt hatte.

„Okay, damit habe ich jetzt nicht gerechnet", meldete er sich bereits nach kurzem Klingeln.

„Ja", stammelte ich. „Das ist irgendwie mehr so eine spontane Sache. Ist es in Ordnung, dass ich mich melde?"

Er lachte. „Klar. Ich freue mich, dass du anrufst."

„Cool."

„Ist bei dir alles okay?", fragte er vorsichtig.

Ich knabberte an meiner Unterlippe und wischte mir mit dem Handrücken über die Augen.

„Irgendwie nicht. Und irgendwie wusste ich nicht so recht, wen ich sonst anrufen soll“, antwortete ich ehrlich.

Kurze Stille. Fast bereute ich es schon, ihn angerufen zu haben.

„Bock auf Waffeln?“

Mit gerunzelter Stirn starrte ich auf den See. „Was?“

Wieder ein Lachen.

„Lass uns Waffeln essen gehen.“

„Jetzt noch?“, fragte ich verwirrt. Verarschte er mich?

„Hast du etwa etwas Besseres zu tun?“, neckte er mich.

Nun war es an mir, zu lachen.

„Okay, ich bin dabei.“

„Soll ich dich irgendwo abholen?“

Ich lächelte. „Ja. Ich schick dir die Adresse.“

„Cool. Bis gleich“, sagte er. „O und Jace?“

„Ja?“, fragte ich, als ich bereits aufstand und mich streckte.

„Ich freue mich wirklich, dass du angerufen hast.“

Mein Blick fuhr ein letztes Mal auf den Grove Lake. Keine Ahnung, was ich hier eigentlich tat. Klar war aber, dass ich durchdrehen würde, wenn ich weiterhin in meinen Gedanken an River versank.

Kapitel 16

Ich atmete tief durch und sog die frische Luft in meine Lungen. Ich war eben eine Runde joggen gewesen, nachdem ich vorher ausgiebig auf meinen Boxsack eingeschlagen hatte. Es hatte verdammt gutgetan und half mir, mit meinem Frust und meiner Energie umzugehen. Es hatte mich irgendwie beruhigen können. Seit gestern war ich grenzenlos verwirrt. Jace hatte mich einfach stehen lassen und war extrem wütend auf mich gewesen. Vermutlich, weil ich ihn einfach geküsst hatte. Allerdings hatte er sich danach irgendwie auf mich gestürzt, also konnte er mir nicht einfach komplett allein die Schuld in die Schuhe schieben. Ich hatte gewusst, was ich tat, war nicht betrunken gewesen oder hatte Drogen genommen. Zu jedem Zeitpunkt war ich mir meines Handelns bewusst gewesen. Mir war vollkommen klar, dass es nicht normal war, dass ich mit meinem besten Freund schlafen wollte. Es war genau so wenig normal, dass er mich ebenfalls geküsst hatte. Trotzdem war er so wütend auf mich gewesen und auch ich konnte nicht unbedingt behaupten ich wäre nicht wütend. Ich war es nämlich. Wütend auf diese ganze scheiß Situation, wütend darauf, dass es mir gefiel, ihn zu küssen und dass ich nun scheinbar meinen besten Freund endgültig verloren hatte. Erst recht war ich wütend auf Jace, weil er nun so wütend auf mich war. Ergab das einen Sinn? Vermutlich nicht.

Ich stand an unserem privaten Strandabschnitt zum Grove Lake und sah auf das Wasser hinaus. Die Luft roch nach dem sich nähernden Sommer und die Sonne wärmte meine Haut. Es war bereits mittags. Ich hatte angenehm ausgeschlafen, bevor ich mit ungeahnter Wut im Bauch aufgewacht war und das Bedürfnis gehabt hatte, auf etwas einzuschlagen. Dabei hatte ich die unendliche Ruhe im Haus genossen, da mein Dad, meine Mom und Sadie zur Kirche gegangen waren. Wann immer es ihnen die Zeit erlaubte, gingen sie dorthin, um in einige Ärsche zu kriechen und das Bild der perfekten, konservativen und religiösen Familie zu festigen. Seit Jahren wehrte ich mich erfolgreich dagegen. Ich hatte bisher vieles erduldet und alles mitgemacht, was meine Eltern von mir verlangt hatten, allerdings würde ich niemandem den gläubigen, frommen Jungen vorspielen, während andere Menschen dort ernsthaft ihrem Glauben nachgingen. Es war eine Grenze, die ich nicht überschritt. Es hatte mich viele Diskussionen und Geschrei gekostet, aber in diesem einen Fall konnte ich mich erfolgreich durchsetzen und mittlerweile sprachen wir nicht mehr darüber.

Ich lief die Steinstufen zu unserem Garten mit dem perfekten Rasen, den perfekten Blumen und den perfekten Kunstwerken hinauf. Ich zog mir meine Kopfhörer hinunter in den Nacken und durchschritt den großen Garten. Am Pool zog ich mir T–Shirt und Sporthose aus und legte sie zusammen mit meinen Kopfhörern und meinem Handy auf die schwarze Liege, die neben so vielen anderen am Pool stand und zum Entspannen einlud. Ich drehte mich um und sprang in Boxershorts ins Wasser. Er hatte die perfekte Temperatur, denn er war nicht so kalt, dass man fror, aber ebenso wenig zu warm, sodass man dennoch angenehm erfrischt war. Nachdem ich einige Bahnen geschwommen war, ließ ich mich auf dem Wasser treiben.

Ich dachte an die vielen Sommer, die Jace und ich schon in diesem Pool verbracht und wie viel Spaß wir dabei immer gehabt hatten.

Es würde irgendwie möglich sein müssen wieder dorthin zurückzukehren, dafür würde ich sorgen. Ich musste definitiv mit ihm reden. Es war richtig so und er würde das vermutlich genau so sehen.

Ich schwang mich aus dem Wasser, als unser Poolboy auch schon mit einem Handtuch auf mich zugestürmt kam. Wofür wir diesen Typen eigentlich brauchten, war mir immer noch nicht klar. Der einzige Grund, warum ich mir von ihm jedes Mal ein Handtuch reichen ließ, war der, dass es ihn glücklich zu machen schien. Auch jetzt sah er mich freudestrahlend an und gab mir das Handtuch. Ich trocknete mich ab, schlang es mir um die Hüften und ging mit meinen Sachen ins Haus.

Ich atmete erleichtert aus, als ich feststellte, dass meine Familie noch nicht zu Hause war. In meinem Zimmer angekommen, schlängelte ich mich aus der nassen Boxershorts und schaltete meine Bluetooth-Box ein. Lauter Rap wummerte durch mein Zimmer, als ich nach einer Flasche Wasser griff und sie gierig in einem Zug austrank.

Mein Handy vibrierte und ich nahm es in die Hand.

Tristan: Treffen uns alle um 3 im Diner. Bist du dabei?

Hörte sich eigentlich ganz gut an. Ein Nachmittag mit meinen Freunden, guten Burgern und Milchshakes, also schrieb ich:

Klar, bis dann.

Tristan: Holst du mich ab? Kann nach gestern noch nicht wirklich fahren. ;)

Ich musste laut auflachen. Schön, dass es zur Abwechslung mal jemand anderen traf. Ich schickte ihm nur ein Mittelfingeremoji zurück. Er würde verstehen, dass ich ihn auf jeden Fall abholen würde.

Ich nahm eine ausgiebige Dusche und genoss den Umstand, dass ich an einem freien Vormittag keinen Kater hatte.

Als ich erneut eine Flasche Wasser an meine Lippen führte, zitterten meine Hände leicht. So ruhig, wie ich angenommen hatte, war ich dann wohl doch noch nicht. Nach wie vor war ich angespannt und hatte das Gefühl, nicht richtig atmen zu können. Dennoch war es heute ein kleines bisschen leichter. Dieser enge Kontakt am Vorabend zu Jace hatte ein kleines bisschen dazu beigetragen, dass ich das Gefühl hatte den Tag überstehen zu können.

Ich startete Mario Kart auf meiner Nintendo Switch und spielte online. Mein Herz machte einen kleinen Hüpfer, als ich sah, dass Jace ebenfalls spielte. Ich sendete ihm eine Spielanfrage und wartete aufgeregt, wie ein kleines Kind vor einem Disneylandbesuch, darauf, dass er annahm. Ich runzelte die Stirn, als er meine Anfrage ablehnte. Sicherlich bloß ein Fehler. Ich wollte ihm gerade erneut eine Anfrage schicken, als ich sah, dass er sich aus dem Spiel abgemeldet hatte. Entweder war er immer noch tierisch sauer auf mich oder er hatte ausgerechnet jetzt einfach nur etwas anderes zu tun.

Nachher musste ich ihn danach fragen, denn ich war mir absolut sicher, dass auch er im Diner sein würde. Dann würden wir reden, ob er nun wollte oder nicht.

Ich verbrachte meine restliche Zeit vor der Playstation. Auf Mario Kart hatte ich nun auch keine Lust mehr.

Ich spielte mehrere Stunden Call of Duty. Vielleicht war es Protest, weil Jace das Spiel hasste. Er konnte dieses unnötige Geballer, seine Worte nicht meine, absolut nicht leiden.

Penelope hatte mir ebenfalls geschrieben, dass sie später auch noch im Diner sein würde. Ich schämte mich dafür, dass ich insgeheim hoffte, dass sie es sich anders überlegte. Ich wollte sie nicht sehen, sondern vielmehr die Gelegenheit nutzen, um mit Jace zu reden.

Ich trug meine Haare extra etwas verwuschelt und zog eine enge Jeans an. Danach streifte ich mir einen dunkelblauen Kapuzenpullover über und schlüpfte in knallbunte limitierte Sneakers. Heute wollte ich Blicke auf mich ziehen oder vielmehr einen bestimmten Blick. Ich wusste, dass ich im Allgemeinen gut ankam und oft angesehen wurde. Wenn ich mir allerdings auch noch etwas Mühe gab, fiel es noch etwas mehr auf. Ein leichter Bartschatten zierte mein Gesicht. Perfekt.

Entschlossen ging ich die Treppe hinunter und betrat die Halle. Ich begegnete meiner Mutter, die, wie immer, mit ihrem Handy beschäftigt war. Sie hatte ihre Business-Kleidung an und eine schwarze Tasche an ihrer Schulter hängen. Ihre Haare waren perfekt geglättet und sie trug ein leichtes Make–up. Sie bemerkte nicht einmal, dass ich da war.

„Hey, Mom, wie immer schön, dich zu treffen." Meine Stimme triefte vor Sarkasmus.

Sie sah von ihrem Handy auf und lächelte mich an, bevor ihr Blick wieder darauf landete.

„Hey, Schatz", antwortete sie abgelenkt.

„Wo ist Sadie?", fragte ich sie, da ich meine kleine Schwester seit dem Morgen nicht mehr gesehen hatte.

„Tami", sagte sie knapp und stolzierte zur Haustür.

„Danke für das schöne Gespräch, Mutter." Sie bekam meine Antwort gar nicht mit, sondern verließ das Haus. Ich schüttelte den Kopf. Als ich ebenfalls vor die Haustür trat, fuhr die Limousine meiner Mutter bereits davon. Ich ging zu meinem Wagen und fuhr die große Auffahrt hinunter.

Wenige Minuten später holte ich Tristan ab, der tatsächlich etwas verkatert aussah. Ich konnte ein Lachen nicht unterdrücken. Er schien dennoch gute Laune zu haben und stieg grinsend in mein Auto. Wir schlugen ein und er erzählte mir von seinem Abend. Er hatte mit Brandon irgendwann die Gala verlassen und sie waren auf einer Party von ein paar Mädels unserer Schule gelandet.

Ich hörte ihm lächelnd zu, war aber von meiner Aufregung abgelenkt. Aufregung, weil ich Jace sehen würde und wissen wollte, wie er auf mich reagieren würde.

Ich bog auf den Parkplatz des Diners ein und urplötzlich meldete sich auch mein Magen zu Wort. Ich hatte Hunger und freute mich schon auf einen fetten Cheeseburger.

Als wir das Diner betraten, suchten meine Augen sofort den Raum nach Jace ab. Ich fand ihn auf Anhieb und setzte mein schiefes Grinsen auf. Er sah mit großen Augen zurück und wurde rot. Mein Grinsen wurde breiter, denn diese Reaktion hatte ich mir erhofft. Mission erfüllt.

Ich ließ meinen Blick schweifen, während Tristan und ich unseren Weg zu unseren Freunden fortsetzten. Ich blieb mit einem Ruck stehen, als ich die Person neben Jace ausmachte. Fuck.

Tristan rannte gegen mich, aber ich bewegte mich nicht. Fassungslos sah ich zu der letzten Person, mit der ich hier gerechnet und die ich das letzte Jahr so schmerzlich vermisst hatte.

Haley. HALEY.

Sie saß hier in diesem Diner neben ihrem Cousin und lächelte mich so süß und unschuldig an, wie eh und je. Das Grinsen kehrte wieder in mein Gesicht zurück.

Das gesamte letzte Jahr über hatte ich mir nichts mehr gewünscht, als sie endlich wieder zu sehen und Zeit mit ihr verbringen zu können. Dabei war ich mir selbst nicht mal sicher gewesen, wie ich auf sie reagieren würde. Jetzt, wo sie wirklich und wahrhaftig hier war, freute ich mich einfach nur sie zu sehen. Mein Herz klopfte nicht schneller, ich hatte nicht das Bedürfnis, sie zu küssen – gar nichts. Der Gedanke an Jace hingegen, ließ mein Herz wieder aufgeregt in der Brust hüpfen.

Dennoch tat es unglaublich gut, Haley zu sehen und schlagartig fühlte sich alles besser an.

Schnell setzte ich mich wieder in Bewegung und war mir der Blicke all meiner Freunde nur zu sehr bewusst.

Sicherlich dachte jeder einzelne von ihnen, dass ich immer noch unsterblich in sie verliebt war und direkt vor ihr auf die Knie fallen würde. Ihr Lächeln wurde noch herzlicher, als ich auf sie zuging und mir wurde warm ums Herz.

„Na, Cowgirl", bedachte ich sie mit ihrem alten Spitznamen, den ich bereits für sie hatte, seit ich sie kannte. Das erste Mal hatte ich sie gesehen, als sie sich als Cow Girl verkleidet hatte und in ihrem Garten mit einem Lasso herumgerannt war. Ich schmunzelte.

Sie lachte und stand auf. Ich zog sie umgehend in meine Arme und wirbelte sie herum.

„Scheiße, ist das schön dich zu sehen", sagte ich, während sie noch in meinen Armen lag. Sie quietschte vergnügt und ich musste unwillkürlich an Sadie denken, die sich dabei immer genauso freute. Ich setzte Haley wieder ab und sah sie an. Ihr feines, niedliches Gesicht mit der Stupsnase war dezent geschminkt und wurde von ihren glatten, braunen Haaren umrahmt. Ihre dunkelbraunen Augen leuchteten mir entgegen.

Ich hatte sie verdammt nochmal wirklich vermisst. Ich hatte so viel Zeit meines Lebens mit ihr verbracht und sie und Jace wussten mit Abstand am meisten darüber. Es fühlte sich an, als ob irgendwas wieder an seinen rechten Platz rückte.

„Hi, River. Endlich", sagte sie leise und zog mich an ihren Tisch. Jace saß schmallippig, mit verschränkten Armen da und reagierte kaum, als ich auch ihn begrüßte. Er brachte ein Nicken zustande. Wie nett.

Momentan war ich so aufgeregt, dass mein Blick wieder zu Haley glitt. Tristan nahm sie ebenfalls kurz in die Arme und setzte sich auf einen freien Stuhl. Ich schob mich neben Haley auf die Sitzbank. An ihrer anderen Seite saß Jace und neben ihm Brandon. Auch Heather saß am Tisch und ließ mich nicht aus den Augen. Klar, dass sie jede meiner Reaktionen haarklein an Penelope weitergeben würde. Von Sam war keine Spur.

Ich ignorierte sie und konzentrierte mich auf Haley.

„Wie gehts dir?", fragte ich sie, ohne, dass ich aufhören konnte zu grinsen, wie ein Idiot.

Sie lächelte glücklich, was ihre Augen zum Strahlen brachte. Das mochte ich so an ihr. Es gab einfach nichts Aufgesetztes oder Künstliches an ihr. Wenn sie lächeln wollte, dann lächelte sie eben. Wenn ihr aber nicht danach war, tat sie es auch nicht. Sie war der ehrlichste Mensch, den ich kannte.

„Es geht mir hervorragend, ehrlich gesagt. Alles ist so wundervoll im Moment."

Sie sah vorsichtig zu ihrem Ring an ihrer linken Hand, so als hätte sie Angst vor meiner Reaktion. Als sie mein Grinsen bemerkte, entspannte sie sich.

„Was machst du denn eigentlich hier? Müsstest du nicht auf dem College sein? Und bist du allein gekommen?", löcherte ich sie mit Fragen.

Jace neben ihr schnaubte leicht. Was hatte er denn jetzt schon wieder für ein Problem?

Haley lenkte mich mit ihrer Antwort ab: „Ich habe aktuell ein Praxissemester, in dem ich ein Praktikum in einer Kanzlei mache. Sie haben einen Zweig in Portland, weshalb ich mich entschlossen habe, die nächsten Monate bei meinen Eltern zu Hause zu verbringen. Und da Jonathan weiter studieren muss, bin ich allein hergekommen."

„Was ist das für eine Kanzlei? Was sind deine Aufgaben?"

Haley erzählte mir aufgeregt von der Kanzlei und ihrem Jurastudium. Jace beteiligte sich keine Sekunde an unserem Gespräch und auch die anderen hatten scheinbar keine Lust mehr, uns zu folgen, da wir offensichtlich über Belangloses sprachen und nicht über die Namen unserer zukünftigen Kinder. Meine Freunde waren einfach alle viel zu neugierig.

Nach einer Weile folgte unser Essen und wir bissen glücklich in unsere Burger.

„Habt ihr Sam gesehen?", fragte Heather nach einer Weile. Ich schüttelte entschuldigend den Kopf.

„Er hat etwas zu erledigen", antwortete Jace. „Ich glaube nicht, dass du ihm heute schreiben brauchst. Versuch es in ein paar Tagen wieder."

Heather sah ihn mit großen Augen an und nickte verdattert.

Haley und ich verstanden uns so gut wie früher. Es gab keine peinliche Stille zwischen uns und es war auch nicht komisch, so als wäre sie nicht das gesamte letzte Jahr über weggewesen. Außer die Tatsache, dass ich ihr weder an die Wäsche noch mit ihr zusammen sein wollte. Und das machte mich verdammt glücklich. Ich war am Ende gewesen, als ich sie verloren hatte und hatte sie so sehr vermisst. Dass ich jetzt so unbeschwert mit ihr umgehen konnte, tat so unendlich gut.

Als am Tisch sämtliche Gespräche verstummten, blickten wir beide zeitgleich auf. Penelope stand direkt vor uns am Tisch und sah ... nicht unbedingt happy aus. Sie trug eine enge Jeans mit einer seidenen rosa Bluse. Dazu trug sie helle Ballerinas.

„Hey", sagte sie freundlich lächelnd, doch in ihren Augen erkannte ich, dass sie verletzt war. Für sie musste das hier ganz anders aussehen.

„Ich wusste nicht, dass du kommst. Setz dich zu uns", zwang ich mich zu einem unbeschwerten Lächeln und machte ihr Platz.

Sie ließ sich zögernd neben mich sinken. Ich gab ihr einen Kuss auf die Wange.

„Was ist das hier?", fragte sie mich flüsternd.

„Es ist nicht so, wie es für dich aussieht", flüsterte ich zurück und war dankbar, dass sie keine große Szene daraus machte.

„Ich freue mich schon riesig auf deine Erklärung", antwortete sie und klang zweifelsohne enttäuscht.

Alle sahen uns an, was wirklich nervig war.

„Ich war etwas überrascht, als Heather mir gesagt hat, dass du hier bist. Wieso hast du nichts gesagt, dann hätte ich mich früher zu Hause losgerissen." Erwartungsvoll sah Pen mich an. Entschuldigend lächelte ich sie an.

„Tja, Penelope, du bist nicht die Einzige, die heute eigentlich nicht damit gerechnet hat, dass River sich mal aus seinem Haus bewegt."

Jace hatte das erste Mal, seit ich das Diner betreten hatte, gesprochen. Angriffslustig schaute er mich direkt an. Mein schiefes Grinsen machte sich direkt in meinem Gesicht breit und ich sah ihm in die Augen. Endlich redete er mit mir. Die Wut in seinen Augen zeigte mir, dass ich ihm nicht egal war und das war gut so.

„Für manche Menschen verlässt man doch liebend gern das Haus", antwortete ich ihm zweideutig.

Er kniff wütend die Augen zusammen und auch Penelope verspannte sich neben mir. Ich verdrehte die Augen. Ich sprach doch nicht von Haley, verdammt nochmal.

Jace wandte sich demonstrativ wieder von mir ab und fing ein Gespräch mit Tristan an. Haley sah irritiert zwischen uns hin und her. Nun war ihr die Spannung zwischen uns wohl auch aufgefallen. Sie war ja auch eigentlich nicht zu übersehen. Besorgt runzelte sie die Stirn.

Penelope hatte mittlerweile einen Burger mit Pommes vor sich stehen und aß nachdenklich. Dabei wechselte sie immer wieder bedeutungsvolle Blicke mit Heather. Ich war mir sicher, dass die beiden eine komplette Unterhaltung führten, ohne auch nur ein Wort davon laut auszusprechen.

Die Situation wurde mir nach kurzer Zeit einfach zu schräg.

„Ich geh mal kurz aufs Klo", raunte ich Penelope zu und quetsche mich an ihr vorbei, um den Gang zu den Toiletten anzusteuern. Als sich die Tür hinter mir schloss, atmete ich erleichtert auf. Ich spritzte mir kaltes Wasser ins Gesicht und war froh, dass ich wenigstens kurz meine Ruhe haben durfte.

Wenig später verließ ich den kleinen Raum wieder und schlenderte direkt zum Tresen. Ich bestellte mir einen Milchshake und wartete geduldig, nur um nicht zurück an den Tisch zu müssen.

Als ich mit dem Shake in der Hand zurückwollte, stand Penelope vor mir.

Sie sah mich abwartend an und spitzte ihre Lippen. „Ich warte", murmelte sie und verschränkte ihre Arme. Oje, sie war verdammt sauer auf mich.

„Ich wusste nicht, dass sie hier sein würde", verteidigte ich mich.

Sie zuckte mit den Schultern. „Mag sein. Dennoch bist du ja nicht gerade vor ihr davongerannt."

Wir stellten uns etwas abseits des Ganges, um uns besser unterhalten zu können. Ich sank mehr und mehr unter Pens strafenden Blicken zusammen.

„Hätte ich sie denn ignorieren sollen? Mal ehrlich, hättest du das gewollt?"

Wieder zuckte sie mit den Schultern.

„Wieso, bei mir scheint es dich ja auch nicht zu stören."

Das saß. Ich zuckte zurück, obwohl sie nichts als die Wahrheit sagte.

Am liebsten würde ich flüchten, um dem Gespräch zu entkommen.

„Ich ignoriere dich nicht", gab ich lahm zurück.

Wir beide wussten, dass das Blödsinn war.

„Schwachsinn, River", wurde sie nun deutlich lauter. „Du beziehst mich nie mit ein. Du bist verschlossen und weißt du was? Das ist sogar irgendwie okay für mich, weil ich dich so liebe, wie du bist. Aber seit Wochen lässt du mich links liegen, betrinkst dich ohne Ende und scheinst mir noch mehr zu verschweigen als sonst."

Ich knabberte an meiner Unterlippe und schluckte ihre Worte. Jedes davon verdiente ich.

Am liebsten würde ich hier und jetzt die Wahrheit gestehen, doch das konnte ich ihr nicht antun. Nicht hier, nicht so.

„Liegt es an ihr? Willst du lieber sie?", bohrte Penelope nach.

„Mach dich nicht lächerlich. Natürlich nicht."
Sie schnaubte bitter.

„Was ist nur los mit dir? Nicht nur zu mir bist du so, auch Jace scheinst du mächtig verärgert zu haben."

Stocksteif blieb ich stehen. Ich wollte nicht, dass sie über Jace redete.

„Und?", fragte ich nach und konnte die Verärgerung nicht aus meiner Stimme heraushalten.

„Ach, wenn es um ihn geht, dann schaffst du es mal, eine Regung zu zeigen, ja?"

Ein bitteres Lachen begleitete ihre Worte. Ich ballte meine Hände zu Fäusten, meine Arme fest an meinen Körper gepresst.

„Was soll das hier werden?", erkundigte ich mich wütend. War das ihr Ziel? Wollte sie, dass ich ausflippte?

„Ich will einfach nur wissen, was mit dir los ist. Warum es dich nicht kümmert, wenn ich dir solche Dinge an den Kopf knalle und warum es dir stattdessen so nahe geht, wenn es um deinen besten Freund geht. Sollte es nicht vielmehr andersherum sein?"

Sie klang verzweifelt. Sie hatte eine Antwort verdient.

Und doch trieb sie mich hier in der Öffentlichkeit viel zu sehr in die Enge. Pen kannte mich. Sie wusste, dass ich damit nicht umgehen konnte. Dass sie es trotzdem tat, zeigte mir, wie schlecht es ihr mit der ganzen Sache ging. Denn auch sie wusch ihre dreckige Wäsche niemals in der Öffentlichkeit.

„Hör auf, Penelope", bat ich sie und schloss gequält die Augen.

„Warum? Weil ich dir endlich mal vorhalte, wie du mich behandelst? Weil ich es nicht, wie sonst, herunterschlucke, einfach weil du mir so viel bedeutest?"

Ich atmete tief durch. Scheiße. Weiterhin schwieg ich. Was hätte ich antworten sollen? Dass sie Recht hatte?

Penelope verengte die Augen zu Schlitzen.

„Krieg dich endlich wieder ein. Oder rede einfach mit mir, such es dir aus. Lange mache ich das nicht mehr mit."

Mit diesen Worten drehte sie sich um und ließ mich stehen.

Am liebsten würde ich auf irgendwas einschlagen. Ich wusste nicht, was ich tun sollte. Sollte ich mich von ihr trennen und riskieren, dass zu Hause die Hölle losbrach? Fuck, keine Ahnung.

Kapitel 17

Jace

Wut war eigentlich nicht mein Ding. Ich war der besonnene, vernünftige Typ – immer schon. River war der impulsive und ich der bedachte Typ. Deshalb ergänzten wir uns so sehr. Diese Wut, die sich in meinem Inneren ausbreitete, wie Feuer, kannte ich nicht. Ich wusste nicht, wie ich damit umgehen sollte, denn ich hatte den dringenden Wunsch, River den Kopf abzureißen. Neben dem Wunsch, ihn an mich zu ziehen und stundenlang Sex mit ihm zu haben.

Verdammt. Ich war so eine innere Zerrissenheit nicht gewöhnt.

Auch wenn ich mich unheimlich darüber freute, dass Haley wieder in der Stadt war, war es einfach nur furchtbar, sie und River zusammen zu sehen. Er war völlig aus dem Häuschen und es war deutlich, dass er glücklich darüber war, dass sie zurück war. Dass er noch etwas für sie empfand. Ich liebte sie beide und wollte für beide nur das Beste, aber wenn sie wieder zusammenfanden, würde ich mich von einer Brücke werfen. Ich könnte es nicht ertragen die beiden zusammen zu sehen. Haley war praktisch meine Schwester und der Gedanke daran, dass sie nicht nur mit River zusammen, sondern auch mit ihm im Bett gewesen war, ließ mein Blut kochen. Ich konnte mich nicht daran erinnern, dass ich irgendwann einmal so schlechte Laune gehabt hatte.

Da ich mich aber nicht von den beiden vertreiben lassen wollte, wartete ich geduldig ab, bis River sich irgendwann verabschiedete. Er nahm Haley in den Arm, verabschiedete sich von den Jungs und gab Penelope zögernd einen schnellen Kuss. Ich zog eine Augenbraue hoch, als ich die beiden beobachtete. Das war neu. Es dürfte mich nicht so sehr freuen, tat es aber trotzdem. Auch der kleine Streit der beiden vorhin war mir nicht entgangen.

Als letztes blieb sein Blick an mir hängen. Er grinste mich so frech an, dass ich nichts gegen die Röte auf meinen Wangen tun konnte. Fuck. Glücklicherweise beachtete mich niemand sonst.

Wenig später verabschiedete sich auch Haley, da sie ein Telefondate mit ihrem Verlobten hatte. Ich versuchte, mich darauf zu konzentrieren, dass sie in einer glücklichen Beziehung war. Und sie schien wirklich sehr glücklich zu sein.

Ich wusste nicht, wer erleichterter aufatmete, als sowohl Haley als auch River nicht mehr hier waren – Penelope oder ich. Überrascht sahen wir uns an, als uns diese Tatsache bewusstwurde.

„Wie waren die beiden als ich nicht hier war?", richtete Penelope direkt das Wort an Heather, die ihren Milchshake schlürfte.

„Mach dir keine Sorgen", winkte sie ab.

Überrascht schaute ich ebenfalls zu ihr.

„Wer dachte auch, dass er sofort einen Kniefall machen würde?", gluckste Brandon und sagte wieder einmal einfach so wonach ihm war.

Aus Penelopes Augen sprühten Dolche, als sie ihren Blick auf ihn richtete, was ihn nicht vom Lachen abhalten konnte. Tristan warf ihm ebenfalls einen mahnenden Blick zu.

„Hör nicht hin, Pen. Da war ungefähr so viel sexuelle Spannung zwischen den beiden wie zwischen mir und meiner Haarbürste – nämlich weniger als gar keine", versicherte Heather mit fester Stimme.

Irgendwie beruhigten mich ihre Worte. Heather war ein ehrlicher Mensch und knallte einem gut und gerne Dinge um die Ohren, die man eigentlich nicht hören wollte.

„Wirklich?" Man hörte Penelope die Erleichterung an.

Heather nickte zuversichtlich.

Ich entspannte mich wieder etwas. Das war gut, oder?

Letzten Endes war es aber auch egal, denn River war immer noch mit Penelope zusammen – nicht mit mir. Den Impuls unterdrückend, gequält aufzustöhnen, trank ich einen Schluck von meinem Erdbeermilchshake. Der Tag war scheiße.

„Du solltest ihn trotzdem in den Wind schießen."

Ich verschluckte mich. Brandon lachte schallend.

„Heather, ich liebe dich", presste er unter Lachsalven hervor.

„Ich weiß, dass du ihn nicht leiden kannst", brummelte Penelope.

„Oh nein, ich finde ihn super. Aber zusammen seid ihr eine Katastrophe."

Penelope verdrehte die Augen und murmelte: „Ich hasse dich."

Mir war klar, dass es nicht ernst gemeint war. Die beiden waren beste Freundinnen.

Tristan verfolgte die Szenerie gebannt und ich war mir ein ums andere Mal sicher, dass er in Penelope verschossen war. Leider rechnete ich ihm da keine allzu großen Chancen aus.

„Übrigens, Tris, die Nachhilfe morgen geht klar", sagte Penelope nach einem kurzen Blick auf ihr Smartphone.

„Cool", gab dieser betont lässig zurück. Hätte ich nicht gewusst, dass er die Nachhilfe nötig hatte, hätte ich geglaubt es wäre nur ein Vorwand. Er kämpfte aber tatsächlich mit seinen Noten.

„Wie läufts denn?", richtete ich das Wort nun an ihn, weil es mich ehrlich interessierte.

Zerknirscht sah er mich an. „Ehrlich gesagt, ziemlich scheiße."

Mitgefühl durchströmte mich. Es war jetzt nicht so, dass ich selbst mit Bestnoten um mich werfen konnte, aber es war okay. Mit viel Lernen ging es.

„Ich lerne die ganze Zeit, aber irgendwie bleibt nichts hängen", fuhr Tristan fort. „Die letzten Klausuren habe ich alle verkackt und ehrlich gesagt weiß ich nicht mal, ob ich das Jahr packe."

Penelope sah mit einem Quieken von ihrem Handy auf.

„Was?", fragte sie schockiert. „Du hast gesagt, du brauchst ein bisschen Hilfe in Spanisch und Mathe."

Meine Lippen öffneten sich leicht und ich überlegte fieberhaft, wie ich helfen könnte. Leider glaubte ich nicht, dass ich sonderlich gut als Nachhilfelehrer geeignet war. Zumal Mathe mein schlechtestes Fach war.

„Naja. Und in Geschichte, Englisch und Physik", fügte Tristan gequält hinzu.

„Fuck, ist das dein Ernst?", fuhr nun auch Brandon dazwischen. „Warum sagst du denn nicht früher was, du Trottel?"

„Weil ... keine Ahnung. Ich nicht der Einzige unter uns sein will, der den Abschluss nicht schafft."

„Ja eben. Deshalb hättest du doch was sagen müssen. Das Jahr ist fast vorbei."

Tristan stützte seine Ellbogen auf dem Tisch ab und legte seinen Kopf in seine Hände.

„Ich weiß. Deshalb habe ich ja auch Pen gefragt, ob sie mir hilft."

Pen. Okay.

„Ja, aber jetzt müssen wir die Strategie komplett ändern. Ich will genau wissen, bei wem du welche Kurse hast und was der letzte Stoff war. Wann finden die Abschlussklausuren in den Fächern statt? Wir fahren jetzt zu mir und erarbeiten einen Plan und dann, mein Freund, lernen wir, bis du platzt. Auf keinen Fall wirst du durchfallen." Penelope war in ihren Planungsmodus übergegangen, in dem sie mich immer etwas an einen Roboter erinnerte. Auch wenn ich kein Fan von ihr war – dass die Tristan sofort half, rechnete ich ihr hoch an.

„Ich würde ja helfen, aber da ich selbst nur meine Kurse schaffe, weil Pen mich ständig durchboxt, lasse ich es lieber", gab Heather zum Besten, ein entschuldigendes Lächeln auf den Lippen.

„Ich könnte", setzte ich an, wurde aber durch einen einzigen Blick von Penelope zum Schweigen gebracht. Wir hatten Mathe zusammen – sie wusste also, dass ich nicht unbedingt die größte Hilfe war.

„Ihr könntet Sam noch fragen. Der ist doch so ein Physikgenie", setzte ich hinzu, weil das wirklich der sinnvollste Tipp war, den ich geben konnte.

„Gute Idee", sagte Penelope zu meiner Überraschung. „Das ist das einzige Fach, in dem er besser ist als ich."

Sie steckte ihr Handy weg, griff nach ihrer Handtasche und stand auf.

„Los, Tristan. Wir haben viel zu tun. Und wenn dir jemals wieder einfällt, sowas für dich zu behalten, dann reiße ich dir den Kopf ab. Wir sind Freunde, die unterstützen sich schließlich." Er nickte langsam, ein Lächeln auf den Lippen, das von Sekunde zu Sekunde größer wurde.

Strahlend stand er auf und warf noch einen Blick zu uns.

„Danke Leute", murmelte er verlegen und verließ mit Penelope zusammen das Diner.

Ich schlürfte weiter meinen Milchshake, ebenso wie die anderen beiden.

„Also", setzte Heather an. „Sam."

Ich hob meine Augenbrauen und sah sie fragend an.

„Ist es ... habe ich eine Chance bei ihm?"

Seufzend sah ich sie an. Keine Ahnung, wie ich diese Frage beantworten sollte. Ich wollte mich in nichts einmischen, was mich nichts anging. Und schon gar nicht wollte ich Privates von Sam preisgeben.

„Ich weiß, dass er dich gernhat", antwortete ich also, denn das entsprach der Wahrheit und verriet nicht zu viel.

Nun seufzte sie und lehnte sich auf der Lederbank zurück.

„Es ist frustrierend, weil ich einfach seine Signale nicht deuten kann. Ich weiß nicht, ob er schüchtern ist oder ob er mir nicht näherkommen will.“

„Solltest du darüber nicht mit ihm sprechen?“, fragte Brandon. Ich kam wiederum aus dem Staunen nicht mehr raus. So viel Tiefgang hatte ich gar nicht von ihm erwartet.

Heather knabberte an ihrer Unterlippe.

„Vermutlich, aber ich habe Angst, ihn zu verschrecken. Er ist so anders, als die Typen, die ich sonst date, die total offensiv sind. Die sich nehmen, was sie wollen. So wie der da“, meinte sie und deutete auf Brandon, der sich grinsend verbeugte und damit sogar mich zum Lachen brachte.

„Ich weiß nicht mal, weshalb ich ihn so süß finde. Er redet ja nicht so viel mit mir.“

„Auf jeden Fall solltest du dich nicht verstellen. Du bist selbst nicht der sonderlich zurückhaltende Typ. Entweder passt es dann oder eben nicht“, erwiderte Brandon und ein weiteres Mal überraschte er mich.

„Ich hasse es, wenn du recht hast“, murmelte sie in seine Richtung. Brandon legte freundschaftlich den Arm um ihre Schulter und zog sie an sich.

„Du weißt doch, dass jeder Typ sich glücklich schätzen kann, dich zu kriegen. Wenn Sam zu dämlich ist, das zu erkennen, dann ist das sein Problem. Und wenn alles nichts nützt – ich bin im Notfall da, um dich zu heiraten.“

Ein Lächeln stahl sich auf meine Lippen.

„Hätte dich gar nicht für so einfühlsam gehalten“, mischte ich mich ein.

Brandon winkte ab. „Ich bin der klassische Frauenversteher."

Heather lachte an seiner Seite, ebenso wie ich.

„Klar. Als mein Ehemann müsstest du das auch sein."

„Kein Problem – aber nur, wenn Sex dann besonders großgeschrieben wird."

Da war er wieder. Ich hatte mir schon beinahe Sorgen gemacht.

Ich sah auf mein Handy und bemerkte, wie spät es schon war. Später hatte ich noch eine Verabredung mit Blake. Er war ein verdammt guter Zuhörer und momentan irgendwie der Einzige, mit dem ich reden konnte. Mit ihm Zeit zu verbringen, war … schön. Aber er war nicht River.

Ein Stich in meinem Herzen erinnerte mich daran, dass er so weit weg von mir war. So viel stand zwischen uns, was sich einfach nicht überwinden ließ. Als hätte sich ein riesengroßer Abgrund zwischen uns aufgetan, der meterweit in die Tiefe ragte. Es war aussichtslos, hinüberzugelangen. Und doch wollte ich springen. In mein eigenes Verderben.

Ich rief mir selbst in Erinnerung, dass ich mir geschworen hatte mich von ihm fernzuhalten. Dass ich mich ablenken wollte.

Doch mich von River und meinen Gefühlen für ihn abzulenken, würde eine Mammutaufgabe werden. Ganz zu schweigen davon, Abstand zu ihm zu halten.

Kapitel 18

Er ging mir aus dem Weg. Irgendwie hatte ich es mir total einfach vorgestellt, mit Jace zu sprechen und ihn irgendwo allein zu erwischen, aber er war die ganze Zeit darum bemüht, mir aus dem Weg zu gehen.

Ich war mir sicher, dass es ihm nicht ewig gelingen würde und ich ihm schlimmstenfalls irgendwann zu Hause auflauern würde.

Nach dem Training war er schneller weg, als ich mich umdrehen konnte und während der Schulzeit war er immer mindestens mit einem unserer Freunde unterwegs. Das machte er definitiv mit Absicht.

Trotzdem ging es mir endlich besser. Sollte Jace noch ein bisschen sauer auf mich sein, ich war mir sicher, dass er irgendwann einknicken würde und wir dann endlich Klartext reden konnten. Das Gespräch würde zwar sicherlich unendlich peinlich werden, wenn ich ihm eröffnete, dass ich scharf auf ihn war, aber ich hatte nichts mehr zu verlieren, so wie es momentan zwischen uns lief.

Außerdem hatte ich mich mit Haley für Mittwoch nach dem Training verabredet, damit wir uns ungestört unterhalten konnten.

Ich konnte immer noch nicht fassen, dass sie wirklich zurück war.

Penelope tat bereits die ganze Woche so, als wäre nichts passiert und war ständig in meiner Nähe. Sie wollte allen und uns beweisen, dass zwischen ihr und mir alles in Ordnung war und wir verliebt waren wie am ersten Tag. Vielleicht hatte auch der Wahlkampf damit zu tun, ich wusste es nicht.

Wenn meine Eltern mir gestern Abend damit nicht so in den Ohren gelegen hätten, welch wundervollen Eindruck Pen und ich doch bei der Gala hinterlassen hatten, hätte ich vielleicht endlich den Mut gefunden, mich von ihr zu trennen. Aber selbst mein Dad war mit mir zufrieden. MEIN DAD.

Er hatte sogar die Worte GUT GEMACHT benutzt, was den kleinen Jungen in meinem Inneren gegen meinen Willen triumphieren ließ. Ich wollte, dass mir seine Meinung und seine Anerkennung egal waren, waren sie aber einfach nicht. Es war Balsam für meine Seele, dass ich zur Abwechslung einmal gelobt wurde, anstatt angeschrien zu werden.

Es war furchtbar egoistisch, dass ich weiterhin mit Penelope zusammenblieb, aber ich konnte es einfach nicht tun, ich konnte sie jetzt nicht verlassen. Zusätzlich wollte ich nicht den Eindruck erwecken, es wäre wegen Haley, denn das war es eindeutig nicht. Allerdings würde mir das kein Schwein abkaufen, am wenigsten Pen.

Als ich am Mittwoch Haley zu Hause abholte, stand sie bereits vor der Tür und wartete auf mich. Ich fuhr ungefragt zu unserem alten Lieblingsplatz am See.

Wir mussten den Wagen an der Straße zurücklassen und uns unseren Weg durch Sträucher und Geäst bahnen. Schließlich erreichten wir unseren Platz. Das leuchtend grüne Gras wuchs direkt bis zum Rand des Sees. Diese Stelle war so unberührt, da das Gras nicht zertrampelt worden war, weil Leute hier schwimmen gehen wollten. Einen sanften Einstieg gab es hier nicht, man landete direkt in tiefem Wasser. Das hier war die reine Natur und ich war ewig nicht mehr hier gewesen.

Als ich plötzlich laut auflachte, drehte sich Haley schmunzelnd zu mir um und schien ebenfalls aus ihrer Verzückung über diesen Ort zu erwachen.

„Was ist so lustig?", musste nun auch sie mitlachen.

Ich zuckte die Schulter. „Es war wirklich keine Absicht, aber ich habe mich eben daran erinnert, dass wir genau hier das erste Mal miteinander geschlafen haben." Ich schüttelte ungläubig den Kopf. „Kommt mir vor, als wäre es schon eine Ewigkeit her."

Sie sah mich lächelnd an. „Ja, ich erinnere mich gut. Daran, wie aufgeregt ich war."

„O Mann, und ich erst. Ich habe mich angestellt, wie ein totaler Idiot."

Sie lachte herzlich. Sie war zwar meine Erste gewesen, umgedreht war ich für sie allerdings nicht der Erste.

„Ein bisschen", gab sie zu, „aber es war trotzdem wunderschön. Und du hast schnell dazu gelernt." Jetzt zwinkerte sie mir lachend zu.

Ich setzte mein schiefes Grinsen auf und fuhr mir durch die Haare.

„Wenn du wüsstest." Ich zog abwechselnd meine Augenbrauen hoch und sah sie absichtlich dämlich an.

Wieder lachten wir zusammen.

„Das ist schön", sagte sie lächelnd und sah mir in die Augen, bevor sie sich ins Gras sinken ließ.

„Was?"

„Das hier. Wir. Dass wir so miteinander lachen können. Ich hatte Angst, zurückzukommen. Ich hatte keine
Ahnung, wie du reagieren und ob du mich jetzt hassen
würdest." Sie sah zu Boden.

„Was, hassen?" Auch ich setzte mich. „Ich habe dich
keine Sekunde gehasst", sagte ich ehrlich.

Schüchtern sah sie zu mir.

„Du weißt, dass es das Richtige war, oder?", fragte sie
mich vorsichtig.

„Ja", erwiderte ich nickend. „Jetzt schon. Bis vor kurzem war ich mir noch sicher, dass du irgendwann zur
Vernunft und zu mir zurückkommen kommen würdest."

Überrascht sah sie mich an.

„Was hat sich geändert?"

Ich schluckte. Ich konnte ihr nicht von Jace und mir
erzählen.

„Keine Ahnung", log ich sie also an.

Wir schwiegen eine Weile, ohne, dass ich mich dabei
unwohl fühlte und auch sie wirkte entspannt und beobachtete das glitzernde Wasser mit seinen leichten wel-
lenartigen Bewegungen.

„Wie war es damals für dich?", fragte sie schließlich
in die Stille hinein. Sie strich sich eine Haarsträhne hinter das Ohr.

„Welche Version willst du hören? Die beschönigte
Version oder die wahre?"

„Ich will die Wahrheit, River. Wie immer." Sie lächelte mich so echt und ehrlich an, dass mir warm ums
Herz wurde und ich mich rund um wohlfühlte.

„Tja, dann will ich nicht lügen. Ich war ziemlich am Ende. Hab die Schule geschwänzt, Schlägereien angefangen, die Jace dann mit mir zu Ende bringen musste." Ich schmunzelte bei dem Gedanken daran. „Es lief echt schlecht zu Hause. Also fing ich an, mich wie ein Arsch zu verhalten und vögelte ständig ein anderes Mädchen. Ich habe immer wieder versucht, dich zu erreichen, aber du hast einfach nicht mit mir geredet."

Ein trauriger Ausdruck legte sich auf ihr Gesicht.

„Glaube mir, das ist mir selbst so schwergefallen. Ich wollte dich nicht meiden, ich wollte mit dir reden. Trotzdem war es richtig so, denn sonst hätte ich es nicht durchziehen können."

„Warum musstest du es durchziehen?" Ich fuhr mit den Händen durch meine Haare, lehnte mich dann entspannt zurück und stützte mich auf meinen Händen ab.

Diese Frage brannte bereits so lange auf meiner Zunge. Eigentlich hatte ich bis heute keine Ahnung, weshalb sie mich wirklich verlassen hatte.

„Das ist keine leichte Frage." Sie sah nach oben in den Himmel und legte sich ins Gras. „Du hast mir schon immer so viel bedeutet. Wir konnten uns immer vertrauen, aufeinander verlassen. Wir hatten eine tiefe Verbundenheit und Respekt füreinander, außerdem war unser Sex einfach grandios. Es war eigentlich alles absolut perfekt. Bis auf eine wichtige Tatsache. Ich habe festgestellt, dass ich dich nicht geliebt habe, nicht so jedenfalls, wie man seinen festen Freund lieben sollte. Ich bekam keine schwitzigen Hände in deiner Nähe, mein Herz fing nicht an schneller zu schlagen. Ich habe mich immer unendlich wohl mit dir gefühlt und es war alles immer so einfach. Diese Trennung fiel mir unendlich schwer, weil ich meinen besten Freund verloren habe. Aber ich musste es tun. Ich wusste, wenn ich mit dir zusammenbleiben würde, dann würde ich im College niemals jemanden kennenlernen können. Also bin ich auf diese Weise gegangen. Es tut mir leid, dass ich dir das angetan habe, River."

Sie sah zu mir auf und Tränen glitzerten in ihren Augen. Ich verspürte sofort ein Ziehen in meiner Brust, denn ich wollte sie nicht so traurig sehen.

„Es ist okay, Haley." Ich streichelte sanft ihren Arm. „Ich habe es damals nicht verstanden, aber jetzt tue ich es. Ich wollte immer, dass du glücklich bist – jetzt bist du es."

Ihre Augen leuchteten sofort auf und ihr Lächeln wurde wieder breiter. Der traurige Ausdruck wich dem puren Glücks.

„Ich hatte nie vorgehabt, meine große Liebe so schnell zu treffen. Ich hatte noch an der Trennung zu knabbern und damit, dass ich nicht bei dir sein konnte. Da war er plötzlich. Auf dem Campus und rannte mich mit voller Wucht um. Er war völlig vertieft in sein Buch gewesen, genauso, wie er es immer ist. Als unsere Augen sich begegneten, wusste ich es. Plötzlich ergab alles einen Sinn. Nach zwei Monaten sind wir zusammengezogen und ich kann mein Glück immer noch nicht fassen. Er ist so wundervoll und trägt mich auf Händen, obwohl ich ständig von dir spreche." Jetzt lachte sie wieder herzlich.

„Was?", fragte ich lachend.

„Auch wenn wir uns so lang nicht gesprochen haben, bist du immer noch ein unglaublich wichtiger Teil meines Lebens. Das weiß er. Anfangs war es für ihn merkwürdig so viel von dir zu erfahren, aber mittlerweile ist es total normal." Sie biss sich auf die Lippen, um ihr Lachen zu unterdrücken.

„Wie viel hast du ihm von mir erzählt?", fragte ich nachdenklich. Wollte ich, dass ein Wildfremder alles über mich wusste? Haley kannte mich so gut, wusste über alles, was zu Hause lief, Bescheid.

„Alles", antwortete sie wahrheitsgemäß und sah mir direkt in die Augen.

„Ich habe keine Geheimnisse und teile alles mit ihm. Keine Sorge, er würde dieses Wissen niemals missbrauchen."

Sie hätte mich jetzt einfach anlügen und mir versichern können, dass sie ihm gar nichts gesagt hatte. Dieses Mädchen war einfach so absolut großartig. Ich rechnete ihr sehr hoch an, dass sie so ehrlich war. Ihr Freund wusste alles über mein beschissenes Leben? Schön für ihn. Hätte er mit diesen Infos etwas anfangen wollen, dann hätte er es bereits getan. Haley vertraute ihm, also war es in Ordnung.

Ein Gedanke ließ mich breit grinsen.

„Du erzählst ihm alles, ja?", fragte ich schmunzelnd nach.

„Ja?", antwortete sie gedehnt. Sie wusste offensichtlich nicht, worauf ich hinauswollte.

„Von dem unglaublich grandiosen Sex mit mir hast du ihm also auch erzählt? Mit mir, dem Sexgott River Scott?" Ich setzte ein selbstgefälliges Grinsen auf und ließ betont arrogant meine Muskeln spielen.

Sie wurde rot und brach in lautes Gelächter aus. Sie setzte sich auf und schlug mir auf den Arm.

„Autsch", brachte ich lachend hervor. Ich musste mir den Bauch halten und auch sie hörte nicht auf zu lachen.

„Das werde ich ihm niemals sagen, du arroganter Arsch", presste sie hervor.

Wir blieben noch eine ganze Weile am See sitzen und tauschten uns aus.

Dieser Nachmittag mit Haley hatte unglaublich gutgetan. Wie war ich nur jemals klargekommen, ohne, dass sie an meinem Leben teilnahm.

Es war bereits dunkel, als ich sie endlich vor ihrem Haus absetzte.

„Danke, River. Ich bin froh, dass wir reden konnten. Ist zwischen uns alles okay?", fragte sie, mit der Hand bereits an der Autotür. Ihre braunen Haare fielen ihr dabei ins Gesicht.

Ich lächelte sie warm an und sah ihr tief in die Augen.

„Alles ist gut Haley. Du hast es vorhin selbst gesagt. Du bist meine beste Freundin, mehr nicht. Ich glaube zwar nicht, dass ich das jetzt sage, aber ich habe keine Gefühle mehr für dich. Das ist die Wahrheit."

Glücklich umarmte sie mich und ich drückte sie fest an mich. Wir verharrten einige Sekunden und ich sog den Vanilleduft ihrer Haare ein.

Als wir uns voneinander lösten, lächelte sie mich ein letztes Mal an, stieg aus dem Auto aus und lief zu dem großen weißen Holzhaus mit der großen Veranda rauf. Als Kind hatte ich mir immer vorgestellt, wie meine Eltern und ich in diesem Haus lebten. Glücklich und zufrieden. Es blieb eben genau das, nur eine Vorstellung.

***

Seufzend lag ich mit Kopfhörern auf meinem Bett, warf meinen kleinen Basketball in die Höhe und fing ihn wieder auf.

In der Schule hatte ich eigentlich vorgehabt mit Jace zu reden, aber er hatte heute gefehlt. Es juckte mir in den Fingern, mir ein Handy zu schnappen und ihn zu fragen, ob alles in Ordnung war. Sicherlich hätte er mir aber sowieso nicht geantwortet. Im Diner hatte er ziemlich angepisst gewirkt, deshalb musste ich einfach mit ihm persönlich reden.

Überrascht stellte ich fest, dass ich seit dem Wochenende nicht mehr geboxt hatte. Normalerweise hielt ich es kaum einen Tag ohne Boxen aus, da meine Wut mich sonst überrollen würde. Es hatte sich einfach so verdammt gut angefühlt Jace am Samstag so nahe zu sein. Gleichzeitig machte mich Haleys Rückkehr einfach glücklich.

Ich ließ mich von Eminem beschallen und nahm mein Handy heraus.

Sollte ich ihm schreiben oder nicht? Ich wollte wissen, ob er okay war, ob wir endlich reden konnten.

Scheiße, ich traute mich einfach nicht. Ich wollte, dass er gezwungen war, mit mir zu sprechen. Ob er morgen wieder in der Schule sein würde? Abends war die jährliche Basketballparty, die dieses Jahr in Grove Hill in der riesigen Villa der Wests stattfinden würde, da Brandons Eltern unterwegs waren.

Jedes Jahr kamen haufenweise Basketballteams aus unserer Liga zusammen und feierten. Mit den meisten Mannschaften verstanden wir uns gut, mit Ausnahme von ein paar selten dämlichen Idioten. Aber selbst mit denen galt an diesem Abend irgendwie ein unausgesprochener Waffenstillstand. Die Partys waren immer der Hammer und die Mädels waren jedes Jahr aufs Neue angepisst, dass sie nicht dabei sein durften.

Ich streckte mich aus und schmiss mein Handy ein paar Meter von mir und ließ den Ball neben mich fallen. Meine Gedanken drifteten ab. Als ich wieder an Sex denken musste, legte ich mir meinen Unterarm über die Augen. Wann war ich wieder zu dem pubertierenden Vierzehnjährigen mutiert, der ständig Sex im Kopf hatte? Diese Zeiten lagen eigentlich schon lange hinter mir, dennoch hätte ich mir am liebsten direkt einen runtergeholt. Ich stöhnte frustriert auf. Das letzte Mal war so verdammt lang her.

Ich war mir sicher, dass Jace die Party bei Brandon nicht verpassen würde. Er freute sich jedes Jahr darauf und war vor allem begeistert gewesen, dass es dieses Jahr auf Grove Hill Lions Terrain stattfand.

Wenn wir miteinander redeten, musste ich unbedingt versuchen das Ganze mit Sex enden zu lassen. Vielleicht war es ja genau das – die ganze Spannung zwischen uns und die seltsame, peinliche Stimmung. Vielleicht mussten wir es einfach nochmal tun und dann wäre alles wieder in Ordnung. Immerhin war mehr als klar gewesen, dass er körperlich sehr wohl auf mich reagiert hatte und angeturnt gewesen war. Ich seufzte und schwor mir, dass ich mit ihm reden würde, ob nun mit Sex oder ohne. Er konnte noch so angepisst auf mich sein, ich würde ihn eben einfach zwingen, mir zuzuhören. Notfalls würde ich auf Knien vor ihm rumrutschen und ihn um Verzeihung bitte, damit wir endlich wieder River und Jace sein konnten.

Ich zuckte zusammen, als mir die Kopfhörer von den Ohren gerissen wurden. Penelopes Gesicht erschien direkt über meinem. Sie lächelte mich schüchtern an und gab mir einen leichten Kuss auf die Lippen.

„Hey", sagte sie zögerlich und setzte sich neben mir auf das Bett.

„Hast du mich erschreckt. Was machst du hier?", fragte ich irritiert.

„Ach, ich war eben nur bei deiner Mom und habe mit ihr etwas wegen der Pressemitteilung fürs College gesprochen. So langsam wollen meine Eltern, dass ich öffentlich meine Collegewahl bekanntgebe." Mir wurde heiß und kalt zugleich. Das hier würde ein Gespräch werden, das ich nicht führen wollte.

Ich nickte, als würde ich dieses Theater verstehen. Warum interessierte sich in der Öffentlichkeit so sehr dafür, auf welches College eine Jugendliche ging? War ja nicht so, als würden der Bürgermeister oder sein Vize selbst das College besuchen.

„Hast du dich denn entschieden?", fragte ich sie lediglich, denn ich wusste nicht, was ich sagen sollte.

„Nein. Nach unserem Streit fiel es mir besonders schwer. Du bist auf der University of Oregon, deshalb gehört sie zu meinen Favoriten. Aber das private College in Portland hat einfach einen so guten Ruf und würde mir wahrscheinlich beruflich viel bringen."

„Okay", murmelte ich nickend.

Penelopes Miene verdüsterte sich. „Okay?", fragte sie schnaubend.

„Ich ... ja?"

Ich legte ein falsches Lächeln auf meine Lippen.

Der einzige Grund, weshalb ich an die University of Oregon wollte, war Sadie. Ich konnte sie nicht einfach so in diesem Irrenhaus allein lassen. Die Uni lag nur gute eineinhalb Stunden Fahrt von uns entfernt, so könnte ich im Wohnheim wohnen und so oft es ging nach Hause fahren. Mein Traum war eigentlich schon immer die UCLA gewesen. Sie hatten ein fantastisches Basketballteam und außerdem lag sie in Kalifornien. Ich liebte den Strand und das Meer und kannte Los Angeles bereits von mehreren Besuchen. Diese komische Stadt hatte es mir definitiv angetan. Coach Bryer hatte erwähnt, dass der Coach des UCLA Teams an mehreren unserer Spieler Interesse angemeldet hatte, was eigentlich der absolute Wahnsinn war. Dennoch konnte ich nicht dahin. Es würde gute dreizehn Stunden Autofahrt bedeuten und ich konnte nicht ständig im Flugzeug sitzen.

Niemals würde ich Sadie so lang allein bei unseren Eltern lassen. Am Ende würde sie noch genauso verkorkst werden, wie ich. Nein, das durfte nicht passieren.

Die University of Oregon war in Ordnung und eigentlich meine einzige Option. Mein Vater fand diese Wahl selbstverständlich furchtbar, aber meine Mutter wollte es für die Presse so hinstellen, als wollte ich wegen meiner wundervollen Familie nicht so weit weg sein. Obwohl ich ihnen eigentlich nur nicht zutraute, sich wie normale Eltern zu verhalten.

„Du bist ein blöder Arsch, weißt du das?", riss mich die wütende Stimme meiner Freundin aus meinen Gedanken.

Verdattert blickte ich sie an.

„Was?“

„Du bist ein Arsch.“

Nicht, dass sie nicht recht damit hätte, doch erstens verstand ich nicht, was ich jetzt in diesem Moment falschgemacht hatte und zweitens war ich schockiert, dass ausgerechnet Pen so reagierte.

„Wieso?“, fragte ich dümmlich, was mir ein verächtliches Schnauben einbrachte.

„Willst du mich verarschen? Es geht hier um unsere gemeinsame Zukunft. Es geht darum, wie du mit mir umgehst und wie immer hast du nichts gar nichts dazu zu sagen. Jetzt mal ehrlich, geht dir einer ab, wenn du mich so behandelst?“

„Äh …“, setzte ich an, doch ich wurde direkt wieder unterbrochen.

„Wir werden bald aufs College gehen und wir müssen eine Entscheidung treffen. Soll ich dich begleiten? Wirst du dich irgendwann auch mal wie ein normaler Freund benehmen? Lohnt es sich? Verdammt, sag einfach mal irgendwas. Das wäre doch mal ein Anfang, als immer nur dein dämliches Schweigen.“

Stille. Abwartend sah Penelope mich an, den Mund verkniffen zusammengepresst, einen wütenden Ausdruck im Gesicht. Ihre Arme waren verschränkt.

Fuck. Das war sie. Die längst überfällige Pistole auf meiner Brust.

„Du solltest auf die private Uni gehen. In Portland. Ich gehe an die UO“, würgte ich hervor.

Penelope zuckte zurück, als hätte ich sie geschlagen. In ihren, vor Schreck weit aufgerissenen, Augen sammelten sich augenblicklich Tränen.

„Was?“, wisperte sie.

Ich fühlte beinahe körperlichen Schmerz. Das hier hatte ich immer vermeiden wollen. Von Anfang an hatte ich sie nicht verletzen wollen.

„Du solltest deine Uni nicht von mir abhängig machen. Dafür bist du viel zu clever."

„Und wenn ich es will?", warf sie mir vor. „Wenn ich bewusst diese Entscheidung treffen will mit dir zusammen zu sein und die gleiche Uni zu besuchen wie du?"

Fuck. Die zweite Pistole.

Ich zögerte und fuhr mir mit den Fingern durch die Haare. Ich stand auf, um einige Meter Abstand zwischen uns zu bekommen. Das hier war so verflucht hart.

Ihr Blick war traurig und abwartend, aber dennoch... hoffnungsvoll.

„Nimm die Uni, auf der ich nicht bin. Ich will nicht mit dir zusammen aufs College", nahm ich ihr den restlichen Funken Hoffnung, der augenblicklich erlosch.

Fassungslos starrte sie zu mir hoch.

„Was meinst du damit? Warum?", fragte sie.

Das Klingeln meines Handys ließ uns zusammenfahren. Penelopes Blick fiel auf das Display und verdunkelte sich.

„Deine Freundin ruft dich an", sagte sie bitter.

„Hä?", fragte ich irritiert.

„Haley. Willst du nicht drangehen?" Mieses Timing.

„Nein." Ich schüttelte den Kopf und seufzte.

„Du liebst sie, richtig?" Pens Stimme hallt brüchig durch mein Zimmer.

„Nein", sagte ich gequält. „Ich liebe sie nicht."

„Ich glaube dir aber nicht. Seit sechs Monaten schaffst du es nicht, mir zu sagen, dass du mich liebst.

Und jetzt weiß ich endlich auch warum – weil du immer noch sie willst.“

Ich atmete tief durch, um mich zu beruhigen, das Bedürfnis unterdrückend irgendwo gegenzuschlagen. Ständig musste ich mich vor irgendwem rechtfertigen – vor meinen Eltern, in der Schule vor den Lehrern oder dem Coach, vor Pen, ich hatte die Nase gestrichen voll davon. Dennoch hatte Penelope jedes Recht der Welt, verletzt zu sein, immerhin hatte ich ihr eben gestanden, dass ich nicht mit ihr aufs College wollte.

„Sie hat sie auch nie gehört, bist du jetzt glücklich? Ich sage niemanden, dass ich ihn liebe. Niemandem. Weil ich niemandem genug vertraue. Nicht dir, nicht Haley, nicht meinen Eltern, nicht …“, brach es ungebremst aus mir hervor. Beinahe hätte ich Jace gesagt, doch ich wurde mir rechtzeitig meines Seelen–Striptease bewusst, den ich hier hinlegte und den ich niemals preisgeben wollte. Ich hatte zu viel gesagt. Aufgebracht fuhr ich mir mit den Fingern über die Augen und rieb leicht darüber. Mein Herz klopfte mir bis zum Hals. Warum hatte ich das gesagt?

Penelope hatte eine Hand über ihren Mund gelegt und blickte mich an. Ihr traten Tränen in die Augen. Toll.

„Okay, das war …“ Ich suchte nach den richtigen Worten, doch in mir tobte noch immer ein Durcheinander, das ich nicht ordnen konnte.

Penelope und ich standen uns unschlüssig gegenüber. Ich war peinlich berührt wegen meines Ausbruches und ihr schienen die Worte zu fehlen.

„Tut mir leid. Ich wusste nicht, dass diese Worte dich so sehr unter Druck setzen würden“, flüsterte sie leise.

Gequält schloss ich die Augen. Ich wollte nicht, dass sie sich bei mir entschuldigte.

„Egal. Im Grunde geht's darum nicht."

„Worum geht es dann, River? Willst du das hier überhaupt noch? Willst du uns?", fragte sie mich direkt und kam einige Schritte näher.

„Wenn es nur um die blöden Worte geht, dann vergiss es. Ich brauche sie nicht. Aber dich brauche ich." Pen schloss die restliche Lücke zwischen uns und legte die Hände auf meine Brust.

„Ich kann nicht", flüsterte ich ebenso leise und trat zurück, sodass ihre Hände nicht mehr auf mir lagen.

Sie schluckte sichtbar. Tränen kullerten ihre Wange hinunter.

„Kannst du nicht oder willst du nicht?"

Die alles entscheidende Frage.

„Ich will nicht."

Da waren sie. Die endgültigen Worte, die ich nicht mehr zurücknehmen konnte und die mir eine Heidenangst einjagten.

Sie keuchte auf.

„Wenigstens bist du jetzt mal ehrlich", warf sie mir mit bitterer Stimme und dennoch weinend vor.

„Es tut mir leid", sagte ich ehrlich und ging einen Schritt auf sie zu. Sie wich zurück.

„Wenn du mich jetzt anfasst, zerkratze ich dir dein Gesicht."

Ich blieb stehen und sah sie flehend an.

„Ich wollte dir nie wehtun, Pen. Wirklich. Es tut mir so leid, dass es so gekommen ist. Du bedeutest mir unheimlich viel, aber als..."

„Wenn du mich jetzt friendzonest, vergesse ich mich, River." Nun kam sie doch näher. In ihren Augen stand Verzweiflung, Hass, Verletztheit. Für all das war ich verantwortlich. Sie drückte mir mit Wucht ihren Zeigefinger auf die Brust.

„Ich habe alles für dich getan. Alles. Aber du bist einfach nur ein kleiner Junge, der nur an sich denkt. Und weißt du, was das schlimmste ist? Ich liebe dich trotzdem."

Ich biss mir auf die Unterlippe, weil mir mittlerweile fast selbst Tränen in den Augen traten. Pen stand vor mir wie ein Häufchen Elend.

Auf die Gefahr hin, eine von ihr geklebt zu bekommen, schlang ich die Arme um sie und drückte sie fest an mich. Sie umschlang mich sofort und schluchzte hemmungslos an meiner Brust. Ich konnte nicht viel mehr tun, als sie halten. Und das würde ich – wenigstens das.

Kapitel 19

Das Gespräch mit Penelope hing mir in den Knochen. Sie hatte mich gebeten, in der Schule noch nichts zu sagen, und immerhin diesen Gefallen konnte ich ihr tun. Überraschenderweise waren wir letztendlich nicht im bösen Blut auseinandergegangen, was viel mehr war, als ich erwartet und verdient hatte. Ich war zum einen unheimlich erleichtert, dass wir nicht mehr zusammen waren, doch andererseits hatte ich Angst vor der Reaktion meiner Eltern. Die Vereinbarung, noch nichts zu sagen, kam mir also alles andere als ungelegen.

In der Schule drehte sich alles um die Party am Abend. Die Mädels wirbelten um Brandon herum, um ihn doch zu einer Einladung überreden zu können, was er sichtlich genoss. Er lief den ganzen Tag mit einem fetten Grinsen im Gesicht herum.

Die Party war seit Jahren Tradition. Es ging nur um uns Teams, um Basketball und um eine geile Party. Dieser eine Abend im Jahr gehörte nur uns und normalerweise war er der einzige, an dem ich mich mal so richtig gehen ließ. Dieses Jahr war es anders, da ich die letzten Wochen ziemlich oft die Kontrolle verloren hatte.

Egal. Heute würde ich mit Jace reden, was mich die ganze Zeit kribblig sein ließ.

Er war, wie erwartet, wieder in der Schule. Ich wusste, dass er die Party heute nicht verpassen würde, aber er ging mir nach wie vor aus dem Weg.

Als wir in einer Gruppe in der Pause zusammenstanden, nahm ich meinen Mut zusammen und sprach ihn an. Ich musste die Gelegenheit nutzen, da er mir nicht einfach davonrennen konnte.

„Jace, können wir später reden?"

Er zuckte zusammen, als ich seinen Namen aussprach und wirkte sichtlich überrumpelt. Das hatte ich beabsichtigt, damit er sich nicht herauswinden konnte.

Er presste allerdings die Lippen zusammen und schnaubte abfällig.

„Nein, ich denke nicht. Lass es gut sein, River", sagte er tonlos und ging zurück in Richtung Schulgebäude.

Ein kleines Lächeln stahl sich auf meine Lippen, ich konnte nichts dagegen tun. Er war immer noch sauer auf mich und genau das gab mir die nötige Hoffnung. Mit dieser Art Emotion konnte ich umgehen, denn es hieß, dass es ihm nicht egal war. Dass *ich* ihm nicht egal war.

Ich ignorierte den dumpfen Schmerz in meiner Brust und das innere Zerren, das mich dazu bewegen wollte, ihm nachzugehen.

Gleichermaßen ignorierte ich die geschockten Blicke meiner Freunde. Jedem war klar, dass Jace und ich Streit hatten, aber keiner von ihnen hatte je erlebt, dass wir so miteinander umgegangen wären, denn sonst gingen wir immer durch dick und dünn. Ich würde dafür sorgen, dass wir das wieder taten.

Den Rest des Schultages war ich damit beschäftigt, meine Atmung ruhig zu halten. Ich konnte mich nicht auf den Unterricht oder auf das Training konzentrieren, weil ich so aufgeregt war. Mein Herz klopfte laut und meine Hände waren schwitzig.

Den Nachmittag verbrachte ich damit mit Sadie zum Zahnarzt gehen, weil ich wusste, wie sehr sie davor Angst hatte. Meine Eltern hatten keine Zeit, sie zu begleiten und hatten von der komischen Nanny verlangt, dass sie mit Sadie dorthin ging. Nur über meine Leiche.

Ich lenkte sie die ganze Zeit ab und erzählte irgendwelchen Blödsinn, damit sie nicht groß über den Zahnarzt nachdachte, der mit einem Spiegel in ihrem Mund herumpopelte. Es funktionierte und die Untersuchung war schnell erledigt. Am Ende war sie so stolz auf sich und glücklich, als der Zahnarzt ihr eine Zahnbürste schenkte, auf der tatsächlich Piraten abgebildet waren. Das Highlight ihres Tages.

Meine Eltern ließen sich nicht zu Hause blicken, also kümmerte ich mich darum, dass Sadie zu Abend aß, badete und letztendlich völlig erledigt vom Tag in ihrem Bett lag. Nach einer Abenteuergeschichte schloss sie auch endlich ihre Augen und ich konnte mich fertig machen und duschen.

Ich gab mir besonders viel Mühe, als ich meine Haare stylte und mir meinen Lieblingspulli aus dem Schrank nahm. Ich schlüpfte in eine neue, hellblaue Jeans und neue Sneakers. Ich benutzte After Shave und war am Ende ganz zufrieden. Für einen Abend unter Männern eigentlich vollkommen unnötig, aber ich hatte immer noch eine leise, stille Hoffnung in mir, die Jace und mich beinhaltete – nackt. Mein Schwanz zuckte allein bei dem Gedanken daran in meiner Hose.

***

Als ich endlich Brandons Haus betrat, war es schon komplett gefüllt. Ich begrüßte haufenweise Jungs, die ich aus den Vorjahren und vom Platz her kannte und unterhielt mich kurz mit einem anderen Mannschaftskapitän aus Eugene. Wir hatten uns schon immer gut verstanden. Leider waren sie bereits ausgeschieden und spielten nicht in den Playoffs. Er wünschte mir weiterhin viel Erfolg und ich bahnte mir meinen Weg durch das große Wohnzimmer zu meinen Freunden. Sie standen am Esstisch zusammen, worauf haufenweise Flaschen und Gläser standen. Heute sollte uns wirklich niemand erwischen. Jeder hatte ein bisschen Alkohol besorgt, ob nun mit einem gefälschten Ausweis oder mit Hilfe der eigenen Eltern. Aber ich schätze, die Masse an Flaschen, die hier herumstand, übertraf alles, was die Erwachsenen sich ausmalten und gutheißen würden. Von der Polizei ganz zu schweigen. Wenn man mich hier auflesen würde, würde mein Dad mich ganz sicher umbringen.

Ich wurde direkt mit einem Schnapsglas begrüßt und kippte die klare Flüssigkeit ohne zu Fragen herunter.

Zufrieden nahm ich wahr, wie Jace' Blick an mir hinabwanderte und er schlucken musste. In seinen Augen sah ich ein Funkeln, was direkt hinab in meinen Schritt fuhr. O Fuck. Ich musste definitiv mehr trinken, um den hormongesteuerten Teenie in mir zu verscheuchen, bis ich mit ihm reden konnte.

Brandon goss uns direkt irgendeinen Whiskey ein, den ich ihm dankend aus der Hand nahm.

Musik wummerte aus den großen Boxen im Wohnzimmer und die Stimmung war bereits ausgelassen, da ich später dazugestoßen war, als ich es beabsichtigt hatte. Tristan und Brandon waren betrunken.

„Dir ist klar, dass River und ich dir beim Golfen den Arsch aufgerissen haben, oder?", ärgerte Tristan.

„Ach bitte. Das war doch bloß Glück."

„Glück?", mischte ich mich ein. „Wir sind Naturtalente. Wir haben euch nass gemacht."

„Dafür kannst du kein Bier Pong spielen, River", konterte Brandon. Ich lachte und zeigte ihm den Mittelfinger.

Am Rande nahm ich wahr, wie eine Gruppe Jungs zu uns stieß.

Als Jace einem Typen freudestrahlend in die Arme fiel, richtete ich allerdings meine volle Aufmerksamkeit auf sie.

Für meinen Geschmack ging die Umarmung eindeutig zu lange, weshalb ich den Typen an Jace' Seite musterte.

Er war groß, größer als ich, wie ich zähneknirschend vernahm. Er hatte breite Schultern, war dazu aber schlank und hatte ein absolutes Engelsgesicht. Hellblonde Haare fielen ihm in die Augen und glänzten im Licht. Er hatte strahlende grüne Augen und ein glattes Gesicht mit einer feinen Nase. Er trug ein Hemd und eine enge Jeans und hatte ein breites, aufgeschlossenes Lächeln im Gesicht. Ich konnte ihn auf Anhieb nicht leiden.

Jace stellte ihn der Gruppe vor: „Leute, das ist Blake, ein Kumpel von mir. Er spielt bei den Ravens." Immer noch breit grinsend sah er einen nach dem anderen abwechselnd an und meine Freunde erwiderten den Gruß freundlich. Abgesehen von mir. Mehr als ein Nicken konnte ich nicht zustande bringen. Er lächelte trotzdem unbeirrt weiter und lachte mit den anderen, als würde er schon ewig dazugehören. Ich konnte generell niemanden leiden, der so ein abartiges Dauergrinsen im Gesicht trug. Er wirkte durch und durch nett und aufgeschlossen und sowas kaufte ich einfach keinem ab. Niemand war so nett.

Ich nahm einen Schluck aus meinem Glas und versuchte ihn zu ignorieren. Ich mischte mich mit Brandon unter die Menge und hatte tatsächlich Spaß. Wir gewannen eine Runde Bier Pong, auch wenn er vorher behauptet hatte, ich wäre schlecht darin und konnten außerdem im Darts punkten.

Als ich mich endlich genug betrunken fühlte, machte ich mich auf die Suche nach Jace. Vorher hatte ich mich einfach nicht getraut, aber jetzt ließ der Alkohol mich mutig werden. Ich konnte ihn nirgends entdecken und suchte sogar draußen. Dort war allerdings niemand. „Habt ihr Jace gesehen?", fragte ich Sam und Tristan, als ich an ihnen vorbeilief.

„Nee, sorry."

Ich ging in die geräumige Küche, aber auch dort fand ich ihn nicht. Seufzend verdrehte ich die Augen. Dieses Haus war einfach viel zu groß und es gab einfach zu viele Zimmer.

Einer Eingebung folgend, ging ich in den Keller und suchte im Poolbereich, aber auch dort war weit und breit niemand zu sehen.

Ich wollte gerade die Stufen wieder hinaufgehen, als ein Stöhnen mich zusammenzucken ließ. Irritiert ging ich in den Flur zurück und blieb abrupt stehen, als ich links um die Ecke blickte.

In meinem Herzen breitete sich ein Schmerz aus, von dem ich nicht für möglich gehalten hätte, dass ich ihn jemals empfinden könnte. Ich traute meinen Augen kaum, doch da stand er. Jace.

Seine Hände waren in den Haaren dieses Scheißpenners Blake vergraben, während sich ihre Körper gegeneinanderpressten. Das durfte nicht sein.

Als der Typ seine Hände in die Hose von Jace wandern ließ, stöhnten beide laut auf. Ich konnte mich nicht rühren und starrte geschockt auf die Szenerie vor mir. Schockstarre.

Sie bewegten sich, weiterhin ineinander verschlungen, auf die Tür zu einem der unteren Gästezimmer zu. Jace griff nach der Klinke und die beiden stolperten ins Zimmer, ohne sich voneinander zu lösen.

Das laute Knallen der Tür riss mich aus meiner Trance. Mein Atem ging stoßweise. Tausend Messerstiche bohrten sich tief in mein Herz und ließen mich unweigerlich zusammenkrümmen. Mein ganzer Körper verkrampfte, als die Erkenntnis mich mit einem Schlag traf.

Jace. War. Schwul.

Er hatte mich nicht weggestoßen, weil er nicht damit klarkam, dass er Sex mit einem Mann gehabt hatte. Er hatte mich nicht ignoriert, weil er sauer über meinen Kussversuch gewesen war. Er wollte nur einfach *mich* nicht. Ich war das scheiß Problem.

Ich musste hier weg, konnte nicht hier draußen stehen bleiben, wenn ich genau wusste, dass die beiden da drinnen vögelten.

Stolpernd setzte ich mich in Bewegung. Ich hatte das Gefühl, als würde mein Körper gar nicht mehr zu mir gehören, obwohl meine innere Zerrissenheit mir eindeutig signalisierte, dass es mein Körper war. Irgendwie gelangte ich stolpernd die Treppe rauf und lief schnurstracks in die Küche. Ich brauchte etwas zu trinken, ganz dringend und vor allem schnell.

Ich griff wahllos nach einer Flasche, die in einer fein säuberlich aufgestellten Reihe stand, und ging zurück in die Eingangshalle auf die Haustür zu. Tristan und Brandon kamen in mein Sichtfeld, aber ich konnte nicht auf sie reagieren. Mein ganzer Körper zitterte und fühlte sich verloren an.

Ich lief an den beiden vorbei, verließ das Haus und lief um die große Villa herum, bis ich mich halbwegs versteckt an die Wand lehnen konnte und einen weiten Blick auf den Grove Lake hatte. Er glitzerte im Dunkeln und leichter Wind ließ das Wasser hin und her schwappen. Es sah so schön und beruhigend aus und passte absolut nicht zu dem Sturm in meinem Inneren, in dem tosende Wellen um sich schlugen und alles unter sich begruben.

Ich nahm einen großen Schluck, dann noch einen und schließlich einen weiteren. Immer so weiter.

Neben mir bemerkte ich Brandon und Tristan, die auf mich einredeten, doch ich konnte ihnen noch immer nicht folgen. Ich hatte permanent das Bild von Jace und Blake vor Augen und konnte nur daran denken, dass sie in dieser Sekunde vögelten.

Fuck, fuck, fuck. Ich hatte mit so vielem gerechnet, aber nicht damit.

Erst als Brandon mich heftig schüttelte, zog er mich aus der alptraumhaften Dauerschleife in meinem Kopf und ich nahm die beiden richtig wahr. Sie sahen ehrlich besorgt um mich aus. Ich schluckte den Kloß in meinem Hals herunter und nahm einen weiteren großen Schluck aus der Flasche, die ich in der Küche gegriffen hatte.

„Was?", fragte ich taub zwischen zwei Schlucken.

„Scheiße, was ist denn mit dir los? Du siehst aus, wie eine beschissene Leiche, Alter. Was ist passiert?"

„Nichts", gab ich knapp zurück, bemerkte aber selbst das Zittern meiner Hand, als ich die Flasche erneut an meine Lippen führte. Der Schmerz war unerträglich und ich wusste nicht, wie ich damit umgehen sollte.

„Fuck", schrie ich heraus, als ich das Gefühl hatte es nicht mehr aushalten zu können. Ich schleuderte den Holzstuhl neben mir mit einer Hand quer durch den Garten und trank erneut einen großen Schluck. Der Flasche fehlte bereits mehr als die Hälfte und der Alkohol in meinem Blut war deutlich spürbar. Gott sei Dank.

Brandon und Tristan keuchten überrascht bei meinem Ausbruch auf.

„Alter", durchbrach Tristan die Stille. „Was ist los, River?"

Ich ließ mich erschöpft gegen die Wand sinken und schloss meine Augen. Ich konnte nicht mehr. Jace hatte Sex mit einem anderen, obwohl er eigentlich nur Sex mit mir haben sollte. Er sollte mir gehören, niemand anderem, nur mir.

„Ich war mit Jace im Bett", sagte ich zu meiner eigenen Überraschung und riss die Augen auf. Meine Stimme zitterte leicht bei meinen Worten. Nun war es raus – ich konnte es nicht mehr zurücknehmen und wollte es seltsamerweise auch gar nicht.

Tristan und Brandon sahen sich verwirrt an und schienen stumm zu kommunizieren.

„Deshalb dieses ganze Drama? Okay, ja, kann schon mal peinlich sein, mit seinem Kumpel in einem Bett zu schlafen, aber mal ehrlich, deshalb dieser Aufstand?", fragte Brandon, der selbst mehr als offensichtlich betrunken war. Tristan boxte ihm gegen den Arm.

Ich lachte bitter auf. Die beiden hatten ganz klar nicht verstanden, was ich mit meiner Aussage eigentlich gemeint hatte.

Ich stieß mich mit dem Fuß von der Wand ab und sah die beiden direkt an.

„Ich habe Jace gefickt", gestand ich mit fester Stimme und es fühlte sich verdammt gut an, es endlich laut ausgesprochen zu haben.

Brandon lachte los, während Tristan nur fassungslos und mit offenem Mund zu mir starrte. Als ich Brandon mit ernster Miene ansah, begriff auch er allmählich, dass meine Worte ernst gemeint waren.

Er verstummte. Der Schock war ihm anzumerken.

„Scheiß doch die Wand an", äußerte er schließlich verdattert, bevor das gewohnte freche Grinsen wieder Besitz von ihm ergriff.

Auch Tristan schien sich wieder zu fangen, als er mehrmals schnell seinen Kopf schüttelte.

„Wann war das?", fragte er ungläubig.

„Bei meiner Party", antwortete ich wahrheitsgemäß.

Die beiden nickten, als würde ihnen ein Licht aufgehen.

„Deshalb seid ihr beide seitdem so komisch. Jetzt wird mir einiges klar", sagte Tristan.

„Meine Güte, ihr wart beide so dermaßen besoffen an dem Abend. Ich kann mich echt gut dran erinnern, weil ihr echt lustig drauf wart. Stellt euch nicht so an – ist 'ne peinliche Nummer, aber ihr seid schon so lange befreundet, dass ihr das hinbekommt. Wo ist das Problem?", fragte Brandon betont lässig, als wäre es keine große Sache, mit seinem besten Freund zu schlafen.

„Wo das Problem ist?", schrie ich ihm ins Gesicht. Ich wusste, dass er nichts dafürkonnte, aber es war mir in diesem Moment scheißegal.

„Das Problem ist, dass ich seitdem an nichts anderes mehr denken kann, als daran es zu wiederholen. Ich hatte mit meinem besten Freund zufällig den besten Sex meines ganzen Lebens. Ich kann nur noch an ihn denken und daran, wie sehr ich ihn brauche, während er jetzt da drinnen ist und sich von diesem scheiß Wichser ficken lässt." Ich deutete auf das große Haus und ließ dann kraftlos meine Arme sinken. Die Verzweiflung in meinem Inneren überrollte mich und ich musste gegen den Drang ankämpfen, einfach zu schreien.

„Scheiße, du liebst ihn", stellte Tristan verwundert fest.

Das Grinsen in Brandons Gesicht wurde noch breiter.

„So ein Quatsch. Nein", stritt ich sofort ab.

Definitiv nicht, das konnte gar nicht sein.

Bedeutete er mir viel? Ja. Wollte ich ständig in seiner Nähe sein? Ja. Brauchte ich ihn in meinem Leben? Ja.

Die Worte von Haley kamen mir wieder in den Sinn. Bekam ich in seiner Nähe Herzklopfen und schwitzige Hände? Scheiße, ja.

Die Erkenntnis brach über mich herein, wie ein Hurricane und wirbelte mein Innerstes durcheinander. Natürlich. Ich war verliebt in Jace, deshalb hatte ich mich auch die vergangenen Wochen so aufgeführt.

„Fuck", schrie ich wieder auf und schleuderte die Flasche in meiner Hand auf den Boden, wo sie in tausende Scherben zersprang, ebenso wie mein gebrochenes Herz.

Ich stützte meine Hände an der Wand ab und lehnte meine Stirn an den kalten Stein. Ich spürte, wie mir Brandon und Tristan jeweils eine Hand auf meine Schulter legten.

„Wie können wir dir helfen?", fragten sie nach einigen Minuten, in denen wir schwiegen.

„Ich werde mich heute so abschießen, dass ich nichts mehr fühle. Sorgt ihr dafür, dass ich weder draufgehe noch diesem verfickten Scheißpenner den Kopf abreiße?"

„Du kannst dich auf uns verlassen", vernahm ich die Stimme von Brandon.

Kurz darauf wurde mir ein Glas vor die Nase gehalten und ich gab meine Haltung an der Wand auf. Ich drehte mich um und nahm es Tristan ab. Woher auch immer er das so schnell hergezaubert hatte. Letzten Endes hatte ich aber auch jegliches Gefühl für Zeit verloren. Ich leerte das Glas in einem Zug und hieß das Brennen in meiner Kehle willkommen.

„Haltet ihr ihn von mir fern heute Abend? Jace? Wenn ich die beiden heute noch zusammen sehe, dann …", setzte ich an, aber ich hatte nicht die Kraft, meinen Satz zu Ende zu sprechen.

Sie nickten beide.

Wir gingen zusammen auf die Terrasse und ließen uns auf die bequemen Liegestühle nieder.

Die Jungs sorgten dafür, dass den ganzen Abend über etwas zu trinken an meiner Seite stand und wenig später fing die Welt um mich herum bereits heftig an sich zu drehen. Die Gedanken in meinem Kopf wurden leiser, auch wenn der Schmerz in meinem Herzen noch immer genau so präsent war.

Die Jungs redeten die ganze Zeit über Belangloses und schafften es tatsächlich, mich das ein oder andere Mal zum Lachen zu bringen.

Als Brandon jedoch immer wieder anfing herumzudrucksen und zum wiederholten Male zu einer Frage ansetzte, war sogar mein betrunkenes Ich so genervt davon, dass ich ihn fragte: „Meine Güte, Brandon, was willst du wissen? Ist ja nicht auszuhalten."

Er zuckte ertappt mit den Schultern zusammen, sah mich aber sofort neugierig an.

„Naja ...", dehnte er das Wort lang aus, bevor er flüsternd weitersprach. „Du bist also schwul?"

Tristan schlug sich mit der flachen Hand vor die Stirn. „Brandon, manchmal bist du so ein Idiot."

Ich riss die Augen auf und schüttelte den Kopf.

„Was? Nein. Ich bin nicht schwul", wehrte ich sofort heftig ab. Ich war nicht schwul. War ich nicht. Oder?

Brandon verzog die Mundwinkel. „Ooookay." Wieder dehnte er das Wort lang.

„Wenn du weiter so dämlich redest, hau ich dir eine runter", brummte ich ihm mürrisch entgegen, denn er ging mir tierisch auf die Nerven.

Er konnte ein Lachen nicht unterdrücken. Er liebte es, andere zu nerven.

„Du bist also nicht schwul, hattest aber Sex mit deinem besten Kumpel und stehst auf ihn?“, fasste Brandon die Situation ziemlich treffend zusammen.

„Ja“, lautete meine knappe Antwort.

„Das ergibt keinen Sinn“, sagte er fachsimpelnd. „Du musst ja schon öfters gewisse Gefühle fürs gleiche Geschlecht bemerkt haben.“ Er wich gekonnt Tristan aus, der ihm einen Schlag verpassen wollte und lachte. Tristan war schon immer der Feinfühligere gewesen.

„Was bist du? Mein scheiß Psychologe? Nein, habe ich nicht. Ich war mein Leben lang mehr als zufrieden mit Brüsten und dann kam er und alles war anders. Scheiße, wieso habe ich es euch nur erzählt.“ Ich rieb mir erschöpft über die Augen.

„Weil wir deine Freunde sind, deswegen“, stellte Tristan bestimmend klar.

Ein kleines Lächeln schlich sich auf meine Lippen. Ich hatte die ganze Sache ausgesprochen, ohne nachzudenken, aber ich hatte trotzdem Angst gehabt, dass die beiden nun anders von mir dachten. Dass sie sich von mir abwenden oder sich vor mir ekeln würden. Stattdessen verbrachten sie die Party des Jahres mit mir und meiner schlechten Laune hier draußen. In diesem Moment war ich unendlich dankbar, dass ich die beiden hatte. Die beiden, der Alkohol – das ganze half irgendwie, auch wenn ich mich fühlte, als hätte mir jemand das Herz aus der Brust gerissen, es mit dem Rasenmäher malträtiert und wäre dann darauf herumgetrampelt. Trotzdem wäre ich heute Abend ohne die beiden vollkommen verloren gewesen. Auch wenn Brandon wirklich nerven konnte.

„Also magst du Brüste?“, fragte er weiter.

„Du bist eine blöde Nervensäge", fuhr ich ihn an.

„Man hat mich schon schlimmeres genannt." Grinsend lehnte er sich im Liegestuhl auf eine Seite und trank genüsslich einen Schluck Whiskey. „Also? Brüste?"

Ich stöhnte auf. Er würde mich so lange nerven, bis ich ihm eine Antwort gab.

„Ja. Mag ich."

„Wirklich?", sah er überrascht auf.

Arschloch. Als wäre es plötzlich so abwegig, dass ich Frauen mochte.

„Ja, wirklich. Was ist daran so schwer zu glauben?", knurrte ich in seine Richtung.

„Naja", setzte er an. „Du bist in Jace verliebt, deshalb musst du doch irgendwie schwul sein."

„Er ist bi, du Schwachkopf", mischte sich nun auch Tristan aktiv in die Unterhaltung ein.

Ich dachte darüber nach. War ich bisexuell? Ich hatte Frauen definitiv schon immer attraktiv gefunden. Ich mochte Brüste, ich mochte, wie sich die Mädchen anzogen. Ich stand auf lange Beine und kleine Hintern. Ja, ohne Zweifel – ich mochte Frauen und fand sie attraktiv. Dennoch war alles, was ich in Jace' Armen gefühlt hatte unglaublich intensiv und heiß gewesen. Und er – Himmel, er war so unglaublich sexy. Sein fester Körper, die Bauchmuskeln. Auch wenn ich es früher nie bemerkt hatte – wenn ich in Jace' Nähe war, wollte ich ihn am liebsten bespringen. Nur dass er jetzt gerade ...

Ich stöhnte gequält auf und trank mein Glas komplett leer.

„Bist du wirklich bi?", fragte Brandon neugierig.

„Jetzt lass den armen River doch endlich mal in Ruhe", schimpfte Tristan und schenkte mir ungebeten nach.

Ich nahm einen weiteren großen Schluck, bis mir schummerig zumute wurde.

„Keine Ahnung. Schätze schon", lallte ich meine Antwort.

Wir schwiegen einige Minuten.

„Irgendwie hatte ich gedacht, dass ihr mich jetzt anders seht", murmelte ich in die Stille.

Schockiert sahen sie beiden mich an und Tristan bewarf mich mit dem Flaschendeckel.

„Spinnst du?", fragte er laut. „Ich bin immer noch ein bisschen geschockt, weil ich damit im Leben nicht gerechnet hätte, aber deshalb bist du doch immer noch der gleiche. Warum sollte irgendwas anders sein?"

„Genau", pflichtete Brandon ihm bei. „Du bist immer noch der gleiche mürrische Dreckskerl, wie vorher, also warum sollte irgendetwas anders sein? Mir doch egal, wen du vögelst."

Ein Lächeln stahl sich auf meine Lippen.

„Danke, Leute", sagte ich ernst. Wir prosteten uns zu und tranken alle unser Glas leer. Die beiden sahen fast genauso besoffen aus, wie ich mich fühlte.

„Was ist eigentlich mit Penelope?", fragte Tristan leise.

„Bruder, mal ehrlich, als ob das jetzt irgendwas zur Sache tut." Brandon winkte ab und schüttelte seinen Kopf, während mir ein gequälter Laut entfuhr. Ich wollte nicht über Pen reden und darüber, dass ich ihr das Herz gebrochen hatte, denn ich fühlte mich bereits beschissen genug.

„Naja, genau genommen, tut es das ja irgendwie schon", wandte Tristan wieder zögernd ein.

„Halt die Klappe und spiel jetzt nicht den Moralapostel", fuhr Brandon ihn an. „Also mal ehrlich – mich motzt du an, weil ich neugierig wegen Rivers Sexualität bin und selbst nervst du ihn jetzt mit so einem Schwachsinn."

„Penelope ist aber kein Schwachsinn", hielt Tristan dagegen.

Verwirrt zog ich die Augenbrauen zusammen und nahm nur am Rande wahr, wie Brandon Tristan einen Schlag auf den Hinterkopf verpasste und die beiden kurz miteinander rangelten, nur um kurz darauf in Lachen auszubrechen.

Ich war so erschöpft. Und ich musste pinkeln. Ich erhob mich aus meinem Liegestuhl, sank aber direkt wieder darauf zurück, als sich der ganze Garten um mich herumdrehte.

„Wow", murmelte ich und hielt mir den Kopf, in dem sich immer noch alles drehte.

Die beiden lachten mich aus.

„Was ist, Dornröschen? Zu lange geschlafen?", fragte Brandon lachend.

„Witzig. Ich muss verdammt dringend pinkeln und würde gern darauf verzichten, mir in die Hose zu machen."

Ich erhob mich langsamer. Scheiße, ich sah doppelt. Ich stolperte in Richtung Haus, krachte aber mit voller Wucht mit meiner rechten Schulter gegen die Wand.

„Fuck", stöhnte ich auf, obwohl der Schmerz in meinem Arm eine willkommene Abwechslung zu meinem tosenden Inneren war.

Keine zwei Sekunden später waren die Jungs an meiner Seite und stützten mich. Oder vier von ihnen, denn sie schienen irgendwie überall zu sein.

„Kannst du laufen?“, fragte Tristan und auch Brandon schien ernster geworden zu sein.

„Sadie konnte schon mit zehn Monaten laufen, ich habe es ihr beigebracht.“

Ein seliges Lächeln legte sich über mein Gesicht. Sadie. Sadie war das einzig Gute in meinem Leben. Sadie war mein Baby und ich musste sie beschützen.

„Alles klar, also nicht“, vernahm ich die Stimme von Brandon. Oder war es Tristans? Hatten die beiden schon immer so ähnlich geklungen?

„Zeit ins Bett zu gehen, Großer“, sagte der Tristan-Brandon noch, bevor ich gar nichts mehr mitbekam.

Kapitel 20

Jace

„Du siehst so süß aus, wenn du so nachdenklich bist", riss mich Blakes Stimme aus meinen Gedanken.

Wir saßen am großen Pool und genossen die Ruhe, da bisher niemand sonst auf die Idee gekommen war.

Blake war wirklich toll. Seit der Gala hatten wir öfter Zeit miteinander verbracht. Er war aufmerksam, nett, sah gut aus und war sexy.

Er konnte unheimlich gut zuhören, mich aber auch genauso gut ablenken. Wenn man es genau nahm, war er der perfekte Freund.

Nur leider war er nicht River.

River war kompliziert, unheimlich kompliziert. Er schloss andere oft aus seinem Leben aus und ließ sich schnell von seinen Gefühlen leiten. Er hatte unheimliche Probleme mit seiner Wut. Er benutze mich, wie ein Taschentuch, das er nach Belieben brauchte und dann wieder wegwarf. Gleichzeitig war er aber auch loyal, fürsorglich und einfach unglaublich. Allein der Gedanke an ihn, ließ meine Knie weich, wie Butter werden. Ich musste ständig an ihn denken.

Blake war perfekt, er machte keinen Hehl daraus, dass er Interesse an mir hatte und ich sollte dem ganzen wirklich eine Chance geben. Ich musste River vergessen, aber das war so verdammt schwierig.

Einen kurzen Moment dachte ich, dass ich einfach Sex mit Blake haben und River dann vergessen könnte.

Ich hatte mich geirrt. Alles würde wesentlich mehr Zeit brauchen.

Bei jedem Kuss mit Blake kreiste allein River in meinem Kopf. Jede Berührung hatte eigentlich nur ihm gegolten, nicht Blake.

Deshalb konnte ich nicht mit ihm schlafen.

Am Körperlichen lag es definitiv nicht. Seit dem Sex mit River reichte allein die Vorstellung von uns beiden, um mich total scharf zu machen.

Das war jedoch genau der Punkt. Es brauchte River in meinen Gedanken. Die ganze Zeit über.

Es wäre Blake gegenüber nicht fair, mit ihm zu schlafen.

Damals in der Bar war es etwas anderes gewesen, schließlich waren River und ich uns zu dem Zeitpunkt noch nicht nähergekommen.

„Bist du sauer?", fragte ich Blake leise und sah ihm direkt in die Augen.

Er kniff überrascht die Augenbrauen zusammen und setzte ein Grinsen auf.

„Warum in aller Welt sollte ich sauer auf dich sein?"

„Naja, weil wir nicht … naja du weißt schon", stammelte ich.

Er lächelte und legte leicht den Kopf schief. Wasser tropfte aus seinen Haaren und lief ihm über sein Gesicht.

„Also, soweit ich mich erinnere, sind wir beide eben ziemlich auf unsere Kosten gekommen."

Er grinste frech und auch ich konnte ein Grinsen nicht unterdrücken.

Wir hatten zwar nicht miteinander geschlafen, aber es uns gegenseitig mit dem Mund gemacht. Soweit konnte ich ohne schlechtes Gewissen Blake gegenüber gehen. Das komische war allerdings, dass ich hinterher das merkwürdige Gefühl hatte, River betrogen zu haben, was vollkommen abwegig war. Ich war nicht mit River zusammen und er wollte mich offensichtlich nicht. Es änderte nichts daran, dass ich mich komisch fühlte. Aus diesem Grund hatte ich Blake gesagt, dass ich es langsamer angehen wollte, nachdem sich unsere erhitzten Körper beruhigt hatten.

„Du weißt doch, was ich meine", antwortete ich ihm also lächelnd.

„Mach dir nicht so viele Gedanken. Entspann dich und genieße es doch einfach. Ich weiß, dass du wegen diesem Typen einiges verarbeiten musst und es ist okay. Ich möchte einfach mit dir zusammen sein. Wenn du bereit bist, bist du bereit und so lange warten wir eben."

Sein ehrliches Lächeln wärmte meinen Bauch von innen heraus und nahm mir eine kleine Last von den Schultern.

Er wusste von meinem Liebeskummer und davon, dass ich unglücklich verliebt war. Allerdings nicht, dass es um River ging und das war auch gut so.

„Danke."

Er lächelte wieder, sah sich kurz um und kam durch den Pool auf mich zu. Ich saß am Beckenrand und hielt meine Beine im beheizten Wasser. Er stützte sich auf meine Oberschenkel und drückte mir einen leichten Kuss auf die Lippen.

Er nahm den Kopf zurück und sah mir tief in die Augen. Seine grauen Augen leuchteten.

„Hör zu, ich weiß, dass das mit dir und dem Typen noch nicht ganz in deinem Kopf angehakt ist, aber lass mich dir helfen darüber hinwegzukommen. Ich möchte gern mit dir zusammen sein, wenn du es auch möchtest. Wie siehts aus?", fragte er mich mit hoffnungsvoller und weicher Stimme.

Unwillkürlich musste ich sie mit Rivers rauer und kratziger Stimme vergleichen, die mir Schauer durch den Körper jagte.

In diesem Moment ließ ich ausschließlich meinen Kopf entscheiden und ließ mein Herz außer Acht.

Ich beugte mich vor, küsste Blake sanft und flüsterte nur ein Wort an seinen Lippen: „Okay."

***

Kaum hatten wir uns wieder unter die anderen Leute gemischt, erwischte ich mich auch schon dabei, wie ich nach River Ausschau hielt. Allerdings konnte ich ihn weit und breit nirgendwo entdecken.

Ich versuchte es zu ignorieren, aber es gelang mir nicht. Ich fragte mich, was er gerade tat, was er dachte und wie er dabei aussah. Ich stellte mir sein schiefes Grinsen vor und wie er nachdenklich mit seinen Händen durch die Haare fuhr.

Seufzend organisierte mir ein Bier, um mich ein wenig abzulenken.

Ich schlenderte beiläufig durch das riesengroße Erdgeschoss der Wests und schritt suchend über den terracottafarbenen Marmorboden, der dem in Rivers Haus ernsthafte Konkurrenz machte. Beide Familien waren so verflucht reich.

Am Ende war ich mir sicher, dass River nicht da war. Es wurmte mich, dass ich nicht die geringste Ahnung hatte, wo er steckte.

Ich ermahnte mich, nicht mehr darüber nachzudenken und mischte mich wieder unter die Leute. Sam, Blake, ein Kumpel von ihm und ich spielten gemeinsam mehrere Runden Poker, was mich am Ende hundert Dollar ärmer werden ließ. Ich war noch nie gut in sowas, was mich aber generell selten davon abhielt, mit den anderen zu spielen.

Es war mittlerweile bereits tief in der Nacht und die Party hatte sich etwas geleert, was aber die Partywütigen nicht sonderlich störte.

Als ich Brandon und Tristan dicht zusammen am Rand stehen und reden sah, setzte ich mich in Bewegung und ging zu ihnen herüber.

„Hey, da seid ihr ja." Ich prostete ihnen mit meiner Flasche zu und erwartete, dass sie meinen Gruß sofort erwidern würden.

Sie unterbrachen augenblicklich ihr Gespräch und sahen mich an. Für einen kleinen Moment glaubte ich so etwas, wie Verärgerung in ihren Mienen zu lesen, was ich mir sicher nur eingebildet hatte. Es war ein langer Abend gewesen und ich hatte einige Flaschen Bier getrunken.

„Hey", sagte Tristan und lächelte mich an. Ich hatte mir die Verärgerung wohl wirklich nur eingebildet und entspannte mich.

„Wo wart ihr? Ich habe euch den ganzen Abend kaum gesehen."

„Wir waren mit River draußen", kam die knappe, schroffe Antwort von Brandon.

Tristan warf ihm einen warnenden Blick zu und ich runzelte die Stirn. Was war denn mit dem los?

„Alles okay?", fragte ich ihn also vorsichtig.

Brandon malmte wütend mit seinem Kiefer, presste aber die Lippen so fest aufeinander, dass sie weiß hervortraten. Er schwieg beharrlich und Tristan wurde unruhig. Mir fiel auf, dass beide ganz schön betrunken aussahen. So richtig, richtig betrunken, was ihr seltsames Verhalten erklären würde.

„Wo ist River denn eigentlich?"

Brandon stieß ein schnaubendes, abfälliges Geräusch aus und funkelte mich wütend an.

„Was, auf einmal interessiert es dich?", fragte er zähneknirschend.

Ich wich einen Schritt zurück, da ich es noch nie erlebt hatte, dass er mir so wütend gegenübertrat. Vielleicht auch wegen seiner Worte.

Als würde es mich nicht interessieren, was River tat. Mein Problem war ja gerade, dass mich nichts anderes interessierte. Es versetzte mir einen Stich, dass die beiden plötzlich so gegen mich waren. Ich hatte eigentlich das Gefühl, dass sie sich nicht für eine Seite entscheiden würden. Dass sie sich raushalten würden, so wie bisher.

Das war nicht fair. Ich mied River nur, weil es einfach nicht anders ging, nachdem er so auf meinem Herzen herumgetrampelt war. Klar, das wussten die beiden natürlich nicht, aber es war trotzdem nicht fair. Sie hatten keine Ahnung, was eigentlich vorgefallen war, hatten jetzt aber entschieden, zu River zu halten und mich zu verurteilen, nur weil ich ihm aus dem Weg ging. Jetzt waren sie zu den drei Musketieren mutiert und schlossen mich aus.

„Na schönen Dank auch. Ich dachte wir wären Freunde“, murmelte ich gekränkt und stapfte davon.

Wenig später gesellte ich mich zu Blake, der sofort merkte, dass etwas nicht stimmte.

„Was ist denn los?“, fragte er besorgt.

„Kopfschmerzen“, antwortete ich kurz angebunden. „Ich schätze ich werde nach Hause gehen.“

Er begleitete mich zur Tür und drückte mir einen schnellen Kuss auf die Lippen.

Er würde mit seinen Freunden zusammen nach Hause fahren.

„Telefonieren wir morgen?“, fragte er.

„Klar.“ Ich ignorierte das beklemmende Gefühl und lächelte ihn an, bevor ich in die klare Nacht hinaustrat.

Ich sah nach oben in den Himmel und bewunderte den Vollmond, der auf mich herunterstrahlte, als wäre alles in bester Ordnung. So, als wäre nicht mein Herz in tausend Scherben gebrochen, während ich versuchte, es halbwegs wieder zusammen zu setzen und die großen Lücken mit Kleber zu füllen. Wir wussten doch alle, wie das mit dem Kleber war. Er hielt leider meist nicht ewig, egal wie sehr wir uns an die Hoffnung klammerten, dass es sein könnte, wie zuvor. Dass ich wieder sein könnte, wie ich vorher war.

Kapitel 21

Ich verbrachte das gesamte Wochenende bei Brandon und auch Tristan wich mir nicht von der Seite. Wir begannen den nächsten Tag so, wie wir geendet hatten – mit Alkohol.

Es ging mir so dreckig, wie noch nie zuvor und ich versuchte nicht mal nicht in Selbstmitleid zu baden. Brandon und Tristan leisteten mir die komplette Zeit über Gesellschaft und waren einfach da.

Ich war froh, dass sie es so locker aufnahmen. Zwar lebten wir in einer aufgeklärten, modernen Welt, trotzdem hätte ich mich ihnen niemals anvertraut, wäre da nicht der Alkohol – und der ganze Frust wegen Jace – gewesen. Zu groß war meine Angst, dass sie mich vielleicht zurückstoßen könnten, vielleicht sogar von mir angeekelt waren oder Schlimmeres. Schließlich spielten wir zusammen Basketball und sahen uns regelmäßig nackt, es wäre nur verständlich, wenn sie verwirrt gewesen wären und sich im ersten Moment von mir zurückgezogen hätten. Aber so war es nicht. Und ich war ihnen unendlich dankbar. Ich hatte unsere Freundschaft in den letzten Wochen etwas schweifen lassen. Bis auf Basketball und Saufen hatten wir keine Zeit miteinander verbracht. Das war früher anders gewesen und ich nahm mir vor, mich in Zukunft wieder mehr um unsere Freundschaft zu bemühen und bei nächster

Gelegenheit Tristan zu fragen, ob er auf Penelope stand. Vielleicht konnte ich bei den beiden ein wenig Amor spielen und so wenigstens etwas Wiedergutmachung, auch bei Penelope, leisten.

Jedenfalls war ich froh, die beiden zu haben und Brandons dämliche Fragen lenkten ziemlich gut ab. Besonders interessierte ihn die Frage, wie es war, Sex mit einem Kerl zu haben, da er sich das Ganze nicht vorstellen konnte. Tristan schlug sich jedes Mal mit der Hand vor den Kopf, wenn wieder eine solche Frage Brandons Lippen verließ. Ich war hingegen so erleichtert, dass die beiden so normal mit mir umgingen, dass ich ihnen keine Frage übelnahm. Shit, wäre es andersherum, wäre ich sicherlich auch unendlich neugierig gewesen.

Ich konnte eigentlich selbst noch nicht begreifen, dass ich wirklich in Jace verliebt war. Aber ich war es zweifellos. Der Schmerz in meinem Inneren erinnerte mich jede Sekunde daran.

Die Trennung von Haley war ein Scheißdreck dagegen gewesen. Vermutlich hatte ich einfach nicht gewusst, wie sich Verliebtsein anfühlte und Zuneigung und Liebe miteinander verwechselt.

Wenige Wochen hatten ausgereicht, um mein Leben völlig gegen die Wand zu fahren. Ein Abend hatte einfach alles verändert. Vorher war ich zwar auch nicht unbedingt glücklich gewesen, hatte mich aber irgendwie mit allem abgefunden.

Seit diesem Abend fehlte jedoch mein Rückhalt. Ich war mit der Scheiße mit meinem Dad und der Beziehung mit Penelope klargekommen, weil Jace für mich dagewesen war. Immer und ausnahmslos. Seinetwegen war mir alles nicht so schlimm vorgekommen.

Jetzt war er weg aus meinem Leben und hatte mir zusätzlich, ohne es zu wissen, mein beschissenes Herz gebrochen.

Brandon und Tristan taten alles, um mich abzulenken und ich kam halbwegs durch das Wochenende. Sonntagabend musste ich mir dann aber auch selbst eingestehen, dass ich nach Hause musste. Ich hatte Sadie die ganze Zeit bei den Irren, auch bekannt als meine Eltern, gelassen und musste dringend nach ihr sehen. Meine Eltern hatten gar nicht gemerkt, dass ich die ganze Zeit nicht zu Hause war. Sie hatten nicht angerufen, keine Nachricht geschrieben, nichts.

Da ich nicht fahren konnte, ließ ich mein Auto stehen und lief den Weg nach Hause.

Die frische Brise, der Blick auf den Grove Lake oder der strahlende, warme Sonnenuntergang halfen mir auch nicht dabei mich besser zu fühlen. Ich schlurfte geradezu nach Hause. Ich war schlapp, müde und bekam Jace und diesen Typen einfach nicht aus meinem Kopf.

Ich atmete erleichtert auf, als ich unser Anwesen erreichte. Gleich könnte ich mich wieder vor der Welt verkriechen. Ich gab den Code zu unserem großen, schweren Eisentor ein, das sich kurz darauf langsam öffnete.

Die große Auffahrt kam mir so unendlich lang vor, wie noch niemals zuvor. Dennoch gelang es mir irgendwie zur großen Haustür mit den schwarzen Doppeltüren und den goldenen Ornamenten zu gelangen. Da ich keine Aufmerksamkeit auf mich lenken wollte, griff ich nach meinem Schlüssel, anstatt zu klingeln.

Kaum hatte ich die Haustür geöffnet, gelangten schon die Stimmen meiner Familie an meine Ohren. Laute Stimmen, sehr laute Stimmen. Das gewohnte Brüllen meines Vaters schepperte aus dem Wohnzimmer durch die Eingangshalle. Kurz darauf hörte ich die weinende Stimme von Sadie und setzte mich ruckartig in Bewegung. Jetzt erklang auch das Schreien meiner Mutter. Ich rannte so schnell ich konnte ins Wohnzimmer und kam dort schlitternd zum Stehen.

Sadie stand, wie ein kleines Häufchen Elend, im Wohnzimmer, zu ihren Füßen ein kaputtes Kristallglas meines Vaters.

„Sadie. Du wirst ja wohl ein Glas halten können. Da erlauben wir dir schon, so teure Gläser zu benutzen und da machst du es gleich kaputt. Wofür sollten wir dich denn da überhaupt noch für irgendwas belohnen?", schrie mein Dad meine kleine, fünfjährige Schwester an, die sofort noch elender zu schluchzen anfing. Ein gestammeltes *Tut mir leid* verließ ihre Lippen, aber man verstand es kaum, da sie so heftig weinte.

„Beruhige dich bitte, William", versuchte meine Mutter jetzt wesentlich ruhiger, meinen Vater zu besänftigen. Er stand nur mit zu Fäusten geballten Händen da und warf ihr einen bösen Blick zu.

Ich überbrückte sofort den Abstand zwischen Sadie und mir und zog sie fest in meine Arme. Sie zitterte und weinte, was mein Herz gleich noch ein kleines Stück weiter zerbrach.

„Hast du sie noch alle? Du kannst sie doch nicht so dermaßen anschreien", fuhr ich wütend meinen Dad an. „Sie ist fünf, verdammt nochmal und hat ein Glas kaputt gemacht, das ist normal. Scheiße, seit wann spielt Geld überhaupt eine Rolle für dich? Kauf dir ein fucking neues Glas."

„Nicht in diesem Ton, River", donnerte mein Vater mir entgegen. Ich lachte bitter in seine Richtung.

„Überdenke du mal lieber deinen Ton. Du bist es, der seine kleine, unschuldige Tochter anbrüllt, obwohl sie ohnehin schon völlig aufgelöst ist."

Mein Vater knirschte wütend mit den Zähnen, verbiss sich allerdings einen weiteren Kommentar.

Sadie hatte er schon immer anders behandelt als mich. Eigentlich hatte er Sadie sogar immer vergöttert. Seine kleine Prinzessin. Auch wenn er nie Zeit für sie gehabt hatte, hatte er sie, wenn sie denn zusammen waren, angehimmelt und jeden Wunsch erfüllt. Seine Wut ließ er an mir aus, seine Liebe bekam Sadie. Das war für mich auch völlig in Ordnung, denn ich wusste so, dass sie vor ihm sicher war. Dennoch hatte sich irgendwas geändert, denn je älter sie wurde, desto schlimmer ging er mit ihr um. Ich wusste nur nicht weshalb, aber ich hasste ihn dafür. Wie konnte man ein kleines Mädchen nur so behandeln? Seine eigene Tochter?

Meine Worte schienen trotzdem irgendwas bewegt zu haben, denn anstatt weiter zu schreien, drehte er sich um und ging in Richtung seines Arbeitszimmers davon.

Meine Mom atmete tief durch und presste ihre Lippen zusammen, während ich immer noch Sadie beruhigte. Unsere Blicke trafen sich und wie immer stand in ihrem nichts als Bedauern und der Bitte um Entschuldigung geschrieben. Am liebsten würde ich sie anbrüllen, dass sie irgendwas tun sollte, doch ich tat es nicht. Möglicherweise für Sadie, vielleicht aber auch für sie.

Ich hob Sadie hoch, streichelte über ihren Rücken und beruhigte sie.

„Sch, Kleines, alles ist gut. Das ist gar nicht schlimm. Roza wird das gleich wegräumen und dann ist alles wieder gut."

Ich wusste, dass Roza das Drama hier definitiv mitbekommen hatte, denn sie bekam es immer mit. Sie war diskret, wartete lange genug und räumte dann immer alles weg. Kurze Zeit später waren keine Anzeichen mehr zu sehen, dass mein Dad ein cholerisches Arschloch war.

Ich trug meine Schwester, die sich allmählich beruhigte, hoch in ihr Zimmer. Sie trug bereits ihre Piratenpyjama. Ich legte sie in ihr weiches Bett und deckte sie zu, bevor ich mich direkt neben sie kuschelte. Sofort schmiegte sie sich an mich.

Ich atmete tief den Duft ihres Erdbeershampoos ein und tröstete mich selbst, indem ich sie an mich zog.

Meine Augen brannten verdächtig und ich stand kurz davor, in Tränen auszubrechen, riss mich aber zusammen. Sie durfte mich nicht so sehen, für sie musste ich immer stark sein, egal wie kaputt ich auch war.

Es vergingen einige Minuten, in denen wir uns einfach nur aneinander festhielten.

„Warum ist Daddy so wütend auf mich?", fragte sie traurig in die Stille hinein. Ich schloss die Augen und schluckte den Kloß in meinem Hals herunter, obwohl mir ihre traurige Stimme das Herz zerriss.

„Er ist gar nicht wütend auf dich, weißt du. Dad ist einfach so wegen seiner Arbeit."

„Das verstehe ich nicht.“

„Naja ... du weißt doch, dass Dad Bürgermeister ist, oder?“

Jetzt setzte die sich ruckartig auf und sah auf mich herunter.

„Ja“, sagte sie heftig nickend. „Daddy liebt es, der Bürgermeister zu sein.“

„Genau, kleine Fee. Momentan müssen die Leute entscheiden, ob er das auch weiterhin sein kann. Deshalb ist er so schnell wütend, er ist so gestresst, weil es immer sein kann, dass einige ihn nicht mehr als Bürgermeister haben möchten“, versuchte ich ihr irgendwie das Verhalten unseres Vaters zu erklären, auch wenn es selbst für mich keine Erklärung dafür gab. Im Prinzip log ich sie an, aber was hatte ich für eine Wahl? Ich konnte ihr schlecht sagen, dass Dad ein gestörtes Arschloch war und er besser aus unserem Leben verschwinden sollte.

Zusätzlich versuchte ich auch selbst immer wieder Ausreden für sein Verhalten zu finden. Versuchte, irgendwas Gutes in meinem Dad zu sehen, doch es fiel mir einfach immer schwerer.

„Also hat Daddy Angst, dass er nicht mehr Bürgermeister sein darf?“, fragte Sadie mit Aufregung in der Stimme. Ich nickte. Immerhin stimmte das.

„Armer Daddy. Ich male ihm morgen eine Karte. Bestimmt wollen die Leute ihn noch als Bürgermeister haben. Daddy ist doch der beste Bürgermeister.“

Ich musste breit lächeln bei ihren Worten. Sie war so unglaublich emphatisch dafür, dass sie erst fünf Jahre alt war.

Ich korrigierte sie nicht darin, dass er keine Karte von ihr verdient hatte. Vermutlich würde er sie sich nicht mal richtig anschauen.

Sadie war allerdings wieder glücklich und ich konnte sie anständig ins Bett bringen.

Wenig später lag auch ich in meinem Bett. Ich hatte mich einfach mit Anziehsachen auf meine weiche Decke fallen lassen. Wieder drohten Tränen meine Sicht zu verschleiern, aber ich weigerte mich zu weinen.

Ich weinte nicht. Ich hatte damals nicht geweint, als mein Dad mich geschlagen hatte und ich hatte auch nach der Trennung von Haley nicht geweint. Ich war nicht der Typ dazu und würde das jetzt bestimmt nicht ändern.

Durch mein Shirt rieb ich die Stelle, an der mein Herz saß, um irgendwie den Schmerz zu vertreiben, aber es gelang mir nicht. Mein ganzer Körper war ein einziger Schmerz und ich wusste, er würde nicht vergehen.

Jace fehlte mir so sehr. Er fehlte mir nicht nur als mein bester Freund, er fehlte mir als mein Seelenverwandter und als meine zweite Hälfte.

Wie ich weiter klarkommen sollte, wusste ich nicht. Ich würde mich vor der Welt verstecken und versuchen zu verdrängen, dass diese ganze Scheiße passiert war.

Es dauerte nicht lange und ich fiel in einen unruhigen Schlaf voller Alpträume, der mich nicht aus seinen Fängen lassen wollte.

***

Stöhnend öffnete ich meine Augen und blinzelte. Ich fühlte mich, als hätte mich ein Laster überfahren.

„Hey, Schatz. Da bist du ja wieder.“

Verwirrt sah ich zur Seite, wo meine Mom auf meinem Bett saß.

„Mom“, krächzte ich. „Was machst du hier?“

Normalerweise wurde ich in meinem Zimmer weitestgehend in Ruhe gelassen. Dass meine Mutter an meinem Bett saß, war schon etwas schräg. Langsam setzte ich mich auf.

„Nach dir sehen. Du warst krank.“

Ich runzelte die Stirn und dachte angesteckt nach. Krank? Daran konnte ich mich nicht erinnern. Dafür prallte aber das Geschehen der Party mit aller Macht auf mich ein. Ich gab ein Brummen von mir und ließ mich wieder in die Matratze sinken. Den Unterarm über die Augen gelegt, versuchte ich normal zu atmen, obwohl ich mich zerrissen fühlte wie nie zuvor.

„Hast du Schmerzen? Wie fühlst du dich?“

„Alles okay.“ Meine Stimme klang noch immer rau. „Nur verwirrt. Ich war also krank?“

„Ja. Dr. Fields war mehrmals hier. Du hattest sehr hohes Fieber und hast mehrere Tage geschlafen.“

„Wirklich?“, fragte ich überrascht nach. „Davon weiß ich gar nichts mehr.“

„Du hast uns einen echten Schrecken eingejagt. Wäre Dr. Fields nicht gewesen, dann hätten wir dich ins Krankenhaus gebracht.“

Ich nickte, so als wäre alles sonnenklar, dabei erinnerte ich mich an nichts davon. Dafür waren die Träume von Jace und Blake umso präsenter in meinem Kopf.

Mein Magen knurrte protestierend.

„Mach dich frisch. Ich gebe Roza Bescheid, dass sie dir ein leichtes Frühstück zubereitet. Ich muss jetzt zur Arbeit. Kommst du zurecht?"

„Klar."

Mom gab mir einen Kuss auf die Stirn und lächelte ein letztes Mal, bevor sie mich allein ließ.

Einige Minuten schaffte ich es nicht, mich zu bewegen. In mir klaffte eine erschütternde Leere, die mich aufzufressen drohte.

Ich kämpfte mich aus dem Bett und zwang mich zu einer schnellen Dusche. Wie auf Autopilot begab ich mich danach in die Küche und aß mechanisch, bevor ich mich wieder in meinem Zimmer verkroch.

Auch, wenn ich viele Tage im Bett verbracht hatte und mich nun körperlich besser fühlte, ging es meiner Seele nach wie vor beschissen. Fast hätte ich mir den Deliriumszustand mit den fiesen Träumen zurückgewünscht. Aber nur fast.

Bereits am Freitag hatte ich das Gefühl, niemals krank gewesen zu sein, aber trotzdem ging ich nicht in die Schule.

Zwar hatte ich eine Woche lang beim Training gefehlt, aber ich konnte einfach nicht hingehen.

Ich würde zusammenbrechen, wenn ich Jace sah.

Als ich meinen inneren Sturm nicht mehr aushielt und ich das Gefühl hatte, dass er mich von innen heraus zu zerstören drohte, ging ich in den Keller in meinen Trainingsraum und boxte.

Ich schlug mehrere Stunden heftig darauf ein, bis meine Wut etwas verebbte und dennoch stand ich noch immer unter Strom. Ich konnte meine Arme nicht mehr heben und gab es für heute auf.

In meinem Zimmer wühlte ich meinen geheimen Grasvorrat aus dem Schrank und drehte mir einen Joint. Was Besseres fiel mir einfach nicht ein.

Nach dem Rauchen ging es mir etwas besser. Irgendwie.

Ich hatte extra darauf geachtet, dass er stark genug war, um mich richtig zu benebeln und meinen Körper mit Endorphinen zu versorgen.

Glücklicherweise wurde ich auch wieder müde genug, um mich wieder in meinem Bett zu vergraben und in einen traumlosen, tiefen Schlaf zu verfallen.

***

Am nächsten Morgen schlief ich sehr lang. Eigentlich hätte ich mittlerweile genug geschlafen haben müssen, aber dem war nicht so. Auch am Mittag war ich todmüde und hätte vermutlich den ganzen Tag weitergeschlafen, wären da nicht Brandon und Tristan gewesen.

Sie kamen laut in mein Zimmer und weckten mich mehr als unsanft.

Brandon schmiss sich direkt neben mir auf mein Bett, was mir ein tiefes Brummen entlockte. Ich wollte nicht aufstehen. Ich wollte, dass sie gingen.

„Hey River–Bär. Zeit aufzustehen, wir haben heute ein Spiel, falls du es vergessen hast", trällerte Brandon in dem abartig gut gelauntesten Ton, den ich je gehört hatte.

„Ich bin krank", war meine knappe Antwort.

„Nein, bist du nicht. Unsere Moms waren heute früh beim Pilates, deshalb weiß ich zufällig, dass du schon wieder gesund bist. Außerdem kann ich sehr genau das ganze Dope auf deinem Schreibtisch liegen sehen, von daher kann es dir ja gar nicht so schlecht gehen. Also spring unter die Dusche, mach dich hübsch und beweg deinen Arsch in die Halle.“

„Brandon, nerv mich nicht. Ich komme nicht zum Spiel“, motzte ich in seine Richtung, während ich mich langsam aufsetzte.

„Doch tust du. Du bist unser Captain und wir brauchen dich“, mischte sich nun auch Tristan ein.

„Fuck.“ Ich fuhr mir mit den Fingern durch meine wirren Haare. „Ich kann nicht, okay? Ich kann ihn nicht sehen.“

Die Jungs tauschten einen bedeutungsvollen Blick, den ich gekonnt ignorierte. Dieses stumme Kommunizieren der beiden ging mir unendlich auf den Sack.

„Hör zu. Wir wissen, wie scheiße es dir geht, aber wir wissen auch, was dir unser Team bedeutet. Und Fakt ist: das Training war die ganze Woche eine einzige Katastrophe. Unser Testspiel am Mittwoch war ebenfalls ein Desaster. Wir brauchen unseren Captain, River. Unseren Dreipunkte-Champion und unseren Motivator. Ohne dich geht es einfach nicht, dann verlieren wir“, redete mir Tristan eindringlich ins Gewissen.

„Mist“, stöhnte ich und vergrub mein Gesicht in den Händen.

Ich wollte mein Team nicht im Stich lassen. Ich könnte es nicht ertragen, wenn wir meinetwegen aus den Playoffs ausschieden.

„Wir sind bei dir, River, wir werden nicht von deiner Seite weichen. Niemand wird auch nur ein Wort mit dir reden, weil wir vor dir stehen. Nach dem Spiel genauso. Keiner wird zu dir durchkommen“, versprach Brandon.

Ich sah zu den beiden. Sie flehten mich geradezu an. Sie brauchten mich. Wie konnte ich sie im Stich lassen, wenn sie doch die ganze Zeit für mich da waren? Scheiße.

„Er darf nicht mit mir reden, egal, welche Teamabsprachen oder sonst was geklärt werden sollen. Ich kann nicht mit ihm reden, okay?“, flüsterte ich nun fast.

„Okay, auch wenn euch reden bestimmt guttäte“, warf Tristan ein.

Panisch sah ich zu ihm auf.

„Auf keinen Fall. Wenn ich mit ihm reden muss, werde ich zusammenbrechen. Ich schaffe das nicht.“

„Scheiße“, fluchte Brandon. „Er kommt nicht in deine Nähe, außerhalb des Spielfeldes, okay? Wir sind für dich da und sorgen dafür.“

Ich nickte stumm vor mich hin.

„Okay“, entgegnete ich kurz darauf stumm und die Jungs atmeten erleichtert auf. Kurzerhand schickten sie mich unter die Dusche. Mir war es gleich, ich hatte nach wie vor das Gefühl, wie ein Zombie durch die Gegend zu rennen und irgendwie sah ich im Spiegel auch genauso aus.

Ich zog mir eine Trainingshose und einen Hoodie an und verließ gemeinsam mit den Jungs das Haus. Brandons schicker Tesla fuhr uns blitzschnell zur Schule und ich konnte nicht anders, als die Augen zu verdrehen.

„Dein Auto sieht aus wie ein Lego–Spielzeug“, kommentierte ich trocken, als ich ausstieg.

Brandon grinste. „O ja."

Wir beeilten uns, zur Halle zu kommen und kämpften uns durch die Horde von Menschen, die bereits überall verteilt herumstanden. Ich trottete hinter Brandon und Tristan her. Wir erreichten die Kabine, wo der Coach bereits losbrüllen wollte, bis er mich hinter den Jungs erblickte. Offenbar war er ebenso erleichtert, dass ich da war. Ich vermied es absichtlich, in Jace' Richtung zu sehen, bemerkte aber, wie sich sein Blick in meinen Rücken bohrte. Das heftige Stechen in meiner Brust nahm zu.

Mit jeder Faser meines Seins wollte ich ihm näherkommen und doch war, ihm so nahe zu sein, das Schwerste von allem.

Wir drei zogen uns um und folgten unseren Teamkameraden zum Aufwärmen in die Halle, wo wir von Jubelrufen begrüßt wurden.

Ich sah zu unserer gegnerischen Mannschaft, die sich bereits fleißig aufwärmte und blieb wie angewurzelt stehen.

ER war da. Scheiße, was tat der hier?

Mich überkam eine so heftige Wut, dass ich mich umdrehen und in die Kabine zurückgehen musste. Ich zitterte und schlug mit voller Wucht gegen meinen Spind. Mehrmals.

„Verdammter Mist." Keuchend atmete ich ein und aus.

„Hey." Ich drehte mich um.

Brandon und Tristan standen vor mir und sahen mich abwartend an.

„Er ist da. Dieser beschissene Wichser, mit dem ..." Ich konnte den Satz nicht zu Ende bringen. Stattdessen drehte ich mich um und verpasste meinem Spind einen weiteren, heftigen Faustschlag. Er war bereits vollkommen verbogen, während eine fette Delle genau die Stelle zeigte, auf der meine Faust gelandet war, die jetzt schmerzlich pochte.

„Fuck. Wer ist es?", fragte Brandon knapp und verpasste seinem Schrank ebenfalls einen kleinen Schlag, wofür ich ihn gleich noch mehr mochte als ohnehin schon.

„Blake", spie ich den Namen hasserfüllt aus.

„Was?", riefen beide synchron mit vollkommener Überraschung in der Stimme aus.

Ich antwortete nicht, weil ich noch immer versuchte meine Atmung unter Kontrolle zu bekommen. Ein und Aus. Ein und Aus. Das half nicht.

„Ich schwöre dir, wir werden diesem Scheißkerl eine Abreibung verpassen. Aber nicht heute. Heute konzentrieren wir uns auf die Playoffs, verstanden? Er hat dir Jace weggenommen, aber er wird dir nicht auch noch Basketball wegnehmen, alles klar? Das lassen wir nicht zu."

Brandon zog an meiner Schulter und zwang mich so, ihn anzusehen. „Wir packen das, hast du verstanden?"

Mein Kopf brachte ganz von selbst ein Nicken zustande. Ich atmete noch einmal tief durch, brachte mein Zittern halbwegs unter Kontrolle und gemeinsam schritten wir erneut auf den Platz. Ich zog meine Mauer aus Arroganz hoch und ließ niemanden wissen, wie es in mir aussah. Auch wenn mir diese Fassade noch niemals so schwergefallen war wie heute. Brandon und Jace nickten mir stolz zu und wir wärmten uns gemeinsam auf, auch wenn uns kaum noch Zeit blieb.

Wenig später ertönte der Pfiff und das Spiel begann.

Ich gab alles und legte alles in dieses Spiel. Bereits nach wenigen Minuten gelangen mir mehrere Dreipunktewürfe.

„So will ich das sehen, Scott", rief der Coach euphorisch an der Außenlinie.

Ich war in meinem Element und ignorierte alles und jeden um mich herum.

Das gelang mir ganz gut, bis ich aus dem Augenwinkel wahrnahm, wie sich die Hände von Blake und Jace leicht berührten. Es sah tatsächlich so aus, als wäre es ganz beiläufig, aber ich wusste es besser. Und das war der Moment, in dem ich meine Fassade nicht mehr aufrechterhalten konnte. Sie bröckelte.

Nun wurde ich wesentlich aggressiver und konnte Blake nicht mehr aus den Augen lassen.

Mein Spielverhalten wurde ruppiger und ich beging mehr Fouls, als sonst bei mir üblich waren. Dennoch machte ich weiterhin Punkte und wir führten dauerhaft. Ich konnte nicht gegen ihn verlieren. Nicht schon wieder.

„Time–Out", schrie Coach Bryer und das Spiel wurde unterbrochen. Der Schweiß lief mir in Strömen den Rücken hinunter. Ich griff nach meiner Wasserflasche und trank gierig ein paar Züge.

„Ihr macht ein gutes Spiel, Jungs", lobte der Coach.

Ich nickte zustimmend, ebenso wie die anderen. Alle atmeten schwer und waren konzentriert.

„Scott", wandte er sich nun direkt an mich. „Ich weiß nicht, was heute mit dir los ist, aber wenn du so weitermachst, dann wechsle ich dich aus, verstanden?"

Ich nickte, obwohl ich nicht vorhatte, seinen Rat zu befolgen.

Als der Pfiff ertönte setze ich meine Mission fort. Alles war egal. Ich wollte vor allem Blake provozieren.

Everybodys–Darling wurde zunehmend genervter von mir, das war seinem Gesicht anzusehen. Ich foulte sämtliche seiner Teamkameraden, aber ließ ihn bewusst aus.

„Was hast du für ein Problem, Mann?", brüllte er in meine Richtung, als ich erneut einen seiner Teamkameraden foulte. Grinsend sah ich zu ihm, bevor ich mich betont lässig von ihm abwandte.

Der strafende Blick von Coach Bryer lag auf mir. Ihm und der Mannschaft zuliebe machte ich mehrere Punkte, bevor endlich Blake in die Offensive ging. Darauf hatte ich gewartet.

Er kam wütend auf mich zugestürmt, als ich den Ball dribbelte und schubste mich mit voller Absicht.

Erneut in meiner Wut angestachelt, sprang ich auf die Füße zurück und wollte ihm schon den Kopf abreißen, wurde jedoch zurückgehalten.

Mistkerl.

Wir bekamen zwei Freiwürfe, die Sam im Korb versenkte und spielten weiter. Ich wartete nicht lange ab, sobald Blake den Ball hatte, stürmte ich auf ihn zu. Gekonnt nahm ich ihm den Ball ab. Er war jetzt direkt neben mir und versuchte, ihn zurückzuerobern, als ich bewusst meinen Ellenbogen hob und ihm diesen mit Wucht ins Gesicht donnerte. Mit einem Lächeln vernahm ich das Knacken, das mir zeigte, dass ich ihm irgendwas gebrochen hatte. Gut so. Es tat so gut, diesem Scheißkerl wehzutun, denn der Schmerz würde nicht annähernd an den heranreichen, der mich seit dem Wochenende begleitete. Was war schon eine blöde gebrochene Nase.

Blake ging zu Boden und in der Halle brach Tumult los. Jace kam wütend auf mich zugestürmt.

„Hast du sie noch alle? Was soll das?"

Er wartete meine Antwort gar nicht ab und hockte sich direkt neben Blake, der beide Hände vor seine Nase hielt.

„Verschwinde aus der Halle, Junge", brüllte der Schiedsrichter.

War mir nur recht.

„Verdammt nochmal, Scott", hörte ich das Geschrei von Coach Bryer.

Sämtliche Leute blickten geschockt in meine Richtung. Tristan und Brandon nickten mir kurz zu, als ich in ihre Richtung sah. Das reichte mir und zeigte, dass wenigstens die beiden auf meiner Seite standen.

Ein Blick in die Zuschauermenge ließ meinen Atem stocken. Mein Vater saß dort. Zusammen mit Mathew Callan, dem Talentscount der UCLA. Ich hatte eben jede Chance verbaut, jemals auf dieses College zu kommen.

Mit einem Mal fühlte ich mich nicht mehr ganz so gut, wie noch ein paar Minuten zuvor.

Mein Vater sah unbeteiligt und ruhig aus. Ein Blick in seine Augen genügte aber, um mir zu zeigen, dass er kurz davor stand zu explodieren.

Ich hatte ihn gedemütigt und vor allen zum Gespött gemacht. Das war sicherlich genau das, was er in diesem Augenblick dachte.

Fuck, egal. Ich würde diesem Idioten Blake jederzeit wieder meinen Ellenbogen in die Fresse rammen. Es war dennoch nicht ansatzweise mit dem Schmerz zu vergleichen, der sich durch mein Innerstes fraß.

Ich schnappte mir meine Sachen und verließ fluchtartig das Gebäude. Es würde sicherlich nicht lange dauern, bis ein Krankenwagen da wäre und ich wollte so schnell wie möglich hier weg. So langsam wurde mir mein Handeln bewusst.

Keine Ahnung, wann ich das letzte Mal so ausgerastet war. Es war glasklar, dass ich vollkommen die Kontrolle verloren hatte.

Schnell lief ich zu meinem Auto, das die Jungs am Morgen hier für mich abgestellt hatten, startete den Motor und fuhr mit quietschenden Reifen vom Parkplatz.

Kapitel 22

River

Da mein Vater die nächsten Tage geschäftlich auf Reisen war, konnte ich einer Auseinandersetzung mit ihm entgehen. Ich wusste allerdings, dass es nur aufgeschoben war. Er würde nicht vergessen, was ich auf dem Platz getan hatte, er vergaß nie.

Ich konnte mich nicht aus dem Haus bewegen und schwänzte die Schule. Meine Mom arbeitete so viel, dass sie davon gar nichts mitbekam. Roza bemerkte es selbstverständlich, sagte aber nichts dazu, weil sie merkte, wie schlecht es mir ging. Wann immer ich sie sah, streichelte sie mir sanft über den Kopf, um mich zu trösten, ganz ohne Worte.

Ich hatte nicht einmal die Kraft dazu, mich um Sadie zu kümmern, was mir eigentlich das wichtigste überhaupt war. Glücklicherweise war sie in den letzten Tagen viel bei ihrer Freundin, denn es fiel mir zunehmend schwerer mir vor ihr nicht anmerken zu lassen, dass ich komplett am Arsch war. Meine Gedanken kreisten unaufhörlich um Jace – und um seinen entsetzten Gesichtsausdruck beim Spiel. Irgendwie war ich mir sicher, dass er mich jetzt hassen musste.

Keuchend und verschwitzt vom Boxen schleppte ich mich die Treppe nach oben. Immer noch in Sportkleidung durchquerte ich die Halle und steuerte das Wohnzimmer an. Ich öffnete die Tür und lief prompt meiner

Mutter in die Arme. Wir schreckten beide überrascht zurück. Ich warf einen Blick auf die große Wanduhr über dem Kamin. Was machte meine Mutter denn bitte mitten in der Woche so früh zu Hause? Normalerweise saß sie um die Zeit oft noch stundenlang im Büro. Sie schien genauso überrascht zu sein, mich zu sehen, denn eigentlich müsste ich in der Schule sein. Wir entschieden uns offenbar beide dazu, diesen seltsamen Umstand nicht weiter zu kommentieren, sondern ihn einfach komplett zu ignorieren.

„Hey Mom", sagte ich also einfältig.

Sie setzte ein Lächeln auf und gab mir einen Kuss auf die Wange. „Hey, Schatz."

Stirnrunzelnd musterte ich sie, wobei mir ihr trauriger Ausdruck in den Augen nicht entging. Außerdem wirkte sie zerstreut. Musste ich mir jetzt auch noch Sorgen um sie machen?

Auf dem kleinen Couchtisch im Wohnzimmer lagen einige Fotos verteilt, die sie schnell wieder einsammelte. Ich wollte ihr dabei helfen und schnappte mir ebenfalls ein paar Bilder. Sie zeigten meine Mom, nur viel, viel jünger.

„Mom, wie alt warst du da?", fragte ich lächelnd und zeigte auf ein Bild, bei dem meine Mutter eine Lederjacke und Stiefel trug.

Hastig nahm sie mir das Bild aus der Hand.

„Ach, das. Das ist schon so alt. Ich war da fünfundzwanzig. Kurz bevor ich deinen Vater geheiratet habe."

„Was?", entfuhr es mir entgeistert. „So bist du herumgelaufen, als du mit Dad bereits zusammen warst?" Ich lachte laut auf und auch meiner Mutter entfuhr ein Glucksen.

Dad war es so wichtig, dass man gut gekleidet war und Stil verkörperte. Er hasste es, wie ich mich anzog. Anzüge oder wenigstens ein Hemd wären ihm um einiges lieber als die Jogginghosen und Hoodies, in denen ich so oft herumlief.

Meine Mom sah immer noch lächelnd auf das Bild und schwelgte offensichtlich in Erinnerungen. So zufrieden hatte ich sie schon lange nicht mehr gesehen, was irgendwie irritierend war, weil sie eben noch so durcheinander gewirkt hatte.

Ich griff nach einem weiteren Bild.

Es zeigte einen Mann, der mir seltsam bekannt vorkam, zusammen mit einem Baby auf dem Arm. Ich sah es mit gerunzelter Stirn an. War ich das Baby? Sadie konnte es nicht sein, sie erkannte ich auf jedem Bild sofort. Ich ließ es durch meine Fingerspitzen gleiten und betrachtete es aufmerksam, bis ich es schließlich herumdrehte.

Lake und River, 2003

Fast hätte ich laut aufgelacht. Lake? Ernsthaft? Als wäre mein Name nicht schon merkwürdig genug.

„Lake? Wer ist das denn?", fragte ich schmunzelnd und sah zu meiner Mom rüber.

Sie zuckte zusammen und das selige Lächeln verschwand aus ihrem Gesicht, als sie die Lippen zu einer schmalen Linie zusammenkniff. Ruckartig riss sie mir das Foto aus den Händen und steckte es zusammen mit den anderen hastig in ihre Handtasche.

„Niemand", sagte sie mit einer wegwerfenden Handbewegung. Nervös strich sie sich die Haare hinter die Ohren und ihren zerknitterten Rock glatt.

„Mom, der Typ hat mich auf dem Bild auf dem Arm und du hast es aufgehoben. Also ist er sicher kein Niemand. Wer ist das? Er kommt mir total bekannt vor“, bohrte ich nach und sah meine Mom abwartend an.

Ihr Blick wirkte plötzlich gehetzt, sie sah mich aus panisch geweiteten Augen an.

„River, vergiss, dass du dieses Bild jemals gefunden hast. Du darfst vor allem Dad nichts davon sagen, hast du verstanden?“

Eindringlich legte sie ihre Hand auf meinen Unterarm.

„Okaaaay“, sagte ich langgezogen. Sie benahm sich im Augenblick wie eine Verrückte.

„Weißt du, es würde deinen Vater sehr aufregen. Die beiden haben sich gestritten. Es ging um … viel Geld. Also versprich mir bitte, dass du niemals diesen Namen erwähnen wirst. Bitte.“

Mom sah mich flehend an und war vollkommen aufgebracht.

„Okay, Mom. Ist ja gut“, entgegnete ich und hob entwaffnend die Arme.

Das war merkwürdig. Wer war dieser Typ, dass er meine Mutter so extrem aus der Fassung brachte? War sie vielleicht schuld daran, dass mein Dad viel Geld an ihn verloren hatte? Irgendwie machte das alles keinen Sinn. Mein Dad hatte schon immer Geld wie Heu gehabt. Was interessierten ihn da ein paar Verluste, zumal er ja ganz offensichtlich nicht bankrottgegangen war. Schließlich konnte er immer noch mit Geld um sich werfen.

Ich schüttelte den Kopf und trat auf die Terrasse in die warme Sonne hinaus. Ich grübelte noch einige Zeit weiter, woher ich diesen Lake kannte, aber es fiel mir nicht ein. Ich konnte mich nicht erinnern, ihn jemals irgendwo getroffen zu haben.

Kapitel 23

„Hey, du siehst wirklich schon viel besser aus", sagte ich lächelnd, mein Handy vor mein Gesicht haltend.

Blake sah mir aus meinem Display entgegen. Natürlich log ich ihn an. Er wusste es und ich wusste es. Wenn man es genau nahm, sah er schrecklich aus. Seine Nase steckte in einem stützenden Verband, während rund um seine Augen und das Jochbein alles tiefblau angelaufen und zugeschwollen war. River hatte ihn mitten auf seiner Nase erwischt, die gebrochen war. Sie musste gerichtet werden und steckte jetzt in diesem komischen Stützverband.

Ich wusste nicht, was in River gefahren war. Erst kam er eine Woche nicht zur Schule, dann erschien er so wütend beim Spiel. Irgendetwas Schlimmes musste bei ihm los sein. Dennoch war es keine Entschuldigung dafür, sich so aggressiv zu verhalten. Fouls waren das eine, jemandem grundlos die Nase zu brechen allerdings etwas ganz anderes.

„Ach bitte, ich weiß, dass das nicht stimmt", drang Blakes Antwort aus meinem Smartphone, wobei er so nasal klang, dass ich mir ein Kichern verkneifen musste, was mir nicht wirklich gelang.

Ein kleines Lachen entfuhr mir, doch ich fasste mich schnell wieder.

„Du bist trotzdem immer noch total sexy. Dieser Bad–Boy–Look hat was." Aufreizend wackelte ich mit den Augenbrauen, was ihn ebenfalls zum Lachen brachte. Abrupt brach er ab und hielt sich die Nase, wobei ihm ein gequältes „Aua." entfuhr. Er tat mir wirklich leid. Sein Gesicht schrie praktisch nach Schmerz.

„Morgen Abend treffen sich alle Jugendlichen am See, um den Sommer zu begrüßen. Ohne Eltern. Bist du dabei?"

„Werden wir direkt am See nicht erwischt? Meine Mom ist nicht so cool mit Alkohol", gab er zu Bedenken.

„Das ist mitten am Waldrand. Dorthin verirrt sich niemand."

„Okay." Blakes strahlendes Lächeln lag auf seinem Gesicht. „Klingt gut."

Wir hatten die ganze Woche jeden Tag geskypt, oft stundenlang, und hatten geredet. Er erzählte mir von seinen kleinen Brüdern, die zu Hause alles auf den Kopf stellten. Sie waren ungefähr in Sadies Alter, was mir einen Stich versetzte. Ich vermisste die Kleine und ich vermisste River.

Dennoch schaffte es Blake, mich für kurze Zeit auf andere Gedanken zu bringen und abzulenken. Er sorgte dafür, dass ich mich ein kleines bisschen weniger schlecht fühlte.

Ich redete noch einige Minuten mit ihm und legte dann auf.

Sofort rasten meine Gedanken zu River zurück und augenblicklich begann mein Herz heftig in meiner Brust zu schlagen. Viel zu schnell.

Er war die ganze Woche weder in der Schule noch beim Training gewesen. Eigentlich brachte ihn sonst nichts dazu, so lange beim Training zu fehlen, immerhin waren es jetzt bereits fast zwei Wochen, und doch war er nicht aufgetaucht.

Zwei Wochen, in denen ich ihn ausschließlich beim Spiel gesehen hatte. Er fehlte mir so sehr. In meinen Träumen sah ich nur ihn, egal wie sehr ich mich dagegen wehrte. Blake tat mir gut und ich wollte mich so gern ganz auf ihn einlassen, auch wenn ich nicht so recht konnte. Außerdem war es wichtig, dass ich mich auf Basketball konzentrierte.

Wir hatten das letzte Spiel dank unseres hohen Vorsprungs vor Rivers Aktion gewonnen und standen nun im Finale. Dieses würde allerdings erst nächste Woche stattfinden, in der großen Halle der *University of Oregon*. Darauf sollte ich mich konzentrieren und das sollte mein Ziel sein. Mein Kopf sagte mir, dass es wichtig und richtig war. Mein Herz fand diese Ansicht allerdings schwachsinnig. Mein ganzer Körper und mein Herz verlangten nur nach einer Person: River.

Ich hatte die ganzen letzten Tage darüber gegrübelt, wie ich es schaffen konnte, dass er aus meinen Gedanken verschwand und ich mich stattdessen voll auf Blake einlassen könnte. Nun hatte ich mir einen Plan zurechtgelegt, an dem ich nun allerdings ernsthaft zweifelte. Dennoch schlüpfte ich in meine Schuhe und machte mich auf den Weg, während sich alles in meinem Inneren dagegen wand.

Als ich vor Rivers Haus stand, bemühte mich darum, ruhig zu atmen. Zitternd führte ich meine Hand über die Klingel und verharrte kurz, bevor ich mich zwang, den Knopf zu drücken. Scheiße.

Es war mir eigentlich wie eine gute Idee vorgekommen. In meiner Vorstellung zumindest.

Nun stand ich vor seinem Haus und drehte beinahe durch bei dem Gedanken, ihn endlich wiederzusehen.

Du bist echt erbärmlich, Jace.

Ich straffte die Schultern, als die Tür sich öffnete und Roza mit einem Lächeln vor mir stand.

„Hallo, Jace. Wie schön, dich mal wieder zu sehen."

„Ist River zu Hause?", fragte ich verlegen.

Verdammt, sogar sie hatte ich vermisst.

„Natürlich. Er ist im Keller, geh einfach durch."

„Danke."

Ich ging ganz langsam die marmorgefliesten Treppen hinunter. Mein anfänglicher Mut verließ mich nun vollkommen, nur der Drang, ihn endlich zu sehen, ließ mich weitergehen. Im kleinen Flur vernahm ich bereits das Geräusch der Boxhandschuhe auf dem Boxsack.

Mir stockte der Atem, als ich den Trainingsraum betrat. River stand mit dem Rücken zu mir und schlug hart auf seinen Boxsack ein. Der Raum war lediglich durch eine Glasfront auf der linken Seite von dem großen Pool– und Wellnessbereich der Scotts abgetrennt. Der Anblick war jedes Mal aufs Neue spektakulär, doch dieses Mal konnte ich meinen Blick nicht darauf lenken. Ich war vollkommen gefangen von River. Er schwitze, weshalb die Haut auf seinem Rücken glänzte. Er trug kein Shirt und seine Muskeln traten bei jedem Schlag deutlich hervor und spannten sich immer wieder kräftig an. Er trug lediglich eine knielange Shorts, die ihm knapp über den Hüften saß. Ich schluckte, als mein Mund staubtrocken wurde, so als wäre ich ein Verdurstender mitten in der Wüste. Darauf war ich nicht vorbereitet gewesen. Er sah so verflucht sexy aus, dass ich ihn am liebsten sofort auf die Trainingsmatten unter ihm gezerrt hätte. Ich schüttelte den Kopf und versuchte den Gedanken zu vertreiben. Aus diesem Grund war ich nicht hier. Das hier würde schwieriger werden, als ich angenommen hatte.

Ich atmete ein letztes Mal tief durch und flüsterte gerade laut genug: „Hey, River."

Er verkrampfte sich sofort und drehte sich erschrocken zu mir um. Mit beiden Händen fing er den Boxsack auf, der schwungvoll zu ihm zurücksauste. Er wich einen großen Schritt zurück und kurz erkannte ich ein Flackern in seinem Blick. Aus großen Augen sah er mich an und sagte keinen Ton. War das jetzt gut oder schlecht?

„Wie geht's dir?", fragte ich ihn dämlich, denn die Antwort lag auf der Hand. Er sah nicht gut aus. Dunkle Ringe lagen unter seinen Augen und er war dünner geworden. Seine Haare standen in alle Richtungen ab und er wirkte blass.

„Was machst du hier?", fragte er mich sanft, anstatt auf meine Frage zu antworten.

In seinen Augen loderte es und er kam einen Schritt auf mich zu.

Ich wich einen zurück. Ich durfte ihn nicht schon wieder so nah an mich heranlassen. Noch einmal würde ich es nicht ertragen, von ihm zurückgewiesen zu werden.

„Ich muss mit dir reden. Über mich. Es ist ... ich ... also ..." Ich seufzte frustriert auf und er zog die Augenbrauen zusammen. Abwartend sah er mich an und bewegte sich nicht mehr vom Fleck.

„Ich bin schwul", platze ich mit der Nachricht heraus und erwartete, dass er erschrocken oder aufgebracht reagieren würde. Stattdessen sah er mich einfach an und wartete offenbar auf mehr Informationen.

Mir verschlug es allerdings wieder die Sprache.

„Ich weiß", kam also nur seine leise Antwort.

„Wirklich?", fragte ich überrascht. Hatte ich mich ihm so an den Hals geworfen? Klar, wir hatten miteinander geschlafen, aber er war ja schließlich nicht schwul, weshalb ich nicht damit gerechnet hatte, dass er es bei mir bemerkt haben könnte. Vielleicht wusste er es schon länger?

Er wollte gerade zu einer Erwiderung ansetzten, wobei er mir wieder näherkommen wollte, als ich viel zu schnell und zu laut hervorbrachte: „Ich habe einen Freund." River verharrte reglos in seiner aktuellen Position und erstarrte. Für weniger als eine Sekunde bildete ich mir ein kurzes Flackern in seinen Augen ein, bevor jegliche Emotionen daraus verschwanden. Ich spürte förmlich, wie er eine Mauer der Emotionslosigkeit vor sich hochzog und mich komplett daraus ausschloss.

„Okay", sagte er tonlos.

„Okay?", fragte ich verwirrt.

„Ja. Was willst du hören? Ich weiß nicht genau, was du von mir willst." Er zuckte mit den Schultern.

„Ich ... nichts. Ich wollte einfach, dass du es weißt. Ich habe es so lange für mich behalten und will endlich nach vorne schauen. Ich will mich nicht mehr verstecken, ich möchte sein können, wer ich wirklich bin. Ich musste es dir einfach sagen, bevor ich damit aufhöre, mich zu verstecken. Wir wollen uns nicht mehr verstecken. Blake und ich."

Bei Blakes Namen presste River die Zähne fest aufeinander, sodass die Adern an seinem Hals hervortraten. Seine Wut war praktisch greifbar, als seine Mauer rissig wurde.

„Ich weiß nicht, warum du ihn nicht leiden kannst, aber bitte lass ihn in Ruhe. Er ist wirklich in Ordnung." Sicherlich sollte ich nicht weiter ergründen, warum ich über meinen Freund lediglich sagte, dass er ganz in Ordnung war.

River sah mich an, zuckte wieder mit seinen Schultern und fügte erklärend hinzu: „Ich kann niemanden leiden, der so ekelhaft viel grinst."

Als würde das irgendetwas erklären. Das tat es nämlich nicht.

„Bitte, River. Ich will herausfinden, ob er mich glücklich macht", sagte ich flehend.

Er schluckte sichtbar. Sein Kehlkopf trat deutlich hervor, als er mehrere Male kräftig schluckte, fast als hätte er einen trockenen Hals.

„Ja, klar, ich lasse Brad in Ruhe. Kein Ding", sagte er gleichgültig und drehte sich um, um sich eine Flasche Wasser zu holen.

Das war's? Mehr reden konnten wir nach meiner Offenbarung nicht? Er verwendete nur einen blöden Spitznamen für Blake?

Die Enttäuschung überrollte mich. Was hatte ich erwartet? Es war klar gewesen, dass nicht urplötzlich alles wieder in Ordnung war, nur weil ich ihm gestand schwul zu sein und einen Freund zu haben, den er zufällig nicht leiden konnte. Was sollte er darauf schon sagen.

„Okay.“

„Okay“, antwortete River mit fester Stimme, wieder fern von jeglicher Emotion.

Wenn man es genau nahm, hätte es schlimmer kommen können.

Er hätte mich verabscheuen oder angewidert ansehen können. Er hätte mich ignorieren oder wütend werden können. Stattdessen hatte er okay gesagt und es akzeptiert. Verständlich, dass er mir dabei nicht um den Hals gefallen war.

„Dann geh ich mal wieder.“ Ich sprach lauter, da er mir immer noch den Rücken zugewandt hatte.

Er drehte sich um und setzte ein Lächeln auf. „Bis nächste Woche in der Schule.“

Ich nickte stumm und verließ den Trainingsraum. Kaum war ich um die Ecke gegangen, flüchtete ich auch schon aus dem, in diesem Moment viel zu engen, Keller.

Das war furchtbar, absolut schrecklich. Ich hatte angenommen, dass ich mich endlich besser fühlen würde und nach vorn blicken könnte, aber alles was ich fühlte war Schmerz.

Ich fühlte den Verlust von River deutlicher als jemals zuvor. Ich hatte gedacht, dass dieser Schwebezustand zwischen uns schon schlimm gewesen wäre und dass Klarheit guttun würde. Ich hatte mich geirrt. Das hier, diese Endgültigkeit war viel schlimmer. Es fühlte sich an, als hätte ich nicht nur die Tür zu meiner Liebe für River, sondern auch die zu unserer Freundschaft für immer zugeschlagen.

Die Tränen strömten bereits über mein Gesicht, während ich die Haustür hinter mir zuzog und sie trockneten auch den ganzen Heimweg über nicht. Zu Hause öffnete meine Mutter mir die Tür. Ich fiel ihr schluchzend in die Arme. Sie hielt mich. Sie hielt mich so lange, bis meine Tränen endlich versiegten und ich ihr alles erzählte.

Kapitel 24

River

Keine Ahnung, wie lange ich so regungslos dastand und auf die glitzernde Wasseroberfläche unseres Pools schaute. Ein Blick auf die Uhr verriet mir, dass ich mindestens seit einer Stunde reglos herumstand und in die Gegend starrte, mich nicht rührte.

Ich fühlte mich leer, so unglaublich leer. Er war mit diesem blöden Wichser zusammen. Nicht nur, dass sie gevögelt hatten, sie waren ein beschissenes Paar.

Ich riss mich endlich vom Anblick des spiegelnden Wassers los und fing erneut an, auf meinen Boxsack einzuschlagen. Ich stellte mir Blakes Gesicht vor, auf das ich einschlug und ich verausgabte mich völlig. Es half nicht. Permanent hatte ich vor Augen, wie die beiden übereinander hergefallen waren. Fuck. Mein Herz brannte und am liebsten hätte ich es mir aus der Brust gerissen.

Ich will herausfinden, ob er mich glücklich macht.

Seine Worte gingen mir nicht mehr aus dem Kopf. Was hätte ich sagen sollen, außer, dass es okay war? Scheiße, nichts war okay. Seit der Nacht mit Jace war gar nichts mehr okay.

Ich prügelte weiter auf den Sandsack ein und blendete alles andere um mich herum aus. Schlag um Schlag.

„River, alles okay?“, riss mich die melodische Stimme von Haley aus meinen Gedanken.

Shit, nicht heute. Wieso heute?

Ich setzte ein Lächeln auf, ließ von dem Sack ab und drehte mich zu ihr um.

„Was gibt's, Haley?“

„Wow, der Boxsack möchte ich nicht sein. Ist alles in Ordnung mit dir?“

Sie sah mich prüfend an. Es ließ sich nicht abstreiten, dass sie schon immer ein Händchen dafür hatte, in mir zu lesen wie in einem Buch.

„Na klar, das ist bloß Training“, winkte ich ab. „Was führt dich zu mir?“

Sie lächelte breit und der besorgte Gesichtsausdruck wich dem purer Freude.

„Nun ja, wie du sicherlich noch weißt, ist es meine liebste Beschäftigung, Überraschungen zu planen.“ Ihre Augen leuchteten auf.

Ich musste lachen. Während unserer Beziehung hatte sie ständig irgendwelche Überraschungen ausgeheckt. Mit Vorliebe Überraschungspartys.

„Ihr habt doch das wichtige Endspiel nächste Woche. Ich will für Jace und euer Team eine Party bei uns zu Hause schmeißen“, quiekte sie aufgeregt.

Die Erwähnung von Jace' Namen wischte mir mein Lächeln aus dem Gesicht.

„Da du ihn mit Abstand am besten kennst, musst du mir einfach helfen. Wir müssen ihn überlisten, er lässt sich so schwierig überraschen“, fuhr sie unbeirrt fort.

Kannte ich Jace tatsächlich am besten? Es war so lange her, dass wir ein lockeres und entspanntes Gespräch geführt hatten.

Ich drehte mich zurück zum Boxsack um und schlug erneut darauf ein. Es fiel mir verflucht schwer, weiterhin mein Pokerface aufrecht zu erhalten.

„Vielleicht suchst du dir lieber einen anderen Verbündeten – ich darf ohnehin nicht am Spiel teilnehmen", antwortete ich zwischen weiteren Boxhieben.

„Was? Wieso, was ist passiert?", fragte sie erschrocken, wobei ihre Stimme sich beinahe überschlug. Haley wusste, was Basketball mir bedeutete.

Ich war überrascht, dass der Buschfunk an ihr vorbei gegangen war, denn ich war mir sicher, dass es ein großes Thema in Grove Hill war.

„Hab beim letzten Spiel so einem Typen die Nase gebrochen." Ich vermied es, sie anzusehen.

Stille.

„River, was ist los?" Haley lief um mich herum und stand nun schräg neben mir. Sie sprach mit ruhiger Stimme und sah mich sanft an.

„Nichts. Das Übliche. Meine Eltern. Basketball."

Jace.

Ich boxte weiter. Meine Schläge wurden härter.

„Hat es was damit zu tun, dass du und Jace so komisch seid? Ihr redet ja kaum noch miteinander, seit ich hier bin."

Ich zuckte zusammen. Fuck, sie hatte so Recht.

Jace war mein allerbester Freund, schon seit Ewigkeiten. Früher verging kein Tag, an dem wir nicht miteinander geredet hatten. Jetzt war alles anders und ich konnte ihn nicht einfach wie meinen Kumpel behandeln. Mein Herz schmerzte bei dem Gedanken daran, wie er am Tag nach unserer gemeinsamen Nacht so getan hatte, als wäre niemals etwas passiert. Als wären wir Bros und als wäre meine Welt in dieser Nacht nicht komplett ins Wanken geraten.

Mir traten Tränen in die Augen. Fuck, wann hatte ich das letzte Mal geflennt? Ich musste mich zusammenreißen. Also antwortete ich Haley nicht und konzentrierte mich weiterhin auf meinen Boxsack.

Meine Muskeln brannten mit jedem Schlag mehr, aber die Schmerzen lenkten mich von denen in meinem Herzen ab.

Verzweifelt schlug ich immer weiter und weiter und das immer schneller.

Wie aus weiter Ferne hörte ich Haley meinen Namen rufen, doch ich nahm sie kaum wahr.

Wieder dachte ich an Jace und Blake zusammen als Paar, was mich nur noch verzweifelter schlagen ließ.

Jace Hände würden Blake berühren, doch sie sollten nur mich berühren. Blake würde seine Finger überall auf Jace' Körper haben, dabei sollte ihn niemand außer mir anfassen dürfen.

Der erste laute Schluchzer entfuhr mir. Ich konnte nichts dagegen tun und war vollkommen hilflos.

Der zweite folgte und ehe ich mich versah, schlug ich in purer Verzweiflung und in Tränen aufgelöst auf meinen Sandsack ein, bis mich jede letzte Kraft verließ und ich mich Halt suchend daran festklammerte.

Ich spürte eine Hand an meinem Oberarm und kurz darauf zog Haley mich zu sich heran und drückte mich fest an sich.

Meine Schluchzer wurden lauter und ich vergrub meinen Kopf an ihrer Schulter. Ich weinte hemmungslos, bis keine Tränen mehr übrig waren. Haley hielt mich.

∗∗∗

Als ich mich endlich beruhigt hatte, ließ ich von Haley ab, setzte mich auf die Matte am Boden und lehnte erschöpft meinen Kopf gegen die Wand. Haley setzte sich mir gegenüber und streichelte beruhigend meine Wange.

„Erzähl mir, was passiert ist, River", bat sie mich, wobei ihre Stimme beruhigend und sanft klang.

„Ich kann nicht." Ich entzog ihr mein Gesicht und starrte nach oben an die Decke.

„Ich bin es, River. Mir kannst du doch alles sagen." Eindringlich sah sie mich an.

Natürlich hatte sie Recht, sie würde mich niemals verurteilen. Außerdem hatte ich es Brandon und Tristan auch gesagt.

„Jace und ich ...", setzte ich an, doch meine Stimme brach sofort weg. Ich fluchte, zog meine Boxhandschuhe aus und schleuderte sie quer durch den Trainingsraum.

„Habt euch gestritten?", schlug Haley vor. „Wegen eines Mädchens?"

Ich lachte bitter auf. Diese Vermutung war wohl für alle am naheliegendsten, aber Haley sah selbst nicht so aus, als würde sie es tatsächlich glauben.

„Wir waren miteinander im Bett", flüsterte ich kaum hörbar.

„Und weiter?"

Sie hatte den Sinn dahinter offensichtlich nicht verstanden. Ich blickte auf und sah ihr in die Augen.

„Ich hatte Sex mit Jace", sprach ich es nun wesentlich lauter aus.

Ihre Augen wurden groß und ihr Mund öffnete sich. „Wow“, flüsterte sie fassungslos.

Ich kniff die Lippen zusammen und nickte, ehe ich das Gesicht in meinen Händen vergrub. „Das ist noch nicht alles, oder?“, fragte sie vorsichtig.

Sie kannte mich wirklich viel zu gut.

„Empfindest du etwas für ihn?“

Erneut traten mir Tränen in die Augen.

„Ja“, brachte ich mit erstickter Stimme hervor.

Sie zog mich wieder an sich. Kurz darauf erzählte ich ihr alles.

Von der Nacht, wie komisch es danach zwischen uns gewesen war und wie wir uns immer wieder nähergekommen waren. Ich erzählte ihr, wie ich vorgehabt hatte mit ihm zu reden und ihn stattdessen mit Blake gesehen hatte. Auch das Basketballspiel ließ ich nicht aus und endete damit, dass Jace hier gewesen und mir gesagt hatte, dass er jetzt mit Blake zusammen war.

Haley hörte mir die ganze Zeit zu, stellte dann und wann mal eine Nachfrage und streichelte mir die ganze Zeit über den Arm.

Sie wich mir keine Sekunde von der Seite, den ganzen Rest des Tages nicht.

Kapitel 25

Ich kniff die Augen zusammen, als ich, von der Sonne geblendet, die Treppe runterschlurfte. Ich rieb mir mit den Händen über die Augen, wollte aber einfach nicht so richtig wach werden.

Ich hatte stundenlang geschlafen, die Sonne stand draußen so hell am Himmel, dass sie durch die großen Fenster an der Treppe und durch das riesige Dachfenster schien und dabei die gesamte Halle mit Licht durchflutete.

Gequält stöhnte ich auf und blinzelte. Das war nicht zum Aushalten.

Als ich die Küche betrat, sah ich mich irritiert um. Niemand war zu sehen und auch Roza, die man sonst immer hier antraf, war wie vom Erdboden verschluckt. Alles war ordentlich und sauber, nichts wurde vorbereitet.

Verwirrt ging ich zur Kaffeemaschine und machte mir einen starken Kaffee, um endlich wach zu werden.

Ein Blick auf die Uhr verriet mir, dass es bereits Mittag war.

Ich fühlte mich immer noch hundeelend, wenn auch trotzdem irgendwie etwas befreit. Es hatte gutgetan, mir alles von der Seele zu reden. Auch wenn die Jungs bereits von Jace und mir wussten, wussten sie eben doch nicht alles, ich hatte ihnen keine Details verraten.

Haley hatte ich alles gesagt und sie hatte mir ruhig zugehört. Sie war einfach großartig, keine Ahnung, wie ich es ein ganzes Jahr ohne sie ausgehalten hatte.

Nachdem meine Tasse Kaffee leer war, machte ich mir direkt eine zweite und trat den Weg zurück in mein Zimmer an. Ich fühlte mich direkt ein bisschen wacher und wollte meine Sportsachen anziehen und ein bisschen boxen, ungeachtet dessen, dass meine Arme schwer an meinem Körper hingen und schmerzten. Vielleicht könnte ich morgen mal wieder eine Runde laufen gehen. Langsam wurde es mal wieder Zeit, das Haus zu verlassen, aber allein bei dem Gedanken daran, würde ich mich am liebsten übergeben.

Als ich vor meiner Zimmertür war, blieb ich plötzlich stehen, als ich ein Geräusch hörte. War Roza doch irgendwo im Haus und erledigte Hausarbeit?

Wieder vernahm ich ein Geräusch. Definitiv eine Frau.

Ich runzelte die Stirn und lauschte angestrengt. War das ein Weinen?

Ich setzte mich wieder in Bewegung und versuchte herauszufinden, von wo es kam. Meine Ohren führten mich direkt zum Zimmer meiner Eltern. Als ich davorstand, hörte ich es ganz genau. Meine Mom. Meine Mom weinte, daran bestand kein Zweifel.

Mein Herz zog sich zusammen. Ich hasste es, wenn meine Mom traurig war. Hatte mein Dad irgendwas getan, auch wenn er gar nicht in der Stadt war?

Ich wollte schon wieder gehen und meiner Mom Privatsphäre gönnen, als ihr Schluchzen so laut und herzzerreißend wurde, dass ich nicht mehr stillstehen konnte.

Leise stieß ich die Tür zu ihrem Schlafzimmer auf und fand sie zusammengekauert auf der kleinen, stilvollen Designercouch. Auf dem Beistelltischchen vor ihr standen ein Glas und eine fast leere Flasche Wein.

Auf diesen Anblick war ich nicht gefasst. Ich hatte meine Mutter noch niemals betrunken erlebt, sie achtete stets darauf gefasst und stilvoll zu sein. Aber hier saß sie nun, betrunken und in Tränen aufgelöst. Ich ging langsam zu ihr rüber und berührte sie vorsichtig am Arm. Erschrocken hob sie ihren Kopf, den sie in ihren Knien vergraben hatte, und sah mich aus tränenverschleierten Augen an. Sie weinte nur noch mehr. Wortlos drückte ich sie an mich und sie ließ ihren Kopf auf meine Schulter sinken. Schluchzer schüttelten sie die noch heftiger wurden, seit ich hier bei ihr war. Trotzdem drückte sie ihr Gesicht in mein T-Shirt und ließ sich von mir halten.

Ich war völlig überfordert. Ich wusste nicht, wie man mit einer so heftig weinenden Mutter umgehen musste. Sadie konnte ich in jeder Situation trösten und wusste immer, was ich sagen musste, aber jetzt? Jetzt fühlte ich mich wie ein Trottel.

„Mom, ist alles okay?", stellte ich also die dämlichste aller Fragen.

Sicher, ihr geht's prima. Deshalb ist sie auch so in Tränen aufgelöst, du Idiot.

Sie hatte sich dennoch ein wenig beruhigt und rückte etwas von mir ab. Sie wischte sich mit den Fingern die Tränen aus dem Gesicht und nickte mir zu.

„Ja, es geht schon wieder, alles gut."

Als ob ihr allmählich aufgefallen war, dass ich, ihr Sohn, vor ihr saß, schien sie sich plötzlich zusammenreißen zu wollen. Es gelang ihr allerdings nur mäßig, da direkt weitere Tränen ihre Wangen hinabkullerten.

Ich ging zu ihrer weißen Kommode rüber, holte ein Taschentuch aus dem Spender und reichte es ihr.

Sie lächelte mich dankbar an und putzte sich die Nase.

Dabei fiel ein Bild, das sie eben noch in der einen Hand gehabt haben musste, von der Couch.

Ich kniff die Augen zusammen und legte den Kopf leicht schief, um es mir ansehen zu können. Das war doch das Bild von letztens – von dem komischen Typen, der mich als Baby im Arm hatte.

Ich ging einen Schritt darauf zu und hob es mit gerunzelter Stirn auf. Es war eindeutig das gleiche.

Warum um alles in der Welt saß meine Mom hier oben, betrunken, und sah sich dabei dieses Foto an?

„Was soll das?", fragte ich meine Mutter schärfer als beabsichtigt.

Sie zuckte zusammen, als sie bemerkte, was ich in den Händen hielt.

„Ach, das ist nichts", murmelte sie und wollte mir das Bild wieder aus der Hand reißen.

Ich hob meinen Arm und ging einen Schritt zurück, um sie daran zu hindern.

Mit geweiteten Augen stand sie vor mir und schluckte.

„Was zur Hölle ist hier los, Mom? Wer ist der Typ? Ich kenne ihn doch oder nicht? Ich bin mir sicher, dass ich ihn schon mal gesehen habe."

Ihre Unterlippe bebte und sie vergrub das Gesicht in ihren Händen, bevor sie erneut laut aufschluchzte. Sie stand wie ein Häufchen Elend vor mir und der Drang, sie in den Arm zu nehmen, war extrem groß. Ich hielt ihm stand, weil ich Antworten wollte. Ich wollte wissen, was sie so aus der Bahn warf, dass sie sich am helllichten Tage betrank und sich dabei so ein komisches Foto ansah.

„Mom", fuhr ich sie an, „Woher kenne ich diesen Typen?"

Sie hob ihren Kopf wieder und nahm die Hände vom Gesicht. Tränen strömten ihr ungehindert über die Wangen.

„Es tut mir so leid", flüsterte sie mit erstickter Stimme und sah mich eindringlich an.

Hä?

Ich sah mir das Bild ganz genau an. Der Typ war jung und hatte blonde Haare, die ihm einzeln über die Stirn fielen. Er sah glücklich strahlend in die Kamera, dabei einen stolzen Ausdruck im Gesicht.

Seine blauen Augen leuchteten und erinnerten mich an meine eigenen.

Er hatte einen leichten Bartschatten, der sein Kinn kantiger hervorstehen ließ, und ein leicht schiefes Grinsen rundete sein Erscheinungsbild ab.

Ich erstarrte, als sich ein kleiner Gedanke in meinem Hinterkopf festsetzte. Ich kniff die Augen zusammen und sah mir das Bild erneut an, achtete auf jedes Detail.

Bitte nicht. Das durfte nicht wahr sein.

Geschockt riss ich die Augen auf und starrte meine Mutter an. Meine Hände zitterten leicht, als ich ihr tief in die Augen sah und nach irgendeinem Hinweis suchte.

Sie sah mich entschuldigend an und nickte leicht. Damit nahm sie mir jede letzte Hoffnung.

„Bitte nicht, Mom", flehte ich sie an und schloss dabei meine Augen. Mein Herz schlug mir bis zum Hals und ich hörte das Blut in meinen Ohren rauschen.

„Bitte sag mir, dass er nicht …"

„Es tut mir leid River, so leid. Das ist Lake Duncan. Er ist … er …"

Ich öffnete die Augen und sah sie panisch an.

„Er ist dein Vater."

Ich schloss gequält die Augen, als ihre Worte mir letztendlich den allerletzten Rest Boden unter den Füßen wegzogen. Es wurde zu viel, viel zu viel.

„Scheiße, nein", rief ich wütend aus und wirbelte herum. Ich tigerte durchs Zimmer und konnte einfach nicht mehr stillstehen. Meine Hände vergruben sich in meinen Haaren und zogen daran, bis ich einen leichten Schmerz fühlte. Das durfte einfach nicht wahr sein.

Ich kannte diesen Typen, weil er mir jeden Tag aus dem Spiegel entgegensah. Ich kannte seine Augen, weil es quasi meine eigenen waren. Das kantige Gesicht, die Haarfarbe. Ich sah diesem Typen beschissen ähnlich.

„Hat er dich sitzen gelassen?", fragte ich meine Mutter wütend, die immer noch an Ort und Stelle stand.

„Nein, so war es nicht. Lake ist ein großartiger Mensch."

Nahm sie diesen Mistkerl jetzt auch noch in Schutz?

„Ja toller Typ, setzt ein Kind in die Welt und haut einfach ab."

Ich schüttelte fassungslos den Kopf.

„Nein. Ich hatte ihn darum gebeten."

Ich verzog verächtlich die Mundwinkel und fragte mit beunruhigend ruhiger Stimme: „Wie bitte?"

Unter Tränen begann sie zu erzählen: „Ich war so jung, weißt du. Ich hatte Lake bereits in der Schule kennengelernt. Wir fanden uns immer schon toll und waren mehrere Jahre ein Paar. Ich war so verliebt in ihn. Mein Dad war damit nicht einverstanden. Du kanntest ihn ja, er war so streng. Lake kam nicht aus gutem Hause und brachte unserer Familie keinerlei Vorteile. Dad setzte mich immer wieder so unter Druck. Wir trennten uns schließlich, als es einfach zu viel wurde. Mein Vater stellte mir ein Ultimatum. Entweder ich wollte Teil der Familie sein und trennte mich von Lake oder ich blieb mit ihm zusammen und wurde verstoßen. Also entschied ich mich für die Familie."

Sie schluchzte erneut und fuhr sich mit dem Taschentuch über die Augen.

„Ich ging aufs College und habe Lake viele Jahre nicht mehr gesehen. Schließlich stellte mir mein Dad William vor. William kam aus gutem Hause, wusste sich anständig zu benehmen. Er hatte bereits Politik und Wirtschaft studiert und war durch den Tod seiner Eltern bereits millionenschwer.

Er war alles, was mein Dad jemals als Schwiegersohn gewollt hat und auch ich war sehr angetan von ihm. Er war süß, zuvorkommend und ein echter Gentleman. Er wusste von Lake, aber er kämpfte um mich. Wir waren länger ein Paar und heirateten schließlich. Wenig später sah ich Lake wieder. Es warf mich vollkommen aus der Bahn, er warf mich vollkommen aus der Bahn. Dein Vater war beunruhigt und drohte ihm, sich von mir fernzuhalten. Ich wollte ihn aber nochmal sehen. Mich verabschieden quasi. Aber dabei kamen alle alten Gefühle wieder hoch. So bist du entstanden."

Meine Mutter stand vor mir und lächelte mich bei diesen Worten an.

Mir kam hingegen der Würgereiz. Meinte sie das alles ernst? Ich war das Ergebnis davon, dass meine Mom meinen Dad betrogen hatte? Oder meinen Nicht–Dad? Scheiße. Der ganzen Welt erzählte sie diese ätzende Geschichte, ich sei in New York am *Hudson River* entstanden, aber letztendlich log sie dabei jedes Mal.

„Weiß Dad davon?"

Ich sah ihr herausfordernd ins Gesicht und reckte das Kinn vor.

„Er weiß, dass Lake und ich eine Affäre hatten. Ich weiß nicht, ob ihm klar ist, dass du ...", lautete ihre schlichte Antwort.

Wollte sie mich verarschen? Sie wusste es nicht?

„Was willst du damit sagen, du weißt es nicht?"

Sie presste ihre Lippen schmal aufeinander und setzte sich zurück auf die Couch.

„Ich habe es ihm nie gesagt. Anfangs war alles trotzdem so wunderschön. Ich habe Lake gesagt, dass ich mir ein glückliches Leben für dich wünsche, eine glückliche Familie. Ein gutes Zuhause. Ein Elitecollege. Er wusste, dass er dir nichts davon geben konnte. Also habe ich ihn aus unserem Leben ausgeschlossen. William hat dich von der ersten Sekunde an vergöttert. Er hat alles mit dir gemacht, dich zu so vielen Basketballspielen der Lakers mitgenommen. Aber du wurdest älter. Du hast angefangen, dir die coolen Jogginghosen und Hoodies anzuziehen und wolltest deine Haare länger tragen. Da warst du fünf. Du sahst Lake damals schon so ähnlich."

Meine Alarmglocken schrillten.

„Als ich fünf war?", fragte ich fassungslos.

„Ja, du warst Lake schon damals wie aus dem Gesicht geschnitten."

„Mom. Als ich fünf war, fing Dad an mich zu verprügeln", schrie ich ihr entgegen. Ich konnte mich nicht mehr beherrschen. Meine Arme zitterten, so wütend war ich in dieser Sekunde.

Ihre Augen füllten sich wieder mit Tränen. „Es tut mir so leid, River."

„Nein. Fuck, nein. Heißt das, dass Dad mich all die Jahre geschlagen hat, nur weil DU ihn betrogen hast? Er hat all seine Wut auf dich an mir ausgelassen? Und du ..."

Meine Stimme brach bei meinem letzten Satz und nun traten auch mir Tränen in die Augen. All die Jahre hatte ich mich gefragt, was mit mir nicht stimmte und warum mein Dad mich nicht einfach lieben konnte, dabei war es vollkommen egal, was ich tat. Wenn mein Dad mich ansah, sah er einfach nur den Verrat meiner Mom.

„Ich bin immer dazwischen gegangen und habe dich vor ihm beschützt", verteidigte sie sich.

„Ja und was war mit den vielen Malen, als du nicht hier warst? Hast du überhaupt eine Ahnung, wie oft er mich geschlagen hat?"

Mom sog scharf die Luft ein. Sie stand auf und wollte auf mich zukommen.

Ich riss meine Arme nach oben. „Komm mir jetzt nicht näher."

Sie blieb stehen und sah mich flehend an. „Schatz, bitte, es tut mir so leid. Ich konnte nichts tun."

„Du hättest ihn verlassen müssen", stellte ich lautstark klar.

Ständig schlich ich durchs Haus, immer vorsichtig schauend, welche Laune mein Dad jetzt gerade wieder hatte. Musste seine Beleidigungen und Demütigungen ertragen. Das Gefühl nicht genug zu sein.

Tränen kullerten über meine Wangen.

Ich hatte immer nur gewollt, dass mein Dad mich akzeptierte, mich liebhatte.

Er war ein verdammtes Arschloch, aber trotzdem hatte ich ihn irgendwie lieb.

Ich liebte und hasste ihn gleichermaßen.

Und jetzt sollte er einfach so nicht mehr mein Vater sein? Ich schwankte.

„Ich kann ihn nicht verlassen!"

„Wieso nicht, verdammt?", schrie ich meinen Schmerz heraus, während ich nicht aufhören konnte zu heulen. Vielleicht würde endlich alles besser werden, wenn meine Eltern kein Paar mehr waren.

„Weil er mich erpresst", erwiderte Mom.

„Wovon redest du da?"

Mom sah mir verzweifelt entgegen und atmete tief durch. „Dein Vater hat von meiner Affäre zu Lake erfahren und mir gedroht, dass er alles an die Öffentlichkeit bringt, wenn ich es wage ihn zu verlassen. Er hat Beweise, die er der Presse zukommen lassen würde. Wir würden alles verlieren, River. Einfach alles. Und nicht nur mein Leben wäre ruiniert, eures wäre es gleich mit."

Noch mehr konnte ich nicht ertragen, das war einfach zu viel. Dieser verdammte Mistkerl. Auch, wenn ich angenommen hatte, dass mein Hass auf ihn nicht noch größer werden könnte, war genau das eben passiert. Mom hatte ihn verlassen wollen.

„Du kannst trotzdem gehen", sagte ich eindringlich.

„Nein, das kann ich nicht!", widersprach sie heftig. „Wenn ich das tue, verlieren wir nicht nur jeden Penny. Du könntest außerdem vergessen, auf ein gutes College zu kommen. Sadie wäre dem Gespött ausgesetzt. Und zu allem Überfluss könnte William auch dafür sorgen, dass ich das Sorgerecht für euch verliere!"

Ich zuckte zusammen. „Wie bitte?"

„Ihm gehört diese verdammte Stadt. Das weißt du ebenso gut wie ich. Und sein Einfluss geht mittlerweile über Grove Hill hinaus. Nicht nur, dass ich mir keinen Anwalt leisten könnte, es würde mir auch niemand recht geben. Und welche Jury würde Mitleid mit mir haben?" Ihre Stimme brach ihr weg.

Mein Kopf schwirrte von den ganzen Informationen und Gedanken, die auf mich einprasselten.

„Shit", murmelte ich und vergrub meine Hände in meinen Haaren.

Moms tränenverschmiertes Gesicht verschlimmerte meine innere Zerrissenheit. Ich war schrecklich wütend. Weil sie gelogen hatte. Weil sie eine Affäre gehabt hatte. Weil mein Dad nicht mein Dad war. Gleichzeitig fühlte ich mit ihr und verstand sogar irgendwie, warum sie ihn nicht einfach verließ. Endlich konnte ich es ein bisschen verstehen. Und doch wieder nicht. Denn war diese Hölle hier wirklich besser?

Mein Herz raste in meiner Brust und ich zwang mich dazu, mich zu beruhigen.

„Wenigstens ist Sadie vor Dad in Sicherheit", flüsterte ich gerade laut genug vor mir her und lief durchs Zimmer.

Sadie. Sie war das wichtigste.

Ein lauter Schluchzer meiner Mom riss mich aus meinen Gedanken. Ich sah wieder zu ihr rüber. Schuldbewusst schaute sie mich an und sah aus, als wollte sie etwas sagen.

„Was?", fragte ich unruhig. Ich stand kurz vorm Explodieren, das war mir klar.

In mir tobte ein Sturm, der die Gefühle meiner Mom in diesem Moment übertönte. Der alles um sich herum mit sich riss und nicht darauf achtete, was andere jetzt gerade brauchten.

„Sie sieht aus wie du", flüsterte Mom unter Schluchzern, während ihre Worte sich in meinem Kopf in Dauerschleife wiederholten.

„Hä?", fragte ich schließlich verwirrt.

Was hatte denn das jetzt zu bedeuten?

„Sadie ...", setzte meine Mutter an. „Sie sieht genauso aus wie du."

Sie verlieh ihrer Stimme einen besonderen Nachdruck und es war, als hallte der Satz noch ewig nach.

Sie sieht genauso aus wie du.

Ich keuchte erschrocken auf, als ich endlich begriff.

„Scheiße, das ist doch jetzt nicht dein Ernst", schrie ich ihr wütend entgegen. Ich konnte nicht fassen, dass sie es nicht mal jetzt aussprechen konnte.

Sie zuckte zusammen und weinte, wenn möglich, noch mehr.

„Sag mir, dass das nicht wahr ist. Sag mir bitte, dass Sadie nicht auch von Lake ist."

Stille. Ihr Schweigen sagte mehr als Worte hätten ausdrücken können.

„Fuck", brüllte ich laut, als all das Verständnis, das ich eben für sie aufgebracht hatte, zerbrach. Sie hatte gewusst, was Dad mir angetan hatte. Und dass ihre Affäre schuld daran war. Und dennoch hatte sie zugelassen, dass sich alles wiederholte. Was, wenn mein Vater Sadie das gleiche antun würde?

Sadie sah mir so ähnlich und er musste wissen, dass sie auch nicht seine Tochter war. Er behandelte sie in letzter Zeit anders. War öfters wütend auf sie und schrie sie an.

Ich durfte nicht zulassen, dass er ihr dasselbe antat, wie mir. Ich musste sie beschützen, sie in Sicherheit bringen.

„Wir bringen Sadie zu Tante Carol", sagte ich bestimmend, auch wenn meine Stimme fremd klang, und verschränkte meine Arme vor der Brust.

Tante Carol war die Schwester meiner Mutter und lebte ungefähr zwei Stunden von uns entfernt in einer Kleinstadt.

„Was? Auf keinen Fall", entgegnete meine Mom entrüstet.

„Doch. Du hast zugelassen, dass Dad mich kaputt macht. Ich lasse nicht zu, dass er Sadie das gleiche antut. Sadie wird nicht so aufwachsen."

Ich sah meiner Mom eindringlich in die Augen.

„Sie wird nicht so aufwachsen. Hast du verstanden?", fragte ich laut.

Sie atmete tief durch und schloss für einen kurzen Moment die Augen.

Ein leises *Okay* signalisierte ihre Zustimmung.

Mein Herz hämmerte in meiner Brust und das Blut rauschte in meinen Ohren.

Mit einem Ruck riss ich mich von meiner Mutter los und stürmte aus dem Zimmer.

***

Dieser Tag war eine Katastrophe.

Ich atmete tief durch, als ich in meinem Auto auf dem Rückweg nach Grove Hill saß.

Es hatte mich ungeheure Anstrengung gekostet das Ganze für Sadie wie einen lustigen Ausflug darzustellen. Ich musste die ganze Zeit glaubhaft gute Laune vortäuschen und Sadie vorgaukeln, dass sie nur einen kleinen Urlaub machen würde.

Das Problem war, dass ich keine Ahnung hatte, wie es jetzt weitergehen sollte.

Die Tränen liefen mir bereits die Wangen hinunter, kaum dass ich vom Haus meiner Tante weggefahren war.

Was war ich für eine Heulsuse geworden.

Ich hatte ihr eingeschärft, mich immer auf dem Laufenden zu halten und dass ich derjenige wäre, der sie wieder abholte. Ich schob die Bürgermeisterwahl vor und erzählte, dass es momentan so stressig zu Hause wäre, dass sich niemand anständig um sie kümmern könnte.

Zum ersten Mal in meinem Leben war ich erleichtert, dass ich Sadie abgeben konnte. Ich konnte einfach nicht mehr, denn mir wurde alles zu viel.

Ich konnte mich kaum noch auf den Beinen halten und wurde von meinem inneren Schmerz zerfressen. Meine Finger fanden mein Handy, auf das ich einen Blick warf, bevor ich mich wieder auf die Straße konzentrierte.

Haley hatte versucht, mich zu erreichen, ebenso wie Brandon und Tristan. Irritierenderweise auch Penelope. Letztere versuchten mich auf die scheiß Party am See zu locken.

Niemals würde ich dorthin fahren.

Dennoch wusste ich nicht, wo ich hinsollte. Ich wollte auf keinen Fall meiner Mom begegnen, denn im Augenblick hätte ich es einfach nicht ertragen. Ich sollte irgendwo halt machen und mich betrinken.

Allerdings wagte ich zu bezweifeln, dass es mir heute irgendwie helfen könnte. Es war einfach zu viel, verdammte Scheiße. Den Tag über hatte ich mich auf meine Mission, Sadie in Sicherheit zu bringen, fokussieren können, doch jetzt stürzte alles über mir zusammen. Alkohol würde einfach nichts nützen – und es dauerte zu lange. Ich zitterte, wie Espenlaub und bekam meine Tränen nicht unter Kontrolle. Scheiße, so einen Ausbruch hatte ich noch nie.

Ich fuhr rechts ran und schnappte mir erneut mein Handy. Ich ignorierte die Nachrichten, die bereits aufleuchteten und suchte die Nummer des Schuldrogendealers heraus.

Alle nannten ihn bloß Hero, kurz für Heroin. Ich schrieb ihm, dass ich dringend irgendwas bräuchte, damit mir alles einfach scheißegal wäre. Mehr musste der Typ nicht wissen.

Es dauerte nicht lange, bis er mir antwortete. Er hatte etwas für mich, war aber bei der scheiß Party am See. Shit.

Ich stand noch einige Zeit am Straßenrand, bis meine Tränen endlich versiegten und trockneten. Ich wischte mir über die Augen und räusperte mich. Noch immer zitternd fuhr ich weiter.

An irgendeiner billigen Tankstelle kaufte ich mit meinem gefälschten Ausweis eine Flasche Whiskey. Der Typ an der Kasse sah kaum auf meinen Ausweis und verkaufte mir den Alkohol. Den Laden musste ich mir definitiv merken, falls ich mal wieder herausfinden sollte, dass mein ganzes bisheriges Leben eine Lüge war.

Eine halbe Stunde später lenkte ich meinen Wagen auf den Schotterparkplatz am Wald in Grove Hill. Direkt dahinter führte ein kleiner Trampelpfad zum See hinunter. Ich konnte laute Musik und Stimmen bereits durch die geschlossene Autotür hören.

Ich öffnete die Flasche und trank mehrere Schlucke, bevor ich aus dem Auto stieg und durch den kleinen Weg den Wald von Grove Hill betrat.

Kapitel 26

Jace

Ich ließ meinen Blick über die Menge schweifen und redete mir selbst ein, dass ich nicht nach ihm suchte. Tat ich nicht. Niemals.

Wem machte ich hier eigentlich was vor?

Ich stand direkt am Seeufer und atmete den frischen Duft des Wassers ein, während die Oberfläche im Licht des Lagerfeuers, das in der Mitte des großen Ufers loderte, glitzerte.

Ich liebte es hier. Sobald es draußen wieder schöner wurde, war es hier übersät von Jugendlichen, sei es zum Baden oder einfach nur zum Chillen.

Diese Party stellte, wie jedes Jahr, den Anfang dar.

Am Wochenende brauchte man abends nur herkommen und traf immer jemanden zum Feiern. Wir konnten den langweiligen Partys unserer Eltern besser entkommen und taten, worauf wir Lust hatten.

River und ich verbrachten eigentlich immer den gesamten Sommer hier und genossen es, dass wir hier unsere Ruhe vor Erwachsenen hatten. Vor allem vor seinen Eltern.

Er ist nicht hier.

Ich war mir absolut sicher, denn obwohl ich nicht nach ihm suchen wollte, hatte ich es insgeheim eben doch getan. Es war ein ganz automatischer Reflex. Ich seufzte genervt auf und nahm einen Schluck von meinem Bier.

Mein Blick schweifte zu den hochgewachsenen Bäumen, die das gesamte Ufer einrahmten und deren große, massige Baumkronen im Wind schaukelten. Diese Badestelle war so abgeschottet, dass man hier wirklich in Ruhe feiern konnte. Abgesehen von dem langen Trampelpfad, gab es hier nur den endlosen Wald von Grove Hill, der einen Großteil des Grove Lake umgab.

„Jace, hörst du mir überhaupt zu?", fragte mich Blake auffordernd und riss mich damit aus meiner Trance.

Ich schüttelte leicht den Kopf. „Sorry, was?"

Er zog die Augenbrauen nach oben und ein Lächeln umspielte seinen Mund.

„Wo bist du nur mit deinen Gedanken? Ich hatte gefragt, ob du Lust hast zu Tanzen?"

Tanzen ... zusammen ... hier vor allen?

Auch wenn ich River erst eine Ansprache gehalten hatte, dass ich es unbedingt mit Blake versuchen wollte und wir nun auch ein Paar waren, war es mir doch zu viel, dass es heute alle erfahren würden. Ich war nicht so weit, dass meine Freunde davon erfuhren, schon gar nicht auf einer Party.

„Ich ... ähm ...", druckste ich also nur herum.

Blakes Gesichtszüge wurden weicher und seine Fingerspitzen streiften leicht meine Hand. Sein Gesicht war immer noch blau, wenn es nun auch in mehreren Farben schillerte.

„Ist schon gut. Wir machen ganz langsam. Sag einfach, wenn du bereit bist. Es reicht mir, dass du mit mir zusammen bist. Ob die anderen es schon wissen oder nicht, ist unwichtig, alles zu seiner Zeit.“

Ich lächelte ihn dankbar an. Wie konnte man nur so viel Verständnis haben? Er gab mir Zeit, er hörte mir zu und verlangte einfach nichts weiter von mir, als dass ich mit ihm zusammen sein wollte. Alles nach meinen Bedingungen. Während ich permanent an River dachte. Und nicht nur das – ich fühlte mich auf so viele unterschiedliche Arten schuldig. Zum einen, weil ich das Gefühl hatte, River zu betrügen, was vollkommen sinnfrei war. Zum anderen war ich mit Blake zusammen, obwohl ich lieber mit meinem besten Freund zusammen wäre, von dem ich nicht einmal wusste, ob er das überhaupt noch war. Außerdem fühlte ich mich beschissen, weil ich heute Blakes Anwesenheit nicht genießen konnte, obwohl ich selbst derjenige gewesen war, der ihn überhaupt eingeladen hatte. Und doch würde ich viel lieber River suchen gehen.

Ich ignorierte meine lauten Gedanken und versuchte einfach, die Party zu genießen oder wenigstens so zu tun. Es war bereits spät und die Leute um uns herum wurden immer betrunkener.

Heather war heute bunt gekleidet und war über und über mit leuchtenden Knicklichtern bedeckt. Sie sah aus wie ein Glühwürmchen, als sie auf uns zu hüpfte. Selbst ihre Haare, die ihr fast bis zum Po reichten, strahlten heute in einem schönen Violett.

„Jacey“, rief sie glücklich und fiel mir um den Hals. „Hier, du brauchst auch ein Licht.“

Kurz darauf lag ein strahlend blaues Knicklicht um meinen Hals. Heather küsste mich auf die Wange, bevor sie einen Schluck ihres Biers trank. Blake beäugte sie misstrauisch.

„Ehrlich, der Typ ist so hübsch, oder?", wandte sie sich nun an Brandon und Sam, die in der Sekunde zu uns stießen und deutete auf mich.

Ich lachte auf und schüttelte den Kopf. Das war typisch Heather. Wenn sie trank, verteilte sie fleißig Komplimente und musste jedem sagen, wie gern sie ihn hatte.

„Ja, hübscher Bengel", kommentierte Brandon. „Wenn ich schwul wäre, würde ich ihn flachlegen."

Heather und Sam kicherten um die Wette, während meine Augenbrauen in die Höhe schossen. Wo kamen denn jetzt solche Sprüche her? Andrerseits laberte Brandon pausenlos irgendwelchen Blödsinn, also beschloss ich es einfach zu ignorieren.

„Wo ist eigentlich Tristan?" Ablenkung war doch immer die beste Taktik.

Brandon kniff die Augenbrauen zusammen und blickte auf sein Handydisplay. „Keine Ahnung. Ich versuche schon seit 'ner Ewigkeit, den Penner zu erreichen."

„Wie? Fred weiß nicht, wo George hingegangen ist?", fragte Heather neckend.

Brandon legte die Stirn in Falten. „Was?"

Heather legte den Kopf schräg und versuchte offenbar zu ergründen, ob Brandon seine Frage ernst meinte. Ich tippte auf ja, denn er sah ziemlich verwirrt aus.

„Verarschst du mich?"

„Nein? Ist das irgendein seltsamer Code für Sex, den ich nicht verstehe?" Brandon wickelte einen Lolli aus und steckte ihn sich in den Mund. Dieser Typ und seine Süßigkeiten.

Heather schlug sich mit der flachen Hand vor die Stirn. „Was läuft nur bei dir falsch?"

„Wieso mit mir? Du hast doch mit dem Sextalk angefangen."

„Ich habe dich und Tristan mit Fred und George aus Harry Potter verglichen, du dämlicher Idiot. Vielleicht sollte ich euch das nächste Mal einfach siamesische Zwillinge nennen."

„Oder Dick und Doof", warf Sam hilfreicher Weise ein. Heather brach in schallendes Gelächter aus und hob ihre Hand zum High Five. Sam schlug leicht verlegen ein, so als ärgerte er sich, dass er überhaupt was gesagt hatte. Sie hingegen himmelte ihn an.

Brandon beobachtete die beiden grinsend. Scheinbar war ich nicht der Einzige, der die Sache zwischen Sam und Heather spannend fand. Als Brandons Blick an Blake hängenblieb, verdüsterte sich sein Gesicht. Er legte den Kopf leicht schräg und musterte den armen Blake von oben bis unten. Dieser wiederum schien etwas verwirrt über die ausgiebige Musterung zu sein, mehr aber auch nicht. Er lächelte einfach zurück – wie immer. Mittlerweile fiel sogar mir auf, dass Blake einfach … immer lächelte. Vermutlich machte ihn gerade das so extrem hübsch. Trotz blau verfärbtem Gesicht und dem Nasenverband sah er aus wie ein Superstar.

„Was grinst du eigentlich den ganzen Tag so scheiße?", wandte sich Brandon direkt an ihn. Meine Augen fielen mir beinahe aus dem Kopf und mein Mund stand offen. Klar, Brandon sagte immer, was er dachte, aber reichte es nicht langsam? Erst ging River auf Blake los und jetzt haute Brandon sowas raus? Ich öffnete bereits meinen Mund, um zu antworten, als Blake das bereits selbst übernahm.

„Bist du immer so unfreundlich?“, fragte er, während sein Lächeln höchstens noch breiter wurde.

„Nein. Dein Grinsen ist einfach nur echt ekelhaft. Man könnte meinen, das sei das eigentlich Unhöfliche hier.“

Was zum …

„So sehen Menschen aus, wenn sie zufrieden mit ihrem Leben sind. Solltest du mal versuchen.“

„Wieso? Bekomm ich dann auch einen Ellenbogen in die Fresse gerammt?“

„Brandon“, fuhr ich ihn an.

Er verdrehte nur die Augen und drehte den Lolli in seinem Mund hin und her.

„Also, ein bisschen recht hat er schon. Du lächelst immer, als wärst du ein Roboter.“ Heather ging ein paar Schritte näher heran. „Können Roboter so hübsch sein?“

Blake lachte auf und grinste breiter, wobei es diesmal auch seine Augen erreichte.

„Bitte, der Typ sieht aus, als ob er sich mit einem MMA–Kämpfer angelegt hätte.“ Brandon verdrehte erneut die Augen. Offensichtlich konnte er Blake nicht leiden.

„Ja und trotzdem könnte er mit den Blessuren auf dem Cover der *Mens Health* landen.“

Heather und Brandon unterhielten sich, als wären wir anderen einfach gar nicht da. Während Heather zauberhafte Komplimente äußerte, war Brandon schonungslos ehrlich und, ehrlich gesagt, beleidigend. Blake sah mir aus hochgezogenen Brauen entgegen. Wir blinzelten uns verblüfft an, bevor sich unsere Mundwinkel Stück für Stück hoben und wir anfingen zu lachen. Brandon und Heather ließen sich in ihrem Schlagabtausch nicht stören und kurz darauf redeten wir auch schon über das bevorstehende Basketballspiel.

Unauffällig ließ ich meinen Blick ein weiteres Mal schweifen. War River wirklich nicht hier? Normalerweise ließ er sich die Seepartys nicht entgehen, er liebte den *Grove Lake*. Ich versuchte, das beklemmende Gefühl in mir abzuschütteln, das sich in meiner Brust eingenistet hatte, mir das Atmen schwermachte und sich dort eindeutig zu wohl fühlte. Doch das Gefühl blieb die ganze Zeit über. Immer wieder blickte ich mich auf der Suche nach River um, doch ich konnte ihn nicht entdecken. Dafür sah ich aber wenig später Penelope und Tristan auf uns zu laufen. Er hatte beschützend einen Arm um sie gelegt.

Es ließ sich an einer Hand abzählen, wie oft ich Penelope bisher ungestylt gesehen hatte und dafür müsste ich nicht einmal meine Finger benutzen. Es war also eine absolute Premiere sie heute in einer Stoffshorts, einem locker sitzenden blauen T-Shirt und einfachen Turnschuhen zu sehen. Sie trug kaum Make-up und ihre Haare waren zu einem unordentlichen Knoten zusammengebunden. Besonders überraschend war aber der besorgte Gesichtsausdruck, der nicht ganz zu der feiernden Meute um uns herum zu passen schien. Auch Tristans Stirn lag in Falten, ebenso wie meine, als die beiden direkt auf mich zusteuerten.

„Alles okay?" Mein Herz pochte augenblicklich in meiner Brust und eine dunkle Vorahnung beschlich mich.

„Es geht um River", kam Tristan direkt zur Sache und hatte nun auch die Aufmerksamkeit der anderen auf sich.

„Was ist passiert?", fragte ich ohne Umschweife. Fuck, war *ihm* etwas passiert?

„Er ..." Penelope atmete tief durch, wie um sich zu sammeln. „Tris und ich haben den ganzen Nachmittag gelernt und sind eben erst hierhergefahren. Beim Trampelpfad haben wir dann River getroffen. Er war total komisch und ... keine Ahnung, es hat mir Angst gemacht, wie er drauf war. Wie auf Autopilot. Und dann haben wir auch noch Hero gesehen, der in dieselbe Richtung unterwegs war und jetzt mache ich mir Sorgen. Das ist doch kein Zufall."

Das Blut in meinen Adern gefror zu Eis.

„Fuck", keuchte ich.

„Wir müssen ihn suchen", sagte Brandon bestimmend. „Dass er mit Hero, dem Wichser, zu tun hat, ist kein gutes Zeichen."

Plötzlich redeten alle durcheinander, während ich versuchte meine Gedanken klar zu bekommen. Das war kein Zufall. River konnte Hero nicht leiden. Wir hatten einmal vor ein paar Jahren Pilze von dem Typen gekauft und hatten uns dabei im Wald versteckt, weil wir Schiss vor unseren Eltern gehabt hatten. Wir waren uns absolut einig gewesen, dass wir diese Erfahrung nicht wiederholen mussten.

Hero achtete immer darauf, sich zu verstecken, damit ihn die Cops nicht erwischen konnten, ich war also sicher, dass die beiden tiefer im Wald sein mussten. Scheiße.

„Ich gehe ihn suchen. Allein." Meine Stimme klang fest und selbstsicher, während ich innerlich völlig durchdrehte. Alle sahen mich überrascht an.

„Bist du bescheuert?" Blake fuhr mich fassungslos an. „Der Typ ist gefährlich."

„Nicht nur blond, sondern auch noch blöd", ätzte Brandon hämisch in seine Richtung und zum ersten Mal musste ich Brandon heimlich recht geben. Nicht, dass ich das jemals laut ausgesprochen hätte, zumal es jetzt gerade auch noch vollkommen unwichtig war.

„Wer ist das denn bitte schön?" Penelopes verächtlicher Blick traf Blake, kurz bevor sie mich fixierte und stumm mit mir kommunizierte. Sie wollte ebenfalls, dass ich mich darum kümmerte.

Blake riss seine Arme nach oben, kurz bevor er auf sein Gesicht deutete. „Er hat mir die Nase gebrochen."

„Irgendeiner musste es ja machen", kam Brandons Stimme aus dem Off. Selbst die freundliche Heather brach in schallendes Gelächter aus. Die beiden waren sich genauso ähnlich, wie unähnlich. Ich konnte hingegen an nichts denken, abgesehen von River.

„River ist mein bester Freund. Er ist nicht gefährlich und er würde mir auch niemals etwas tun." Meine Stimme klang nun nicht mehr freundlich, sondern genervt und aufgebracht. Über Blakes Gesicht huschte ein Ausdruck von Schmerz. Ich hatte ihn verletzt und konnte mich dennoch nicht mit ihm befassen. Es war jetzt nicht wichtig. River zählte. Ich kannte ihn gut genug, um zu wissen, dass es schlimm sein musste, wenn er sich mit Hero traf. Alles, was vorgefallen war, spielte jetzt keine Rolle mehr, ich musste einfach nur zu ihm.

„Ich gehe ihn allein suchen. Ich kenne ihn und weiß, dass wir ihn nicht alle überfallen können. Wartet hier und ruft mich an, falls er zurückkommen sollte."

„Alles klar. Melde dich, wenn du ihn hast." Penelope lächelte erleichtert. Es war offensichtlich, dass sie kurz davor war, in Tränen auszubrechen und da war sie nicht die einzige.

Ich drehte mich um und wurde kurz darauf zurückgerissen.

„Lass ihn das mit sich selbst ausmachen." Blake sah mich flehend an. Keine Spur seines gewohnten Grinsens.

Ich presste die Lippen fest zusammen, ehe ich antwortete. „Er braucht meine Hilfe. Du kennst ihn nicht."

„Nein, aber ich kenne dich. Lass mich wenigstens mitkommen."

Er setzte sich bereits in Bewegung, doch ich stoppte ihn und hielt ihn zurück.

„Nein."

Verwundert sah er mich an.

„Lass mich einfach mit ihm reden, okay? Ich muss zu ihm."

Ich sah ihn eindringlich an und er nickte. „Okay."

Hastig lief in die Richtung, die Penelope mir beschrieben hatte und war dankbar, dass mir niemand hinterherkam. Sobald mich die ersten Bäume verdeckten, rannte ich los, so schnell ich in der, lediglich von meinem Handy und meinem Knicklicht beleuchteten Dunkelheit konnte. Adrenalin rauschte durch meine Adern und mein Herz hämmerte mir viel zu schnell bis zum

Hals. Augenblicklich überkam mich eine Gänsehaut, als ich versuchte mir keine Horrorszenarien auszumalen.

Ich blieb immer wieder stehen, um etwas zu hören, aber bisher vernahm ich nur das leichte Rascheln der Blätter. „River", rief ich laut. Keine Antwort. Scheiße.

Ich lief weiter und rannte aus einer Eingebung heraus direkt zu der kleinen Lichtung, die River und ich als Kinder einmal entdeckt hatten.

Ich sprang über einen am Boden liegenden Baumstamm und blieb abrupt stehen als ich ihn sah.

Wie ich vermutet oder eher gehofft hatte, saß er auf einem der Baumstämme, eine Flasche Whiskey in der einen und ein kleines durchsichtiges Tütchen mit Pillen in der anderen Hand. Er starrte wie gebannt darauf und wirkte vollkommen abwesend.

River sah schrecklich aus. Seine Haare standen ihm zu Berge, er war aschfahl im Gesicht und saß gekrümmt da, als hätte er Schmerzen.

Seine Wangen glitzerten.

Weinte er etwa?

Mein Herz setzte einen Schlag aus und in mir drinnen zog sich alles zusammen. Ich hatte River noch niemals weinen sehen. Niemals. Irgendetwas furchtbar Schreckliches musste passiert sein. Ich trat näher und hockte mich direkt vor seine Nase.

„Hey", flüsterte ich leise und sah zu ihm auf.

Erst in diesem Moment schien er mich überhaupt wahrzunehmen und zuckte zusammen. Er wischte sich mit dem Armrücken über die Augen, als könnte er irgendwie den Umstand verbergen, dass er weinte.

Meine Brust zog sich eng zusammen.

Er sagte nichts. Keinen einzigen Ton. Er machte mir wirklich Angst.

„Hast du davon was genommen?" Ich deutete auf das Tütchen in seinen Händen.

„Noch nicht." Seine Stimme klang brüchig.

Erleichtert atmete ich auf, auch wenn das hieß, dass sein komisches Verhalten nicht auf Drogen zurückzuführen war.

„Was ist passiert?", fragte ich sanft und legte eine Hand an seine Wange.

Er schluchzte in dem Moment auf, als ich ihn berührte. Himmel, ich hatte River noch niemals so verzweifelt gesehen.

„Alles bricht auseinander", sagte er unter Tränen.

Ich stützte mich auf meine Knie und nahm ihn fest in meine Arme. Er weinte noch lauter, krallte sich aber sofort an mir fest. Ich inhalierte seinen Duft, bis ich nicht mehr wusste, wer sich eigentlich an wem festklammerte.

„Was ist passiert?", fragte ich nochmal.

„Alles", lautete seine verzweifelte Antwort. „Ich kann nicht mehr."

Er wich ein Stück zurück, sodass wir uns nun wieder gegenüber waren und ansehen konnten. Er sah so verzweifelt aus. Seine blauen Augen wirkten leer.

Mein Herz klopfte mir bis zum Hals, doch ich zwang mich abzuwarten.

„Mein Dad ist nicht mein Dad", platzte er endlich mit seiner Antwort aus.

Ich keuchte laut auf. Damit hatte ich jetzt nicht gerechnet.

River musste sich schrecklich fühlen, er hatte sein Leben lang versucht seinem Vater alles recht zu machen und hatte nichts mehr gewollt, als von diesem Arschloch geliebt zu werden. Angenommen und akzeptiert zu werden. Diese Nachricht musste so niederschmetternd für ihn sein.

„Fuck, River ...“

Ich war mir sicher, dass es nicht schlimmer kommen konnte, doch ich hatte mich geirrt.

„Als er es herausfand, fing er an mich zu schlagen“, sagte er tonlos, während weiter Tränen über seine Wangen strömten. Ich strich vorsichtig mit dem Daumen darüber und fing sie auf. Als ich zu einer Antwort ansetzten wollte, sprach er weiter, während er mir mit panischem Gesichtsausdruck in die Augen sah.

„Sadie ist auch nicht von ihm und das beginnt er gerade herauszufinden.“

Seine Worte hallten durch den Wald, bevor eine ohrenbetäubende Stille herrschte.

Nun stiegen auch mir Tränen in die Augen. Sadie. Sie war sein Ein und Alles. Nicht nur, dass er damit klarkommen musste, dass William nicht sein Dad war, musste er sich jetzt noch krankhafte Sorgen darum machen, dass ihr jemand wehtat.

Wut auf diesen Bastard William überkam mich, doch ich schob sie beiseite. Jetzt ging es nicht um ihn, es ging um River.

Es gab allerdings nichts, was ich sagen konnte, um es besser zu machen.

Also rückte ich weiter an ihn heran und legte meine Stirn gegen seine, während ich meine Arme wieder um ihn schlang. Trotz der Situation fühlte es sich so gut an, ihn zu halten, so richtig.

Alles was zwischen uns im Raum stand rückte in diesem Moment in weite Ferne. Ich fühlte seine Haut auf meiner und ein Prickeln überkam mich. Minutenlang saßen wir genauso da. Dicht an dicht. Stirn an Stirn, eng umschlungen. River beruhigte sich spürbar, doch ich hielt ihn weiter fest. Sein Mund war nur wenige Zentimeter von meinem entfernt und ich spürte seinen Atem auf meinen Lippen.

Ich sah ihm in seine Augen, aus denen jegliche Leere verschwunden war. Mein Herz gab einen erleichterten Hüpfer von sich, bevor es angesichts der Nähe zwischen uns wieder wild zu pochen begann. River streichelte sanft meine Wange, bevor er erschrocken seine Hand zurückzog.

„Entschuldige", gab er erstickt von sich und wollte von mir wegrücken. Ich packte ihn an seinen Schultern und hielt ihn so dicht bei mir, ließ ihn nicht zurückweichen.

Seine Augen weiteten sich.

Ich gab dem Drang nach, und legt meine Lippen federleicht auf seine. River erhöhte den Druck sofort und presste seinen Mund fester auf meinen. Die Intensität ließ mich nach hinten kippen, doch er packte mich und hielt mich fest. Gierig schob er seine Zunge in meinen Mund und ein tiefes Stöhnen entfuhr mir.

Er klammerte sich an mich, wie ein Ertrinkender und küsste mich so intensiv, dass mir schwindelig wurde. Die leise Stimme in meinem Kopf, die mir sagte, dass ich das hier bitter bereuen würde, schob ich mit aller Macht in den Hintergrund.

River brauchte das hier. Fuck, ich brauchte das hier.

Wir standen auf, ohne unsere Lippen voneinander zu lösen. Seine Zunge umspielte meine, als hätte sie niemals etwas anderes getan. Jede seiner Berührungen fuhr, wie ein Blitz direkt in meinen Unterleib, wo sich sofort ein Ziehen ausbreitete. Ich vergrub meine Hände in seinen Haaren, was ihn wahnsinnig zu machen schien.

Schwungvoll presste er mich an einen Baumstamm und löste unseren Kuss, um sich meinen Hals entlangzuknabbern.

„Heilige Scheiße", entfuhr es mir.

Ich spüre, wie er an meinem Hals grinste, als ich auch schon meine Hände unter seinen Pullover schob. Er erzitterte unter meinen Fingern und küsste mich erneut, während seine Hände meinen Oberkörper entlangwanderten und eine Spur aus Feuer hinterließen.

Er presste sich fester an mich und ich konnte seine Erregung deutlich an meinem Oberschenkel spüren.

Plötzlich konnte es uns beiden nicht mehr schnell genug gehen. Zeitgleich fummelten wir gegenseitig an den Knöpfen unserer Hosen herum. Als wir die Hand in der Hose des anderen vergruben, stöhnten wir beide.

Scheiße, war das gut.

Mit der anderen Hand zog ich River näher an mich heran und küsste seinen Hals. Wieder bebte er unter meiner Berührung. Sein Atem ging stoßweise.

Ohne unsere Küsse zu unterbrechen, griff ich in meine hintere Hosentasche und holte ein kleines Tütchen mit Gleitgel daraus hervor. River bemerkte es trotzdem, löste seinen Mund von mir und sah kurz auf das Gleitgel. Ohne jegliche Scheu blickte er mich fragend an und wartete auf meine Zustimmung. Ich schaffte es, ein Nicken zustande zu bringen, woraufhin er mir das Tütchen aus der Hand nahm und es aufriss. Sanft drehte er mich mit dem Rücken zu sich, griff um mich herum und schob mir meine Hose ein Stückchen herunter. Im Augenwinkel sah ich das Tütchen zu Boden wandern, als alles andere in weite Ferne rückte, denn River schob sanft einen Finger in mich, während seine Zähne sich an meinem Hals entlangknabberten. Ich stöhnte kehlig und verlor mich vollkommen in Rivers Berührungen. Und doch reichte es nicht, weshalb ich mich kurz darauf aus seiner Umklammerung löste und zu ihm drehte. Ich konnte es einfach nicht weiter aushalten und fischte nach dem Kondom, das sich ebenfalls irgendwo in meiner Tasche befand. Den Grund, warum ich es eingepackt hatte, verbannte ich in den hintersten Teil meines Gehirns und konzentrierte mich auf das Hier und Jetzt. Auf River.

Ich schob ihm die Hose über seinen perfekten Hintern, öffnete die kleine Packung und streifte ihm das Kondom über.

Er stöhnte meinen Namen, während ich das tat, und ein Schauer durchlief meinen Körper.

River sah mich aus schweren Lidern und mit geschwollenen Lippen an. Diesen Anblick speicherte ich mir ab. Für immer. An diesen Augenblick wollte ich mich ein Leben lang erinnern. Ich sah ihm tief in die blauen Augen und verwickelte unsere Zungen in einen weiteren Kuss. Sein Blick wanderte daraufhin nach unten und verdunkelte sich.

Er drehte mich um, drückte mich fest an den Baum und küsste meinen Nacken, bevor er sich selbst an mich presste und mit einem festen und zugleich sanften Stoß in mich eindrang. Ich stöhnte laut.

„Fuck", knurrte er in meinem Nacken. Ich hatte niemals etwas Heißeres vernommen.

Wir bewegten uns keuchend im Einklang. Ich wusste nicht, wo mein Körper aufhörte, und seiner anfing.

Rivers Bewegungen wurden schneller und fahriger, unsere Geräusche umso lauter.

Er drückte sich so fest an mich, dass mein Gesicht gegen die Baumrinde gedrückt wurde und sicherlich einen Kratzer hinterließ, aber ich hieß den Schmerz willkommen.

Unser erstes Mal war von Leidenschaft geprägt gewesen, aber das hier war anders. Das hier war pure Verzweiflung und das nicht nur von seiner, sondern auch von meiner Seite. Wir klammerten uns so heftig aneinander als hätten wir Angst den Augenblick enden zu lassen. Ich befand mich kurz davor zu kommen und auch Rivers Atem überschlug sich fast. Als er mich mit einer Hand umfasste, war es endgültig um mich geschehen. Ich schrie seinen Namen, als ich erbebte und sich alles in meinem Inneren zusammenzog.

Kurz darauf kaum auch River, während sein Kopf in meinem Nacken lag und sein heißer Atem mein Ohr streifte. Keiner von uns bewegte sich, während wir darum bemüht waren, wieder zu Atem zu kommen.

Ich lehnte mich leicht zurück, als er mich mit seinen festen und muskulösen Oberarmen umfing und festhielt.

Kapitel 27

River

Wir standen schweigend da, als hätten wir Angst, den anderen gehen und den Moment enden zu lassen.

Das hier war so verdammt perfekt. Unser erstes Mal war schon unglaublich gewesen, aber das hier übertraf einfach alles.

Sex mit Jace zu haben, während ich mir eingestehen konnte, dass ich hemmungslos in ihn verliebt war, war der pure Wahnsinn. Ich küsste leicht seinen Nacken und vernahm lächelnd, wie er erzitterte.

Ich atmete tief seinen Duft ein und stellte verblüfft fest, dass die grenzenlose Enge in meiner Brust verschwunden war – ich konnte atmen. Ich konnte endlich wieder frei atmen, ohne dass es mir die Brust zuschnürte.

Eine Stimme in der Ferne ließ uns synchron zusammenfahren.

Kam da jemand? So oder so, das war nicht unbedingt ein Anblick, der für die Öffentlichkeit bestimmt war.

Wir lösten uns voneinander und zogen unsere Hosen wieder hoch. Es herrschte weiterhin Schweigen zwischen uns. Das Kondom verknotend sah ich mich um, unschlüssig wohin ich es werfen sollte, und entschied mich schlussendlich dazu, es neben dem Baumstamm zu entsorgen, auf dem ich eben noch gesessen hatte. Fühlte sich an, als wäre es eine Ewigkeit her.

Ich rang um Worte, denn ich wusste ich musste jetzt irgendwas sagen. Das hier musste diesmal unbedingt anders laufen.

„JACE“, drang wieder ein Rufen durch den Wald.

Jace erstarrte in seiner Bewegung und riss panisch seine Augen auf.

„Wer ist das?“, fragte ich verwundert und wollte einen Schritt auf ihn zu machen. Er wich einen zurück und war kreidebleich.

„Blake.“

Ich riss erschrocken den Mund auf. Blake. Sein beschissener fester Freund.

Er wich weiter zurück, doch ich konnte ihn nicht einfach gehen lassen. Nicht schon wieder.

„Jace, komm her.“

Doch er wich nur immer weiter vor mir zurück und schluckte sichtbar.

Ein weiteres Rufen, deutlich dichter diesmal, ließ ihn herumfahren. Er wollte gehen.

„Warte, Jace, bitte. Bleib bei mir“, flehte ich ihn an.

„Ich kann nicht. Er … ich … er ist mein Freund, River. Ich muss …“, sagte er mit zitternder Stimme und rannte los.

Ich blieb betäubt an Ort und Stelle sitzen und der Schmerz kehrte mit aller Macht zurück, als er mich in die Knie zwang.

Nein, das durfte nicht wahr sein. Für einen kleinen Moment war alles perfekt und für einen kurzen Augenblick alles andere vergessen gewesen, doch nun holte es mich wieder ein.

Ich fühlte mich noch schlimmer als zuvor.

Verzweifelt sah ich mich nach dem kleinen Tütchen um und fand es direkt neben dem Baumstamm am Boden liegend. Ich riss es auf und nahm drei Tabletten auf einmal heraus.

Schlimmer konnte es nicht mehr werden und ich ertrug mich selbst ohnehin nicht mehr in meiner Haut.

Ich schluckte alle drei Tabletten zusammen herunter, setzte mich auf den Baumstamm und vergrub den Kopf in meinen Händen.

Jace fehlte mir bereits so schmerzlich, obwohl wir eben noch Sex miteinander gehabt hatten. Im Wald.

Keine Ahnung wie lang ich da so herumsaß, aber irgendwann erhob ich mich.

Ich musste hier weg.

Strauchelnd lief ich durch den dunklen Wald. Ich kannte Grove Hill gut genug, um zu wissen, in welche Richtung ich gehen musste, damit ich direkt beim Parkplatz landen würde.

Leider verließ mich mein Orientierungssinn aber doch, als ich direkt am Ufer aus dem Wald trat. Keine Ahnung, wie mir die laute Musik und die Stimmen entgehen konnten. Irgendwie fühlte ich mich etwas benebelt.

Es dauerte keine zwei Sekunden, bis Haley plötzlich neben mir stand, als hätte sie mich gesucht, dabei hatte ich nicht mal gewusst, dass sie überhaupt hierherkommen wollte.

„River", sagte sie erleichtert und drückte mich an sich. Ich ließ sie machen. „Ich habe mir Sorgen gemacht und dich schon die ganze Zeit gesucht. Hat Jace dich gefunden? Er kam eben aus dem Wald und wirkte ziemlich durcheinander."

Ich nickte lediglich und zuckte mit den Schultern.

„Wollen wir gehen?", fragte sie vorsichtig und kniff ihre Augenbrauen zusammen, während sie mir beruhigend über den Arm streichelte.

Ich zuckte erneut mit den Schultern.

„Mir egal", murmelte ich.

Sie zog mich ein Stück weiter, kurz bevor wir von Penelope, Heather, Tristan und Brandon aufgehalten wurden. Jeder einzige von ihnen sah mich besorgt an und Penelope trat dicht an mich heran. Sie bemerkte nicht einmal, dass Haley dicht bei mir stand.

„River, alles okay? Wo warst du? Wir haben uns Sorgen gemacht."

„Im Wald."

„Alter, du hast uns einen Schrecken eingejagt. Was war das denn für ne Nummer?", mischte sich nun auch Brandon ein und gab ein erleichtertes Schnauben von sich.

Penelope war plötzlich still geworden und musterte mich.

„Was ist?", fragte ich sie schroff, was Heather nach Luft schnappen ließ. Entsetzt sah sie mich an.

Unsere Freunde wurden leise, wie um unser Gespräch nicht zu verpassen.

Penelope nahm mein Kinn in ihre Hände und drehte mein Gesicht hin und her.

„Wie konntest du nur ...", flüsterte sie.

„Was?", fragte ich perplex und, offen gesagt, verwirrt.

„Du hattest Sex", stellte sie mit eiskalter Stimme fest.

Keuchen war zu hören, als meine Freunde zunächst mich und dann Haley ansahen.

Ich war völlig vor den Kopf geschlagen. Woher zur Hölle wusste sie das?

„Was?", fragte ich also grenzenlos dämlich.

„Ich weiß, wie du aussiehst, wenn du es getan hast, River. Jedes einzelne Mal genauso, wie jetzt."

Sie stieß mir mit beiden Händen vor die Brust. Ich bewegte mich keinen Zentimeter. Am liebsten hätte ich ihr entgegen gebrüllt, dass wir kein Paar mehr waren, ließ es aber bleiben.

Tränen traten ihr in die Augen.

„Du hattest Sex mit ihr", warf sie mir mit einem Blick auf Haley vor, die mindestens genauso geschockt neben mir stand. „Ich habe nicht …", versuchte ich noch zu sagen, aber Haley unterbrach mich. „Es tut mir leid, Penelope."

Überrascht sah ich sie an. Sie hatte damit mehr oder weniger zugegeben, sie hätte Sex mit mir gehabt.

Penelope schluchzte auf und lief heulend davon.

Okay. Wow. Irgendwie kümmerte es mich nicht weiter. Offensichtlich zeigten die Tabletten bereits ihre Wirkung. Gott sei Dank. Mit ihren Gefühlen hätte ich mich jetzt nicht auch noch herumschlagen können.

Brandon stieß ein Pfeifen aus und alle sahen sich ungläubig an.

„Willst du ihr nicht nach?", fragte Heather geschockt.

„Definitiv nicht, nein."

Stille.

„Fuck", fluchte Tristan, bevor es sich umdrehte und Penelope nachlief. Heather sah unschlüssig hinterher.

„River, alles okay?", fragte Sam vorsichtig.

Spöttisch sah ich ihn an. „Ja?"

Er sah ratlos zu Brandon rüber, doch auch der schien verwirrt zu sein.

„Ich gehe jetzt", teilte ich den anderen mit und drehte mich um, Haley im Schlepptau.

„Danke für deine Notlüge", sagte ich zu ihr, als wir den kleinen Trampelpfad entlanggingen.

„Jederzeit, River. Was ist im Wald passiert? Jemand sagte was von Drogen?"

Ich nickte. Wozu sollte ich lügen? Das wäre mir im Augenblick viel zu anstrengend.

„Ich habe mir was bei Hero gekauft. Dann kam Jace zu mir. Wir hatten Sex und er ist gegangen", fasste ich die letzte Stunde im Schnelldurchlauf zusammen.

Sie fiel kurz hinter mir zurück, holte aber direkt wieder auf und lief wieder neben mir.

„Hast du was genommen?", drängte sie weiter.

„Jap."

Sie sog erschrocken die Luft ein. „Warum?" Sie hielt meinen Arm fest und zwang mich so, stehen zu bleiben.

Ich sah sie an und erwiderte: „Damit ich mich so fühle, wie ich mich jetzt gerade fühle. Damit mir dieser ganze Scherbenhaufen in meinem Leben einfach scheißegal ist."

Sie schluckte. Tränen traten ihr in die Augen. „Was hast du jetzt vor?"

„Nach Hause fahren."

„Ich fahre dich", antwortete sie schlicht und wollte mich in Richtung ihres Autos ziehen.

„Nein, Haley, ich werde laufen."

„River, bitte, lass mich dich fahren."

„Haley ... ich brauche das jetzt. Ich brauche einen winzig kleinen Moment Frieden. Nur einen kleinen, bitte."

Sie seufzte und ließ die Schultern hängen. „Okay. Aber kannst du mir bitte schreiben, wenn du zu Hause bist? Vorher kann ich kein Auge zu machen.“

Sie sah traurig aus. Aber auch das kümmerte mich im Moment nur mäßig.

„Mach ich“, antwortete ich, drückte ihr einen Kuss auf die Wange und ließ sie stehen.

Ich lief los und genoss die Abendluft. Der Mond schien immer wieder durch die wenigen Wolken am Himmel und ließ alles in einem hellen Glanz erstrahlen.

***

Ich lief eine Ewigkeit durch die Nacht und genoss den Moment, denn mein Kopf war frei.

Zum ersten Mal seit Wochen kam ich klar und drehte nicht vollkommen durch. Ich ließ mir Zeit und schlenderte vor mir her, obwohl ich den Weg zu Fuß auch in einer halben Stunde hätte schaffen können. Wollte ich aber nicht. Ich genoss die Ruhe und die Stille, insbesondere die in meinem Kopf.

Ich war an die zwei Stunden unterwegs, bis ich endlich in die Nähe unseres Grundstückes kam. Haley hatte mich bereits angerufen und gefragt, ob alles okay wäre. Sie machte sich wirklich Sorgen um mich und nun nagte das schlechte Gewissen an mir. Schlechtes Zeichen. Vermutlich ließ die Wirkung der Pillen so langsam ein wenig nach. Jace' Gesicht stahl sich auch ebenfalls wieder in meine Gedanken, aber ich verdrängte ihn so gut es ging in die hinterste, dunkelste Ecke meines Gehirns.

Ich lief unsere Straße entlang, in der auch das Haus von Penelope lag. Jeder Grashalm, jede Blume, jeder Busch hier war akkurat geschnitten und sah abartig perfekt aus. Ich hasste diese Seite von Grove Hill.

Mein Weg führte mich an den hohen Mauern mit Stacheldraht entlang, die unser gesamtes Gelände umgaben und vor fremden Blicken abschirmten, als wären wir hier in *Ford Knox*.

Ich war völlig in meiner eigenen Welt und nahm die Schritte um mich herum gar nicht wahr. Erst als sich ein Schatten direkt in mein Sichtfeld schob, blickte ich auf.

Vor mir stand Preston, mit einem seiner komischen Nerd-Kumpels.

Prestons Haare waren wie immer zurückgegelt, kein einziges Haar bewegte sich mehr. Er trug eine Stoffhose und einen dünnen Pullover, der nur von Hugo Boss sein konnte und darüber einen Pullunder. Einen karierten Pullunder. Er sah damit so dämlich aus, dass ich mir ein kurzes Lachen nicht verkneifen konnte.

Als hätte er meine Gedanken erraten, verdüsterte sich sein Blick noch mehr. Er funkelte mich durch seine schwarze Streber-Brille an, während er vor allem eines ausdrückte: Hass.

„Hey, Pressi, weshalb so verkniffen?", reizte ich ihn betont lächelnd.

Er presste seinen Kiefer wütend aufeinander, ehe er zwischen zusammengebissenen Zähnen hervorpresste: „Du hast ihr das Herz gebrochen, du Scheißkerl."

Meine gute Laune verflog. Fuck, er redete von Penelope. Ich hatte ihr wirklich das Herz gebrochen, das ließ sich nicht abstreiten. Obwohl ich ein schlechtes

Gewissen hatte, war ich doch erleichtert, dass unsere Beziehung endlich beendet war, auch wenn dieser Umstand mein schlechtes Gewissen noch weiter steigen ließ.

Ich antwortete ihm nicht. Es gab nichts, was ich dazu hätte sagen können. Keine Erklärung, keine Ausrede, nichts.

„Du bist ein verfluchtes Arschloch, der sich einen Scheißdreck darum schert, wie es anderen geht. Du interessierst dich nur für dich selbst, du arroganter Mistkerl." Mittlerweile schrie Preston.

Ich schluckte. Er hatte verdammt nochmal Recht.

Preston trat einen Schritt auf mich zu und schubste mir mit beiden Händen kräftig vor die Brust.

Vermutlich hatte er beabsichtigt, dass ich taumelte, was allerdings nicht passierte. Ich war aktiver Basketballer und Boxer, da brauchte es schon mehr, als so ein Fliegengewicht, um mich ins Straucheln zu bringen.

Dennoch wehrte ich mich nicht. Es gab keinen Grund, ihn auch noch zu verletzen, er verteidigte lediglich seine Schwester. Wie konnte ich ihm das vorwerfen?

Seine Faust traf mich dennoch vollkommen unerwartet, denn es war immer noch Preston, der vor mir stand. Er fluchte nicht, er war nicht aggressiv und er ging Auseinandersetzungen, die nicht ausschließlich über Diskussionen geklärt werden konnten, aus dem Weg. Immer schon.

Ich spürte, wie meine Lippe aufplatzte, denn Preston trug seinen Familien-Siegelring, mit dem er mich direkt an der Lippe erwischt hatte. Ich schmeckte Blut.

Weiterhin blieb ich stehen und sah ihn ausdruckslos an, was ihn sichtbar erschreckte und verunsicherte.

Seinen Kumpel allerdings nicht, denn er kam auf mich zu und hieb mir seinen Ellenbogen zwischen die Rippen. Ich keuchte auf und krümmte mich zusammen. Der Kleine hatte schon wesentlich mehr Kraft.

Kurz darauf warfen sie mich zu Boden und Tritte und Schläge prasselten auf mich ein. Ich wehrte mich nicht, denn ich hatte jeden einzelnen Tritt, jeden einzelnen Schlag verdient. Hinzu kam, dass mich der Schmerz von meinen düsteren Gedanken ablenkte. Ich konnte mich ausschließlich darauf konzentrieren.

Viel zu früh ließen die beiden von mir ab. Auch wenn mir im Moment alles wehtat, war ich mir sicher, dass sie mich nicht ernsthaft verletzt hatten.

Ich stemmte mich hoch und lehnte mich an die kalte Steinmauer. Ich spuckte etwas Blut aus und spürte, wie mein rechtes Auge bereits anschwoll.

Mein Gesicht pochte, was eine willkommene Ablenkung war. Ich wischte mir das Blut an meinem Pullover ab und stand keuchend auf.

Ich hielt mir die Rippen, als ich unsere lange Auffahrt hinaufging und dann endlich durch die Haustür schlüpfte. In dem Versuch flach zu atmen, da meine Rippen wirklich höllisch pochten, blieb ich einige Sekunden stehen. Der Kleine hatte mich echt zielgenau erwischt. Ich wollte mich bereits die Treppe hinaufschleichen, als plötzlich das Licht anging und meine Mom in der großen Halle stand.

„Wo warst du so lange?", fragte sie vorwurfsvoll, bevor sie bei meinem Anblick schockiert keuchte und näherkam. „O mein Gott, was ist passiert?"

„Nichts weiter. Schon gut", antwortete ich ihr ausweichend.

Sie riss die Augen weit auf.

„Nichts weiter? Du siehst furchtbar aus. Hast du wieder irgendeine Schlägerei angezettelt?" Der Vorwurf in der Stimme war der kurzen Sorge gewichen.

„Preston und sein komischer kleiner Ninja–Freund haben mich verprügelt", sagte ich provozierend und reckte angriffslustig das Kinn nach vorn.

Sie schwieg und sag mich ungläubig an, bevor sie den Kopf schüttelte.

„Preston hat dich verprügelt? Warum in aller Welt sollte Preston ...", betonte sie seinen Namen, „... dich verprügeln?"

„Weil ich seine Schwester betrogen habe", erwiderte ich schlicht.

Sie zuckte zusammen und sah mich vollkommen entgeistert an.

„Du hast ...", stammelte sie und verlor komplett ihre Fassung.

Ich wartete geduldig ab, bis sie sich wieder fing, ein weiteres Mal ihren Kopf schüttelte und mich wütend anfunkelte. Ihre Zukunftspläne für mich und Penelope waren vermutlich eben zerfallen wie ein Kartenhaus. Ich konnte gar nicht anders, als etwas Schadenfreude zu empfinden.

„Wie konntest du nur, River? Wie konntest du diesem armen Mädchen nur so etwas antun?"

„Ist das eine ernstgemeinte Frage?", fragte ich trocken und hob die Augenbraue meines nicht zugeschwollenen Auges.

„Na klar!" Jetzt schrie sie. „Penelope liebt dich, sie hätte dich sofort geheiratet, wenn du nur gefragt hättest, und du betrügst sie einfach? Das hätte ich niemals von dir erwartet, River. Ich bin sehr enttäuscht."

Nun platzte mir endgültig der Kragen mit dieser Frau.

„Willst du mich verarschen?" Meine Stimme hallte laut durch die Eingangshalle.

„Du veranstaltest hier ein Drama, weil ich meine High School–Freundin betrogen habe? Wirklich? Du hast deinen Ehemann beschissen und ihm zwei Kinder untergejubelt, also stell mich hier nicht als schwanzgesteuerten Teenie hin. Ich bin hier nicht die Schlampe, das bist du."

Ihre Ohrfeige traf mich vollkommen unvorbereitet. Sie hallte von den Wänden der Halle wider und wurde mit so viel Kraft verpasst, dass mein Kopf zur Seite schwang.

Mein Atem setzte kurz aus und mein Herz blieb für eine Sekunde stehen.

Sie hatte mich geschlagen. Eine unendliche Schwere drohte mich niederzudrücken.

Ja, ich hatte ihr einiges an den Kopf geknallt, aber alles davon war die Wahrheit gewesen. Wie konnte sie erwarten, dass ich nach allem, was heute passiert war, nicht mehr wütend auf sie war? Wie konnte sie hier sein und mir Vorwürfe machen, wo sie mich doch eigentlich um Verzeihung bitten müsste, dass sie mich mein Leben lang belogen hatte?

Tränen füllten meine Augen. Sie hatte mich geschlagen. Geschlagen. Wie Dad.

Ich legte die Hand an meine brennende Wange und drehte meinen Kopf wieder zu ihr. Sie sah mich erschrocken an und hielt sich die Hand vor den Mund.

„River, ich ... tut mir so leid, ich wollte nicht ...“, setzte sie stammelnd an, während sich Tränen in ihren Augen sammelten.

„Ihr beide habt einander verdient.“ Mir brach die Stimme bei diesen Worten weg und einzelne Tränen liefen mir über die Wange.

In Moms Blick lag Verzweiflung und Bedauern, als sie ihre Hand nach mir ausstreckte.

Ich wich einen Schritt zurück. Dann noch einen.

Rückwärts stolperte ich zur Haustür, riss sie auf und stürmte hinaus. Hier konnte ich nicht bleiben. Unter Tränen zog ich mein Handy aus meiner Hosentasche und wählte Haleys Nummer. Sie nahm bereits beim zweiten Klingeln ab.

„Hey, ich bin's. Kann ich zu dir kommen?“

Meine Stimme versagte und wurde von ihrer melodischen Antwort abgelöst, die mir wenigstens einen kleinen Trost spenden konnte. Haley war für mich da, wenigstens auf sie konnte ich mich verlassen, auch wenn ich dennoch das Gefühl hatte, ganz allein auf der Welt zu sein.

Kapitel 28

River

Fuck, mir tat alles weh. Die kleinen Scheißer mussten mich wohl an wesentlich mehr Stellen getroffen haben, als ich gestern wahrgenommen hatte. Vor allem der Schmerz in meinen Rippen nahm mir die Luft zum Atmen, als ich aufstand.

Haley bemerkte sofort, dass ich mich vor Schmerzen krümmte und saß besorgt neben mir.

Sanft schob ich sie weg und schleppte mich ins Badezimmer. Wie immer in letzter Zeit, sah ich einfach furchtbar aus, nur dass diesmal eine aufgeplatzte Lippe und ein blaues Auge meinen Zustand unterstrichen.

Ich seufzte und stützte mich erschöpft mit den Händen auf das Waschbecken.

Jace war gestern für mich da gewesen, als ich ihn gebraucht hatte, doch als es ernst wurde, hatte er mich doch wieder im Stich, mich sogar allein im Wald zurückgelassen.

Einen kurzen Augenblick, der so schnell verging, wie ein Wimpernschlag, hatte ich wieder atmen können, doch jetzt fühlte ich die beklemmende Enge in meiner Brust stärker als jemals zuvor.

Was sollte ich jetzt bitte schön machen? Es war ausgeschlossen, dass ich wieder nach Hause ging. Auf keinen Fall. Doch was war mit Sadie?

Jetzt war sie bei meiner Tante und dann?

Ich konnte nicht zulassen, dass sie bei meinen Eltern blieb, ich musste sie irgendwie beschützen, nur wusste ich nicht wie. Ich war einfach mit allem komplett überfordert.

Ging ich zur Polizei, würde mir doch sowieso niemand glauben. Die Leute vergötterten meinen Dad und man würde annehmen, dass ich einfach nur ein verzogener, undankbarer, reicher Bengel war, der sich an seinem Vater rächen wollte. Auf meine Mom konnte ich ebenfalls nicht zählen. Sie würde sich nicht gegen ihn stellen, wenn er sie erpresste.

Bei dem Gedanken daran ballten sich meine Hände automatisch zu Fäusten.

Später am Nachmittag zwang Haley mich, ein Sandwich zu essen, das ich ohne jeden Genuss, und auch nur zur Hälfte, herunterwürgte. Dafür schüttete ich bereits den ganzen Tag literweise Kaffee in mich hinein.

Meine Haut kribbelte, aber nicht auf eine angenehme Art. Ich fühlte mich einfach unglaublich unwohl in meiner Haut und sehnte mich nach dem Gefühl, das ich gestern nach den Pillen gehabt hatte. Unbeschwertheit.

Ich fasste den Entschluss, dass es heute nur eine Person gab, an der ich meinen Frust auslassen wollte – Lake. Er hatte meine Mom im Stich gelassen, er hatte mich im Stich gelassen und was das schlimmste von allem war: er hatte Sadie im Stich gelassen und diesen Umstand würde ich ihm niemals verzeihen. Lake hatte uns einfach William überlassen.

Ich griff nach meinem Handy und wählte die Nummer von Darren Walsh. Sein Dad war ein Privatdetektiv und dieses Schnüffler-Gen hatte er definitiv von ihm geerbt. Mr Walsh konnte ich keinesfalls anrufen, er arbeitete schon seit Jahren mit meinem Dad zusammen und würde ihm vermutlich sofort berichten, dass ich Lake finden wollte. Glücklicherweise waren Darrens Fähigkeiten auch nicht zu verachten und er schuldete mir einen Gefallen.

„River Scott?", meldete Darren sich bereits nach dem zweiten Klingeln mit ungläubiger Stimme.

„Yo, Darren, ich brauche die Adresse von jemandem. Ohne Fragen zu stellen", kam ich direkt zum Punkt.

Er räusperte sich kurz.

„Du weißt, dass ich meistens einige, sagen wir nicht unbedingt hundertprozentig legale Wege dafür gehen muss?"

„Ja und?"

„Naja, das ist nicht so ganz billig, weißt du. Immerhin riskiere ich damit einiges."

Besaß dieser Pisser jetzt ernsthaft die Frechheit, mich nach Geld für diese Nummer zu fragen?

„Ich betrachte das ganze eher als einen Gefallen. So, wie ich dir einen Gefallen getan habe, als ich diese Sache für mich behalten habe. Ich bin mir sicher, dass wir in unserer Freundschaft so weit sind, dass wir uns gegenseitig Gefallen tun können." Meine Stimme triefte vor *arroganter–reicher–Junge–Manier.*

Im Grunde wusste wir beide, dass ich Schwachsinn redete. Wir waren keine Freunde, wir waren nicht mal gute Bekannte. Zu seinem Leidwesen hatte ich ihn in der Hand, da ich vor einigen Monaten ihn in flagranti mit seiner Stiefmutter erwischt hatte. Etwas, das ich eigentlich niemals hatte sehen wollen und was mich vermutlich für immer traumatisiert hatte. Dass er mir jetzt half, war das Mindeste, was er tun konnte.

Darrens Angst war durchs Telefon greifbar, man konnte quasi seine Schweißperlen tropfen hören. Der Typ war ein Genie am Computer, sonst allerdings ein ziemliches Weichei.

Niemals würde ich durch die Gegend rennen und jemandem erzählen, was ich wusste. Es war nicht mein Stil, andere so in den Dreck zu ziehen. Ich genoss allerdings den Ruf des arroganten, reichen Arschlochs, was in solchen Situationen ziemlich hilfreich war. Gott, sollte der Typ doch machen, was er wollte, und wenn er dazu noch seine Stiefschwester ins Boot holte, bitte schön. Ich hätte nichts davon, etwas zu sagen, das wusste er aber nicht. Das nutzte ich jetzt zu meinem Vorteil.

Es herrschte ein Augenblick der Stille.

„Wen musst du finden?"

„Weise entschieden, Kumpel. Ich suche Lake Duncan. Er war im Jahrgang meiner Mutter und muss auch auf ihrer Schule gewesen sein. Mehr weiß ich nicht."

„Ich kümmere mich drum, dauert sicher nur eine Stunde."

„Hört sich gut an. Und Darren?", fragte ich scharf.

„Ja?", fragte er unsicher nach.

„Niemand erfährt etwas hiervon, hörst du? Nicht Daddy, nicht deine Freunde, nicht deine Stief–Mommy. Verstanden?"

„Ja, kannst dich auf mich verlassen", sagte er mürrisch, was mich zum Grinsen brachte.

Ohne ein weiteres Wort legte ich auf.

„Du kannst echt fies sein", ertönte Haleys sanfte Stimme hinter mir.

Ich drehte mich um und sah sie, wie sie an den Türrahmen gelehnt, an einer Tasse Kaffee schlürfte. Viel konnte sie nicht gehört haben, denn sie fragte nicht nach Lake.

In ihren kurzen weißgepunkteten Schlafshorts und dem so gar nicht dazu passenden XXL Pullover mit *Sonic* darauf, sah sie unglaublich niedlich aus.

„Was?", fragte sie lächelnd, als ich sie schmunzelnd betrachtete.

„Ach nichts. Ich freue mich grad nur darüber, dass ich dir nicht die Klamotten vom Leib reißen will."

Sie kicherte, bevor sie mich gespielt streng ansah und drohend mit dem Finger auf mich zeigte. „Hey, Mister, nicht so frech."

Ich streckte ihr nur die Zunge raus und nahm dann einen Schluck von meinem Kaffee. Der wievielte war das jetzt? Ich begann bereits, nervös mit dem Bein auf und ab zu wippen, wie ein Psycho.

„Ich werde jetzt mal mit meinem Verlobten skypen. Der möchte mir jederzeit die Klamotten vom Leib reißen."

„Tut nichts, was ich nicht auch tun würde, Kinder", rief ich ihr hinterher und hörte nur noch ein Kichern aus dem Flur.

Kurz darauf saß ich allein am kleinen, runden Küchentisch und versuchte, meine Gedanken zum Schweigen zu bringen. Ich wollte nicht darüber nachdenken, was ich machen würde, wenn ich die Adresse von diesem Lake hatte. Ich wusste, dass ich eigentlich über Sadie nachdenken und eine Lösung finden musste, aber ich schaffte das einfach nicht. Letztendlich landeten meine Gedanken immer wieder bei Jace.

Meine Finger fuhren wie von selbst zu meinen Lippen, als ich daran dachte, wie er mich im Wald geküsst hatte.

Fluchend nahm ich einen weiteren Schluck Kaffee. Was blieb mir schon übrig, für Alkohol war es zu früh und einen Boxsack gab es hier nicht.

Als mein Telefon endlich klingelte, lief ich bereits nervös um den Tisch herum. Darren.

„Ja?", ging ich etwas zu mürrisch ans Telefon.

„Ja, hey. Du hast eine Mail mit allen Infos. Der Typ war leicht zu finden, wohnt ganz in der Nähe und hat nicht versucht sich zu verstecken. Wer ist das?"

Der Kerl war zu neugierig.

„Ich habe doch gesagt, keine Fragen", sagte ich und legte ohne ein weiteres Wort auf.

Ich schnappte mir meine Schlüssel, zog mir meinen Grove Hill High–Pulli über und verließ das Haus.

Ich lief in Richtung See, da mein Auto immer noch auf dem kleinen Parkplatz stand, las währenddessen die E–Mail und runzelte die Stirn.

Lake wohnte gerade mal zwanzig Minuten entfernt in Sherwood. Er wohnte zwanzig Minuten von uns entfernt und hatte nicht das Bedürfnis, seine Tochter zu besuchen?

Das fackelte meine Wut um einiges an. Ich hatte mich darauf eingestellt eine Weile fahren, ja schlimmstenfalls sogar ins Flugzeug steigen zu müssen und jetzt besaß dieser Kerl ernsthaft die Frechheit in unserer Nähe zu wohnen. Ich presste meine Lippen zu einem schmalen Strich zusammen und knallte, als ich endlich angekommen war, meine Autotür mit solch einer Wucht zu, dass das Geräusch von den umliegenden Bäumen widerhallte.

Meine Finger umfassten das Lenkrad fest, bis meine Knöchel weiß hervortraten.

Nach ein paar Minuten Fahrt beruhigte ich mich wieder ein bisschen, obwohl mein Herz immer noch schnell in meiner Brust klopfte. Ich versuchte es darauf zu schieben, dass ich einfach wütend war, was zweifellos auch stimmte, und nicht darauf, dass ich aufgeregt war. Wie würde er sich verhalten? War er genau so ein Arschloch, wie mein Dad? Musste er ja sein, immerhin wollte er nichts von uns wissen, in all den Jahren nicht. Nicht einmal zu der Geburt seiner Tochter. Kurz darauf verließ ich Grove Hill und gelangte wenig später nach Sherwood.

Ich fuhr die lange Hauptstraße entlang und verspannte mich automatisch ein bisschen mehr. Es sah nett hier aus. Häuser standen dicht an dicht, man sah Nachbarn, die sich freundlich unterhielten und auf einem Rasenplatz spielten Kinder zusammen. Nicht ganz wie in Grove Hill, wo ein Haus größer war als das andere und wo auf jedes Grundstück mindestens drei Häuser passten.

Ich lenkte meinen Wagen in die Straße, die Darren mir genannt hatte, und hielt vor einem kleinen Häuschen mit einer weißen Veranda. Blumen hingen unter dem Fenster und es sah gepflegt und einladend aus. Irgendwie hatte ich mit einer Bruchbude gerechnet und nicht mit so einem schönen Häuschen. Klar, es war kein Palast und das Grundstück war winzig, aber es sah tausendmal mehr nach einem Zuhause aus, als es bei unserer Villa der Fall war.

Ich schaltete den Motor aus, fuhr mir mit meinen Händen durch die Haare und atmete tief durch. Das hier war eine Scheißidee gewesen. Ich sollte wieder fahren. Oder? Verdammt, ich konnte jetzt nicht kneifen.

Meine Beine dazu zwingend, einen Fuß vor den anderen zu bewegen, stieg ich aus und ging die kleine Veranda herauf. Die Stufen knarrten etwas, waren dafür aber frisch gestrichen. An der leuchtend roten Tür hing ein weißes Schild, auf dem in geschwungenen Lettern der Name Duncan stand.

Ich biss mir auf die Unterlippe und wischte mir die Handflächen an meiner Hose ab.

Reiß dich zusammen, verdammt nochmal.

In dem Moment, als ich auf die Klingel drückte, rutschte mir mein Herz in die Hose. Ich versuchte mich zusammenzureißen, zuckte aber zusammen, als die Tür sich tatsächlich öffnete. Irgendwie hatte ich wohl doch gehofft, dass er nicht zu Hause war.

Kurz darauf blickte ich einer älteren Version von mir selbst ins Gesicht. Die gleichen, blonden Haare. Die gleichen Gesichtszüge. Die gleiche Augenfarbe. Es bestand absolut und überhaupt gar keinen Zweifel, dass dieser Mann mein Vater war.

Ich wusste nicht, wer von uns beiden geschockter war. Vielleicht hatte ich bis eben tatsächlich noch gehofft, dass alles ein schreckliches Missverständnis war. War es aber nicht, definitiv nicht.

Lake starrte mich mit offenem Mund an, wobei ihm ein paar blonde Strähnen in die Augen fielen.

Ich konnte nur starren. Es war gruselig, dass mir ein wildfremder Mensch so ähnlichsehen konnte.

Plötzlich fand er seine Sprache wieder und löste sich aus seiner Verblüffung.

„River", sagte er ehrfürchtig.

Das war der Moment, in dem ich mich besann und mein Pokerface wieder aufsetzte. Zeit für den arroganten River.

Spöttisch hob ich eine Augenbraue. „Oh, meinen Namen kennst du wenigstens, ja?"

„Natürlich", gab er zurück. „Möchtest du gern reinkommen?"

Ich zuckte betont gleichgültig die Schultern, folgte ihm aber ins Haus und das, obwohl mein ganzer Körper mich zur Flucht aufzufordern schien.

Wir gingen durch einen schmalen Flur und bogen links in eine kleine Küche ab. Am Rand ebendieser stand ein Holztisch mit passenden Stühlen drumherum. Lake deutete darauf.

„Möchtest du einen Kaffee?", fragte er mich mit einem Nicken auf die Kaffeemaschine.

Ich runzelte die Stirn. Wenn ich noch einen Kaffee trank, würde ich irgendwann heute vermutlich noch einen Herzinfarkt bekommen.

„Ein Bier wäre mir jetzt lieber." Ich verschränkte die Arme vor der Brust.

Ein Lächeln huschte über sein Gesicht. Er ging zum Kühlschrank, holte einen Eistee heraus und stellte ihn zusammen mit zwei Gläsern auf den Tisch. Wieder deutete er auf den Stuhl neben sich und goss die Gläser voll.

Seufzend ließ ich mich fallen und starrte Lake weiterhin nur an.

Er nahm einen Schluck Eistee und ich tat es ihm gleich, einfach nur um etwas zu tun zu haben. Was hatte ich mir nur dabei gedacht, hierher zu kommen?

„Deine Mutter hat es dir endlich gesagt?" Ein offenes Lächeln lag auf seinem Gesicht.

Ich schnaubte. „Ja, so ähnlich."

„Es ist so schön, dich hier zu haben, River."

Mein Schnauben wurde um einiges lauter. „Danke, Daddy. Dann können wir uns ja jetzt in die Arme nehmen und uns endlich liebhaben." Mein Tonfall triefte vor Sarkasmus.

Er hob seine Augenbraue und es ärgerte mich maßlos, dass er dabei genauso aussah wie ich.

„Okay, euer Gespräch ist wohl nicht ganz so gut gelaufen", mutmaßte er.

„Nein, wieso? Meine Mom saß mittags besoffen in ihrem Zimmer und hat ein Foto von dir mit mir als Baby angestarrt und dabei geheult. Dann hat sie mir eröffnet, dass mein Dad gar nicht mein Dad ist und dass dir diese tolle Rolle innewohnt. War ein gutes Gespräch."

Er sog scharf die Luft ein. „Sie hat geweint?"

Ich stutzte. „Das ist es, was dich an der Geschichte stört?" Meine Stimme wurde lauter.

Lake atmete tief durch. „Nein, natürlich nicht. Es tut mir sehr leid, dass du es so erfahren musstest." Er versuchte, mir über die Hand zu streicheln, aber ich riss sie schnell zurück. Ich wollte mich nicht von ihm anfassen lassen.

„Wieso hast du uns allein gelassen?" Die alles entscheidende Frage.

Ehe er zu einer Antwort ansetzen konnte, klingelte mein Handy.

Ich fluchte und zog es aus meiner Hosentasche. Haley. Verdammt, sie würde sich nur Sorgen machen, wenn ich jetzt nicht dranging.

„Hey, Haley, was gibts?“

„Alles in Ordnung bei dir? Wo bist du?“

„Alles okay. Ich bin in Sherwood.“

„Was machst du denn in Sherwood?“, fragte sie aufgeregt.

Missmutig sah ich zu Lake, der mich immer noch freundlich anlächelte. Einfach abartig. Ich mochte noch immer keine Leute, die so viel lächelten. Mich ärgerte noch mehr, dass ich ihm sein Lächeln sogar abnahm. Es wirkte echt und nicht aufgesetzt.

„Ich bin bei Lake“, presste ich hervor.

Ein Quieken ertönte.

„Haley, wir sehen uns heute Abend, okay?“, wimmelte ich sie ab.

„Na klar, bis nachher. Melde dich, wenn du mich brauchst.“

Ich legte auf und schob mein Handy zurück in meine Hosentasche.

„War das deine Freundin?“, fragte er mich grinsend.

Ich hatte das tiefe Bedürfnis, ihm das Grinsen aus dem Gesicht zu wischen.

„Nein. Ich habe keine Freundin, ich bin schwul.“ Trotzig reckte ich das Kinn vor.

Genau genommen war das zwar nicht so ganz richtig, aber das musste er ja nicht wissen. Ich wollte ihn provozieren, denn spätestens jetzt musste er mich ja irgendwie verabscheuen. Mit seiner Reaktion, die nun folgte, hatte ich absolut nicht gerechnet. Er lächelte mich herzlich an und sagte lediglich: „Cool.“

Meine Kinnlade fiel wie von selbst nach unten und meine Augenbrauen schossen in die Höhe. Ich starrte ihn verdutzt an und sah vermutlich vollkommen bescheuert aus.

„Cool?", fragte ich ihn fassungslos.

Jetzt war es an ihm die Stirn zu runzeln. „Etwa nicht?", fragte er verwirrt.

Ich war immer noch zu verdattert, um zu antworten. Er wirkte nicht so, als meinte er das Gesagte nicht ernst. Er wirkte auch nicht so, als würde er mich verarschen wollen. Störte es ihn gar nicht, dass sein Sohn schwul war? Das konnte doch nicht sein. William würde vollkommen ausflippen, wenn er es wüsste.

„Es ist doch vollkommen in Ordnung, schwul zu sein. Sollte dir jemand das Gefühl geben, dass es das nicht ist, dann solltest du diese Personen schleunigst aus deinem Leben streichen", sagte er liebevoll.

Ich biss die Zähne zusammen. Fuck. Mit diesen Worten hatte ich nicht gerechnet. Sie taten … gut. Es tat gut so etwas gesagt zu bekommen. Klar, Tristan und Brandon hatten auch gesagt, dass es in Ordnung war, aber das war eben etwas anderes.

Mist. Ich wollte diesen Scheißtypen nicht mögen.

„Ja, du bist ja auch besonders gut darin Leute aus deinem Leben zu streichen", ätzte ich ihn also an und beobachtete mit Genugtuung, wie er zusammenzuckte.

Er rang sichtlich um Worte, schien sie aber nicht zu finden. Also lenkte er ab: „Wie läuft es beim Basketballtraining?"

Ich lachte spöttisch auf.

„Riesig. Ich freue mich schon auf unser letztes Spiel." Er musste nicht wissen, dass ich daran gar nicht teilnehmen durfte.

Seine Gesichtszüge wurden mitfühlend. „Es ist hart für dich, dass du nicht dabei sein darfst, oder?", fragte er und brachte mich damit völlig aus dem Konzept.

„Du weißt davon?"

„Klar. Ich sehe mir jedes Spiel von dir auf eurer Schulhomepage im Livestream an. Dein Schlag mit dem Ellenbogen hat jedenfalls gesessen. Was hatte der Kerl dir denn eigentlich getan?"

Ich erstarrte, während ich gerade nach meinem Glas Eistee greifen wollte.

„Du ... du siehst dir meine Spiele an? Was soll das?"

„River, ich sehe mir alles an, was mit dir zu tun hat. Du bist mein Sohn." Seine Stimme zitterte leicht und beförderte direkt einen Kloß in meinen Hals, den ich herunterzuschlucken versuchte. Ich wich seinem Blick aus und blinzelte heftig. Nie und nimmer würde ich vor diesem Kerl anfangen zu heulen. Und niemals würde ich Mitleid mit ihm haben.

„Ich zeig dir mal was. Komm mit", forderte er mich auf ihm zu folgen.

Widerwillig erhob ich mich aus dem erstaunlich bequemen Küchenstuhl und folgte ihm ins Wohnzimmer.

Ich blieb erschrocken und mit einem Ruck stehen.

In dem hübsch eingerichteten Raum mit der kleinen blauen Couch, dem Ohrensessel und einem riesigen Bücherregal, war an der großen, hellblauen Wand überall mein Gesicht zu sehen. Sie war übersät mit Fotos und Zeitungsausschnitten. Viele drehten sich um

Basketball und meine Erfolge, aber es waren auch ganz alltägliche Bilder dabei.

„Was ist das?", fragte ich mit erstickter Stimme.

„Ich bin so stolz auf dich, River. Du bist ein toller, junger Mann und du spielst so unglaublich gut. Ich habe auch mal gespielt, weißt du? So gut wie du war ich allerdings nie." Er grinste so breit, wie ein Honigkuchenpferd. Scheiße. Er klang wie ein verflucht stolzer Vater. Tränen schossen mir in die Augen und der Kloß in meinem Hals wurde dicker.

Dieses Zimmer zeigte mehr als deutlich, dass ich ihm nicht scheißegal war. Er interessierte sich offensichtlich für mich. Warum um alles in der Welt hatte er mich dann niemals besucht? Er wohnte um die Ecke, er hätte jede Möglichkeit dazu gehabt. Wieso hatte er es nicht getan?

„Was soll die Scheiße? Wie kannst du hier so auf stolzen Daddy machen, während du uns die letzten achtzehn Jahre im Stich gelassen hast?"

Jetzt klang ich verzweifelt, während ich eigentlich nur wütend sein wollte.

„River, ich habe es doch nur für euch getan."

Wollte er mich verarschen?

„Ist das dein Ernst? Für uns? Wie kannst du das bitte für uns getan haben?"

„Ich weiß doch, was ich zu bieten hatte – nichts. Das wusste ich und das wusste deine Mutter. Sie hat mich gebeten, euch gehen zu lassen. Es war das schwierigste, was ich je getan hatte, aber ich habe es nur für euch getan. William konnte euch alles geben, was ich nicht konnte. Deine Mom hat es sich so sehr gewünscht, sie wollte eine so wunderschöne Kindheit für dich. Also habe ich zugestimmt und sie gehen lassen. Ich habe dich nie vergessen. Ich habe mich immer bei ihr erkundigt, wie es dir geht und sie hat mir Bilder geschickt. Ich habe eben von Weitem zugesehen und habe William dein Dad sein lassen. Es war das richtige, River."

Grenzenlose Wut überrollte mich. Auf meine Mom, weil sie diesem armen Kerl offensichtlich weiß gemacht hatte, wie unglaublich fürsorglich William war und auf Lake, weil er die ganze Zeit damit zufrieden gewesen war, einfach nur zuzusehen. Ich riss meine Arme nach oben und vergrub meine Hände in meinen Haaren.

„Verdammte Scheiße", sagte ich verzweifelt.

Lake sah mich erschrocken an, schwieg aber.

„Fick dich", knurrte ich und drehte mich zu ihm. „Du bist nicht mal auf die Idee gekommen, mich da rauszuholen? Deinetwegen war ich in dieser Hölle gefangen, obwohl du mich jederzeit hättest da rausholen können?"

Entgeistert sah er mich an. „Wovon redest du, River?"

„Ich rede davon, dass William wusste, dass du meine Mom gevögelt hast. Er wusste, dass ich nicht sein Kind bin, und hat mir das Leben zur Hölle gemacht. Fuck, er hat mich jahrelang verprügelt, so lange, bis ich endlich gelernt hatte, mich zu wehren. Und Mom? Die Frau, die du ja scheinbar so verehrst? Sie ist bei ihm geblieben und hat mich dieser Hölle ausgesetzt."

Meine Stimme überschlug sich fast und hallte von den Wänden wider. Ich war mittlerweile so laut, dass sicherlich sämtliche Nachbarn hier alles mit anhören konnten, aber es war mir egal.

Lake war kalkweiß geworden. Tränen liefen ihm übers Gesicht.

„Das ... das habe ich nicht gewusst", flüsterte er und kam näher, was mich sofort ein Stück zurückweichen ließ.

„Deine Mom hat mir immer gesagt, wie liebevoll er ist. Ich habe doch auch die Bilder in der Zeitung gesehen und dachte ...", setzte er verzweifelt zu einer Erklärung an.

Mitleid durchflutete mich, aber ich wollte es nicht zulassen.

„Okay, mag sein, dass du es nicht wusstest. Nehmen wir an, es wäre okay für mich, dass es dir gereicht hat, jahrelang Fotos von mir anzustarren. Was ist mit Sadie? Das werde ich dir niemals verzeihen", spie ich ihm entgegen.

„Sadie?", fragte er verwirrt.

Neue Wut flackerte in mir auf. „Ja, Sadie. Meine kleine Schwester."

Während weiterhin Tränen über sein Gesicht strömten und er aussah, wie ein geschlagener Hund, schüttelte er verwirrt mit dem Kopf und sah mich durchdringend an.

„Ich verstehe nicht ganz. Was ist mit deiner Schwester?"

Mit deiner Schwester.

Plötzlich fiel es mir wie Schuppen von den Augen.

„Dieses blöde Miststück", fluchte ich laut.

Ich wirbelte herum und fuhr mir mit den Fingern durch meine Haare.

„Beruhige dich, River, ich weiß, das ist alles zu viel. Ist es für mich auch. Shit, ich dachte die ganze Zeit, du hättest das tollste Leben der Welt, ich dachte ich tue das Richtige. Deine Mom ... ich habe ihr geglaubt. Sicher hatte sie einen guten Grund, warum sie es mir nicht gesagt hat. Bestimmt gibt es eine Erklärung", murmelte er vor sich hin. Ich wusste nicht, wen er damit eigentlich überzeugen wollte. Mich oder sich selbst. Bei mir funktionierte es jedenfalls nicht, denn ihre Gründe waren mir egal.

„Jetzt nimm doch mal deine rosa Brille ab. Sie hat dich verarscht. Sie ist ein manipulatives Miststück, das dir, nebenbei bemerkt, verheimlicht hat, dass du eine Tochter hast. Sadie ist dein Kind." Das war der Moment, in dem ihm alles aus dem Gesicht fiel.

„Was sagst du da?", stammelte er und setzte sich zitternd auf die Couch.

Schon wieder überkam mich eine Welle von Mitleid, die ich nicht empfinden wollte.

Ich konnte nicht glauben, was meine Mom getan hatte.

Wie konnte sie ihm verheimlichen, dass Sadie seine Tochter war? Wie konnte sie bei William bleiben, wenn dieser Lake scheinbar ein ganz netter Typ war, der sie offenbar verehrte? Ich verstand zwar, dass William uns das Leben zur Hölle gemacht hätte, wenn Mom sich getrennt hätte, aber hätten wir nicht mit Lake irgendwo anders neu anfangen können? Meine Wut auf Mom wurde immer größer. Aber auch auf Lake war ich wütend.

Er hatte mich im Stich gelassen und dieser Hölle überlassen. Es hätte einen Ausweg für mich gegeben, aber er war zu feige gewesen, um sich das Recht zu erkämpfen, Zeit mit seinem Sohn zu verbringen.

„Ich tue nichts anderes, als jederzeit auf sie aufzupassen. Meine Eltern interessieren sich einen Scheiß für Sadie, weder Mom noch Dad. Ich bin es, der sie überall hinfährt, der sie tröstet, wenn sie traurig ist und der sie abends ins Bett bringt. Ich ganz allein. Und jetzt muss ich sie davor retten, dass William sie genauso kaputtmacht, wie mich. Und du ... du hättest es die ganze Zeit verhindern können. Du hättest für uns da sein können", schrie ich ihn an, während mir jetzt selbst Tränen die Wangen herunterliefen. Wütend wischte ich sie mit dem Handrücken weg.

„Ich wusste es nicht", rief Lake verzweifelt und stand auf, um sich mir wieder zu nähern.

„Bleib weg von mir", warnte ich ihn knurrend, aber dennoch immer noch laut genug, dass die Nachbarn auch ja nichts von dem verpassten, was im Hause Duncan vor sich ging.

Mein Herz raste unkontrolliert und meine Arme zitterten. Ich war völlig am Ende, denn diese ganze Scheiße wuchs mir über den Kopf. Neben Jace und Sadie konnte ich mir jetzt nicht auch noch Gedanken darum machen, dass meine Mom auch ihn verarscht hatte.

Außerdem war ich verletzt. Ich war so tief verletzt, dass ich diesem Mann nicht wichtig genug gewesen war, um gegen William anzukämpfen. Um für mich zu kämpfen und darum, mich sehen zu dürfen, ganz egal, was er dachte, wie mein Leben aussah.

Ich schluchzte auf und ging wieder einen Schritt zurück.

„River, bitte." Er sah mich mit einem so flehenden Blick an, dass ich die Augen schließen musste. Es wäre so einfach ihm zu verzeihen. Es wäre so leicht einfach alles in seine Hände zu legen und ihn den Erwachsenen sein zu lassen. Ich wusste allerdings zu meinem Leidwesen nur zu gut, dass ich der einzige war, auf den ich mich wirklich verlassen konnte.

Tränen nahmen mir meine Sicht. Ich musste hier verdammt nochmal raus.

Ich wollte diese Gefühle nicht, ich wollte sie nehmen und für immer wegsperren, verborgen von der Sicht anderer und vor allem vor mir.

Ich drehte mich um und stürmte aufgelöst aus dem Raum. Schwungvoll riss ich die Haustür auf und machte mir nicht die Mühe sie wieder zu schließen.

Ich hörte Lake meinen Namen rufen, ignorierte ihn aber nach Leibeskräften. Mein Herz drohte mir in der Brust zu zerreißen, so heftig war der Schmerz in meinem Inneren.

Wie zu erwarten war, standen mehrere Nachbarn vor ihren Häusern und gafften mit offenen Mündern zu mir herüber.

Ich riss meine Wagentür auf und wollte einsteigen, als ich am Oberarm zurückgerissen wurde.

„Geh jetzt nicht, lass uns darüber reden, bitte.“

Lake weinte immer noch und sah fast genauso schlimm aus, wie ich mich fühlte.

Ich konnte einfach nicht mehr. In meinem Kopf kreiste nur ein einziger Gedanke.

Er wollte dich nicht. Es hat ihm gereicht nur von Weitem zuzusehen.

Ehe ich richtig darüber nachdenken konnte, landete meine Faust bereits in seinem Gesicht.

Erschrocken sog ich die Luft ein und biss mir auf die Lippen, bis ich Blut schmeckte. Scham überwältigte mich.

Lake wischte sich mit dem Handrücken das Blut von seiner Lippe und wollte unbeirrt wieder nähertreten.

„Fuck, lass mich in Ruhe", schrie ich ihn an, bevor ich mich in meinen Wagen schwang, den Motor startete und in einem halsbrecherischen Tempo davonbrauste. Ich zwang mich dazu, nicht in den Rückspiegel zu sehen, denn alles was ich erblickt hätte, hätte nur dazu geführt, dass ich mein schlechtes Gewissen nicht mehr würde aushalten können. So war es leichter. So konnte ich ihn einfach hassen für das, was er getan hatte.

Wieso fühlte ich mich dann nur so dermaßen beschissen?

Kapitel 29

Ich war vollkommen wirr einige Stunden durch die Gegend gefahren, wie ein Roboter, der die Orientierung verloren hatte. Die Geschehnisse der letzten Stunden setzten mir zu sehr zu und ich wusste nicht, wie ich weitermachen sollte. Der Drang, zu Jace zu fahren und mich in seine Arme zu werfen, war extrem groß. Er war der einzige, dem ich mich anvertrauen wollte.

Letztendlich wusste ich es aber eben doch, denn ich fuhr zu irgendeinem Typen unserer Schule, der in seinem ersten High School–Jahr war. Keine Ahnung wer das war, aber von Brandon wusste ich, dass hier eine Party stattfinden würde. Und dann konnte auch Hero nicht weit sein. Er war meine einzige Chance. Also schrieb ich ihm und lag richtig mit meiner Vermutung.

Ich parkte meinen Wagen hinter unzähligen anderen und marschierte die lange Auffahrt zum Haus. Es war gar nicht mal so klein und bereits im Vorgarten standen haufenweise Leute. Ich wurde sofort von allen begrüßt, ignorierte aber jeden einzelnen von ihnen.

Hero hatte mir geschrieben, dass er im Garten sein würde, weshalb ich mich vollkommen darauf konzentrierte.

Im Vorbeigehen riss ich irgendeinem Typen, der schon protestieren wollte, bis er erkannte, wer ich war, sein Getränk aus der Hand. Weichei.

Ich stürzte den Inhalt herunter und stellte erfreut fest, dass es harter Alkohol war.

Während meiner Suche erkannte ich Brandon, der damit beschäftigt war, mit einem blonden Mädchen rumzumachen. Auch gut, so sah er mich wenigstens nicht. Mein Blick schweifte weiter, auf der Suche nach Hero umher, wobei ich Sam und Heather bemerkte, die eng zusammenstanden, jeder ein Bier in der Hand. Auch sie nahmen mich zum Glück nicht wahr.

Am Pool entdeckte ich Hero, der sofort aufstand, als er mich erkannte und deutete auf die dichten Büsche, die am Rande des Grundstückes beieinanderstanden.

Ich verdrehte genervt die Augen. Konnten wir das Ganze nicht einfach hinter uns bringen?

Ich schlenderte zu den Büschen und ließ Hero dabei nicht aus den Augen.

Er zog, kaum dass ich neben ihm stand, ein Tütchen aus seinem Kapuzenpullover heraus. Eilig riss ich es ihm aus der Hand und steckte ihm einen Hunderter zu. Er grinste und drehte sich, ohne ein einziges Wort zu sagen, um und ging zur Party zurück. Schmieriger Typ. Alles an ihm stank nach verwöhntem Rich–Kid, das sich den Kick holte, indem es Drogen vertickte. Es nervte mich, dass ich einer der Käufer war, aber ich war einfach… es ging nicht anders.

Als ich endlich allein war, atmete ich tief durch und versuchte, den Sturm in mir zu beruhigen. Meine Schultern sackten in sich zusammen und meine Hände begannen wieder zu zittern. Das schien seit neuestem Dauerzustand zu sein. Ich öffnete das Tütchen und nahm mir die Pillen heraus.

„Was denkst du eigentlich, was du da tust?", riss mich die laute und sehr wütende Stimme von Brandon aus meinem Gefühlssturm, was mich zusammenfahren ließ.

Perplex starrte ich ihn an. Er verzog wütend das Gesicht und schlug mir grob die Pillen aus meiner Hand.

„Hey", herrschte ich ihn an und nahm mein Handy heraus, um mir mit der Taschenlampenfunktion Licht zu machen.

Ich wischte auf meinem Display herum, als mir Brandon mein Handy aus den Fingern fischte.

„Alter, jetzt verliere ich langsam die Geduld. Falscher Tag, Mann. Verpiss dich jetzt, Brandon", presste ich wütend hervor, die Zähne fest aufeinandergebissen.

„Kannst du abhaken. Du nimmst dieses scheiß Zeug nicht."

Er verschränkte die Arme vor der Brust und funkelte mich wütend an.

„Was interessiert es dich? Geh und fick die Kleine, mit der du eben rumgemacht hast."

„Hätte ich gern gemacht, aber leider muss ich jetzt deinen Babysitter spielen. Und es interessiert mich, weil du mein bester Freund bist, du undankbarer Pisser."

„Alles in bester Ordnung", erwiderte ich trocken.

Er hatte nichts Besseres zu tun, als mich auszulachen, was ihm direkt einen Schubser von mir einhandelte.

„Ja, schon kapiert, River. Es läuft momentan scheiße bei dir. Das ist aber noch lange kein Grund, sich irgendwelche Drogen einzuschmeißen."

„Du hast doch überhaupt keine Ahnung, was bei mir abgeht", pampte ich ihn an.

„Ach nein?", fragte er mit durchdringendem Blick. „Ich weiß, dass du gestern im Wald Jace gevögelt hast und er danach mit seinem beschissen perfekten Freund abgehauen ist. Ich weiß, dass du täglich praktisch Sadies Daddy spielen musst und ich weiß, dass dein Dad ein totales Arschloch ist. Reicht das?"

Damit brachte er mich zum Schweigen. Woher wusste er, dass mein Dad ein Arsch war? Normalerweise vergötterten ihn alle und selbst meine Freunde, mit Ausnahme von Jace und Haley, nahmen an, dass er ein toller Superdad war.

„Woher ...", setzte ich fassungslos zu einer Frage an.

Er riss die Arme nach oben und fuchtelte mit ihnen vor meiner Nase rum. Dieser Typ konnte kaum mal eine Minute stillstehen.

„Ich durchschaue Menschen eben. So wie ich weiß, dass dieser Blake nicht so nett ist, wie er tut, weiß ich, dass dein Vater ein vollkommen kranker Freak ist. Ist eben so. Aber auch all das rechtfertigt nicht, dass du dir Drogen einwirfst."

Nun war es an mir, verzweifelt die Arme in die Luft zu reißen.

„Ich kann nicht anders, okay? Ich halte es einfach nicht mehr aus, verdammt nochmal." Meine Stimme brach und ich stieß einen leisen Fluch aus.

„Du bist Jace auch nicht egal, weißt du? Mag sein, dass er gestern abgehauen ist, aber du bedeutest ihm viel mehr als du denkst. Du hast keine Ahnung, wie verzweifelt er gestern aussah. Du hast keine Ahnung, wie er dich ansieht. Du gehst ihm unter die Haut."

Ich schloss gequält meine Augen. Wie gern hätte ich ihm geglaubt, aber er war nun mal nicht dabei gewesen. Ich wusste, dass ich Jace etwas bedeutete, immerhin waren wir jahrelang beste Freunde gewesen. Er empfand allerdings nicht dasselbe, wie ich. Er hatte einen Freund, den er gestern mit mir betrogen hatte und das war es, was ihm zu schaffen machte.

Jace. Der Wunsch, ihm nahe zu sein und mich in seiner Umarmung zu trösten, nahm mein gesamtes Handeln ein. So sehr ich heute von dieser ganzen Lake–Sache abgelenkt gewesen war, wollte ich letztendlich nur eines. Jace. Immer nur ihn.

Ich drehte mich von Brandon weg, damit er meine Tränen nicht sah.

„Wieso lässt du mich nicht einfach in Ruhe?", fragte ich ihn gequält.

„Keine Chance. Solange ich Angst habe, dass du was davon nimmst, werde ich dir keine Sekunde von der Seite weichen, hörst du? Ich werde dein verdammter Schatten sein und auf dich aufpassen. Du nimmst dieses Zeug nicht, hast du gehört? Niemals." Seine Stimme klang eisig und vertrieb den sonst so lustigen Brandon, der immer einen blöden Spruch parat hatte und höllisch nervte. Jetzt presste er die Lippen zu einer schmalen Linie zusammen, seine Stirn lag in Falten, da er seine Augenbrauen so fest zusammenzog. Er sah aus, als wäre er auf irgendeiner Mission.

„Was spricht schon dagegen sich ab und an mal etwas reinzuziehen? Wie oft haben wir bitte schon zusammen gekifft?"

„Das ist was anderes", unterbrach er mich, „Das ist ab und zu mal zum Spaß, das kannst du mit diesem Zeug doch gar nicht vergleichen. Solche Drogen gaukeln dir vor, dass dein Leben doch nicht so scheiße ist, wie es scheint. Es lässt dich so anders fühlen, dass du nicht mehr damit klarkommst, wenn die Wirkung nachlässt und du dein Leben ohne sie nicht mehr erträgst. Du bist schneller abhängig von dem Zeug, als du denkst."

Er hatte sich in Rage geredet. Seine Züge und seine Augen waren von Panik durchzogen.

„Woher weißt du das alles?", fragte ich leise.

Er lächelte und der gewohnte Brandon trat wieder zum Vorschein.

„Setz dich, Kumpel", sagte er grinsend und deutete auf die querliegenden Baumstämme, die halb verdeckt unter einem Busch lagen. Er zog sie hervor und ließ sich darauf nieder.

Er hatte mich so von den Pillen abgelenkt, dass ich es ihm ohne ein Widerwort gleichtat.

Ich wartete ab, doch er sagte kein Wort.

„Was wird das hier jetzt?", fragte ich ihn vorsichtig, abwartend.

„Ich werde dir jetzt etwas erzählen, was du niemals jemandem weitersagen wirst. Du wirst zuhören und mir danach von dem restlichen Scheiß erzählen, der bei dir abgeht, denn es ist offensichtlich, dass da noch genug ist, von dem ich nichts weiß. Du hörst zu und redest dann, verstanden? Und was das Wichtigste ist: Du wirst nie wieder zu solchen harten Drogen greifen, kapiert?"

Viel zu erschrocken und ehrlich gesagt auch beeindruckt von seiner Art, protestierte ich noch nicht mal, obwohl er mich herumkommandierte.

„Was erzählst du mir jetzt? Märchenstunde mit Onkel Brandon?", fragte ich gleichermaßen neugierig, wie verwirrt.

Er stemmte sich lässig auf seine beiden Hände, die er seitlich von sich auf den Baumstamm stützte und sah mir grinsend in die Augen.

„Jetzt, mein Freund, erzähle ich dir die Geschichte von Brandon West.“

Kapitel 30

„Ich verstehe immer noch nicht, dass du dich von Preston und seinem kleinen Naruto–Kumpel hast verkloppen lassen. Dein Gesicht schimmert übrigens gelb unter dem ganzen blau und sieht echt beschissen aus", stellte Brandon fest, während wir im Esszimmer in seinem Haus saßen und er sich genüsslich Marmelade auf ein Croissant strich.

Es war noch abartig früh und der Typ hatte pervers gute Laune. Wir hatten gerade mal drei Stunden geschlafen, weil wir uns noch ewig unterhalten hatten, auch nachdem wir zu ihm gegangen waren.

Was er mir erzählt hatte, war echt heftig und doch saß er hier mit seinem glücklichen Grinsen im Gesicht, wohingegen ich seit Tagen nur am Rumheulen war.

Reiß dich zusammen, River.

Dieser Satz schien zu meinem neuen Mantra zu werden.

„Ich hatte es immer noch verdient. Ich habe seine Schwester total verarscht und er wollte sie verteidigen. Ist doch egal", winkte ich ab.

Er biss in sein Croissant, das mittlerweile schon sein viertes war. Ich hatte gerade mal geschafft eine Brötchenhälfte herunterzuwürgen und das auch nur, weil Brandon mich beäugt hatte, wie eine Glucke.

„Ist doch Bullshit. Aber ich lasse die Ausrede mal gelten. Du weißt noch, was wir wegen Basketball abgesprochen haben?“

Er hatte mir letzte Nacht klar gemacht, dass ich nicht weiter mein Team im Stich lassen durfte. Auch wenn ich selbst nicht beim alles entscheidenden Spiel dabei sein durfte, musste ich für sie da sein. Sein genauer Wortlaut war glaube ich, dass ich gefälligst meine Fresse aus dem Sand ziehen, mich zusammenreißen und wieder klarkommen sollte. Er war schonungslos ehrlich gewesen und hatte absolut Recht damit. Ich schätze, das hatte ich gebraucht.

„Klar. Beim Coach betteln, dass er mir nicht den Kopf abreißt.“

Brandon nickte zufrieden.

Momentan lief alles extrem beschissen und jetzt musste ich versuchen, damit klarzukommen. Keine Ahnung, wie das gehen sollte, denn selbst jetzt beim Frühstück hätte ich am liebsten direkt eine neue Nachricht an Hero geschrieben oder mich betrunken. Brandon hatte mir allerdings das Versprechen abgenommen, keine Drogen mehr anzufassen. Allein dafür, dass ich den Wunsch hatte, etwas zu nehmen, schämte ich mich jetzt schon in Grund und Boden.

Ich schüttete stattdessen wieder Kaffee für Kaffee in mich hinein, was Brandon mit einem kleinen Lachen kommentierte. Ich zeigte ihm dafür den Mittelfinger über den Tisch hinweg und verzog angewidert das Gesicht, als er sich den letzten Bissen von seinem Croissant in den Mund schob und die Finger ableckte. Wie konnte man so viel Süßes in sich reinstopfen? Allein der Gedanke daran verursachte mir Übelkeit.

„Wirst du mit Jace reden?“, fragte er mich plötzlich.

Ich verschluckte mich an dem Schluck Kaffee, den ich gerade herunterschlucken wollte und hustete.

„Spinnst du?“, fragte ich entsetzt zurück.

„Vertrau mir, du solltest mit ihm reden.“

„Ich packe das nicht. Was soll ich auch bitte sagen“, motzte ich in seine Richtung und versteckte mein Gesicht wieder hinter dem überdimensional großen Becher. Unwillkürlich musste ich wieder an Lake denken und hatte prompt wieder einen Kloß im Hals. Verflucht, es war echt jämmerlich, wie daddybedürftig ich war, egal um welchen Vater es sich nun handelte.

Als ich den Becher wieder absetzte, sah Brandon mich nachdenklich an.

„Wie du meinst. Ich bin für dich da, okay? Du kannst auf mich zählen. Ich habe dir gestern schon gesagt, dass du die Scheiße nicht allein durchmachen musst. Meine Eltern kommen heute von ihrer Geschäftsreise zurück. Mein Dad ist schließlich Anwalt, ich werde sehen, was wir wegen Sadie ausrichten können. Sie geht nicht zurück zu euch nach Hause. Und wenn ich euch beide entführen und auf den Bahamas verstecken muss.“

Er lehnte sich großkotzig grinsend in seinem Stuhl zurück und brachte mich so zum Lachen.

Es tat gut, jemanden auf meiner Seite zu haben, der sich auch wirklich für mich einsetzte.

Auch wenn ich total abgefuckt und am Ende war, Brandon war mindestens genauso kaputt und gleichzeitig für mich da. Zum ersten Mal seit Tagen hatte ich wenigstens das Gefühl, die Sache mit Sadie händeln zu können. Irgendwie. Vielleicht.

Es würde alles andere als leicht werden, mein Dad war immer noch der Bürgermeister der Stadt und alle verehrten ihn.

Als Brandon mir erzählt hatte, dass seine Eltern meinen Vater für einen aufgeblasenen Wichtigtuer hielten, war das mein Highlight des gestrigen Tages gewesen. Ich hatte mindestens fünfzehn Minuten gebraucht, um mich wieder halbwegs zu beruhigen und auch jetzt reichte allein der Gedanke daran, um mich zum Schmunzeln zu bringen.

Brandon stand auf, um die Frühstückssachen wieder in die Küche zu bringen. Seine Familie hatte so unglaublich viel Geld, aber trotzdem hatten sie nur das Mindestmaß an Personal und Köche oder Dienstmädchen zählten nicht dazu. Lediglich eine Putzfrau kümmerte sich um das Haus, die gleichzeitig noch die Einkäufe erledigte. Das wars. Meine Eltern sorgten dafür, dass niemand auch nur einen Finger krumm machen musste, aber irgendwie gefiel es mir, mit Brandon zusammen den Tisch abzuräumen, bevor wir beide in unterschiedlichen Zimmern verschwanden. Er in seinem Badezimmer und ich im Gästebadezimmer, um zu duschen.

Ich ließ das Wasser der Regendusche auf mich niederprasseln und genoss die kleinen Massagedüsen um mich herum. Tief atmete ich durch und versuchte, mein klopfendes Herz unter Kontrolle zu bringen.

Es würde hart werden, heute so zu tun, als wäre alles okay und noch viel härter würde es werden, Jace gegenüberzutreten. Aber ich musste es tun, das hatte Brandon mir deutlich vor Augen geführt. Für mein Team.

Zehn Minuten später standen wir in der Garage der Wests, die den kompletten Keller des Gebäudes umfasste. Hier standen ungefähr zehn Autos, wobei eines teurer als das andere war.

Er griff nach den Autoschlüsseln seines grauen Tesla und setzte sich eine schwarze große Fliegerbrille auf die Nase, ehe er sich auf den Fahrersitz sinken ließ.

„Komm, Prinzessin. Ich fahr dich zu deinem Wagen", stieß er grinsend aus und brach direkt danach in Gelächter aus, so sehr freute er sich über seinen eigenen Witz. Ich zeigte ihm nur den Mittelfinger, bevor auch ich mich aufs weiche Leder sinken ließ und abermals das High-Tech-Auto bewunderte, das viel mehr einem Raumschiff glich.

***

Schwungvoll knallte ich die Tür meines Autos zu als ich ausstieg. Ich seufzte und atmete dann einmal tief durch. *Ich schaffte das.* Oder so ähnlich.

Brandon hatte mir klargemacht, dass ich mich wieder auf Basketball konzentrieren musste. Auch wenn die Dämonen in meinem Kopf auch heute um sich schrien, versuchte ich sie mit aller Macht zu verdrängen.

Jace, immer war Jace in meinen Gedanken. Er wechselte sich mit der unendlichen Sorge um Sadie und dem Wissen, dass mein Dad nicht mein Dad war, ab. Von Lake brauchte ich gar nicht erst anzufangen, denn ständig sah ich ihn in Tränen aufgelöst vor mir stehen. Dennoch hatte Brandon mir gestern geholfen. Wie hatte er gesagt? Es ging immer noch schlimmer – und verdammt, er hatte Recht.

Jetzt versuchte ich, alle Sorgen weit von mir wegzuschieben und lief über den Parkplatz. Es ging um Basketball, um mein Team.

Ich sah auf das gigantische, protzige Schulgebäude vor mir aufragen, welches eher den Eindruck eines Eliteinternats erweckte. Aber die Stadt war ja ach so stolz auf diesen Prunk.

Heute stand das Sondertraining auf dem Plan. Ich durfte zwar nicht am letzten Spiel teilnehmen, trotzdem war es wichtig, dass ich jetzt hier war.

Von weitem konnte ich bereits das Team draußen auf dem großen Hof ausmachen, und nicht nur das – für einen Sonntag war hier verdammt viel los. Mir war nicht klar gewesen, dass es sich wohl um ein offenes Training handeln musste. Dieses kleine Detail hatte Brandon wohl vergessen zu erwähnen. Ich seufzte genervt. Das konnte ich heute gar nicht gebrauchen. Eigentlich hatte ich mich darauf eingestellt, heute nur dem Team gegenübertreten zu müssen und selbst das hatte mich schon Überwindung genug gekostet. Egal was sollte es. Es war eh schon jedem klar, dass mit mir momentan irgendwas los war, sollten sie sich doch alle das Maul zerreißen, wenn ihr Leben ihnen sonst nichts Spannendes zu liefern hatte. Sicher hatte ich jetzt nicht auch noch die Kraft, meine gewohnte Fassade hervorzukramen und aufzusetzen.

Ich schlenderte zu meinen Freunden rüber, die lachend in ein Gespräch vertieft waren.

Nicht zu Jace sehen, nicht zu Jace sehen, nicht ... verdammt.

Er sah verboten gut aus. Er trug eine lässige, graue Jogginghose und einen hellblauen Adidas Hoodie mit

Kapuze. Seine Haare hingen wirr durcheinander, so als wäre er eben erst aus dem Bett gefallen. Vor meinem inneren Auge lief direkt der Film ab, wie ich ihn im Wald an mich presste und mit meinem ...

Ich schüttelte den Kopf, um den Gedanken loszuwerden. Falscher Zeitpunkt. Meine Freunde verstummten, als ich zu ihnen trat.

„River", sagte Tristan überrascht. „Was machst du denn hier?"

„Um Gnade beim Coach winseln." Ich zuckte betont lässig mit den Schultern, obwohl tief in mir drinnen ein Sturm tobte, weil Jace direkt neben mir stand. Ich wich seinem Blick aus.

„Was ist mit dir passiert?", fragte Tristan und deutete auf mein Gesicht. Das hatte ich ehrlich gesagt schon wieder verdrängt. Wieder zuckte ich die Schultern.

„Er hatte nach der Party am See einen Zusammenstoß mit Preston", mischte Brandon sich grinsend ein. Ich warf ihm einen bösen Blick zu, der ihn nur noch breiter grinsen ließ. Er sah dafür meinen Mittelfinger. Die Jungs fingen an zu lachen und auch mich überkam unweigerlich ein Grinsen.

„Na gut, sei ihm gegönnt, immerhin hast du seine Schwester mit Haley betrogen", stellte Tristan mit einem entschuldigenden Blick in meine Richtung fest. Ich war etwas überrascht, dass er tatsächlich annahm, ich hätte mit Haley geschlafen. Immerhin wusste er von Jace und mir. Andererseits hatte er seit neuestem irgendeinen seltsamen Beschützerinstinkt für Penelope entwickelt, dass es vermutlich eher damit zusammenhing – und mich daran erinnerte, dass ich mit ihm reden musste.

Ich schielte aus dem Augenwinkel zu Jace, der mich merkwürdig ansah. Er runzelte die Stirn.

„Habe ich nicht", sagte ich in die Runde.

Allgemeine Verwirrung machte sich breit und die Jungs sahen sich gegenseitig ratlos an.

„Hä? Was hast du nicht?", fragte Tristan. Er war der Einzige, der das Reden übernahm, während mich allerdings alle, von Brandon abgesehen, neugierig musterten.

„Ich hatte keinen Sex mit Haley."

Keine Ahnung wieso, aber ich wollte das klargestellt haben.

„Wieso um alles in der Welt hast du dich dann von Preston verprügeln lassen? Ich meine ... Preston. Das kann ja nur Absicht von deiner Seite gewesen sein", fragte Sam nun doch entgeistert. Dass er das nicht verstand, war mir klar.

„Ich habe sie nicht mit Haley betrogen, mit jemand anderem aber schon. Ich hatte es verdient."

Ehrlich gesagt war es für mich gar keine so große Sache mehr. Meine Rippen taten nach wie vor weh und mein Gesicht hatte ein paar Blessuren, aber ganz ehrlich – *who cares.*

Neben mir sog jemand scharf die Luft ein. Ich blickte auf und stellte fest, dass es Jace war. Er starrte mich an, bis er an mir vorbeisah und eine wütende Miene aufsetzte. Ruckartig setzte er sich in Bewegung und schob sich an mir vorbei in Richtung Schuleingang.

Ich drehte mich verwirrt um und sah niemand anderen als Preston, wie er die Schule verließ.

Er war in diesem komischen Matheclub und verbrachte jeden Samstag– und Sonntagmorgen in der

Schule. Vollkommen irre. Ich brauchte nicht zu erwähnen, bei wie vielen Familienessen diese Kleinigkeit schon erwähnt worden war. *Preston hier, Preston da – zum Kotzen.*

Jace stapfte jetzt wütend auf ihn zu. Was hatte er denn jetzt bitte vor? Mir schwante allerdings nichts Gutes. Entgeistert blinzelte ich, als Jace Preston so fest schubste, dass dieser auf seinem Hintern landete. Ich war nicht der Einzige, der sich augenblicklich in Bewegung setzte, aber ich war definitiv der schnellste. Innerhalb weniger Sekunden war ich bei ihnen und zog Jace schwungvoll von Preston weg, als er sich auf ihn stürzen wollte. Vielleicht stieß ich ihn danach auch etwas härter als nötig wieder von mir.

Keine Ahnung wer von den beiden geschockter war.

Preston sprang auf die Füße und wollte Jace zurückschubsen, woran ich ihn mit einem einzigen lächerlichen Stoß hinderte. Verstört sah er mich an, bis ihm offensichtlich dämmerte, dass ich ihn am Freitag mit voller Absicht hatte machen lassen.

„Was zum Teufel soll das?", wandte ich mich nun allerdings wütend an Jace.

„Wie bitte?", lautete seine Antwort. Er wirkte fassungslos, sah mich aus geweiteten Augen mit einer Mischung aus Sorge, Frust und Wut an.

„Ich habe dich gefragt, was das hier werden soll?", wurde ich nun noch eine Spur lauter.

Um uns herum war es totenstill geworden. Wir hatten nicht nur die Aufmerksamkeit unserer Freunde auf uns gezogen, sondern die von allen, die hier waren. Noch vor kurzem wäre ich jetzt schreiend weggerannt, aber ich war es leid darauf zu achten, was ich wann wie tun durfte. Mein Leben war doch sowieso schon eine Katastrophe, da konnte es mir doch wirklich egal sein, was da ein paar High School-Schüler von mir dachten. Wobei sie mich sicherlich eh schon für irre hielten.

„Dieser Penner kann dich doch nicht einfach so verprügeln und dann damit durchkommen", verteidigte sich Jace mit fester Stimme.

„Ich hatte es aber verdient."

„Nein, hattest du nicht. Immerhin war es meine Schuld – wenn dann klär das mit mir." Jace' Augen funkelten angriffslustig.

„Was, plötzlich interessiert es dich?", fragte ich provozierend und mit unverkennbarem Spott in der Stimme.

„Willst du mich verarschen? Was soll das, River?" Er riss seine Hände verzweifelt in die Höhe und trat bedrohlich einen Schritt näher. Diesen Gefallen erwiderte ich und kniff wütend die Augen zusammen. Das hier war längst überfällig, verdammt nochmal. Ich ließ meiner angestauten Wut freien Lauf.

„Keine Ahnung, wie ich darauf komme, BRO." Das letzte Wort betonte ich bewusst abfällig. Es verfehlte seine Wirkung nicht, denn er zuckte zusammen und wusste offenbar sofort, was ich meinte. Interessant.

„Fuck, irgendwas musste ich doch sagen, immerhin bist du allein bei meinem Anblick vollkommen ausgerastet."

Mittlerweile waren wir dazu übergegangen, uns so laut anzubrüllen, dass man uns sicherlich über den ganzen Schulhof hören konnte. Preston stand vollkommen ratlos neben uns, ebenso wie alle anderen. Sie lauschten gespannt unserem Streit, der so verflucht guttat. Auch wenn wir uns anbrüllten, redeten wir endlich miteinander. Keiner von uns beiden rannte davon oder tat so, als wäre nichts gewesen. Wir hatten das gebraucht, wie mir jetzt klar wurde.

„Natürlich bin ich ausgerastet, verdammt nochmal. An einem Abend war alles noch vollkommen normal und am nächsten Tag war plötzlich alles außer Kontrolle. Wer würde da nicht ausrasten?"

„Ja danke, das hat man gemerkt. Besser hättest du deine Verachtung gar nicht ausdrücken können." Ein verletzter Ausdruck huschte über sein Gesicht.

„Verachtung? Welche Verachtung? Ich war überfordert, verdammte Scheiße. Wen hätte das bitte nicht vollkommen aus der Bahn geworfen?"

Ich stieß mit der Hand gegen Jace' Schulter. Fuck. Ich war so verdammt sauer.

Er tat prompt das gleiche und ich strauchelte leicht. Ich hatte vergessen, wie viel Kraft er hatte, wenn er sie einsetzen wollte.

„Mich. Deshalb habe ich ja versucht, das Ganze irgendwie aufzulockern."

„Aufzulockern? Du hast mich Bro, genannt. Bro. Nach dieser Nacht."

Wieder leuchtete Schmerz in seinem Blick auf, der sofort einen Stich durch mein Herz sandte. Ich wollte ihn nicht verletzten. Egal, wie beschissen ich mich fühlte, es war kaum zu ertragen, den Schmerz in seinem Gesicht zu sehen.

„Was hätte ich denn sagen sollen?" Er wurde etwas leiser und seine Stimme klang traurig, nahezu verzweifelt.

„Du hast doch keine Ahnung, wie es für mich war. Ich hatte mich doch längst damit abgefunden, dass ich dich nicht haben kann. Ich hatte es bereits akzeptiert und dann kam dieser verdammte Abend und hat mir alles gezeigt, was ich immer wollte, nur um es mir dann wieder wegzunehmen."

Seine Worte hallten in meinen Ohren nach. Ich verharrte reglos, bis mein Verstand endlich seine Worte realisierte. Fuck ... was?

Kapitel 31

Jace

Die Worte waren heraus und ich konnte sie nicht mehr zurücknehmen. Fuck. Das hatte ich ihm niemals erzählen wollen, niemals.

Ich hielt den Atem an, während River mich reglos mit offenem Mund anstarrte. Meine Augen fanden seine. Diese wunderschönen blauen Augen, in die ich mich verliebt hatte. Schock war darin zu sehen und noch etwas ganz anderes, das ich nicht deuten konnte.

Ich wollte irgendwas sagen, um diese Situation zu retten, doch mir fiel nichts ein.

„Ich ...", stammelte ich also nur los.

Mit einem schnellen Satz überbrückte River die kleine Lücke zwischen uns, krallte seine Hände in mein Shirt und zog mich an sich. Bevor ich etwas sagen oder tun konnte, lagen seine Lippen auf meinen.

Und plötzlich rückte alles wieder in seine gewohnten Bahnen, alles wieder an seinen richtigen Platz.

Überrascht schlang ich die Arme um ihn und meine rechte Hand vergrub sich wie von selbst in seinen Haaren, so als gehörte sie genau dorthin.

Ich öffnete bereitwillig meine Lippen, als er auch schon seine Zunge in meinen Mund schob. Verzweifelt küssten wir uns und hielten uns aneinander fest.

Um uns herum nahm ich Aufregung und wildes Getuschel wahr. Wir standen immer noch direkt vor der

Schule, während uns alle anstarrten. Es war mir egal. Ich konzentrierte mich nur auf River. Jede Faser meines Körpers reagierte auf ihn und eine Gänsehaut überzog meine Haut. Ich hätte ewig so hier stehen und mich in ihm verlieren können.

Wenig später lösten wir unsere Lippen voneinander, doch wir ließen uns nicht los. Aus Angst, er könnte mich wieder wegstoßen, sah ich ihm unsicher ins Gesicht und sah einen Ausdruck, der mir sofort weiche Knie verursachte und ein Kribbeln durch meinen ganzen Körper jagte. Ich sah weder Scham noch Bedauern, sondern grenzenlose Zuneigung und definitiv immer noch den Schock. Wow, vermutlich sah ich genauso aus, denn ich konnte immer noch nicht ganz begreifen, dass er mich hier vor allen Leuten geküsst hatte. River, der mich vor kurzem noch bei der Gala weggestoßen hatte, als er dachte uns hätte jemand gehört, stand hier und sah mir tief in die Augen, während ein heißes Lächeln seine Lippen umspielte. Ich knabberte an meiner Unterlippe, als sich ebenfalls ein fettes Grinsen in mein Gesicht schlich.

„Ich liebe dich, Jace", sagte River atemlos, aber dennoch laut und deutlich.

Mein Herz schien mir förmlich in der Brust zu explodieren und ich war mir sicher, dass ich gleich einen Herzinfarkt bekäme. River sah gleichermaßen erleichtert und verzweifelt aus. Geschockt blickte ich ihn an und da war ich bei weitem nicht der einzige.

River Scott, der Junge, der diese Worte hasste, wie kein anderer und der seinen Exfreundinnen verklickert hatte, dass er sie niemals in den Mund nehmen würde, stand hier vor der halben Schule und gestand mir seine Liebe.

Ich musste träumen, das hier konnte nicht real sein. Doch egal, wie oft ich blinzelte, River stand immer noch vor mir, den gleichen Ausdruck im Gesicht.

„Was?", konnte ich also nur ungläubig fragen.

Das schiefe Grinsen, das ich so sehr an ihm liebte und das ich in den letzten Wochen so schmerzlich vermisst hatte, stahl sich in sein Gesicht.

„Ich liebe dich, hörst du? Ich liebe dich. Ich bin damals ausgerastet, weil ich es nicht fassen konnte, dass ich den besten Sex überhaupt mit dir hatte. Ich konnte nicht realisieren, dass ich diese Gefühle für dich entwickelt hatte. Es hat etwas gedauert, bis es mir wirklich klar wurde, aber jetzt weiß ich es ganz sicher. Ich liebe dich." Seine Worte und die Aufregung in seiner Stimme ließen meine Augen feucht werden.

Scheiße. Ich hatte heute mit allem gerechnet, nur nicht damit. Die ganzen letzten Jahre hatte ich mir eingeredet, dass ich ihn niemals haben könnte. Dass er tabu für mich war.

Doch nun stand er hier und sagte mir diese Worte. Mein Herz quoll über vor Glück. Auch wenn noch einiges unausgesprochen zwischen uns stand, war ich mir in diesem Moment absolut sicher, dass wir das packen konnten, auch wenn ich es niemals für möglich gehalten hätte. Wir waren River und Jace – und seit so vielen Jahren ein Team. Ich schüttelte lächelnd den Kopf. Es hatte wohl so kommen müssen.

„Ich liebe dich auch", entgegnete ich, bevor ich seine Haare wieder fester packte, ihn eng an mich zog und meine Lippen wieder mit seinen verschmolzen.

***

Alles war vollkommen surreal. Hier saß ich, im Wohnzimmer von Brandon, umgeben von all unseren Freunden und lehnte mich mit dem Rücken an River.

Es fühlte sich so normal und alltäglich an, dass mir ganz warm ums Herz wurde.

Nachdem River vorm Coach zu Kreuze gekrochen war, der ihm eine ordentliche Standpauke gehalten und ihm anschließend väterlich auf die Schulter geklopft hatte, hatten die beiden das ganze Training über mit verschränkten Armen am Rand gestanden und uns Anweisungen zugebrüllt. Das war so unglaublich heiß gewesen. Ich war deshalb das ein oder andere Mal ins Stolpern geraten.

Die anderen Jungs waren ebenfalls mehr, als nur erleichtert, dass er nun wieder dabei war. Ohne ihn ging es nicht.

Sie bemerkten sicherlich auch, dass sich irgendwas an ihm verändert hatte. War es Entschlossenheit? Akzeptanz?

Er hatte so felsenfest am Spielfeldrand gestanden, nichts aus den Augen gelassen und eine Selbstsicherheit ausgestrahlt, die nichts mit dem aufgesetzten Arschloch von sonst zu tun gehabt hatte.

Mir waren dabei natürlich nicht die Blicke, das Getuschel und Gemurmel um uns herum entgangen, das von haufenweisen Leuten unserer Schule gekommen war, die die Tribünen gesäumt und gefühlt minütlich mehr geworden waren.

Dass wir uns vor der Schule geküsst hatten, war Thema Nummer eins.

Ich hatte versucht, sie so gut es ging zu ignorieren und mich aufs Training zu konzentrieren.

Während wir nun hier bei Brandon saßen, alle ein Bier in der Hand, nahm ich auch die unterschiedlichen Blicke unserer Freunde wahr. Sam sah immer noch geschockt aus und versuchte nicht zu oft in unsere Richtung zu sehen, ebenso wie einige andere Jungs der Mannschaft. Tristan und Brandon hatten von Anfang an so getan, als wäre es keine große Sache und grinsten permanent anzüglich zu uns. Seltsam.

„Hey, wieso wirkt ihr beiden so gar nicht überrascht? Ihr könnt mir nicht erzählen, dass ihr was geahnt habt", fragte ich die beiden direkt.

Sie sahen sich ertappt an und Brandon trank demonstrativ einen Schluck Bier.

„Doch, wir ... klar sind wir überrascht", stammelte Tristan.

„Total überrascht", pflichtete Brandon ihm bei.

River hinter mir prustete los. Es tat so verflucht gut ihn wieder lachen zu hören.

Ich setzte mich richtig auf und drehte mich überrascht zu ihm um.

„Du hast es ihnen erzählt?", fragte ich geschockt. Er zuckte schuldbewusst mit den Schultern.

„Ging nicht anders."

Ich sah von Tristan, über Brandon, zu River zurück. Alle drei wirkten plötzlich still. Ich konnte noch gar nicht fassen, dass sie es tatsächlich gewusst hatten. War das der Grund für Brandons abartiges Verhalten in der letzten Zeit gewesen? Irgendwie war ich erleichtert deswegen.

„Warum ging es nicht anders?“, hakte ich neugierig nach.

Immerhin waren Brandon und Tristan ziemliche Tratschtanten. Ich war überrascht, dass River sich ausgerechnet ihnen anvertraut hatte und noch umso mehr verwundert, dass die beiden sogar tatsächlich dichtgehalten hatten.

River wich meinem Blick aus, ebenso wie die anderen beiden, und nahm einen letzten Zug aus seinem Bier. Ich runzelte die Stirn. Das war bereits sein drittes.

Ich hatte in den letzten Wochen definitiv einiges verpasst und machte mir Sorgen um ihn. Die Drogen von Freitag kamen mir wieder in den Sinn.

„Ich hol mir noch eins.“ Mit einem Ruck stand River auf und ging durchs Wohnzimmer in Richtung Flur. Abgesehen von Tristan und Brandon hatte niemand unser Gespräch mitbekommen. Ich sah die beiden gleichermaßen auffordernd, wie fragend an, aber keiner der beiden machte den Mund auf. Ich fluchte laut, stand ebenfalls auf und folgte River.

Ich fand ihn in der riesengroßen Küche der Wests, wo er sich auf die Arbeitsplatte lehnte und in den Garten hinausschaute, der einen atemberaubenden Blick auf dem Grove Lake bot.

„Hey.“ Ich berührte ihn an der Schulter und er zuckte erschrocken zusammen, als hätte er mich nicht kommen hören.

„Was ist los?“, fragte ich sanft.

„Nichts“, kam prompt seine ausweichende Antwort. Ich seufzte.

„River, du brauchst diesen Scheiß nicht mit mir versuchen. Was ist los? Gehts um das Gespräch eben?“

Er schwieg. Dieser Typ war sowas von stur.

„Wann hast du Tristan und Brandon von uns erzählt?", hakte ich weiter nach.

Ich zerrte ihn an der Schulter zu mir herum, sodass er gezwungen war, mich anzusehen, doch sein Blick wich sofort zu Boden.

„Bei der Basketballparty."

Ich dachte nach. Bei der Party hatte ich ihn kaum zu Gesicht bekommen.

„Okay?" Ich wartete ab, denn mir war nicht klar, worauf er hinauswollte. Nun sah er mir doch ins Gesicht.

„Ich habe euch an dem Tag gesehen."

„Wen gesehen?"

„Dich und diesen Bowen, wie ihr ..." Er beendete den Satz nicht.

Ich schmunzelte, als er wieder einen blöden Spitznamen für Blake parat hatte, bis mir das Lächeln auf den Lippen erstarb, als mir die Bedeutung seiner Worte bewusstwurde.

Geschockt sah ich ihm in die Augen.

„River, ich ...", setzte ich bereits zu einer Erklärung an, doch er unterbrach mich sofort.

„Schon gut. Wir waren nicht zusammen. Du hattest jedes Recht mit ihm zu tun, was du willst. Immerhin ist er ja dein Freund."

Er schluckte, wobei sich sein Kehlkopf merklich bewegte.

Ich legte eine Hand an seine Wange und er schloss kurz gequält die Augen.

„Ich habe bereits Freitagabend mit ihm schlussgemacht, direkt nach der Sache im Wald."

Erleichterung blitzte in seinen Augen auf und er entspannte sich sichtlich, bevor er meinem Blick direkt wieder auswich.

„River, hör auf damit, hör auf mich auszuschließen. Sag mir einfach, was dir durch den Kopf geht", flehte ich ihn leise an und legte meine Stirn an seine.

„Das willst du nicht, ist schon gut."

Er wollte sich aus meinem Griff befreien, doch ich ließ nicht locker. Er hätte Gewalt anwenden müssen, denn ich hatte mein rechtes Bein direkt zwischen seinen platziert.

„River, rede mit mir", fuhr ich ihn an.

Resigniert sah er mir wieder in die Augen, in denen jetzt Wut aufblitzte. Er hatte es schon immer gehasst in die Enge getrieben zu werden, aber gleichermaßen wusste ich, dass er genau das jetzt brauchte.

„Ich kann den scheiß Gedanken nicht ertragen, dass du mit diesem Wichser im Bett warst, nachdem wir beide es getan haben", entgegnete er mit einem Hauch Verzweiflung in der Stimme, während er sich mit den Fingern durch die Haare fuhr und leicht daran zog.

Mein schlechtes Gewissen überrollte mich und nahm mir kurz die Luft zum Atmen. Es war nicht fair, dass er jetzt sauer auf mich war. Ich hatte doch selbst nur irgendwie klarkommen wollen. Ich war nur mit Blake zusammen gewesen, um über River hinwegzukommen.

„Ich hatte an diesem Abend keinen Sex mit ihm. Bevor das alles mit uns angefangen hatte, habe ich ihn in einer Bar kennengelernt und wir hatten was miteinander. Seit du und ich uns nähergekommen sind, habe ich nicht mit ihm geschlafen. Das wäre nicht fair gewesen, weil ich nur an dich gedacht hätte."

Seine Gesichtszüge wurden weicher und der verkniffene Ausdruck verschwand daraus.

„Wirklich? Ihr habt also nicht ...?", fragte er mit hoffnungsvoller Stimme und leuchtenden Augen. Seine Finger gruben sich in meine Hüften.

„Wir haben andere Sachen gemacht", antwortete ich ausweichend.

Er presste die Lippen aufeinander, als sich sein Kiefer verkrampfte und die Adern an seinem Hals deutlich hervortraten. Ihm war anzusehen, dass er mit einer anderen Antwort gerechnet und auf sie gehofft hatte.

Einerseits durchlief mich aufgrund seiner Eifersucht ein heißes Prickeln, denn es war unglaublich sexy, dass er mich offenbar mit niemandem teilen wollte.

Andererseits war es unfair. Wir waren kein Paar gewesen und ich hatte keine Ahnung von seinen Gefühlen gehabt. *Er* hatte mich kurz vorher bei dieser blöden Gala weggestoßen.

Ich hatte trotzdem ein schlechtes Gewissen, weil ich Blake so nah an mich herangelassen hatte, während mein Herz in jeder Sekunde bei River gewesen war.

Ich legte beide Hände auf Rivers Brust und sah ihn ebenso verzweifelt an, wie er mich.

„Das ist nicht fair, River. Ich wusste nicht, was du für mich empfindest. Und du hattest schließlich auch Sex mit Penelope."

„Hatte ich nicht", seufzte er laut auf.

Mir stockte der Atem.

„Soll das heißen ... du hast in letzter Zeit nur mit mir ...?", fragte ich noch einmal nach, nur um mich zu überzeugen, dass ich ihn richtig verstanden hatte. Ich hatte ihn bestimmt missverstanden.

Er nickte.

„Fuck", flüsterte ich.

Die Nachricht, dass ich der Einzige war, der ihm in den letzten Wochen so nahegekommen war, sendete Stromstöße durch meinen Körper und machte mich so an, dass ich unruhig von einem Bein aufs andere trat. Mein Herz machte einen Hüpfer und ein Beben durchlief meinen Körper.

„Es tut mir leid. Keine Ahnung, ob es dich tröstet, aber in meinem Kopf warst dabei nur du. Fuck, die ganzen letzten Jahre warst in meinem Kopf immer nur du."

Ich vergrub meine Finger in seinen Haaren und drehte ihn zu mir.

„Vergiss Bowen", flüsterte ich dicht an seinen Lippen und benutzte den gleichen blöden Spitznamen, wie er zuvor, was ihm ein Grinsen ins Gesicht zauberte. Erleichterung durchfuhr mich und ich erkannte kurz darauf Verlangen in seinen Augen.

„Ich liebe dich", flüsterte ich, bevor ich meine Lippen endlich auf seine legte.

Er drückte mich fest an sich und vertiefte unseren Kuss, während er sich an meiner Hose zu schaffen machen wollte. Nein, nicht diesmal. Jetzt ging es nicht um mich.

Ich rückte ein Stück von ihm ab und er sah mich mit geröteten Wangen verwirrt an. Mit einem Lächeln auf den Lippen drehte ich mich zur Küchentür, schloss sie leise und drehte klickend den Schlüssel, der in der Tür steckte, um. Mit wenigen Schritten war ich wieder bei ihm, öffnete seine Hose und sank vor ihm auf die Knie.

Ein Zittern fuhr durch seinen Körper und er sah mir aus geweiteten Augen entgegen, bevor ich ihn gierig mit dem Mund umfing und nur noch ein erstickter Laut von ihm zu hören war. Er vergrub eine Hand in meinen Haaren und stützte sich mit der zweiten auf der Arbeitsplatte ab. Ich bewegte meinem Mund in einem stetigen Rhythmus auf und ab und ließ dabei meine Zunge spielen. Die Geräusche, die dabei unkontrolliert seinen Mund verließen, waren so verflucht sexy. Wie hatte ich nur jemals ohne ihn auskommen können?

Er war wie flüssiges Wachs in meinen Händen und ich genoss es, dass ich es war, der das mit ihm anstellte. Immer wieder stieß er sich in meinen Mund. Er stöhnte laut, sein Atem wurde immer abgehackter, bis er schließlich meinen Namen keuchte und mit einem kräftigen letzten Stoß in meinen Mund kam.

Fuck, das war einfach viel zu heiß. Mein komplettes Blut sammelte sich an genau einer Stelle, während ein Ziehen mein Unterleib dominierte, doch ich ignorierte das Gefühl. Das hier war nur für River.

Der Blick, mit dem er mich jetzt schwer atmend aus gesenkten Lidern bedachte, entschädigte mich für den ganzen Scheiß der vergangenen Wochen.

Er war hier. Ich war hier. Da war alles, was zählte.

Kapitel 32

Mit jeweils einem neuen Bier in der Hand gingen wir wieder ins Wohnzimmer und schmissen uns nebeneinander auf die Couch. Ich war so entspannt, wie schon seit einer Ewigkeit nicht mehr. Lustig, was ein Blowjob von der richtigen Person so ausrichten konnte und fuck, Jace war sowas von der Richtige dafür … oder überhaupt der Richtige. Noch nie hatte ich vorher die magischen drei Worte von mir gegeben und hatte es auch niemals vorgehabt. Aber jetzt? Würde ich es am liebsten von den Dächern brüllen.

Über Brandons Gesicht huschte ein kleines Lächeln, als er zu Jace und mir sah, da unsere Hände sich wie von selbst miteinander verschränkt hatten.

Die Jungs redeten alle vom Spiel kommendes Wochenende. Es versetzte mir einen kleinen Stich, dass ich nicht aufs Feld durfte, aber könnte ich die Zeit zurückdrehen, würde ich diesem Bill jederzeit wieder die Fresse polieren, egal wie die Konsequenzen wären.

Die Jungs waren sich alle einig, dass das Training heute um Welten besser verlaufen war als die vergangenen Wochen. Es bedeutete mir viel, dass das Team nach wie vor an mich glaubte.

„Ja das liegt an Race hier, die haben mit ihrem Hin und Her in letzter Zeit ja das ganze Team terrorisiert.“

Ich zog meine Augenbraue hoch, als Brandon grinsend einen Schluck von seinem Bier nahm.

„Race?", fragte ich scharf.

„Klar. River und Jace – Race. Ist doch total logisch", sagte Brandon lachend, während unsere Freunde miteinstimmten.

„Hast du uns ernsthaft so einen dämlichen Pärchennamen gegeben? Soll ich gleich kotzen oder später?" Spöttisch sah ich ihn an.

„Ich find's ja irgendwie süß", murmelte Jace neben mir.

Ich fuhr erschrocken zu ihm herum und ignorierte den Schmerz, der bei dieser abrupten Bewegung durch meine Rippen fuhr.

„O Gott, das ist doch bitte nicht dein Ernst. Wir sind doch nicht Kanye West und Kim Kardashian." Wie von selbst schlug ich mir mit der Hand vor die Stirn.

„Nein, wir sind Race", sagte Jace lachend.

Brandon kicherte wie ein kleines Mädchen und auch sonst lachten alle auf. Außer mir. Bitte alles nur keinen Pärchennamen. Die waren einfach nur peinlich, wir waren schließlich kein Trash–Instagram–Paar, das sich lächerlich machen musste.

Ich sah scharf in die Runde und versuchte eine besonders finstere Mine aufzusetzen, die mir ohnehin keiner abnahm.

„Wehe einer wagt es, uns mit diesem bekloppten Namen anzusprechen. Das meine ich ernst. Wenn ich diesen Scheiß noch einmal höre, muss ich demjenigen leider in den Arsch treten." Ich konnte nicht verhindern, dass auch mir ein kleines Grinsen übers Gesicht lief.

„Damit wäre zumindest geklärt, wer bei euch der Kerl ist", sagte Brandon trocken.

Tristan schlug ihm erschrocken die Hand auf den Arm und auch so sahen einige uns mit großen Augen an. Jace neben mir musste sich sichtlich das Lachen verkneifen, doch aus mir platzte es angesichts der bedröppelten Gesichter meiner Freunde einfach heraus.

„Ich kann euch versichern, dass wir ganz sicher beide der Kerl sind", sagte ich schmunzelnd.

Niemals hätte ich gedacht, dass ich öffentlich zeigen würde, dass ich mit einem Kerl ins Bett ging. Niemals. Aber es tat so verdammt gut.

Ich hatte immer versucht, den perfekten Vorstadtjungen zu spielen, den perfekten Bürgermeistersohn. Doch waren wir doch mal ganz ehrlich. Wofür diese Mühe?

Ich konnte tun und lassen was ich wollte, das würde meinen Dad auch nicht zu meinem Dad werden lassen. Niemals war ich gut genug für ihn. Ich war nicht sein Sohn.

Und jetzt würde ich aufhören, mich für diesen Scheißkerl zu verbiegen. Aufhören mir jede Sekunde den Kopf über ihn und seine Erwartungen zu zerbrechen. In diesem Moment konnte ich durchatmen, mit Jace an meiner Seite. Ich lehnte mich auf der Couch zurück und sah zufrieden in die Runde.

„Wie läuft denn eigentlich das Lernen?", fragte Jace an Tristan gewandt, dessen Blick sofort zu mir huschte. Hä?

„Es geht so. Auch wenn Penelope wirklich gut erklärt und eine Engelsgeduld mit mir hat ... ich weiß nicht. Ich kann mir die ganze Scheiße einfach nicht merken", antwortete Tristan zerknirscht. Ich wiederum stand völlig auf der Leitung.

„Worum geht's?“, fragte ich verwirrt.

In den nächsten Minuten brachten mich Brandon, Tristan und Jace auf Stand. Dass Tris kurz davor war, durchzufallen und dass er deshalb mit Pen am Lernen war. Scheiße. Ich war ein beschissener Freund. Er versicherte mir zwar, dass es okay war, dass ich selbst so viel Mist um die Ohren gehabt hatte, aber dennoch änderte es nichts daran, dass ich mich mies fühlte. Aber es war einfach so verdammt schwierig, alles auf die Reihe zu bekommen.

„Können wir das Thema wechseln?“, bat Tristan kurz darauf und so beließen wir es dabei und widmeten uns wieder dem Basketball.

Brandon wollte einen Schluck von seinem Bier nehmen, stellte aber fest, dass es leer war und riss stattdessen Jace seines aus der Hand.

„Daraus würde ich an deiner Stelle lieber nicht trinken“, warnte Jace ihn grinsend.

Auch ich grinste schief, als sich die Erinnerung daran, was er eben noch mit seinem Mund angestellt hatte, vor mein inneres Auge schob. Mein Grinsen wurde breiter.

„Hä? Wieso? Du wirst schon nicht die Pest haben.“

Brandon setzte die Flasche kopfschüttelnd an seine Lippen.

„Nein, das nicht. Aber mein Mund hat eben Dinge getan, von denen ich mir dachte, dass du damit nicht unbedingt in Berührung kommen willst.“ Jace zuckte grinsend mit den Schultern.

Ich prustete los und auch Tristan brach in schallendes Gelächter aus. Er hatte offenbar die Anspielung verstanden. Brandon nicht. Er sah verständnislos zu Jace und stand immer noch auf dem Schlauch. Tristan hielt sich mittlerweile den Bauch und lachte ihn offenkundig aus.

„Verstehe ich nicht", sagte Brandon schmollend.

Jace zuckte nur wieder mit den Schultern und hatte nicht die Absicht Brandon aus seinem Unwissen zu befreien.

„Komm schon, das ist unfair." Er hasste es, wenn er über irgendwas nicht informiert wurde.

Jace' Grinsen wurde breiter und auch ich musste wieder lachen. Tristan standen bereits die Tränen in den Augen, als er sich zu Brandon drehte.

„Du hast ...", setzte er an, konnte vor lauter Lachen aber nicht seinen Satz beenden.

Brandon zog einen Flunsch. „Jetzt sagt doch mal, was er gemeint hat."

Ich hatte endlich Erbarmen und sah ihm direkt in die Augen, als ich zu meiner schonungslosen Erklärung ansetzte. „Er meinte, dass du nicht aus seiner Flasche trinken sollst, weil Jace eben in der Küche noch meinen Schwanz im Mund hatte."

Geschockt starrte Brandon mich an, während Tristan neben ihm kaum noch Luft bekam, so sehr musste er lachen.

„Aaaaaalter", schüttelte Brandon seinen ganzen Körper einmal durch.

Jace schüttelte leise lachend den Kopf.

„Warum hast du das dem armen Kerl nur erzählt? Das Bild bekommt er nie wieder aus seinem Kopf, wenn er jetzt seine Küche betritt."

Mein schallendes Lachen hallte durch das große Wohnzimmer. Keine Ahnung, wann ich das letzte Mal so gelacht hatte.

Brandon presste sich die Hände auf die Ohren und gab ein lautes *Lalala* zum Besten, wie man es sonst nur von Kindergartenkindern kannte.

Auch noch Minuten danach, sah Brandon gequält zu mir herüber. Ich wusste, dass er nur so gequält tat, denn eigentlich fand er die Details meines Sexlebens ziemlich spannend, das verrieten seine leuchtenden Augen. Sobald irgendwo nur jemand irgendwas erwähnte, das auch nur im Entferntesten mit Sex zu tun hatte, war er dabei. Dabei galt – je mehr Details, desto besser. Keine Ahnung, weshalb er so neugierig war.

„Wieso musstest du mir das nur erzählen?", fragte er und legte sich theatralisch die Hand auf die Brust.

Ich zuckte die Schultern. „War die Rache für dieses Race–Ding."

Nun war es an ihm, wieder laut aufzulachen. „O ja, damit werde ich auch nie wieder aufhören."

Ich konnte nicht anders, als darüber zu lächeln.

Dieser Tag war seit Langem der beste.

Ich saß hier, lachend mit meinen Freunden und Jace war an meiner Seite.

So ließ sich der Umstand, dass ich innerlich vollkommen im Arsch war, gut verdrängen.

Ich konnte so tun, als gäbe es meinen beschissenen Dad nicht und als würde Lake nicht existieren. Ich konnte so tun, als wäre mein Leben nicht eine einzige beschissene Lüge.

Es war einfacher. Mit Jace war alles einfacher. Zum ersten Mal seit langem hatte ich das Gefühl, alles zu schaffen, solange er nur bei mir war.

***

Leise schloss Jace die Haustür auf und drehte sich, den Zeigefinger an den Lippen, um mir zu bedeuten leise zu sein, zu mir um und nickte mit seinem Kopf lächelnd in den Hausflur.

Er hatte darauf bestanden, dass ich mit zu ihm ging und nicht weiter in Brandons oder Haleys Gästezimmer unterkommen musste und ich habe nicht widersprochen. Jetzt, da Jace und ich offiziell zusammen waren, wollte ich keine Sekunde von ihm getrennt verbringen, aus Angst, dass wieder irgendeine Scheiße passieren würde, die uns auseinanderbringen könnte.

Wir schlichen uns durch den dunklen Flur in sein Zimmer, das glücklicherweise im Erdgeschoss lag, wohingegen das seiner Eltern in der obersten Etage war. Zum Glück, denn bei dem, was ich mit ihm noch vorhatte, konnten wir keinesfalls Zuhörer gebrauchen.

Als wir Jace' Zimmer betraten, hielt ich einen Moment inne und schloss die Augen. Wann immer ich hierherkam, überwältigte mich das Gefühl von Zuhause. Dieses Zimmer war mehr als die Hälfte kleiner als meines, aber es war mein Zufluchtsort. Wann immer mein Dad mich rausgeworfen oder ich es einfach nicht mehr bei mir ausgehalten hatte, war ich hierhergekommen.

384

Jace trat hinter mich, legte seinen Kopf auf meiner Schulter ab und küsste sanft meinen Hals, was mich erschauern ließ.

„Alles okay?", fragte er leise.

Ich drehte meinem Kopf leicht, sodass ich in seine bernsteinfarbenen Augen sehen konnte.

„Ja, jetzt schon", flüsterte ich und küsste ihn sanft auf den Mund.

Langsam und ruhig erkundete ich ihn, bis seine Zunge auf meine traf. Stromstöße gingen durch meinen Körper und jagten augenblicklich Wellen der Lust durch mich hindurch. Jace stöhnte und drehte mich so zu sich, dass er sich an mich pressen konnte.

Seine Küsse wurden drängender und er griff nach dem Saum meines Shirts, um es mir auszuziehen. Ich stoppte ihn, indem ich seine Finger mit meinen verschränkte, unseren Kuss löste und ihn Richtung Bett schob.

Überrascht sah er mich an.

„Was ist los?"

Ich lächelte ihn nur an, küsste sanft seinen Mundwinkel und drückte ihn auf die Matratze, sodass er gezwungen war, sich zu setzen.

„Dieses Mal haben wir alle Zeit der Welt", hauchte ich in sein Ohr, was ihn spürbar erzittern ließ. Langsam zog ich mir mein Shirt über den Kopf und ließ ihn dabei nicht aus den Augen. In seinem Blick lag ein Funkeln, während er jede meiner Bewegungen genau beobachtete. Ich trat wieder dichter an ihn heran, woraufhin er sofort seine Hände über meinen Brustkorb wandern ließ. Dabei war er so vorsichtig und zärtlich, dass mir kurz der Atem stockte. Auf diese Weise hatte mich noch niemals jemand berührt, so als wäre ich etwas Kostbares. Etwas Bedeutendes.

Ich musste kurz schlucken, um mich zu sammeln und nicht in Tränen auszubrechen. Jace sah mir wissend in die Augen und legte ebenso sanft eine Hand an meine Wange.

„Es ist okay, River."

Eine Träne stahl sich aus meinem Augenwinkel. Jace zog mich zu sich hinunter und ich setzte mich rittlings auf seinen Schoß. Er fing meine Träne mit seinem Zeigefinger auf und küsste sich an ihrer Spur entlang, bis er an meinen Mundwinkel gelang.

„Für mich bist du etwas ganz Besonderes. Ich liebe dich."

Seine Worte hallten noch durch mein Innerstes und erfüllten mich komplett, noch lange nachdem seine Lippen endlich wieder mit meinen verschmolzen waren.

Wir lösten uns nur kurz voneinander, um auch Jace von seinem T–Shirt zu befreien, davon abgesehen küssten wir uns unterbrochen. Wir schafften es auch unsere restliche Kleidung abzustreifen und lagen nun nackt nebeneinander in seinem Bett.

Ich strich mit meinen Fingern seinen Hüftknochen entlang, was ihn an meinem Mund stöhnen ließ.

Lächelnd verließ ich seine Lippen, nur um ihn an seinem Hals küssen zu können.

Ich wusste nicht, wann mich ein paar Küsse schon mal jemals so angemacht hatten. Ehrlich gesagt, war ich mir sicher, dass das hier heute nicht allzu lange gehen würde. Ich kümmerte mich allerdings nicht darum, sondern genoss einfach den Moment und die Nähe zu Jace.

Mein Becken schob sich weiter nach vorne und ich stöhnte kehlig, als ich endlich die gewünschte Reibung verspürte, die jede meiner Nervenenden in ein Kribbeln versetze.

Auch Jace stöhnte laut auf und ich war mir plötzlich nicht mehr ganz so sicher, ob man uns nicht doch im Haus würde hören können. Momentan war mir das allerdings egal und an den Geräuschen, die Jace von sich gab, konnte ich erkennen, dass es ihm da genauso ging, wie mir.

„River … bitte … ich …", keuchte Jace neben mir, während er weiterhin Seufzer von sich gab, die mich völlig um den Verstand brachten.

Ich ließ eine Hand zwischen uns wandern und als ich ihn endlich der Länge nach umfasste ließ er sich zurückfallen, bog den Rücken durch stöhnte so tief, dass das Geräusch durch meinen ganzen Körper vibrierte und nichts als sengende Hitze in meinem Unterleib hinterließ.

Herr im Himmel.

Ich stützte meine Arme neben seinem Kopf ab und sah hinunter in sein perfektes Gesicht. Auf seine glatten Züge, die in perfektem Einklang mit seinen Augen standen, die mir gewohnt und vertraut bernsteinfarben entgegenleuchteten.

Ich küsste ihn noch einmal innig, bevor ich mich von ihm lösen wollte, um ein Kondom zu holen.

„Warte", hielt Jace mich am Arm zurück.

Ich sah ihn fragend an. Shit, wurde ihm jetzt doch alles zu viel?

Panisch sah ich in seine Augen, beruhigte mich aber sofort, als ich den Ausdruck darin entdeckte.

„Wir hatten doch letztens in der Kabine beim Training wieder diesen Standardbluttest, für den unsere Eltern gestimmt hatten, richtig? Um zu checken, ob wir gesund sind und uns keine harten Drogen reinziehen und sowas, weißt du noch?“

„Hä?“, fragte ich ihn verwirrt, weil ich diesem Gedankengang von *Hey, lass uns Sex haben* zu *Hey, lass uns über medizinische Tests reden* definitiv nicht so schnell folgen konnte.

Er musste bei meinem Gesichtsausdruck lachen, kurz bevor er mich wieder ernster ansah und dabei nervös auf seiner Unterlippe herumkaute.

Er sah so verdammt sexy aus, wenn er das tat.

„Könntest du bitte zur Sache kommen, damit wir auch zur Sache kommen können?“, raunte ich ihm mit rauer Stimme zu, wobei meine Gedanken längst wieder abdrifteten, als er sich wieder auf seine Lippe biss.

„Naja, wie du weißt, habe ich dein Testergebnis ja auch gesehen, weil du mir ja unbedingt beweisen musstest, dass du bessere Werte hast als ich“, setzte er an und ich musste bei dem Gedanken daran auflachen. Das war nur wenige Tage vor meiner Party gewesen und wir hatten uns gegenseitig aufgezogen.

„Naja, sie hatten ebenfalls einen HIV–Test gemacht und ich habe gesehen, dass deiner negativ war, ebenso wie meiner“, redete er weiter, während ich immer ungeduldiger wurde. Ich küsste weiter seinen Hals und gab einem zustimmenden Laut von mir. Leider hörte er immer noch nicht auf zu reden.

„Naja ... ich denke ... es besteht kein Grund, dass wir ein Kondom benutzen, der Test ist erst ein paar Wochen her und keiner von uns hatte seitdem Sex mit jemand anderem.“

Ich hielt mitten in meiner Bewegung inne. Okay, jetzt hatte er definitiv meine volle Aufmerksamkeit. Ich hob den Kopf und starrte ihn mit offenem Mund an.

„Ich ... du ... ist das wirklich dein Ernst?“, stammelte ich und bekam keinen ganzen Satz mehr heraus, weil allein die Vorstellung, ohne Kondom in Jace sein zu können, ausreichte, um mich völlig wahnsinnig zu machen.

Ich hatte noch niemals Sex ohne Kondom gehabt, aber ich könnte mir nichts Schöneres vorstellen, als so direkt mit ihm verbunden zu sein. Tja und waren wir ehrlich, die Chance ihn zu schwängern ging ja auch gegen Null.

„Ich vertraue dir. Vertraust du mir?“, fragte er mich grinsend und stieß seine Hüfte direkt gegen meine.

„Fuck.“, stieß ich aus.

Nun war es um meine Selbstbeherrschung endgültig geschehen.

Scheiß auf Zeit lassen.

Ich presste meine Lippen wieder hungrig auf seine und stieß mit meiner Zunge in seinen Mund. Jace’ Hände lagen auf meinem Hintern und drückten mich noch enger an ihn heran.

„Gleitgel?“, fragte ich atemlos.

„Geht auch so“, antwortete er atemlos.

Irritiert hob ich den Kopf. In den letzten Wochen hatte ich ziemlich viel gegoogelt und war mir deshalb sicher, dass es für Jace nicht besonders toll werden würde, wenn wir das mit dem Gleitgel lassen würden.

„Quatsch, hör auf so einen Blödsinn zu reden. Sag mir einfach, wo ich welches finde." Sicher hatte er welches. Diese Tütchen für unterwegs, die Jace die letzten Male bei sich gehabt hatte, hatten mich irgendwie beeindruckt. Wieder küsste ich seinen Hals.

„Nachttischschublade." Ich liebte es, wie kehlig und erregt seine Stimme klang. Und wie ungeduldig. In Windeseile öffnete ich die Schublade und benetzte meine Finger mit dem kühlen Gel. Jace sah mir verdutzt dabei zu.

„Du willst wirklich ...?"

„Und wie", unterbrach ich ihn grinsend, beugte mich wieder über ihn und verschloss seine Lippen mit meinen. Gierig erwiderte er meinen Kuss und schlang die Arme um meinen Nacken. Mit einem Arm stützte ich mich ab, um mit der Hand des anderen Armes tiefer zu wandern. Sanft schob ich einen Finger zwischen seine Pobacken, was ihn unter mir erzittern ließ – und mich verdammt anmachte. Ich ließ ihm Zeit sich an mich zu gewöhnen, diesmal wollte ich alles richtig machen. Langsam bewegte ich meinen Finger, bis ich es wagte einen zweiten dazu zu nehmen. Und einen dritten. Kurz darauf war Jace Wachs zwischen meinen Händen und ich liebte es, wie sehr er mir vertraute. Konzentriert veränderte ich den Winkel meiner Finger.

„O mein Gott, was ...", presste Jace hervor, als ich genau den richtigen Punkt traf. Ich grinste an seinem Hals und knabberte leicht daran. Ein Hoch auf das Internet, ohne das ich komplett aufgeschmissen gewesen wäre.

„River, ich will nicht mehr warten", stöhnte Jace. Nichts lieber als das.

Ich schob mich zwischen seine Oberschenkel und positionierte mich, bevor ich mich quälend langsam in ihn schob.

Er legte genussvoll den Kopf in den Nacken und umschlang meine Hüfte mit seinen Beinen.

O. Mein. Gott. Das hier war so unbeschreiblich. Jace fühlte sich so unglaublich gut an und er war so wunderschön. Seine Wangen waren gerötet und seine Augen geschlossen.

Vorsichtig zog ich meine Hüfte ein Stück zurück, nur um mich kurz darauf mit einem Ruck wieder in ihm zu versenken, was ihn meinen Namen stöhnen ließ.

Die Enge und die Hitze verleiteten mich dazu, dass ich einen schnellen Rhythmus fand, der schon bald viel zu viel für mich sein würde.

Ich stöhnte laut, mein Mund fand wieder seinen, während meine Hand zwischen unsere schwitzenden Körper wanderte und ihn umfasste. Ich spürte bereits, wie sich der Höhepunkt in mir aufbaute und ein Kribbeln durch meinen Körper sandte.

Während ich weiter in ihn stieß, fing Jace in meiner Hand an zu zucken und kam. Währenddessen erstickte er seinen Schrei an meiner Schulter und biss dabei leicht zu.

Das gab mir endgültig den Rest.

„Ich liebe dich", stöhnte ich, als ich das Gefühl hatte zu explodieren.

Ich kam so heftig, dass Sterne vor meinen Augen tanzten, während ich mich aus Jace zurückzog, nur um mich auf ihn fallen zu lassen. Er umschlang mich mit beiden Armen, während wir beide keuchend versuchten, wieder zu Atem zu kommen.

„Wahnsinn", stieß er heftig atmend aus und, fuck, da konnte ich ihm nur zustimmen.

Er und ich funktionierten so unglaublich gut zusammen.

„Jedes Mal denke ich, wir könnten nicht noch besseren Sex haben, aber ich habe mich ganz eindeutig geirrt."

Er schmunzelte und gab mir einen weiteren Kuss.

„Eindeutig", sagte er, bevor er mich erneut küsste. „Und ich liebe dich auch."

Seine Worte sorgten dafür, dass pures Glück meine Adern durchflutete und ich einfach einen Moment so etwas wie Frieden empfand.

Wir lagen eine Weile einfach eng aneinander gekuschelt da, ich immer noch auf ihm. Er streichelte meinen Rücken, während ich sanft Kreise mit meinen Fingern auf seine Brust malte.

„Vielleicht sollten wir duschen gehen", sagte ich und stemmte mich von der Matratze hoch.

Er sah uns beide an und lachte.

„Ja, das ist wohl nötig. Wir haben eine ganz schöne Sauerei veranstaltet."

Ich grinste ihn dreckig an, stand auf und hielt ihm meine Hand hin.

„Bereit für Runde zwei?"

Ein breites Grinsen setzt sich auf seine Züge, als er sich die Lippen leckte und von mir hochziehen ließ.

„Absolut", flüsterte er in mein Ohr, bevor wir beide die Badezimmertür ansteuerten.

Kapitel 33

Jace

Als ich meine Augen aufschlug, blickten mir bereits zwei verschlafene blaue Augen entgegen. River lag auf der Seite, eine Hand unter sein Kopfkissen geschoben und grinste mich schief an. Seine andere Hand lag an meiner Hüfte, während unsere Beine unentwirrbar miteinander verschlungen waren.

„Guten Morgen", flüsterte er.

Mein Herz klopfte wie wild, als mir bewusstwurde, dass er tatsächlich hier bei mir war. Das war alles, was ich immer gewollt hatte.

„Morgen. Wie spät ist es?", fragte ich lächelnd, obwohl ich immer noch hundemüde war.

Mein Wecker hatte noch nicht geklingelt, also musste es noch früh sein.

„Erst sechs."

Ich riss die Augen auf und legte mir dann gequält den Unterarm über meine Augen.

„Um so eine Uhrzeit starrst du mich schon an? Normale Menschen schlafen zu so einer Zeit, weißt du?"

Er lachte leise und ein sexy Lächeln huschte über sein Gesicht. Er sah so entspannt aus, wie ich ihn seit einer Ewigkeit nicht mehr gesehen hatte. Ein Ausdruck der Zufriedenheit und Ruhe lag auf seinen Zügen und er hatte für mich noch niemals schöner ausgesehen. Die Decke, in die wir beide gewickelt waren, reichte ihm bis zu den Hüftknochen und präsentierte seine breite, nackte und muskulöse Brust. Seine Oberarme waren definitiv breiter geworden. River war schon immer verdammt heiß gewesen, aber bisher hatte ich nie die Gelegenheit gehabt ihn so ungeniert anzustarren. Jetzt durfte ich das, weil er *mir* gehörte.

„Ich konnte nicht mehr schlafen. Meine Gedanken sind manchmal verdammt laut", flüsterte er leise und rückte mit seinem Gesicht noch näher an meines heran, bis sich unsere Nasenspitzen fast berührten.

„Und woran denkst du?", fragte ich vorsichtig.

Zweifellos hatte ich Angst, dass er doch nochmal einen Rückzieher machen könnte. Andererseits hatte er mir vor der gesamten Schule eine Liebeserklärung gemacht und lag jetzt hier mit mir in meinem Bett.

„Sadie", antwortet er, ohne überhaupt darüber nachdenken zu müssen.

Rivers Beziehung zu Sadie ging weit über eine normale großer-Bruder-und-kleine-Schwester-Beziehung hinaus. Sadie war ... fuck Sadie war praktisch seine Tochter. Er würde für sie durchs Feuer gehen und es gab im Gegenzug niemanden, bei dem sich Sadie sicherer und wohler fühlte als bei ihm.

Mir wurde plötzlich klar, dass ich eigentlich immer noch keine Ahnung hatte, was eigentlich los war, außer, dass William offenbar nicht der leibliche Vater der beiden war.

Es machte mich fertig, nicht zu wissen, womit er klarkommen musste, denn normalerweise wusste ich alles aus seinem Leben. Es hatte River schon immer unheimlich gut getan mit mir über den ganzen Scheiß, der bei ihm abging, zu reden. Und jetzt gerade schien es eine Menge davon zu geben.

Ich war in den letzten Wochen ein beschissener Freund für ihn gewesen, aber jetzt war ich hier und konnte für ihn da sein.

„Erzähl mir, was passiert ist, Babe", bat ich ihn leise.

Seine Augen fingen an zu leuchten, als der ungewohnte Kosename über meine Lippen kam und auch mich durchfuhr ein Kribbeln dabei.

Er atmete einmal tief durch, bevor er sich zurück ins Kissen fallen ließ und mit den Händen durch seine Haare fuhr.

„Tja, was soll ich sagen. Dad war in den letzten Wochen ein totales Arschloch. Viel mehr als sonst. Er war gereizt und wütend und hat Schiss, dass keiner ihn wählen will. Dabei lieben die Leute dieses Happy–Family–Gequatsche von ihm. Zu Hause war es eh schon kaum noch auszuhalten. Dann ist das mit uns passiert …", begann er zu erklären und sah mich bei seinen letzten Worten mit einem leichten Lächeln um die Wundwinkel an.

Während er weitererzählte, legte ich meine Hand sanft auf seine Brust und wie von selbst legte er seine Hand darüber und verschränkte unsere Finger miteinander.

„Das mit uns hat mich ganz schön aus der Bahn geworfen, vor allem, weil ich es unbedingt wiederholen wollte. Außerdem … außerdem hast du mir schrecklich gefehlt. Danach wurde dann einfach alles nur noch schlimmer. Mein Dad fing an, Sadie anzuschreien und als mir klarwurde, dass du und ich das irgendwie hinbekommen müssen, habe ich dich mit *ihm* gesehen. Das hat mich ziemlich aus der Bahn geworfen. Ehrlich gesagt ging es mir erst ein bisschen besser, als ich diesem scheiß Wichser die Nase gebrochen habe."

River verstummte und biss sich auf die Unterlippe.

Mein Herz durchfuhr ein Stich und wieder bekam ich ein schlechtes Gewissen, als er Blake erwähnte. Selbstverständlich war es nicht richtig von ihm gewesen Blake so anzugreifen, aber scheiße, irgendwie konnte ich ihn ein bisschen verstehen. River tickte einfach so. Er hatte große Probleme mit seiner Wut klarzukommen, was er ganz eindeutig von seinem Vater gelernt hatte. River brauchte ein Ventil dafür und ich wusste, dass Boxen ihm half damit umzugehen, ebenso wie Reden, auch wenn ihm das selbst nicht klar war. Er fraß so viel in sich herein, anstatt es rauszulassen und oft staute sich seine Wut dann so an, dass er sich nicht mehr unter Kontrolle hatte, nur dass es normalerweise nicht so schlimm war, wie bei der Sache mit Blake. Eigentlich ließ er sich einfach immer nur schnell provozieren, selten war er derjenige, der anfing, denn das hasste er, weil sein Vater genau so war. Bei Blake war ich mir allerdings sicher, dass River den Streit angefangen hatte.

Ich hätte gern etwas gesagt, aber ich wollte River nicht unterbrechen, also hielt ich meinen Mund und drückte seine Hand, um ihm zu signalisieren, dass ich ihn verstand.

„Die Sache mit diesem Bowen hat mich deshalb so umgehauen, weil ich einfach ich nicht damit gerechnet habe, dass du wirklich schwul bist. Klar, ich wusste, dass ich dich nicht zum Sex gezwungen habe und dass es dir auch gefallen haben muss. Auch danach habe ich gemerkt, dass du dich genauso zu mir hingezogen fühlst, wie ich mich zu dir. Ich dachte du redest nicht mehr mit mir, weil du nicht damit klarkommst, dass du mit einem Kerl geschlafen hast. Ich habe einfach angenommen, dass das der Grund war und als ich dich dann mir ihm zusammen gesehen habe, bin ich davon ausgegangen, dass ich das Problem bin, dass du einfach nur *mich* nicht willst.“

Ich setzte mich mit einem Ruck auf.

„Scheiße, das hast du gedacht? Dass ich gerne Sex mit Kerlen habe, aber einfach nur dich nicht will?“

Meine Augen suchten seine und sofort erkannte ich die Wahrheit darin. Ich beugte mich über ihn und presste meine Stirn an seine.

„Es tut mir leid, Babe. Es tut mir so leid, dass du das von mir dachtest. In Wahrheit war mein einziges Problem, dass ich *nur* dich wollte. Seit du damals in deinen Basketballklamotten bei unserem ersten Spiel in der Halle standest, wusste ich, dass ich nur dich will. Ich dachte einfach nur nie, dass ich dich jemals haben könnte. Ich habe mich schon vor langer Zeit damit abgefunden und es war genug einfach bei dir zu sein, als dein bester Freund und dein engster Vertrauter. Ich liebe nur dich, River. Schon immer.“

Meine Stimme brach mir weg und in Rivers Augen erkannte ich ein verdächtiges Glitzern. Ich war so überwältigt von meinen und von seinen Gefühlen und glaubte, dass mein Herz jede Sekunde zerspringen würde. Bedächtig legte ich meine Lippen auf seine und atmete seinen vertrauten Duft ein.

Dieser Kuss war sanfter als jeder, den wir bisher gehabt hatten. Es ging nicht nur um Sex oder

Leidenschaft, sondern vielmehr darum, dass wir hier waren, dass wir einander hatten. Ich liebte ihn mehr als alles andere und versuchte all meine Gefühle in diesen Kuss zu legen. Als ich mich von ihm löste, legte ich mich auf den Rücken und zog River näher an mich heran. Er küsste meine Brust, bevor er seinen Kopf darauf ablegte und sich an mich schmiegte.

Ich seufzte zufrieden auf und ließ seine Haare durch meine Finger gleiten.

„Wie kam die Sache mit deinem Dad raus?", fragte ich nach einigen Minuten des zufriedenen Schweigens. Er seufzte.

„Ich habe meine Mom mittags besoffen in ihrem Schlafzimmer gefunden, als ich sie heulend ein Babybild von mir angestarrt hat. Von mir und einem Mann, der mich auf dem Arm hatte. Ich habe das Bild schon mal bei ihr gesehen und da hatte sie schon so komisch reagiert. Als ich mir das Bild dann genauer angesehen habe, wurde es mir klar. Der Typ sieht genauso aus wie ich. Ich habe herausgefunden, dass der Grund, warum Dad anfing mich als Kind zu schlagen der war, dass er es herausgefunden hat. Er ließ alles an mir aus. Und … scheiße, Sadie ist mir wie aus dem Gesicht geschnitten und langsam begreift er, dass Sadie auch nicht von ihm ist. Ich bin so verflucht wütend auf meine Mutter. Klar, mein Dad ist ein blödes Arschloch, aber sie hat ihm zwei Kinder untergeschoben. Als wäre es beim ersten Mal nicht schon schlimm genug gewesen."

Rivers ganzer Körper war angespannt und er atmete heftig ein und aus.

Ich wusste zwar über die Schläge seines Dads Bescheid, aber dennoch redete River selten davon. Er kam damals zu mir, wenn es so schlimm war und bis heute ärgerte ich mich, dass ich nicht direkt meine Eltern um Hilfe gebeten hatte. Aber ich war selbst noch ein Kind gewesen und River hatte nicht gewollt, dass ich es jemandem erzählte.

Ich konnte mir nicht mal vorstellen, wie es in ihm aussehen musste. Auf meine Eltern konnte ich mich blind verlassen, sie akzeptierten mich und nahmen mich genauso an, wie ich war. Bedingungslos. Kein Kind der Welt sollte so etwas durchmachen müssen und jetzt, wo er den Grund dafür kannte, musste es noch schlimmer sein. River hatte immer angenommen, dass er etwas falsch gemacht hatte. Egal wie oft ich ihm versichert hatte, dass er keine Schuld trägt, wollte er immer seinem Dad gefallen. Jetzt, wo er wusste, dass es niemals daran gelegen hatte, war er getan hatte, sondern daran, was seine Mom getan hatte, musste für ihn eine Welt zusammengebrochen sein. Und dann war da noch Sadie. Sie musste da raus, daran bestand kein Zweifel. Weder River noch ich, würden zulassen, dass er diesem kleinen, unschuldigen, perfekten Mädchen dasselbe antat.

Ich hielt River ganz fest, um ihm zu zeigen, dass er nicht alleine war und Stück für Stück beruhigte sich seine Atmung wieder und er entspannte sich.

„Willst du ihn finden? Also ... deinen leiblichen Vater?"

Ich küsste seine Stirn und sah ihn aufmerksam an. Er stutzte kurz und kaute auf seiner Unterlippe herum.

„Habe ich schon", kam seine leise Antwort.

Mir stockte der Atem. „WAS?"

Seine Stimme nahm einen bitteren Unterton an, als er antwortete. „Er lebt in Sherwood. Im fucking Sherwood um die Ecke. Meine Mom hat ihm weisgemacht, was William doch für ein Wahnsinns–Dad ist und wie viel besser ich doch mit ihm dran bin. Er hat sich damit begnügt Bilder von mir aufzuhängen und blöde Zeitungsausschnitte zu sammeln. Und von Sadie wusste er nichts."

Ich spürte, wie mir der Mund offenstand. Scheiße. Meine Gedanken wirbelten umher. Wie kann man wissen, dass man einen so wundervollen Sohn hat und zufrieden damit sein nicht bei ihm sein zu können?

„Also ist er auch ein Arschloch?", fragte ich traurig. Traurig für River, weil dies die Chance gewesen wäre, jemanden in der Familie zu finden, der ihn akzeptierte, von Sadie mal abgesehen.

Er zögerte kurz, bevor er seine Antwort flüsterte: „Nein, das ist ja das Schlimme."

Verwirrt runzelte ich die Stirn. „Wieso ist es schlimm, wenn er kein Arsch ist?" Ich verstand es nicht.

„Wenn er ein Arsch gewesen wäre, wäre es leichter gewesen, ihn zu hassen."

Ich schloss die Augen und atmete tief durch. Sein Schmerz hing greifbar in der Luft und ich wusste nicht, was ich dagegen tun konnte.

„Wie ist sein Name?", fragte ich, weil mir einfach nichts Besseres einfiel, denn egal, was ich Tröstendes gesagt hätte, es hätte ihm nicht geholfen, das wusste ich.

Überrascht stellte ich fest, dass seine Mundwinkel zuckten.

„Er heißt Lake", sagte er, während er sich sichtlich das Grinsen verkneifen musste. Ich lachte laut auf.

„Ernsthaft? Lake? Lake, wie River?"

Lachend bejahte er und plötzlich war die angespannte Stimmung verflogen und wir lachten einfach nur. River rutschte ein Stück weiter hoch und war nun mit seinem Gesicht direkt unter meinem Kinn. Er drückte einen Kuss darauf und flüsterte: „Danke."

Ich hob eine Augenbraue und sah ihm direkt in die blauen Augen.

„Wofür?"

„Dafür, dass du da bist. Dafür, dass du du bist."

Mein Herz setzte einen Schlag aus, bevor es sich umso schneller schlagend wieder in Bewegung setzte. Wir küssten uns zärtlich und konnten uns nicht mehr voneinander lösen. Meine Hände verfingen sich in seinen Haaren und seine Hand fuhr andächtig über meine Brust.

Wir wurden jäh aus dem Moment gerissen, als meine Zimmertür aufgerissen wurde und meine Mom ins Zimmer kam.

„Guten Morgen, Schatz, gleich gibt es –"

Abrupt blieb meine Mom stehen. Sie starrte uns mit großen Augen an, während River in meinen Armen erstarrte. Der Mund meiner Mom stand sperrangelweit offen, bevor er sich zu einem breiten, ehrlichen Lächeln verzog.

„Na das wurde ja auch mal Zeit."

Ich lächelte sie an, während River peinlich berührt das Gesicht an meinem Hals vergrub.

Meine Mutter grinste noch glücklicher, als ich River einen Kuss auf die Wange gab.

„Wir erwarten euch in fünfzehn Minuten zum Frühstück“, sagte sie noch, bevor sie hinausging und die Tür hinter sich schloss. Ohne Zweifel würde sie jetzt aufgeregt meinem Dad Bericht erstatten.

„Bitte sag mir, dass das grad nicht passiert ist“, brummte River an meinem Hals.

Ich lachte und zwang ihn mir in die Augen zu sehen.

„Du hättest ihr Gesicht sehen sollen. Ich habe sie noch nie so breit grinsen sehen.“

Gequält sah er mich an.

Ich legte meine Lippen auf seine und bat mit meiner Zunge um Einlass. Als ich seine Zunge berührte, stöhnte River auf und presste sich fester an mich.

Verlangen durchfuhr mich, aber mir war klar, dass wir keine Zeit mehr hatten. Also löste ich mich widerwillig von ihm und schob ihn leicht von mir.

„Los, aufstehen. Lass uns schnell duschen und dann frühstücken wir.“

Er stöhnte frustriert und legte sich mit dem Bauch auf die Matratze, während er sein Gesicht darin vergrub. Ich gab ihm einen Klaps auf seinen perfekten Hintern und beugte mich über ihn, die Lippen ganz nah an seinem Ohr, als ich flüsterte: „Irgendwann wird dein Hintern mir gehören.“

Allein der Gedanke daran sandte einen Schauer über meinen Rücken.

Als meine Worte ein Stöhnen in ihm auslösten, musste ich tief durchatmen, um nicht über ihn herzufallen.

Er hob seinen Kopf und sah mir in die Augen.

„Ist das ein Versprechen?", fragte er mich mit dem schiefen Grinsen im Gesicht, von dem ich nie genug bekommen würde.

„Davon kannst du ausgehen", antwortete ich ihm frech und biss sanft in seine Unterlippe.

Er ließ stöhnend seinen Kopf nach hinten fallen und griff sich in den Schritt.

„Verdammt nochmal, du bist ein verfluchter Sadist."

Ich lachte, gab ihm einen letzten Kuss und stemmte mich vom Bett hoch.

Ich hielt ihm eine Hand hin, um ihn vom Bett hochzuziehen.

„Na komm schon, Babe, lass uns schnell duschen."

***

Wenig später saßen wir an dem reichlich gedeckten Frühstückstisch. Unter dem Tisch hielten River und ich uns an den Händen, während meine Eltern uns glücklich lächelnd betrachteten. Das war fast ein bisschen gruselig.

„Okay, jetzt hört endlich auf uns anzustarren", flehte ich. Die beiden lächelten sich an und widmeten sich wieder ihren Brötchen.

„Wollt ihr uns erzählen, wie das mit euch beiden passiert ist?", fragte meine Mom und nahm einen Schluck von ihrem Kaffee.

„Nope", gab ich lachend zurück.

„Na gut. Aber eine Sache müssen wir trotzdem noch besprechen."

„O Gott, nein", flüsterte ich und sah zu River, der sich neben mir verspannte. Der Gesichtsausdruck von Mom konnte nur eins bedeuten. Dad wusste gar nicht, wo er hinsehen sollte, was meinen Verdacht bestätigte. Das hier würde *so* ein Gespräch werden.

„Ich hoffe doch, dass ihr beiden euch ausreichend schützt?", sagte meine Mom schonungslos.

„Mh." Ich sah nach oben zur Decke, um meine Mom nicht ansehen zu müssen.

„Auch wenn es euch vielleicht unangenehm ist darüber zu sprechen – es ist notwendig. Habt ihr auch Kondome?"

Mittlerweile war ich sicher, dass ich rot war wie eine Tomate. Ich wollte mit meiner Mom nicht darüber reden. Hilflos sah ich zu Dad, doch der war auch keine Hilfe.

„Mom. Ich bin achtzehn Jahre alt, ich weiß, wie das alles funktioniert."

„Das weiß ich, mein Schatz. Aber ich weiß doch wie es ist, wenn man jung ist und die Lust einen überwältigt."

„Großer Gott", würgte ich hervor. River drückte unter dem Tisch meine Hand und drohte sie zu zerquetschen.

Das hier war total peinlich. Außerdem wollte ich meine Mutter keine Worte wie *Lust* sagen hören.

„Mist, schon so spät? Jungs, ihr müsste ganz dringend los, wenn ihr nicht zu spät zur Schule kommen wollt", rettete mein Dad die Situation. Ein Blick auf die Uhr verriet mir, dass das Blödsinn war und wir eigentlich noch genug Zeit hatten, doch sowohl River als auch ich sprangen wie von der Tarantel gestochen auf.

„Jetzt schon?", fragte Mom irritiert.

„Danke fürs Frühstück, Mom."

„Ja, vielen Dank“, stimmte River mit ein. Ich drehte ihn herum und schob ihn sanft aus unserer Küche. Meine Güte – das war unendlich peinlich gewesen.

Kapitel 34

River

„Tja da wären wir. Schule", sagte Jace neben mir auf den Beifahrersitz, als ich meinen Wagen auf dem Schulparkplatz parkte und den Motor abstellte. Ich nickte.

„Schule."

Er sah mich nachdenklich von der Seite an. „Dann los. Packen wir das?"

Ich konnte ein Lachen nicht unterdrücken und biss mir grinsend auf die Lippen.

„Wir haben deine Mom heute Morgen überlebt, also wird die Schule ein Kinderspiel."

Jace' Eltern hatten viel gelächelt und sich so offensichtlich für ihren Sohn gefreut, dass mir warm ums Herz wurde. Mir hatten sie tatsächlich schon immer das Gefühl gegeben sowas wie ihr Adoptivsohn zu sein, aber dass sie beide sich nun so freuten, dass Jace und ich ein Paar waren, erleichterte mich und nahm mir eine riesige Last von den Schultern. Immerhin war ich nicht unbedingt der Schwiegermuttertraum und Jace' Eltern kannten mich nicht nur aus der Presse. Sie hatten mich schon oft genug mit Blessuren von Schlägereien gesehen, in die ich ihren Sohn reingezogen hatte. Außerdem wussten sie, dass ich nicht gut mit meinen Eltern auskam, da ich mehr als nur einmal bei ihnen Unterschlupf finden musste.

Dennoch hatten sie heute Morgen gestrahlt, als wäre ich Liam Hemsworth persönlich.

Als wir aus meinem Auto stiegen, fand meine Hand sofort wieder die von Jace. Seit gestern hatte ich das permanente Bedürfnis, ihn anzufassen und nun, da die Katze aus dem Sack war, bestand auch absolut kein Grund das nicht zu tun.

„Dir ist klar, dass uns alle anstarren werden, oder?", fragte mich Jace mit Belustigung in der Stimme.

Ich zuckte nur mit den Schultern.

„Ich bin es gewohnt, von allen wie ein Tier im Zoo begafft zu werden."

Er lächelte breit und drückte meine Hand. Als wir auf das Gebäude zukamen, starrten uns erwartungsgemäß ausnahmslos alle an. Einigen stand der Mund offen, als sie unsere verschränkten Hände sahen. Offensichtlich war der Buschfunk noch nicht zu allen Schülern durchgedrungen.

Nach außen hin unbeeindruckt betraten wir das Schulgebäude und schlenderten durch den Flur, während um uns herum zunächst alle Gespräche erstarben, bevor alle wild zu tuscheln begannen. Ich gab mich cool, obwohl ich nicht verhindern konnte, dass mir das Herz bis zum Hals schlug.

Es war schwer, jetzt aus diesem gewohnten Muster auszubrechen und zeitgleich war es so einfach. Auch wenn meine Kehle trocken war, führte der sanfte Druck von Jace' Hand dazu, dass ich mich nach und nach entspannte. Was interessierte es mich, was ein Haufen High School-Schüler von mir dachte? Ich hatte viel wichtigere Probleme, als so etwas und das wichtigste war schließlich, dass ich Jace hatte. Ich hatte ihn hier an meiner Seite, genau jetzt und mit unserem öffentlichen Auftritt zeigten wir allen Menschen, denen das nicht passte, den Mittelfinger. Wir zeigten meinem Dad den Mittelfinger.

Ich atmete tief durch und spürte, wie ich mit jedem Schritt ruhiger wurde und das schien auch Jace zu merken, denn er lächelte mich siegessicher von der Seite an.

Als wir zu unseren Spinden kamen, standen unsere Freunde bereits zusammen. Da wir alle im Basketballteam waren, lagen unsere Spinde nebeneinander.

Brandon stieß einen Pfiff aus, als er uns bemerkte und rief quer durch den Gang.

„Jetzt seht euch doch mal diese heißen Kerle an."

Ich schüttelte lachend den Kopf. Dafür liebte ich Brandon. Für seine lockere, Art und seine dämlichen Sprüche. Er wollte nichts mehr, als dass bestimmte Leute ihn gernhatten, und der Rest konnte ihm gestohlen bleiben. Er stand hier, rief so einen Spruch durch den Gang und es interessierte ihn einfach nicht, ob ihn jetzt jemand für schwul halten könnte oder nicht. Ich bewunderte ihn, insbesondere nachdem ich jetzt wusste, was er schon alles durchmachen musste.

Wir begrüßten unsere Freunde, ich schlug mit den Jungs ein und klopfte ihnen dabei dankbar auf den Rücken. Als wir uns alle in Richtung unserer Kurse aufmachten, fand meine Hand wieder wie von selbst die von Jace.

Wir waren gerade bis zur nächsten Ecke des Flurs gekommen, als mir einfiel, dass ich mein Geschichtsbuch im Schrank vergessen hatte.

„Ach shit, ich muss nochmal zu meinem Spind."

Schnell joggte ich zurück, schnappte mir mein Buch und knallte die Tür mit Wucht wieder zu. Ich zuckte zusammen, als plötzlich das Gesicht eines Jungen vor meiner Nase auftauchte. Ich hatte ihn schon mal in irgendeinem Kurs gesehen und war mir sicher, er sah auch oft bei den Basketballspielen zu.

Er war einen ganzen Kopf kleiner, als ich, trug einen lockeren Pulli und eine eng sitzende Jeans. Mit seinen dunklen Locken sah er sogar eigentlich ziemlich gut aus. Allein die Tatsache, dass mir das überhaupt auffiel, überforderte mich dezent.

Abwartend sah ich ihn an und drehte dabei leicht fragend den Kopf.

„Hey, River", begrüßte er mich fröhlich, als wären wir schon seit Jahren befreundet.

„Äh ... hi?"

„Ich bin Dean, wir kennen uns aus Spanisch."

„Okay?"

Ich war es zwar gewohnt, dass mich irgendwelche andere Schüler auf dem Flur grüßten, aber sonst fing mich niemand vor meinem Schließfach ab, jedenfalls keine Jungs.

„Heute Abend gehe ich mit ein paar Freunden in den Club in Portland. Hast du Lust mitzukommen?", fragte er mit einem frechen Grinsen im Gesicht und lehnte sich lässig an die Spinde hinter ihm.

Scheiße ... flirtete der Typ etwa mit mir? Ich hatte keine Ahnung, wie ich reagieren sollte, also setzte ich mich langsam wieder in Bewegung, aber dieser Dean lief einfach neben mir her. Er plapperte über die Band, die heute spielte und eigentlich wirkte er sogar recht sympathisch.

Ich blickte zu meinen Freunden und zu Jace, der uns mit hochgezogenen Augenbrauen musterte, als er uns entgegenlief, die Hände an den Riemen seines Rucksacks. Seine Haare standen wie immer gestylt in alle Richtungen ab und sein dunkelblauer Pulli hatte den gleichen Farbton, wie seine Sneaker. Er sah einfach perfekt aus. Ich leckte mir über meine Lippen und bemerkte, dass ich Dean absolut nicht mehr zugehört hatte. Er musste irgendwas gefragt haben, denn er sah mich abwartend an. Im Zweifelsfall stellte man wohl immer eine Gegenfrage.

„Wie kommst du darauf, mich zu fragen? Eigentlich kennen wir uns nicht mal."

Er grinste wieder frech.

„Naja, ich dachte, da du ja jetzt für *mein* Team spielst, wird es Zeit, dass wir beide ausgehen."

Meine Augenbrauen schossen in die Höhe und ich blieb abrupt stehen, als auch schon Jace direkt vor uns stand, der ein Schnauben von sich gab, da er den Satz offenbar verstanden haben musste. *Für sein Team spielte.* Als wäre das eine logische Bezeichnung dafür, dass ich auch auf Jungs stand. Dass ich bi war, zog scheinbar niemand überhaupt in Erwägung.

Ich war überfordert mit der Situation. Kaum war ich geoutet, ohne dass ich mehr getan hatte, als Jace zu küssen und da kam direkt ein Typ auf mich zu, um mich anzumachen?

Also tat ich einfach, was sich richtig anfühlte. Ich legte meinen Finger um Jace' Hüfte und zog ihn näher zu mir heran.

„Ich spiele nicht für dein Team", raunte ich Dean zu, bevor ich meinen Kopf zu Jace drehte und mit einem Nicken auf ihn deutete. „Ich spiele für sein Team."

Ich sah das Schmunzeln auf Jace' Lippen, bevor ich meine Lippen hart auf seine presste und seinen Mund eroberte, ganz gleich, wer uns dabei zusah.

Ich vernahm Deans verträumte Seufzer, ebenso wie weiteres Getuschel, aber ich kümmerte mich nicht darum, sondern legte wieder meine Hand in die von meinem Freund und zog ihn den Flur hinunter zurück zu unseren Freunden.

Brandon und Tristan grinsten uns verschwörerisch zu und klopften mir anerkennend auf die Schulter.

„Hat der Typ dahinten dich etwa gerade angemacht?", fragte Brandon und musste dabei ein Lachen unterdrücken.

„Natürlich hat er das. War ja nicht genug, dass sich bereits jedes Mädchen der Schule nach ihm die Finger leckt, jetzt kommen auch noch die Jungs dazu", antwortete Jace schmollend an meiner Seite.

Ich drehte mich beim Laufen um und ging nun rückwärts, damit er mir in die Augen sehen konnte.

„Es ist so, wie ich gesagt habe ...", raunte ich ihm mit tiefer Stimme zu. „Ich spiele nur für dein Team."

Breit grinsend blieb er stehen, zog mich am Kragen meines Pullovers zu sich heran und gab mir einen so intensiven Kuss, dass ich beinahe vergaß, wo wir uns eigentlich befanden. Nämlich immer noch in der Schule.

Als könnte er meine Gedanken erahnen, nahm er grinsend meine Hand und zog mich mit sich zum Unterricht.

Kapitel 35

River

Heute war ein Scheißtag. Gab es schon jemals einen guten Mittwoch?

Nachdem Jace und ich die letzten Tage irgendwie auf einer eigenen kleinen Wolke verbracht hatten und ich jeden Abend mit der fröhlichen Sadie telefoniert hatte, war ich gestern Abend unsanft von meiner kleinen Wolke geflogen.

Brandon und ich hatten mit seinem Vater gesprochen, der mir ziemlich deutlich vermittelt hatte, dass es alles andere als leicht werden würde, Sadie von meinem Dad wegzuholen. Da man meine Mom in die Tonne treten konnte, da sie niemals gegen ihn aussagen würde, war ich absolut am Arsch. Mir würde ohnehin niemand glauben, denn ich wäre nur der undankbare, reiche, frustrierte Sohn, der seinen Eltern eins auswischen wollte.

Hinzu kam, dass er Sadie noch nie wehgetan hatte, nicht körperlich.

Ich würde allerdings nicht seelenruhig abwarten, bis ihm irgendwann der Kragen platzen würde. Nur über meine Leiche.

Meine einzige übrige Option war allerdings genauso beschissen.

Als hätte Jace meine Gedanken erraten, sah er mich mit gerunzelter Stirn an, als wir durch den Schulflur liefen. Ich hatte ihm von dem Gespräch erzählt, aber er war optimistisch und zuversichtlich, dass wir das schaffen würden. Ihm war allerdings meine beschissene Laune auch nicht entgangen, denn ich hatte die ersten beiden Schulstunden nur wütend vor mich hingestarrt. Er machte sich Sorgen, das war ihm anzusehen.

„Und dir bleibt wirklich nur Lake?", fragte er nochmal vorsichtig, obwohl wir das Thema bis spät in die Nacht diskutiert hatten.

Ich fuhr mir durch die Haare und schnaufte.

„Ja. Brandons Dad hat deutlich gemacht, dass es die beste Option wäre, ihn ins Boot zu holen."

Ich ballte meine Hände zu Fäusten, bis meine Fingerknöchel weiß hervortraten. Jace sah es und nahm vorsichtig meine Hand in seine.

„Scheiße", gab er zu, während er auf seiner Unterlippe kaute. Ich lachte frustriert.

„Ja. Wahrscheinlich sollte ich sie einfach holen und mit ihr irgendwo ans andere Ende der Welt fahren."

„Und wirst auf dem Weg dann wegen Kindesentführung verhaftet? Nein, das ist keine Option."

„Aber was soll ich denn machen? Was wenn Lake plötzlich das Sorgerecht einfordert und sie zu sich holt, obwohl er verdammt nochmal ein Fremder für uns ist?" Meine Stimme nahm einen verzweifelten Unterton an und ich fuhr mir wieder mit der Hand durch meine Haare. Wir standen an meinem Schließfach und ich schmiss mein Mathebuch mit voller Wucht in den Schrank.

Ich atmete tief durch. Scheiße, ich war schon so lange nicht mehr zu Hause gewesen, mir fehlte mein verdammter Boxsack. Ich musste heute nach dem Training unbedingt noch in den Trainingsraum der Halle gehen.

„River, wir schaffen das. Wir bekommen das hin und wir holen sie da raus. Jetzt ist sie in Sicherheit. Sie ist bei eurer Tante und es geht ihr gut, daran musst du denken. Wir werden nachher zusammen zu Lake fahren und wir werden sehen was wir tun können. Dann überlegen wir uns, wie wir deinen Vater belasten können. Was hat Brandons Dad gesagt? Beweise. Wir brauchen Beweise. Und die werden wir auch noch bekommen. Wir werden das schaffen, Babe. Okay?"

Eindringlich sah er mir in die Augen, während er mit dem Daumen sanft über meine Lippen fuhr. Ich atmete tief durch, schloss meine Augen und spürte, wie ich nickte.

„Ich habe einfach nur eine scheiß Angst um sie, weißt du?", flüsterte ich.

Er nickte ebenfalls, als er antwortete. „Ich weiß. Habe ich auch. Aber wir müssen jetzt einen kühlen Kopf bewahren."

„Ja du hast Recht."

Jace lächelte mich an und ich konnte nicht anders, als ihn am Saum seines T-Shirts näher zu mir heranzuziehen und ihn zu küssen.

Sein Mund öffnete sich bereitwillig und ließ meine Zunge ein.

Ich liebte diesen Moment, wenn unsere Zungenspitzen das erste Mal aufeinandertrafen und ich musste ein Aufstöhnen unterdrücken. Immerhin waren wir hier in der Schule. Daran, dass solche öffentlichen

Knutschereien gar nicht mein Ding waren, dachte ich gar nicht mehr, denn ich konnte einfach nicht anders.

Ich löste mich von ihm und nahm Getuschel von ein paar Jungs aus dem Footballteam wahr, die schräg gegenüber an ein paar Schließfächern standen und zu uns herübersahen. Loser. Deren Team war so schlecht, dass sich deren Spiele ohnehin niemand ansah.

Provozierend sah ich sie direkt an, bis sie endlich ihre Blicke abwandten und sich von uns wegdrehten, was Jace neben mir zum Lachen brachte.

Ich grinste schief zurück, bevor mein Blick den Flur entlangging und auf einer Person verharrte, die mich traurig ansah.

„Scheiße", fluchte ich und biss mir auf die Lippen.

„Was?" Jace sah sich um, bis auch sein Blick auf Penelope fiel.

Sie stand allein am Ende des Flurs und wollte vermutlich zu ihrem Schließfach, um die ganzen Bücher, die sie im Arm trug, zu verstauen. Das lag aber nur ein paar neben meinem. Sie hatte die letzten Tage in der Schule gefehlt und ich war ihr nicht begegnet.

Pen zögerte kurz, sah mich traurig an und drehte sich um, während sie sich über die Augen wischte. Wenig später stand Tristan neben ihr und zog sie in eine kleine Umarmung, aus der sie sich aber recht schnell wieder befreite. Heulen in der Öffentlichkeit war etwas, das sie hasste, wie nichts anderes. Schwäche zeigen war im Allgemeinen nicht ihr Ding. Und so streckte sie ihren Rücken durch und schien sich wieder zu fangen. Der Ausdruck in ihren Augen blieb. Sam und Heather steuerten ebenfalls auf sie zu, wobei Sams Arm um ihre Taille geschlungen war. Sieh an. Sie wollten

Pen wohl trösten, doch auch bei ihnen ließ sie es nicht zu und winkte mit dem Arm ab, als wäre es keine große Sache. Ich kannte sie gut genug, um zu wissen, dass es ihr nicht gut ging.

Mein Herz brach bei ihrem Anblick, denn das war genau das, was ich die ganze Zeit hatte vermeiden wollen. Ich hatte niemals vorgehabt, ihr wehzutun.

Jace musterte mich genau, so als versuchte er zu ergründen, was das alles für mich bedeutete.

„Ich muss mit ihr reden", platzte ich heraus, was ihn kurz zusammenzucken ließ.

Er atmete tief durch und suchte offenbar nach Worten.

„Du musst dir keine Sorgen machen. Ich will nichts mehr von ihr. Ich bin voll ausgelastet mit so einem verdammt heißen Basketballer", setzte ich nach und grinste ihn frech an.

Es zeigte Wirkung, denn er lachte, bevor er mich breit angrinste.

„Es ist nur so, dass ich ihr einiges erklären muss. Endlich mal ehrlich zu ihr sein muss. Ich schulde es ihr."

„Okay, rede mit ihr. Du hast recht, es ist nur fair."

Ich atmete erleichtert aus. Ich brauchte zwar nicht seine Zustimmung, aber es fühlte sich besser an, wenn er mit mir in diesem Punkt an einem Strang zog. Außerdem wollte ich ihn noch weniger verletzen.

„Was ist mit Blake?", fragte ich geradeheraus und verblüffte mich selbst damit. Diese Frage hatte allerdings schon länger an mir genagt.

Jace zog die Augenbrauen in die Höhe und fragte mich verwirrt: „Was meinst du?"

„Hast du noch Kontakt zu ihm?"

Er zögerte kurz und sah mich nach wie vor überrascht an.

„Nein.“

Ich atmete auf. Der Gedanke, dass die beiden sich noch sahen oder schrieben war unerträglich und ließ mich unwillkürlich an den Abend denken, als ich die beiden zusammen gesehen hatte.

„Wirst du nochmal mit ihm reden?“

Innerlich spannte ich mich bei seiner Frage an.

Er lächelte. „Nein, es ist alles gesagt.“

Erleichtert drückte ich ihm einen Kuss auf die Lippen.

„Gut, ich bin mir nämlich sicher, dass der Typ sie nicht alle hat.“

Jace schüttelte den Kopf und verdrehte lächelnd die Augen.

„Jaja, nun komm schon, ich möchte irgendwann in diesem Leben auch mal was essen.“

Er zog mich mit sich und ich folgte ihm, ohne zu protestieren.

Meine Gedanken drehten sich um Sadie und Penelope und wie ich das alles nur wieder hinbekommen sollte.

Meine Hand fand die von Jace und wir liefen händchenhaltend durch den Flur in Richtung Cafeteria.

Wir waren kaum an den nervigen Footballspielern vorbei, als ich ein gehüsteltes, aber dennoch laut und deutliches *Schwuchteln* von dem einen Blonden neben mir wahrnahm.

Ich erstarrte mitten in meiner Bewegung und auch Jace zuckte spürbar zusammen.

Niemals hätte ich es für möglich gehalten, aber diese Worte von einem völlig Fremden taten weh. Sie taten scheiß weh und bohrten sich mir direkt ins Herz. Solche Worte würde mein Dad sicherlich auch für mich finden. Das würde ich mir auf keinen Fall gefallen lassen. Ich konnte mich wehren, aber viele andere konnten es nicht und für sie, für mich, würde ich das nicht auf mir sitzen lassen. Niemand würde mich wegen meiner Sexualität runtermachen, niemals. Ich spürte, wie sich die Wut, die sich bereits den ganzen Tag in mir vergraben hatte, ihren Weg hinaus bahnte.

Zähneknirschend drehte ich mich um und sah den Blondie direkt an.

„Wie war das bitte?", fragte ich bedrohlich.

Die Jungs fingen an zu kichern wie zehnjährige Mädchen und der Typ vor mit grinste mich dreist an. „Hast es schon gehört", antwortete er cool.

Blöder Wichser.

Ich grinste böse, bevor ich mit einem Ruck auf ihn zustürzte, ihn an den Schultern packte und mit voller Wucht gegen sein Schließfach donnerte. Er keuchte vor Schmerz auf, aber ich ließ ihm keine Zeit, sich zu erholen.

Um uns herum wurden die Rufe anderer Schüler laut, doch niemand wagte es, dazwischen zu gehen, nicht mal seine angeblichen Freunde.

Ich presste meinen Unterarm an seinen Hals und drückte ihn heftig gegen sein Schließfach. Er sah mich geschockt aus weit aufgerissenen Augen an.

„Falscher Tag, du dummer Wichser. Möchtest du deine verblödete Aussage nochmal wiederholen?", knurrte ich ihn an und drückte meinen Arm fester an seinen Hals. Er bekam nur mit Mühe Luft. Meine Arme zitterten vor Wut.

„River", hörte ich Jace hinter mir rufen, doch ich ignorierte ihn.

Viel zu gern wollte ich diesem Scheißer eine verpassen.

Ich holte bereits mit dem anderen Arm aus, als Jace ihn zu fassen bekam und mich stoppte.

„Hey. River ... Babe."

Bei dem Kosewort hielt ich inne und sah Jace an.

„Hör auf, Babe. Lass ihn los. Das bringt nichts."

Ich atmete zitternd ein und aus, bewegte mich aber nicht.

„Komm schon. Der Typ ist verängstigt genug. Er hat seine Lektion gelernt. Komm schon."

Ich atmete tief durch und ließ den Blonden so schlagartig los, dass er auf den Boden plumpste. Ich trat einen Schritt auf ihn zu und sah verächtlich auf ihn hinunter.

„Du kannst dich bei meinem Freund bedanken, dass ich dir heute nicht die scheiß Fresse poliere."

Jace zog mich weg und schob mir kurz darauf in Richtung Ausgang.

Wir waren kaum draußen, da zog er mich fest in seine Arme. Überrascht krallte ich mich an ihn, da ich eher eine Standpauke erwartet hatte. Ich hatte überreagiert, ich hatte vollkommen überreagiert.

Der Typ war ohne Frage ein Arschloch, aber ich hätte ihn nicht gleich angreifen müssen.

Mein Gesicht vergrub sich an Jace' Schulter und ich atmete seinen Duft ein.

„Ich bin stolz auf dich", sagte er nach ein paar Minuten in die Stille hinein.

Hä? Ich hob überrascht den Kopf und sah in seine bernsteinfarbenen Augen, um darin einen Hinweis darauf zu finden, dass er das ironisch meinte. Fand ich aber nicht.

Verwirrt schüttelte ich den Kopf.

„Du bist stolz auf mich, weil ich da drinnen auf Blondie losgegangen bin?", fragte ich perplex.

„Nein." Er lächelte mich an und legte eine Hand an meine Wange. „Ich bin stolz auf dich, dass du wieder aufgehört hast."

Überwältigt sog ich Luft in meine Lungen.

„Ich liebe dich", setzte er nach und küsste mich sanft.

Meine Augen brannten und ich stand kurz davor, in Tränen auszubrechen. Wieder einmal.

Jace hatte nicht hervorgehoben, was ich alles falsch gemacht hatte. Er hatte nur darauf geschaut, was ich richtig gemacht hatte. Ich lächelte und blinzelte die Tränen weg.

„O Gott. In den letzten Wochen bin ich echt zum Softie mutiert."

Er brachte seinen Mund ganz dicht an mein Ohr. „Ach ich weiß nicht, diese weiche Seite von dir gefällt mir", wisperte er und küsste meinen Nacken.

„Dann sollte ich mich wohl an sie gewöhnen."

Jace nahm seinen Kopf zurück und grinste über das ganze Gesicht. „Solltest du."

Ich nahm ihn wieder fest in die Arme und hielt ihn einfach, während er mich hielt.

„Wir sollten langsam wieder rein. Der Unterricht beginnt gleich und ich will nicht schuld daran sein, dass du nicht wenigstens einen Müsliriegel aus dem Automaten bekommst", meinte ich in die zufriedene Stille und löste mich aus seiner Umarmung.

Jace brummte widerwillig, ging aber gespielt schmollend neben mir her und gemeinsam, Hand in Hand, betraten wir wieder das Schulgebäude.

***

„Ich möchte doch nochmal lieber über die Kindesentführungs-Sache nachdenken", brummte ich mürrisch, als ich mit meinem Wagen in die kleine Hauptstraße in Sherwood bog.

Jace lächelte gequält neben mir und runzelte die Stirn.

„Es wird schon nicht so schlimm werden", murmelte er, klang aber selbst absolut nicht überzeugt.

„Glaubst du das wirklich?"

„Naja ... nein. Aber es kommt doch letztendlich nur darauf an, dass wir deiner Schwester helfen. Wir tun es für Sadie. Das wird dieser Typ auch irgendwie begreifen."

Ich blickte kurz von der Straße, um ihn anzusehen.

„Für Sadie." Meine Stimme klang wesentlich zuversichtlicher, als ich mich wirklich fühlte.

Ich hatte keine Ahnung, wie das Gespräch mit Lake ablaufen sollte, denn eigentlich wollte ich seine Hilfe nicht. Ich war nur hier, weil es der einzige Weg war, um Sadie von meinem Dad wegzuholen. Lake war ihr leiblicher Vater, das konnte jeder DNA-Test beweisen. Somit hatte er Anspruch auf seine Tochter. Wenn wir es noch irgendwie schafften, meinen Dad so hinzustellen, wie er wirklich war, könnte Lake darauf plädieren, dass seine Tochter nicht länger sicher war.

Eigentlich bräuchte ich meinen Dad nur so lange provozieren, bis er irgendwann ausrastete. Im Prinzip nervte es ihn ja schon, wenn ich einfach nur im gleichen Raum war, wie er.

Ohne Lake hätte ich einfach keine Chance. Niemand würde mir das Sorgerecht für meine Schwester geben, selbst wenn ich beweisen könnte, dass mein Dad mir gegenüber handgreiflich geworden war, es gab zu viele Leute, die bezeugen konnten, dass ich ebenfalls eine aggressive Ader hatte. Außerdem würde er auch das irgendwie so hinbekommen, dass er am Ende als armer, verzweifelter Daddy dastehen würde.

Lake hatte als leiblicher Vater allerdings andere Rechte und das passte mir absolut nicht in den Kram. Ich wollte nicht, dass Sadie am Ende bei ihm landete.

Brandons Dad hatte mir allerdings klar gemacht, dass es erstmal das wichtigste war Sadie von meinem Dad wegzuholen. Ich hasste es, dass ich dafür Lake brauchte.

Nachdem ich vor dem wunderhübschen kleinen Häuschen geparkt hatte, knallte ich meine Autotür mit Wucht zu.

Jace ging staunend auf das Häuschen zu. „Es ist hübsch", sagte er verwundert.

Ich knirschte mit den Zähnen. „Ja, hat mich auch schon genervt."

Jace schmunzelte über meine Antwort, nahm meine Hand und schob mich Richtung Eingangstür.

„Ich denke, wir finden doch noch irgendwie eine Lösung. Wir könnten doch ..."

„Nein. Du weißt genau, was Mr West gesagt hat. Das hier ist die einzige Option, die wir haben", unterbrach er mich bei meinen Ausflüchten.

Ich fluchte laut, drückte auf die Klingel und ballte meine freie Hand zu einer Faust.

Mein Herz klopfte viel zu laut in meiner Brust, denn wie beim letzten Mal, war ich auch jetzt sehr nervös. Meine Hände schwitzen und ich war überrascht, dass Jace überhaupt noch das Bedürfnis hatte meine Hand zu halten. Ohne ihn wäre ich sicherlich längst umgekehrt.

Die Tür wurde aufgerissen und ich wappnete mich innerlich davor, Lake gegenüberzustehen. Leider bewahrte es mich trotzdem nicht davor, beinahe auszuflippen.

Ich hörte meinen Herzschlag wie wild in meinen Ohren pochen und stellte erneut fest, wie unglaublich ähnlich er mir sah. Oder ich ihm? Egal, jedenfalls nervte es mich.

Im Augenwinkel nahm ich wahr, wie Jace ihn kurz mit offenem Mund anstarrte, bevor er sich wieder zusammenriss, meine Hand drückte und mich so wieder halbwegs beruhigte. Naja, wenigstens ein bisschen.

„River", begrüßte Lake mich mit einem offenen Lächeln. Er sah nicht halb so überrascht aus, wie beim letzten Mal, als ich vor dieser Tür stand.

Hatte ich schon erwähnt, dass ich mit diesem ganzen Rumgelächel nicht so gut klarkam? Leider kam es bei ihm ehrlich rüber, was mich schon wieder tierisch nervte. Wie so ziemlich alles heute.

„Wir müssen über Sadie reden", platze ich ziemlich unfreundlich heraus.

Jace drückte erneut meine Hand, während das Lächeln von Lake weicher wurde.

„Das sehe ich auch so, kommt herein."

Wir liefen hinter ihm her durch den schmalen Flur und erneut führte mich der Weg in seine kleine gemütliche Küche. Er deutete auf den Tisch mit den Stühlen und drehte sich zum Kühlschrank, wieder ganz gastfreundlich. Ich verdrehte die Augen.

„Setzt euch. Was möchtet ihr trinken?"

„Bier", lautete meine trotzige Antwort, was mir einen mahnenden Blick von Jace einbrachte, ganz als wollte er mir sagen *Reiß dich verdammt nochmal zusammen.*

Lake kam mit dem, mir bekannten, Eistee zu uns an den Tisch und goss jedem ein Glas ein.

Was hatte der Typ nur mit seinem verdammten Eistee?

„Bier wäre mit lieber gewesen", murrte ich weiter, einfach nur um den Spieß umzudrehen und zu nerven. Bei Jace funktionierte es schon mal, denn er presste die Lippen zusammen und sah mich an, als wäre ich ein kleines Kind, das in der Trotzphase war. Offenbar zerrte diese Situation auch an ihm. Und irgendwie war ich ja momentan auch in meiner Trotzphase, also passte das schon.

Mir war noch nie aufgefallen, wie heiß er aussah, wenn er so genervt war. Mein schiefes Grinsen kehrte ganz automatisch in mein Gesicht zurück und Jace' Augen funkelten, so als würde er meine Gedanken kennen und so als wüsste er, dass ich mich mit Absicht so verhielt.

„Du bist noch minderjährig, ich kann dir leider kein Bier anbieten", durchbrach Lake meine Gedanken. Ich bedachte ihn mit einem spöttischen Blick.

„Äh ja. Ich habe schon genug anderen Scheiß eingeschmissen, da ist Bier mein geringstes Problem, vielen Dank."

Von meinem Durchdrehen in den letzten Wochen und den Pillen, die ich genommen hatte, mal ganz abgesehen, hatte ich zwar noch nicht sonderlich viel Kontakt mit Drogen gehabt, aber das musste er ja nicht wissen. Naja schön, das Gras muss man vermutlich auch dazu zählen. Gut, möglicherweise war meine Aussage nicht so grundlegend falsch, aber sicher stellte er es sich schlimmer vor, als es tatsächlich war.

Ich triumphierte innerlich, als das Lächeln auf seinem Gesicht verschwand. Geht doch.

Lake atmete tief durch und mich durchfuhr ein Stich, als ich die Traurigkeit in seinen Augen bemerkte. Shit, ich wollte ihm sein blödes Lächeln aus dem Gesicht fegen, ihn aber nicht traurig machen.

Lake schüttelte leicht den Kopf und sein Lächeln kehrte in sein Gesicht zurück. Na toll.

„Also. Das ist dein Freund?", fragte er, nachdem er zwischen Jace und mir hin und her sah.

Ich reckte trotzig das Kinn und funkelte ihn an.

„Was? Nur weil ich schwul bin, muss jeder Kerl, der mit mir unterwegs ist, automatisch mit mir zusammen sein?", fragte ich angriffslustig.

Lake lachte laut auf und auch Jace neben mir gab ein Glucksen von sich. Ich funkelte den Verräter wütend an und er biss sich auf die Unterlippe, um nicht weiter zu lachen. Mein Blick blieb automatisch daran hängen.

„Nein, natürlich nicht. Aber so, wie ihr beide euch anseht, ist es ziemlich offensichtlich. Außerdem habt ihr euch, seit ihr hier seid, noch nicht einmal losgelassen."

Verwundert sah ich auf unsere miteinander verschränkten Finger. Er hatte Recht, wir hatten uns die ganze Zeit über berührt. Lake beobachtete ziemlich aufmerksam. Mein Dad schaffte es kaum, lange genug von seinem Handy aufzusehen, um irgendetwas mitzukriegen.

Die beiden stellten sich vor, auch wenn ich das komplett unnötig fand. Scheiße, wir sollten uns hier auf das Wesentliche konzentrieren.

„Wir sind wegen Sadie hier", stellte ich klar.

„Ja ich weiß. Sie kann nicht weiterhin dableiben."

„Da sagst du ausnahmsweise mal etwas absolut Richtiges."

Ich entzog Jace meine Hand, um meine Arme miteinander zu verschränken. Ich brauchte diese Art von Abwehrhaltung.

Lake verschränkte seine Finger und legte seine Unterarme auf den Esstisch vor sich.

„Okay. Karten auf den Tisch. Ich muss es wissen, River, auch wenn es schwer für dich ist. William hat dir wehgetan. Was genau hat er gemacht?"

Ich zuckte zusammen. „Darüber werden wir ganz sicher nicht reden."

„Doch, das müssen wir. Ich muss wissen, wie ernst es ist." Seine Verzweiflung war deutlich greifbar.

„Ernst", lautete meine knappe Antwort, denn ich konnte darüber nicht reden. Niemals könnte ich so genau darüber reden, ohne vollständig zusammenzubrechen, dessen war ich mir mehr als nur sicher. Ich hatte die Erinnerungen daran tief in mir verschlossen und wenn ich durch sie hindurch waten müsste, würde ich darin ertrinken.

„Okay." Lake hob beschwichtigend die Hände. „Er hat dich geschlagen?", fragte er.

Ich nickte.

„Oft?", kam die direkte Frage.

„Beinahe täglich."

Gequält schloss er die Augen und musste tief durchatmen. Ich versuchte in meiner Emotionslosigkeit zu bleiben, was mir nur schwer gelang.

„Tut er es noch?", fragte er nach einer kurzen Zeit des Schweigens.

Ich schüttelte den Kopf. „Nein. Ich habe vor einigen Jahren gelernt, mich zu wehren. Da hat er mit den Schlägen aufgehört. Er begnügt sich damit, alle im Haus zu terrorisieren, mich mit Gegenständen zu bewerfen und mich ständig rauszuschmeißen."

Wieder herrschte schockiertes Schweigen.

„Hat er dich immer nur mit Fäusten geschlagen?"

Erneut zuckte ich zusammen und sah ihn mit geweiteten Augen an. Mein Herz raste, als die Erinnerung mich in die Tiefe reißen wollte. Ich schloss die Augen und atmete mehrmals tief durch, um mich zu beruhigen. Die Alternative war, um mich zu schlagen, aber dann hätte ich Jace verletzt, da er mich am Arm festhielt.

Als ich wieder halbwegs atmen konnte, setzte ich endlich zu einer Antwort an. „Nein. Das hat er nicht."

Jace keuchte hinter mir. Er war mittlerweile hinter mich getreten und umschlang mich von hinten mit seinen Armen.

Lake sah schrecklich aus. Man sah den Schock, die Qual, die Verzweiflung, das Mitleid und die Wut in seinen Zügen. Nichts davon wollte ich.

„Was hat dieser Mistkerl getan?", fragte er mit zusammengebissenen Zähnen.

Ich schüttelte den Kopf. Ich konnte darüber nicht reden.

„Bitte", flüsterte er flehend.

„Ich kann darüber nicht reden", sagte ich bestimmend. „Aber ich kann dir zeigen, was das schlimmste war."

Ich zog meinen Pullover hoch und entblößte meinen Körper. Oberhalb meiner Hüfte zog sich an meiner rechten Seite am Bauch eine Narbe lang. Sie war bereits verblasst, aber ich spürte den Schmerz noch genau so, wie damals. Die Stelle brannte heiß und ich hätte mir am liebsten die Haut vom Körper gerissen.

„Deine Blinddarm–Narbe?", fragte Jace überrascht.

Nicht einmal er kannte die Wahrheit. Niemand kannte sie. Außer mir, Dad und meiner Mom, die hinterher die Blinddarm–Geschichte verbreitet hatte. Und Haley.

„Ich habe meinen Blinddarm noch" sagte ich schlicht.

Das war die letzte Verletzung, die mein Dad mir damals angetan hatte. Danach hatte ich es nicht mehr zugelassen und zurückgeschlagen.

Ich war dreizehn Jahre alt und er außer sich gewesen, weil ich abends zu spät nach Hause gekommen war. Er hatte im Wohnzimmer gesessen und war so betrunken gewesen, während er am großen Esstisch gearbeitet hatte.

Er hatte mich angebrüllt, völlig außer sich. Ich hingegen war ein trotziger Teenager gewesen, der es gewohnt war, dass sein Dad ausflippte.

Ich hatte ihm widersprochen und ihn angebrüllt. Aus dem Nichts hatte sich ein sengender Schmerz in meinem Bauch ausgebreitet und mir die Luft zum Atmen genommen.

„Wie?“, riss mich Jace aus meiner Erinnerung, in der ich bis eben gefangen gewesen war. Ich tröstete mich in seiner Umarmung und machte mir klar, dass es nur eine Erinnerung war. Es passierte nicht mehr.

„Brieföffner.“

Jace drückte mich so fest, dass mir beinahe die Luft wegblieb, aber es tat gut und es holte mich voll und ganz ins Hier und Jetzt zurück. Er küsste meinen Nacken, immer und immer wieder, bis ich meinem Kopf so drehte, dass ich meine Lippen auf seine legen konnte.

Ich zog ihn so zu mir, dass er auf meinem Schoß saß, denn ich hatte den Eindruck, dass nun er etwas Trost gebrauchen konnte.

Ich legte mein Kinn auf seiner Schulter ab und drückte ihn ganz fest an mich. Seine Atmung beruhigte sich und ich spürte, wie er sich wieder etwas mehr entspannte und auch ich war wieder viel ruhiger. Ein paar Minuten konnte keiner von uns etwas sagen.

„Es tut mir so leid.“ Lake sah mir bei diesen Worten tief in die Augen. Ich glaubte ihm, aber das änderte auch nichts daran. Also nickte ich.

„Hat er ihr auch schon mal was getan?“, fragte Lake nun ernst.

„Nicht körperlich“, antwortete ich ohne jegliches Zögern.

„Sicher?“, hakte er stirnrunzelnd nach.

„Ganz sicher. Aber er brüllt sie wegen jedem Mist an.“

Ich presste meinen Kiefer fest zusammen, als ich daran dachte, wie Dad wegen dieses beschissenen Glases ausgerastet war.

Lakes Gesicht nahm einen verkniffenen Ausdruck an. „Ich habe mit meinem Anwalt gesprochen und …“

Mein Kopf fuhr mit einem Ruck hoch und meine Alarmglocken schrillten.

„Was hast du gemacht?“, fuhr ich ihn aufgebracht an und spürte sofort die beruhigende Berührung von Jace an meinem Arm.

„River, ich muss doch sehen, wie ich ihr helfen kann. Ich muss etwas tun, genau wie du. Immerhin bin ich ihr …“

„Wenn du jetzt das Wort Vater sagst, dann muss ich mich leider übergeben“, unterbrach ich ihn erneut.

Wenn er jetzt mit irgendeinem Daddy–Gefasel um die Ecke kam, konnte ich für nichts mehr garantieren. Ich riss mich hier wirklich zusammen und überspielte mit meinen dummen Sprüchen und meiner mürrischen Art, dass ich nach wie vor so verletzt davon war, dass er mich nie hatte sehen wollen. Dass er nie mein Vater sein wollte, obwohl er es gekonnt hätte.

Ich wusste, dass ich ihm nicht die Schuld daran geben konnte, was mir passiert war, aber das änderte nichts daran, dass ich wusste, dass er es hätte verhindern können.

Hätte er irgendwie auf sein Recht bestanden, dann hätte mein Dad von Anfang gewusst, dass ich nicht sein Sohn bin. Vielleicht wäre es dann niemals so weit gekommen. Oder vielleicht hätte Lake dann meine Verletzungen bemerkt, wenn ich bei ihm zu Besuch gewesen wäre. Vielleicht.

„River." Lake zwang mich, ihn anzusehen und legte vorsichtig seine Hand über meine.

Wut erfasste mich bei seiner Berührung und mit einem Ruck riss ich meine Hand zurück.

„Hör auf mich anzufassen", zischte ich ihm bedrohlich zu.

Lake wich ein winziges Stück zurück, als meine Wut scheinbar auch für ihn spürbar war, aber er hielt meinem eisigen Blick stand.

Jetzt kam meine Wut, mit ihr kannte ich mich besser aus, als mit dem beengenden Gefühl mich in meinen Erinnerungen zu verlieren.

„River, ich weiß, dass ich nicht wieder gut machen kann, was ich getan habe. Ich weiß, dass es falsch war. Es tut mir so unendlich leid, dass ich mich damit zufrieden gegeben habe aus der zweiten Reihe zuzusehen. Es tut mir so leid, dass ich deiner Mom alles geglaubt habe, was sie gesagt hat. Ich habe sie schon immer geliebt und wollte immer, dass sie glücklich ist. Ich habe gedacht, dass ich das Richtige tue. Ich habe es keine Sekunde angezweifelt, weil ich dachte, dass du glücklich bist. Ich habe dich auf diesen ganzen Fotos und Veranstaltungen gesehen. William sah immer so stolz aus und du sahst glücklich aus. Ich dachte, dass es dir gutgehen würde. Ich weiß, dass es keine Entschuldigung für das alles gibt. Ich weiß, dass ich dich im Stich gelassen habe."

Lakes Stimme brach bei seinen letzten Worten und ich spürte bereits, wie mir einzelne Tränen die Wange runterliefen. Ich lehnte meinen Kopf an Jace' Rücken und schloss die Augen.

Ich antwortete ihm nicht, ich konnte einfach nicht. Was hätte ich sagen sollen? *Hey, macht nichts, Alter. Alles nicht so schlimm?*

Denn Tatsache war, dass es sehr wohl schlimm war. Es war verdammt nochmal schlimm, sein Kind einfach zu verlassen und im Stich zu lassen. Selbst wenn seine Absichten gut gewesen waren.

Mal ehrlich, ich war auch ein absolutes Wrack. Ich war total kaputt und bekam mein Leben nicht auf die Reihe. Dennoch würde mir niemals, absolut niemals einfallen Sadie im Stich zu lassen.

Ich war kurz davor aufzuspringen und aus diesem Haus, aus dieser Situation zu fliehen. Aber es ging hier nicht um mich.

„Lass mich diesen Fehler nicht noch einmal bei Sadie wiederholen. Lass mich dir helfen ihr zu helfen", flehte mich Lake mit Tränen in den Augen an.

„Was hast du vor?", fragte ich mit brüchiger Stimme.

„Meine Anwälte sagen, dass es das Beste wäre, einen DNA–Test anzufordern und im gleichen Zug im Eilverfahren das Sorgerecht anzufechten. Ich brauche deine Hilfe, damit wir irgendetwas Belastendes hervorbringen können. Zeugen vom Personal oder deinen Freunden. Alles was er dir je angetan hat. Schreib alles auf, was dir einfällt. Er wird gute Anwälte haben, es wird in jedem Fall nicht leicht. Zumal er als Ehemann deiner Mutter das Recht hat, dass Sadie bei ihm wohnt. Dennoch werden wir es irgendwie schaffen und auch meine Anwälte glauben, dass ich eine Chance habe das Sorgerecht zu bekommen. Wir müssen aber langsam und bedacht vorgehen und er darf nicht zu früh etwas davon bemerken."

„Und was dann? Was passiert mit Sadie, wenn du das Sorgerecht wirklich bekommen solltest?“

Prüfend sah ich ihn an. Das war die alles entscheidende Frage. Verwirrt sah er mich an.

„Dann kann sie hier bei mir sein und irgendwie wieder zu einem geregelten Leben finden.“

Falsche Antwort.

„Nein“, entgegnete ich. Meine Stimmung hatte jegliche Emotion verloren und klang dennoch bedrohlich ruhig.

Er riss die Augen auf. „Nein?“, fragte er verwirrt.

Ich setzte mich ganz aufrecht hin und sah ihm tief in die Augen.

„Nein“, antwortete ich mit deutlich mehr Nachdruck in der Stimme.

Verwirrt sah er zu Jace, fand in seinen Zügen aber offenbar auch keine Antwort.

„Was meinst du damit, River?“

„Ich meine damit, dass du ein völlig fremder Mensch bist. Ich habe keine Ahnung, ob du im Keller nicht ein Leichenschauhaus versteckst. Und was viel wichtiger ist – Sadie kennt dich nicht. Sie wird unter keinen Umständen bei dir wohnen, auch nicht, wenn du das Sorgerecht haben solltest. Es wird nichts passieren, das ich nicht sage. Ich kenne Sadie besser, als jeder andere verfickte Mensch auf dieser Welt und ich bin ihr Anker, an dem sie sich festhält und deshalb werde ich auch entscheiden, wo sie wohnt. Ich lasse sie nicht allein.“

Lake schluckte bei meiner Ansprache und sein Kehlkopf trat deutlich hervor.

Ergeben nickte er.

„Okay." Er sah mir tief in die Augen. „Aber dann müssen wir an einem Strang ziehen, keine Alleingänge. Wir arbeiten zusammen, holen sie da raus und dann entscheidest du, wie es weitergeht. Ich werde dir dann zustimmen, notfalls auch gerichtlich. Aber, River – dann darfst du mich nicht ausschließen."

Auch wenn ich ihm am liebsten ins Gesicht geschrien hätte, dass er sich seine Forderung sonst wo hinstecken konnte, brachte ich ein Nicken zustande.

„Okay."

Erleichtert nickte er und eine große Anspannung schien von ihm abzufallen, ebenso wie von mir.

„Wir müssen Beweise sammeln. Ich werde am Wochenende nach Hause gehen und ich bin mir sicher, dass meine bloße Anwesenheit ausreichen wird, um ihn zu reizen. Noch ein paar Provokationen meinerseits und er wird bestimmt ausflippen. Keine Ahnung, vielleicht verstecke ich eine Kamera oder nehme alles auf. Unsere Haushälterin Roza ist ebenfalls ein anständiger Mensch. Sie hat einiges mitbekommen, ich bin mir sicher, dass sie für mich aussagen würde."

Tatsächlich war sie die Einzige, abgesehen von Sadie, die mir aus diesem verdammten Haus aktuell fehlte.

Lake war zufrieden mit meiner Antwort. Widerwillig tauschte ich meine Handynummer mit ihm und war zufrieden, als ich mit Jace wenig später endlich Lakes Haus verließ. Kaum schloss sich die Tür hinter uns, konnte ich freier atmen.

„Wow, das war heftig", schnaubte Jace neben mir und atmete ebenfalls tief durch.

„Ja, das war es."

„Vertraust du ihm?", fragte Jace mich vorsichtig.

„Nein", antwortete ich wie aus der Pistole geschossen.

„Also glaubst du nicht, dass er dich entscheiden lässt?"

Wir gingen zusammen zu meinem Auto und stiegen ein. Ich legte die Hand ans Lenkrad und krallte mich daran fest.

„Doch, ich denke, dass er aufrichtig ist. Trotzdem hat er genug verkackt, als dass er von mir bestimmt keinen Vertrauensbonus bekommt."

Mit diesen Worten startete ich endlich den Motor und brauste aus Lakes Einfahrt. Ich konnte gar nicht erwarten, bis dieser beschissene Tag endlich zu Ende ging.

Kapitel 36

Jace

Ich beobachtete River mit einem Grinsen im Gesicht, während er ganz in seinem Element war – Basketball. Ich war froh, dass er nach dem gestrigen Tag entschieden hatte, wieder mit dem Team gemeinsam zu trainieren, nicht nur vom Spielfeldrand aus.

Heute ging es ihm schon wesentlich besser, was ich zum einen auf das Training schob und zum anderen darauf, dass er gestern Abend zwei Stunden lang mit Haley geskypt hatte, nachdem sie wissen wollte, ob er noch am Leben war. Das war der Punkt, an dem uns aufgefallen war, dass wir ihr noch nichts von uns erzählt hatten. Ihr Blick war absolut unbezahlbar gewesen, als River das Gespräch angenommen und sie uns beide aneinander gekuschelt im Bett vorgefunden hatte.

Ich glaube das Gespräch mit ihr tat ihm wirklich gut. Schon gestern hatte ich das Gefühl, dass sie wesentlich mehr Ausschnitte aus seiner schmerzhaften Vergangenheit kannte als ich. Aber das war okay. Die beiden standen sich schon immer unheimlich nahe und überraschenderweise war ich nicht mehr eifersüchtig. Im Gegenteil, ich war froh, dass er scheinbar mit jemandem reden konnte, denn das musste er dringend.

Haley hatte bei dem Schlagwort *Brieföffner* sofort verständnisvoll genickt und die richtigen Worte für ihn gefunden. Mir lief es immer noch kalt den Rücken runter, wenn ich nur daran dachte. Ich war nach wie vor fassungslos, dass unser feiner Bürgermeister Scott nicht nur seinen Sohn geschlagen hatte, was ja nun wirklich schon grausam und furchtbar genug war, nein, er hatte tatsächlich mit einem Brieföffner auf ein Kind eingestochen.

Mir wurde schlecht und eine Gänsehaut überlief meinen Körper. Shit, auch mich ließ das ganze absolut nicht kalt. Es war schrecklich zu wissen, was der Junge, den ich liebte, durchmachen musste, aber es war der Horror zu wissen, dass William das jederzeit mit Sadie wiederholen konnte. So weit durfte es nicht kommen, denn wir würden es verhindern. Offenbar mit Lakes Hilfe, der seit gestern mit Mr West in Kontakt stand.

Ich riss mich von den düsteren Gedanken los und sah River dabei zu, wie er direkt vor Brandons Nase zu einem Sprungwurf ansetze und den Ball im Korb versenkte. Auch wenn River jetzt gerade auf dem Platz gegen mich spielte, konnte ich nicht anders, als zu grinsen. Er sah so unglaublich sexy aus, was vor allem an seinem Gesichtsausdruck lag. Wenn er spielte, sah er so unbeschwert und frech aus, er lachte sonst nie so viel.

Als ich an den Ball gelangte, funkelten Rivers Augen, als sein Blick auf mir ruhte. Er leckte sich die Lippen, bevor er auf mich zukam.

Ich grinste ihn provozierend an und brachte den Ball so in Position, dass er von hinten angreifen musste. Er kam näher und fuhr mit der Hand an meiner Seite entlang, um mich aus dem Konzept zu bringen. Funktionierte leider sehr gut. Auch wenn ich beim Dribbeln etwas in Straucheln geriet, hatte ich mich schnell wieder im Griff, presste zur Strafe meinen Hintern in seinen Schritt und wurde mit einem Keuchen belohnt. Ich grinste böse und drehte mich herum, um sein verdattertes Gesicht zu sehen. Als ich mich von ihm löste, sah er mich kopfschüttelnd an.

„Du spielst mit fiesen Tricks", sagte er leise lachend.

„Oh, bitte, du hast angefangen."

Seine Augen funkelten und er zog leicht sein Trikot hoch, um mir seine perfekten Bauchmuskeln zu präsentieren.

Mir stockte kurz der Atem, denn selbst, wenn ich ihn jeden Abend nackt in meinem Bett hatte, hatte ich noch nicht ganz begriffen, dass er jetzt zu mir gehörte. Und sein Anblick brachte mich jedes einzelne Mal aus der Fassung.

Er nutze die Gelegenheit, preschte blitzschnell hervor und ehe ich auch nur blinzeln konnte, hatte er mir den Ball abgenommen.

Das konnte er vergessen. River dribbelte Richtung Korb, doch ich sprang ihm von hinten auf den Rücken und klammerte mich an ihn.

Unter meinem plötzlichen Gewicht stolpernd, fing er sich im letzten Moment lachend wieder. Der Ball war allerdings weg und wurde von Tristan aufgehoben, der uns kopfschüttelnd musterte.

River drehte seinen Kopf zu mir nach hinten, hatte dabei sein schiefes Grinsen aufgelegt, während ich mich über seine Schulter beugte und ihn küsste. Wir konnten dabei beide aber unser Grinsen nicht unterdrücken und so wurde es ein kurzer und dennoch perfekter Kuss, bevor ich von seinem Rücken runtersprang.

Überrascht stellte ich fest, dass das komplette Team, inklusive Coach uns lächelnd anstarrten. River wurde rot und es war echt niedlich, dass ihm diese ganze Aufmerksamkeit etwas peinlich war. Ehrlich gesagt hatte er weder mit Haley noch mit Penelope öffentlich so viele Zärtlichkeiten ausgetauscht, er war immer eher derjenige, der das privat halten wollte. Seit wir allerdings zusammen waren, schien es ihn nicht mehr zu interessieren, wer uns dabei beobachten konnte und das fand ich fantastisch, da ich dauerhaft das Bedürfnis hatte, ihn zu berühren.

„Ihr seid echt ein abartig schönes Paar, wisst ihr", rief Brandon durch die Halle, während er lässig den Ball dribbelte. So eine Aussage konnte auch nur von ihm kommen.

Ein paar der Frischlinge auf der Bank wirkten verunsichert, aber die Leute, auf die es ankam, unsere Freunde, unser Team, freuten sich so offensichtlich für uns, dass mir warm ums Herz wurde. Wir spielten noch einige Minuten, bevor River sich wieder zurückzog und sich neben dem Coach positionierte.

Es brach mir das Herz, dass er am großen Spiel am Wochenende nicht teilnehmen durfte, aber es war nun mal, wie es war und er machte das Beste aus der Situation. Also würde ich das auch tun.

Bereits nach wenigen Minuten lief mir der Schweiß in Strömen die Schläfen herunter, als das Training härter wurde. Ehrlich gesagt wusste ich nicht, wer uns härter rannahm – Coach Bryer oder River.

Als wir endlich Pause machen konnten, sahen die beiden sich Spielzüge auf einem kleinen Brett an und diskutierten eifrig. Ich ging zu meiner Tasche, die ich an den Rand geschmissen hatte und holte meine Wasserflasche heraus. Während ich einige Schlucke davon trank, griff ich nach meinem Handy und entsperrte es. Ich zuckte zusammen, als ich eine Nachricht auf meinem Display sah.

Blake: Hey, ich musste dich jetzt sehen. Ich stehe draußen und hole dich vom Training ab. Ich bin so froh, dass du endlich reden willst. Bis gleich.

Panik brach in mir aus. Scheiße, so hatte ich das nicht geplant.

Blake hatte mir immer wieder so traurige Nachrichten geschickt, dass ich gestern Abend schließlich eingewilligt hatte, dass wir nochmal reden konnten, damit er damit abschließen könnte. Okay, ich fühlte mich einfach wie ein Arschloch und er tat mir leid.

Das Problem war nur, dass ich River gesagt hatte, dass ich keinen Kontakt mehr zu Blake hatte. Wollte ich ja auch nicht haben, aber er schien so unter der Trennung zu leiden, dass ich mich schuldig fühlte.

Und mal ehrlich, ich wusste, dass River durchdrehen würde, wenn ich mich nochmal mit Blake traf und er hatte nun wirklich momentan genug Scheiß um die Ohren. Hinzu kam, dass er echt absolut nichts zu befürchten hatte.

Aber das hatte ich nun davon, dass ich mich hatte breitschlagen lassen.

Ich sah vorsichtig zu River, doch der war immer noch tief in eine Diskussion mit dem Coach verwickelt.

Schnell steuerte ich den Ausgang der Halle an, öffnete die Tür einen Spalt und schlüpfte hindurch, den Umstand ignorierend, dass ich immer noch schwitzte wie ein Schwein.

Die Sonne blendete mich und ich hielt mir die Hand über die Augen, um besser sehen zu können.

Blake lehnte an der Wand der Turnhalle und sah mich mit einem strahlenden Tausend–Watt–Lächeln an.

Zögerlich lächelte ich zurück, als er sich von der Wand abstieß und näherkam. Er umarmte mich etwas zu lange und ich registrierte im letzten Moment, dass er mich küssen wollte und stieß ihn schnell von mir weg.

„Was soll das werden?", fragte ich aufgebracht.

„Komm schon. Wir können das doch einfach aus der Welt schaffen." Wieder dieses Lächeln. Allmählich wurde mir klar, was River daran gruselig fand. Ich sah ihn verständnislos an.

„Aus der Welt schaffen? Was denn?"

„Na was auch immer mit dir los ist. Warum auch immer du Schluss gemacht hast. Erklär es mir, damit wir wieder zusammen sein können."

Ich starrte ihm mit offenem Mund an.

„Blake, ich habe dir ziemlich deutlich gesagt, dass ich nicht mehr mit dir zusammen sein möchte."

Er zuckte lässig mit den Schultern und strich seine Lederjacke glatt.

„Ja, aber es muss ja irgendwas anderes sein. Alles war okay und plötzlich eben nicht mehr und du machst Schluss. Also sag einfach was los ist."

Okay, es führte wohl kein Weg daran vorbei ihm die Wahrheit zu sagen, damit er es verstand. Eigentlich hatte ich nicht vor es ihm zu sagen, denn was hätte es für einen Sinn ihm unnötig wehzutun? Allerdings würde er mich wohl sonst einfach nicht in Ruhe lassen.

„Okay." Ich atmete tief durch und sah ihm in die Augen. „Ich habe dich betrogen."

Er zuckte zusammen und das Lächeln auf seinem Gesicht verflüchtigte sich zu einer schmerzlichen Grimasse.

„Scheiße, damit habe ich jetzt nicht gerechnet", murmelte er und rieb sich die Augen. Mir fiel auf, dass er unendlich müde aussah. Und niedergeschlagen. Ich konnte mir kaum vorstellen, dass das nur an mir lag, sondern war mir sicher, dass mehr dahinterstecken musste.

Blake ging ein paar Mal hin und her.

„Hör zu, können wir das vielleicht wann anders in Ruhe besprechen?", fragte ich nervös und tappte auf der Stelle. Ich hatte Schiss, dass River uns entdecken könnte und wollte einfach, dass Blake verschwand.

„Nein, wir besprechen das jetzt", knurrte er. Okay, er war sauer. Irgendwie hatte ich das sogar verdient.

Ich seufzte. Das hier lief ganz und gar nicht nach Plan.

„Okay, wir bekommen das wieder hin", sagte er und setzte sich das Lächeln wieder auf sein Gesicht. Sein verzweifelter Ausdruck verwirrte mich komplett. Sicher hatte ich gemerkt, dass er mich sehr gerne hatte. Aber das mit uns ging gefühlte zehn Sekunden, wie konnte ihm da bitte so viel daran liegen? Was war los mit ihm?

„Blake, was soll das? Wir bekommen gar nichts wieder hin", antwortete ich eine Spur zu heftig.

Nun sah er mich überrascht an. „Ich kann dir verzeihen."

„Ich will nicht, dass du das tust. Der Typ, über den ich nicht hinwegkommen konnte. Ich habe dich mit ihm betrogen und ... ich bin jetzt mit ihm zusammen.“

Meine Stimme hallte in meinen Ohren wider und ich sah einen Ausdruck von Schmerz in Blakes Gesicht, bis sich seine Miene zu einer wütenden Grimasse verzog.

„Fuck, willst du mich verarschen?“, fragte er wütend und sah mich beinahe feindselig an.

Ich wich überrascht einen Schritt zurück. Von dieser Seite kannte ich Blake nicht und sie verunsicherte mich.

„Hör zu, es tut mir leid. Ich habe das nicht geplant. Aber er ... er ist alles, weißt du.“

„Er ist alles“, wiederholte er bitter und schluckte sichtbar.

Mit einem Ruck schubste er mich gegen die Wand der Turnhalle, bevor er mich grob am Ausschnitt meines Trikots packte. Ich war so überrascht, dass ich mich nicht rühren konnte.

„Also war ich einfach nur der Lückenbüßer für zwischendurch, ja? Fuck, das kannst du mir nicht antun. Nicht jetzt.“ Wut und Verzweiflung vermischten sich in seinen Augen und gegen meinen Willen begann ich mir Sorgen um ihn zu machen. Er war kein schlechter Kerl.

Nicht jetzt? Was meinte er damit?

Wieder stieß Blake mich gegen die Wand und ein scharfer Schmerz schoss durch meine Schulter. Ich keuchte auf. Der Typ hatte verdammt viel Kraft.

Bevor ich ihn von mir stoßen konnte, wurde er an der Schulter gepackt, von mir weggerissen und geschubst. Blake kam sofort ins Straucheln.

Offenbar hatten River und Brandon mich gesucht.

River stellte sich beschützend vor mich, die Hände an seinen Seiten zu Fäusten geballt und rang sichtlich um Fassung. Scheiße.

Brandon stand lässig, mit einem leichten Grinsen im Gesicht und verschränkten Armen, neben uns und sah zu Blake.

Der wiederum wirkte leicht überfordert und sah wütend zwischen uns allen hin und her.

„Fass ihn noch einmal an und ich zerfetze dich", knurrte River mit einer so bedrohlichen Stimme, wie ich sie noch niemals an ihm wahrgenommen hatte. Und ich hatte ihn schon in vielen Situationen erlebt.

Er drehte leicht den Kopf zu mir nach hinten. „Alles okay bei dir, Babe?", fragte er deutlich sanfter.

„Ja, alles in Ordnung", antwortete ich lächelnd.

Jetzt fiel Blake alles aus dem Gesicht. Er starrte uns blinzelnd und mit offenem Mund an und wirkte vollkommen fassungslos. Sein Mund öffnete und schloss sich wieder, bevor sich seine Mundwinkel verzogen. Er sah an River vorbei zu mir und funkelte mich wütend an.

„Willst du mich verdammt nochmal verarschen, Jace? Dieses Arschloch? Dieser Typ ist irre und gemeingefährlich, er ist auf mich losgegangen und hat mir die Nase gebrochen, verdammte Scheiße. Und dir wird er auch wehtun."

Blake war laut geworden und fuchtelte wie wild mit seinen Armen herum.

River trat einen Schritt näher zu ihm und atmete heftig.

„Du bist der Einzige, der ihm gerade wehgetan hat. Also setz dein beschissenes Grinsen wieder in deine scheiß Fresse und verpiss dich endlich. Jace ist fertig mit dir und will nicht mit dir reden."

River schrie im Gegensatz zu Blake nicht. Seine Stimme war so ruhig, dass man das Gefühl hatte, ein Raubtier auf der Jagd vor sich zu haben. Mir lief eine Gänsehaut über den Rücken, obwohl ich nicht verhindern konnte, dass mir auch ein aufregender Schauer durch den Körper jagte, denn wie er mich hier verteidigte, war extrem heiß.

Dennoch hatte ich Schiss, dass die Situation jede Sekunde eskalieren würde und wenn River jetzt ausrastete, würde ich ihn nicht so schnell wieder beruhigen können.

Ein Augenblick der Angst war in Blakes Augen zu lesen, doch er riss sich schnell wieder zusammen und reckte trotzig sein Kinn vor.

„Er wollte mit mir reden. Er hat mir geschrieben, dass er mich sehen will", sagte Blake mit fester Stimme und besiegelte so meinen Untergang. Scheiße. Ich zuckte zusammen und kaute auf meiner Unterlippe, als mir klar wurde, dass ich aufgeflogen war.

River ließ sich davon nicht beirren und antwortete, ohne zu zögern. „Denkst du, das weiß ich nicht? Er hatte Mitleid mit dir, deshalb wollte er dich nochmal sehen. Und jetzt verpiss dich und sieh zu, dass du nie wieder in seine Nähe kommst."

River stieß Blake mit voller Wucht an beiden Schultern von sich. Blake ruderte wie wild mit den Armen und tippelte mit den Füßen, um nicht hinzufallen. Es gelang ihm nicht.

Er landete auf seinem Hintern und verzog schmerzvoll das Gesicht. Auch wenn Blake mich eben noch geschubst hatte, irgendwie tat er mir jetzt leid. Irgendwas stimmte nicht mit ihm, er war ganz anders als sonst.

River stand über ihm, zog ihn am Kragen ein Stück nach oben und sah ihm tief in die Augen. Ich traute mich nicht zu atmen.

„Verschwinde", knurrte River und ließ ihn schlagartig wieder los.

Das schien Blake wohl endlich als Zeichen zu sehen. Er sprang auf seine Füße und sah nochmal in meine Richtung.

„Du machst einen Fehler. Der ist doch wahnsinnig", murmelte er kopfschüttelnd, drehte sich um und lief eiligen Schrittes zum Parkplatz.

Ich ließ die Luft kraftvoll durch die Nase wieder aus und lehnte meinen Kopf an die Wand hinter mir. Die Anspannung verließ so abrupt meinen Körper, dass ich plötzlich das Pochen meiner Schulter wahrnahm. Ich sah zu River, der immer noch mit dem Rücken zu mir stand. Das war gar nicht gut.

Ich ging ein paar Schritte auf ihn zu.

„Babe?", fragte ich in der Hoffnung, dass er sich umdrehen würde.

Er drehte sich nicht um.

„Du hast ihm geschrieben?" Seine Stimme war leise, doch es kam mir dennoch vor, als würden seine Worte von den Wänden widerhallen.

Ich schluckte. „Ja, habe ich. Er hat mir immer wieder Nachrichten geschickt und er tat mir leid. Da habe ich gesagt, dass wir reden können."

Stille. Er antwortete nicht.

„Komm schon, Babe, rede mit mir“, bat ich ihn flehend.

Jetzt drehte er sich endlich um und der Ausdruck in seinen Augen brachte mich um. Er sah so enttäuscht von mir aus, dass ich den Kloß in meinem Hals herunterschlucken musste und meine Arme um mich schlang.

„Worüber? Darüber, dass ich dich gefragt habe, ob du nochmal mit ihm reden willst? Darüber, dass du nein gesagt hast und, dass alles geklärt wäre?“

„Ich weiß, es tut mir leid. Ich habe mich einfach wie ein Arschloch gefühlt, okay? Ich habe aus dem Nichts plötzlich mit ihm Schluss gemacht und ich wollte es ihm doch einfach nur erklären.“

River knabberte auf seiner Unterlippe herum und sah mir tief in die Augen.

„Ja, stell dir vor. Das verstehe ich. Aus dem gleichen Grund möchte ich mit Pen reden.“

Er verschränkte die Arme vor der Brust und wandte den Blick von mir ab.

Ich atmete erleichtert auf, doch als sein Blick wieder auf mich fiel, spannte ich mich augenblicklich wieder an.

„Warum siehst du mich so an, wenn du es verstehst?“, fragte ich kleinlaut.

Es dauerte einige quälende Sekunden, bis er zu einer Antwort ansetzte. „Weil ich dachte, dass du der Einzige wärst, der mich nicht anlügt.“

Seine schmerzerfüllte Stimme und das Glitzern in seinen Augen schnitten mir tief in mein Herz.

Scheiße. Ich hatte es sowas von verbockt. Er hatte Recht. Er hatte mich gefragt und ich hatte ihm ins

Gesicht gelogen, denn ich hatte von Anfang an vorgehabt nochmal mit Blake zu reden.

„Es tut mir leid. Du machst grad so viel Scheiße durch, dass ich dich damit nicht auch noch belasten wollte."

Verzweifelt riss ich meine Arme nach oben und trat näher zu ihm. Meine Stimme klang brüchig. Ich ertrug es nicht, ihn so traurig zu sehen.

Er wich meinem Blick wieder aus und schwieg.

„Alle lügen mich an. Ich dachte nur einfach, dass es mit uns beiden was anderes wäre", flüsterte er.

„River ...", bat ich ihn und ging näher auf ihn zu.

Er wich ein paar Schritte zurück und hob entwaffnend die Arme.

„Schon gut, alles okay. Ich will einfach nur ... ich muss ... ich ... ich werde Sadie besuchen."

Fluchtartig drehte er sich um und ging in Richtung Parkplatz, ungeachtet dessen, dass er nicht mal seine Sporttasche bei sich hatte.

Ich wollte ihm gerade hinterherrufen, dass er nicht gehen sollte, da trat Brandon direkt vor meine Nase und legte eine Hand auf meine Schulter.

„Lass ihn. Er braucht das jetzt", sagte er sanft und lächelte mich an, so als wäre das hier eben nicht passiert.

„Nein, tut er nicht. Er grübelt zu viel, wenn er allein ist. Mal ehrlich, er ist scheiße im Alleinsein."

Brandon zuckte mit den Schultern. „Bei ihm ist momentan so viel Normalität weggebrochen, er muss sich jetzt halt auf eine Konstante konzentrieren und das ist eben Sadie."

Ich runzelte die Stirn. Das klang so intelligent, dass es mich ehrlich gesagt wunderte, dass dieser Satz von Brandon kam.

„Woher weißt du sowas?", fragte ich skeptisch und musterte ihn von oben bis unten.

Irgendwie sah er immer perfekt aus. Er schwitzte kaum, obwohl wir eben durch die Halle gejagt worden waren. Seine Haare waren top gestylt und er war nicht mal rot im Gesicht.

Seine schwarzen Haare leuchteten im Sonnenlicht und seine grauen Augen strahlten, während ein freches Grinsen in seinem Gesicht lag.

„Ach, sowas hat mein Dad mal gesagt."

Er winkte ab, so als wäre es keine große Sache.

Ich hingegen stand totunglücklich vor ihm und konnte von weitem nur noch Rivers Auto ausmachen, das vom Parkplatz raste.

So eine verdammte Scheiße.

Frustriert kickte ich einen Stein am Boden von mir, der mehrmals auf dem Boden aufkam, bevor er dann im Gras liegenblieb.

„Ach, komm, er wird sich wieder beruhigen", sagte Brandon beschwichtigend.

Spöttisch sah ich ihn an. „Bitte, ich habe es total verkackt."

„O ja, das hast du auf jeden Fall", stimmte er mir nickend zu.

Echt jetzt? Ungläubig starrte ich ihn an. „Das hilft nicht, Brandon."

Er verdrehte die Augen und hob entwaffnend die Hände.

„Jace, wenn du möchtest, dass ich dich anlüge, dann musst du mir vorher schon ein Zeichen geben. Wie wäre es damit?", fragte er, weiterhin frech grinsend und formte seine beiden Hände wie Pistolen und damit abwechselnd hoch und runter zu wirbeln.

Ich konnte nicht anders als aufzulachen, was ihn triumphierend lächeln ließ.

Es war wohl seine Absicht gewesen, mich aufzumuntern.

„River wird sich wieder einkriegen. Er ist jetzt sauer auf dich und ... naja enttäuscht. Aber mal ehrlich. Wieso musstest du diesen Vollpfosten auch nochmal treffen?“

Nun wich mein belustigter Ausdruck einem genervten.

Ich rollte mit den Augen und drehte mich um, doch davon ließ er sich nicht beirren.

„Also eigentlich kannst du dich doch glücklich schätzen, dass er dir keine runtergehauen hat.“

„Brandon ... du nervst.“

Er lachte hinter mir und lief mir nach, als wir die Halle betraten. Zum Glück war das Training schon praktisch vorbei. Ich hätte mich eh nicht mehr konzentrieren können, denn meine Gedanken kreisten ausschließlich um River.

Ich konnte nur hoffen, dass Brandon Recht hatte und dass sich alles wieder einrenken würde.

Kapitel 37

River

Es gab nicht den geringsten Zweifel daran, dass ich mich gerade benahm wie ein totaler Idiot. Ich wusste es, aber es änderte nichts.

Bereits seit über einer Stunde war mit dem Auto unterwegs und erst jetzt fing ich so langsam an, mich zu beruhigen.

Einfach abzuhauen, war total scheiße von mir, egal, was Jace getan hatte.

Fuck, ich konnte verstehen, wieso er diesen Mistkerl nochmal treffen wollte, aber ich konnte nicht glauben, dass er mich deswegen belogen hatte.

Jace – der Einzige, bei dem ich mir immer sicher war, dass er mich nicht anlügen würde.

Lag es an mir? Hatte ich irgendwas an mir, dass mir die Leute ins Gesicht lügen mussten?

Frustriert schüttelte ich den Kopf. Auch wenn ich sauer auf Jace war, vermisste ich ihn jetzt schon und bereute, dass ich ihn mit meinen letzten Worten einfach stehen gelassen hatte. Er hatte mir verschwiegen, dass er diesem Blödmann geschrieben hatte, aber es war ja eindeutig gewesen, dass die beiden nicht vorhatten eine schnelle Nummer zu schieben, sondern dass Jace ihm eine Abfuhr erteilt hatte.

Mit jeder Minute wurde mir bewusster, dass ich vollkommen überzogen reagiert hatte.

Egal, jetzt war ich erstmal auf dem Weg zu Sadie, denn auch sie fehlte mir fürchterlich. Ich musste außerdem wissen, ob es ihr gut ging.

Dabei fiel mir ein, dass ich mich überhaupt nicht bei Tante Carol angemeldet hatte und dass es vermutlich höflicher wäre, wenigstens vorher anzurufen.

Ich nahm meine rechte Hand vom Lenkrad und zog mein Handy aus meiner Hosentasche.

Ich verzog das Gesicht, als mir dabei klar wurde, dass ich immer noch meine Basketballsachen trug und nebenbei nach Schweiß stank. Egal, ich konnte es jetzt nicht ändern.

Tante Carol nahm bereits nach wenigen Sekunden ab. „Wenn das nicht mein liebster Neffe auf der ganzen Welt ist. Was gibt es mein Hübscher?“

Ich muss gegen meinen Willen lächeln.

„Alles in Ordnung. Ich bin auf dem Weg zu euch, um Sadie zu besuchen und da wurde mir klar, dass es vielleicht angemessener wäre mich vorher anzukündigen.“

Stille.

Verwirrt nahm ich das Handy vom Ohr, um zu checken, ob die Verbindung möglicherweise beendet wurde, aber das war nicht der Fall.

Ich runzelte die Stirn.

„Tante Carol?“, fragte ich irritiert.

„Sadie wurde doch heute abgeholt, weißt du davon etwa noch nichts?“

Mit einem Ruck trat ich auf die Bremse und kam am Straßenrand schlitternd zum Stehen. Der Autofahrer hinter mir hupte wütend.

„WAS?“, schrie ich entsetzt ins Telefon.

Das Blut gefror mir in den Adern, während mein Herz vergaß, wie man schlägt.

„Wer hat sie abgeholt?" Meine Stimme klang panisch, als ich mir mit meinen Fingern durch die Haare fuhr.

Zögerlich antwortete sie: „Dein Dad. Er hat gesagt, dass es mit dir abgesprochen wäre."

„Scheiße", fluchte ich, fuhr blitzschnell wieder los und wendete mitten auf der Straße meinen Wagen.

„Was ist hier los? Muss ich mir Sorgen machen?"

„Ja, musst du." Ich bemerkte, wie meine Stimme zitterte, ebenso wie mein ganzer Körper. In mir breitete sich eine innere Kälte aus und eine so große Angst um meine Schwester, dass ich kaum noch Luft bekam.

„River, was ist los?", fragte meine Tante verzweifelt.

„Ich kann dir das jetzt nicht erzählen, ich muss zu Sadie. Sprich nicht mit meinen Eltern, mit beiden nicht, das bringt sie nur in Gefahr."

„Was ist hier los?", fragte sie nun eine Spur panischer. Frustriert schüttelte ich den Kopf.

„Scheiße ich kann dir das jetzt nicht erklären, verdammt nochmal. Es geht um ihre Sicherheit."

Ich stand kurz davor in hysterisches Heulen auszubrechen. Einzig der Gedanke, dass ich so schnell wie möglich zu Sadie musste, hielt mich davon ab. Tante Carol hatte wohl allmählich den Ernst der Situation erkannt. Fuck, warum hatte ich sie nicht vorher eingeweiht? Dann hätte sie Sadie niemals gehen lassen.

„River ... zu Hause wird ihr doch niemand etwas tun, oder?" Nun war es ihre Stimme, die zitterte.

„Ich weiß es nicht", gab ich zu, meine Stimme voller Verzweiflung.

„Großer Gott!"

„Ich fahre, so schnell ich kann. Unternimm nichts, bis ich bei ihr bin. Bitte.“

„Okay“, antwortete sie unter kleinen Schluchzern. „Sag mir Bescheid, wenn du bei ihr bist und ihr beide in Sicherheit seid.“

„Natürlich“, antwortete ich und beendete das Gespräch.

Ich musste mich darauf konzentrieren weiter zu atmen, während ich viel zu schnell über die Straßen raste. Meine Hände zitterten unkontrolliert und mein Herz hämmerte mir bis zum Hals.

Ihr durfte einfach nichts passiert sein. Wenn dieser Psychopath ihr auch nur ein einziges Haar gekrümmt hatte, würde ich diesen Scheißkerl umbringen.

Das alles, dieses Leben, dieser Psychoterror, all das musste heute Nacht endlich aufhören. Ein für allemal.

Kapitel 38

Jace

„Meinst du nicht, ich sollte ihn doch nochmal anrufen?"

Ich saß in Brandons Zimmer auf seiner blauen Designercouch und blickte zu ihm rüber. Er saß auf seinem Bett, hatte einen Playstation Controller in der Hand und sah genervt zu mir herüber.

„Kannst du jetzt endlich mal mit diesem Gejammer aufhören?", fragte er mich genervt, bevor er sich wieder dem Fernseher zuwandte und bei *Call of Duty* losballerte.

Seufzend ließ ich mich in die Kissen sinken und starrte hilflos die Decke an.

Ich dachte mit Brandon ein Bier zu trinken, würde mich irgendwie ablenken, aber das Gegenteil war der Fall. Ich dachte ununterbrochen an River und daran, wie er mich angesehen hatte. Wie enttäuscht er war.

„Verdammt, irgendwas muss ich doch machen", jammerte ich wieder.

„Himmelherrgott nochmal", rief Brandon aus, feuerte seinen Controller aufs Bett und sah mich direkt an. „Schön, ich spiele mit. Therapeut Brandon West, zu ihren Diensten."

Die Vorstellung schien ihm zu gefallen, denn er grinste dümmlich bei seinen Worten.

Ich sah ihn nur gequält an, während er seufzend die Augen verdrehte und sich mit den Fingerspitzen darüberstrich.

„Jace, ernsthaft. River wird sich wieder beruhigen und dann könnt ihr eure ekelhaft perfekte Beziehung weiterführen."

„Und wenn nicht?" Mit einem Ruck setzte ich mich auf, weil dieser Gedanke plötzlich Panik in mir auslöste.

Brandon sah mich an, als hätte ich sie nicht mehr alle. Hatte ich vermutlich auch nicht.

„Also mal ehrlich, jeder Trottel sieht wie verliebt ihr seid. Ernsthaft, ihr vögelt euch doch seit Tagen mit Blicken im Unterricht. Also krieg dich endlich wieder ein."

„Du verstehst das nicht, ich kann nicht ohne River. Wenn ich unsere Beziehung in den Sand setze, dann verliere ich ihn. Dann gibt es kein Zurück mehr." Meine Stimme brach leicht bei meinen letzten Worten und ich musste mit Mühe meine Tränen zurückhalten.

Brandon sah mich einen Augenblick einfach nur blinzelnd an, bevor er fluchend aufstand, zu seinem Nachttisch neben dem Bett ging und mein Handy holte, das er mir vorher weggenommen hatte, damit ich es nicht permanent anstarrte.

Vor sich hin murmelnd hielt er mir mein Smartphone unter die Nase.

Fragend sah ich ihn an.

„Himmel, nun ruf ihn endlich an. Vermutlich dreht er ohnehin momentan genauso am Rad, wie du."

„Soll ich wirklich?", fragte ich unsicher.

„Jace, wenn du ihn jetzt nicht endlich anrufst, dann schwöre ich dir, haue ich dir eine runter."

Ich lachte auf, ehe ich mein Handy aus seiner Hand riss und Rivers Nummer wählte.

Er nahm sofort ab.

„Jace.“

Ich runzelte die Stirn. Seine Stimme klang komisch. Er wirkte gehetzt, fast panisch.

„Babe, alles okay?“

„Er hat sie geholt. Sie ist bei ihm.“ Seine Stimme überschlug sich fast.

„Was? Wer? Sadie?“, fragte ich verwirrt.

„Mein Dad hat sie abgeholt. Sie ist zu Hause bei ihm.“

Meinem Körper durchfuhr ein Ruck, als ich auf die Füße sprang. Ich sprintete aus Brandons Zimmer und rannte die Treppe herunter, wobei ich fast der Länge nach hinfiel.

Ich blendete Brandons Rufe aus und klemmte mir das Handy zwischen Schulter und Ohr, um schnell in meine Schuhe zu schlüpfen.

„Wo bist du?“, fragte ich ihn.

„Fast zu Hause. Ich rase wie ein Irrer. Fuck, ich schwöre dir, ich bringe diesen Scheißkerl um!“, knurrte er, irgendwo zwischen grenzenloser Wut und verzweifeltem Schluchzen.

„Scheiße, fahr langsam. Ich bin gleich da. Wir schaffen das. Es geht ihr bestimmt gut“, versuchte ich, ihn zu beruhigen, auch wenn ich selbst nicht recht daran glaubte.

„Jace?“

„Ja?“

„Ich liebe dich.“

Ich hielt kurz inne und schloss meine Augen.

„Ich liebe dich auch. Ich bin gleich bei dir.“

Ich legte auf und war schon zur Haustür raus, als ich an der Schulter zurückgerissen wurde. Der verletzten Schulter.

„Aaaah. Bist du verrückt?", fuhr ich ihn an und riss mich los.

„Was geht hier verdammt nochmal ab?"

„Rivers Dad hat Sadie geholt und sie mit nach Hause genommen. Ich muss zu ihm."

Er fluchte laut und packte mich an beiden Oberarmen.

„Warte hier, ich komme mit."

„Ich kann nicht warten", widersprach ich ihm laut und schrie dabei fast.

„Hör zu, Jace, du kannst jetzt nicht durchdrehen, verstanden? Wir machen das hier zusammen und gleichzeitig werden wir jetzt seinen Dad drankriegen, verstanden?"

Er sah mich eindringlich an, einen verbissenen Ausdruck im Gesicht.

Ich atmete tief durch. Einatmen. Ausatmen.

„Okay." Ich straffte meine Schultern und sah ihm in die Augen, auch wenn mir das Herz immer noch bis zum Hals schlug.

Er nickte mir zu, rannte nach oben, scheinbar um sein Handy zu holen und schlüpfte blitzschnell in seine teuren Tom Ford Sneakers.

Ich bemühte mich weiterhin, nicht zu hyperventilieren und folgte ihm zur Haustür. In Rekordzeit waren wir bei seinem Wagen angekommen und kaum, dass ich auf meinem Sitz saß, setzte sich das Auto auch schon mit quietschenden Reifen in Bewegung.

Ich atmete erleichtert auf, denn das zeigte mir, dass Brandon den Ernst der Lage verstand.

Scheiße, ich konnte nur an diesen verdammten Brieföffner denken. Die Angst, dass er Sadie etwas ähnliches antun könnte, saß mir tief im Nacken und es ließ mich schier durchdrehen, wenn ich daran dachte, wie es genau jetzt in River aussehen musste. Und ich konnte verdammt nochmal nicht bei ihm sein.

„Fahr schneller", raunte ich Brandon zu.

Anstatt zu protestieren, drückte er das Gaspedal noch weiter durch.

Er sagte keinen weiteren Ton, ebenso wenig wie ich. Alles, was in mir vorging, war Angst.

Angst um Sadie. Angst um River. Angst um uns.

Verflucht, ich konnte nur hoffen, dass wir rechtzeitig ankommen würden, denn das beklemmende Gefühl in meinem Inneren sagte mir, dass irgendwas Schreckliches passieren würde.

Bitte nicht.

Nein.

Kapitel 39

River

Kaum, dass ich anhielt, sprang ich auch schon wie ein Irrer aus meinem Auto heraus, ließ die Tür offenstehen und rannte zu den weißen Treppen, die zu unserer Haustür führten. Ich angelte zitternd meinen Hausschlüssel aus meiner Hosentasche und brauchte drei Anläufe, bis ich es endlich schaffte, ihn ins Schlüsselloch zu befördern. Mit klopfendem Herzen drückte ich die schwere Haustür auf und stand kurz darauf in unserer protzigen Eingangshalle, die mir kälter als jemals zuvor erschien.

Ich versuchte, mich zu orientieren und auszumachen, wo meine Schwester war, doch ich vernahm nichts, abgesehen von meinem klopfenden Herzen.

Ich atmete tief durch und blinzelte gegen die Panik an.

Meine Füße stiegen bereits die ersten Stufen nach oben, als ich Stimmen aus unserem Wohnzimmer vernahm. Mit einem Satz sprintete ich die Treppe runter, durchquerte in Rekordzeit von Usain Bolt die große Halle, die mir endlos vorkam, und drückte die Türklinke herunter.

Zuerst sah ich meine Mutter. Sie saß auf dem hellen Sofa und trank einen Schluck Scotch oder ähnliches. Ihre Finger zitterten leicht. Ihr Blick fand sofort den meinen und ich erkannte den entschuldigenden

Ausdruck darin. Hatte sie geweint? Ihre Augen waren verdächtig gerötet.

Ich suchte den Raum nach meinem Vater ab, der wie immer bei dem massiven Esstisch saß, ebenfalls ein Scotchglas in der Hand. Er bedachte mich kühl, eigentlich so, wie er es immer tat. Nicht unbedingt so wütend, wie man es erwarten würde in Anbetracht der Tatsache, dass ich seine Tochter von ihm fernhalten wollte. Oder Nicht–Tochter. War das alles verworren.

„Wo ist Sadie?", fragte ich gehetzt und sah mich hektisch überall im Raum nach ihr um.

Ich konnte sie nicht entdecken, was meine Panik nur noch verschlimmerte. In meinem Kopf spulten bereits die schlimmsten Horrorszenarien ab.

„River, schön, dass du endlich wieder zu Hause bist", sagte mein Vater lächelnd und ignorierte meine Frage völlig.

Verwirrt blinzelte ich und starrte einige Sekunden in seine Richtung. Mein Vater lächelte mich an. Er lächelte mich ernsthaft an. Hatte er was eingeworfen?

„Wo ist Sadie?", fragte ich noch eine Spur lauter. Ich ballte meine Hände zu Fäusten und stand kurz davor, jede Sekunde hochzugehen. Mein Körper war so voll Adrenalin, dass ich nicht wusste, wie lange ich es noch schaffen würde kontrolliert zu bleiben, denn das verlangte mir alles ab.

„Sie ist oben und spielt", winkte Dad lächelnd ab.

Perplex stand ich unserem Wohnzimmer und starrte einfach nur meinen Vater an. Sadie spielte oben? Einfach so? Niemand war verletzt und allen ging es gut? Das konnte doch nicht sein. Er musste doch vollkommen ausgeflippt sein, als er erfahren hatte, dass ich

Sadie von ihm wegbringen wollte. Wieso war alles okay? Spätestens jetzt musste er doch die absolute Gewissheit haben, dass Sadie nicht sein Kind war.

Irgendeine Konstante fehlte mir in meiner Gleichung und ich kam nicht darauf, was es war. Wenigstens ratterte mein Kopf so sehr, dass sich mein Körper wieder etwas beruhigte. Ich ließ meinen Blick durchs Wohnzimmer schweifen und betrachtete die Vorhänge, die neben der großen Terrassentür sanft im Wind flatterten.

„Schön, dass du endlich wieder hier bist, dann können wir uns ja mal wieder unterhalten. Ich möchte, dass du wieder an deine Pflichten in diesem Haus denkst. Es kann nicht sein, dass deine Mutter deine Schwester zu Carol bringen muss, nur weil du dich mit deinen Freunden amüsieren musst."

Ich riss meinen Kopf abrupt zu meinem Vater herum. „Wie bitte?"

„Es ist okay, dass du Spaß haben willst, aber du musst dich auch um Sadie kümmern. Du weißt, wie viel wir arbeiten. Ich weiß, dass du dich ablenken musstest und das verstehe ich nur zu gut. Jetzt ist aber der Zeitpunkt, dich wieder zu besinnen. Wir können uns im Wahlkampf keinen weiteren Fauxpas erlauben und das heißt, dass Sadie hier bei uns sein muss."

Mein Mund öffnete sich leicht und in meinem Kopf arbeitet es auf Hochtouren.

Ich drehte mich zu meiner Mom um, als ich allmählich anfing zu begreifen und sah sie vorwurfsvoll an. Scharf sog ich die Luft zwischen meine Zähne, während die Wut mich überrollte und mir kurz die Luft zum Atmen nahm.

Sie hatte alles so gedreht, dass ich mit meinen Freunden einen drauf machen wollte, mich nicht um Sadie kümmern konnte und sie deshalb entschieden hätte, dass Sadie zu Tante Carol sollte. Kein Wort von dem Drama, das sich hier abgespielt hatte.

Ich war fassungslos, denn ein weiteres Mal hatte sie sich gegen die Sicherheit eines ihrer Kinder und somit für ihn entschieden. *Sie entschied sich immer wieder für ihn.*

Ich spürte, wie in mir alles an Gefühlen, was ich für diese Frau noch aufbringen konnte, zerbrach. Dass sie sich gegen mich entschieden hatte, war die eine Sache. Dass sie sich gegen Sadie entschieden hatte, würde ich ihr niemals im Leben verzeihen können.

Ich schritt um den großen Tisch herum und lehnte mich an die strahlend weiße Wand, möglichst weit weg von meinem Dad. Kurz schloss ich die Augen und versuchte, das alles zu verarbeiten. Es gelang mir absolut nicht, denn der Wunsch, auf etwas einzuschlagen, war viel zu groß.

„Meine Anwälte kümmern sich um die Sache, du musst dir also keine Gedanken machen", sagte mein Dad beschwichtigend und nahm einen Schluck aus seinem Glas, nur um sich kurz darauf nachzuschenken.

Irritiert kniff ich die Augenbrauen zusammen und wandte leicht meinen Kopf zur Seite.

„Hä?", fragte ich, denn zu mehr war ich momentan einfach nicht fähig. Meine Gedanken wirbelten so durcheinander, dass ich beim besten Willen nicht darauf kam, was er meinte.

„Das Video, River. Was ist los, bist du high?" Nun klang seine Stimme schon eine Spur knurriger und schon erheblich mehr, wie er selbst.

„Was für ein Video?", fragte ich, denn ich hatte nicht den leisesten Schimmer, was er eigentlich von mir wollte. Ich war nach wie vor viel zu sehr damit beschäftigt überhaupt klar zu kriegen, was hier eben passiert war.

Seine Augenbrauen schossen in die Höhe und sein Mund verzog sich, was ihn unendlich arrogant wirken ließ. Nun ja, genau genommen war er das ja auch.

„Wie kann es sein, dass du das nicht gemerkt hast? Das Video ist bereits den ganzen Tag über im Netz. Meine Anwälte sind dran."

„Dad, wovon redest du, verdammt nochmal?"

So langsam, aber sicher hatte ich keine Geduld mehr für diese Scheiße. Mein Vater zückte sein Handy, als ich eine Bewegung an der Terrassentür ausmachte. Brandon und Jace standen dort und konnten vermutlich jedes Wort hören. Brandon hatte sein Handy auf uns gerichtet und filmte vermutlich mit. Kurz wusste ich nicht, was er vorhatte, doch dann fiel es mir wie Schuppen von den Augen. Er versuchte, endlich meinen Dad ranzukriegen, ich musste ihn nur noch provozieren. Im Normalfall eine meiner leichtesten Übungen, aber heute war er irgendwie anders, irgendwie verständnisvoller.

Mein Vater tippte auf sein Handy und kam auf mich zu.

Jace wollte schon reinkommen, aber ich bedeutete ihm mit einem Kopfschütteln, dass er gefälligst draußen bleiben sollte.

Er zögerte, blieb dann aber stehen. Meine Eltern bemerkten die beiden gar nicht. Wenn man allerdings bedachte, wie sehr die beiden auf sich selbst fixiert waren, war das keine allzu große Überraschung.

Dad hielt mir sein Handy vor die Nase und startete ein Video. Ein überraschter Laut entfuhr mir, als ich klar und deutlich mein Gesicht in der Kamera sah. Ich stand vor der Schule und direkt vor mir, auch wenn man nur seinen Hinterkopf sehen konnte, stand Jace.

Man sah, wie ich ihn eindringlich und schockiert anstarrte, bevor ich ihn an mich zog und küsste. Heftig küsste. Ich konnte nicht aufhören, hinzusehen.

Das war an dem Tag des Trainings entstanden, als wir uns vor der ganzen Schule geküsst hatten. Irgendjemand musste uns gefilmt haben und hatte es dann ins Internet gestellt. Während des Wahlkampfs meines Vaters. Wieso in aller Welt hatte er mir noch nicht den Kopf abgerissen?

Das Video stoppte abrupt und ich spürte die Hand meines Vaters auf meiner Schulter.

In mir herrschte nur noch Verwirrung. Ich sah zu meinem Dad, der mich mit einem so weichen Blick ansah, wie ich ihn noch nie an ihm wahrgenommen hatte.

„Mach dir keine Sorgen, Sohn. Wir werden die Schweine drankriegen, die so etwas verbreiten. Ich weiß, dass du nicht so einer bist, und diese Wahlkampfsabotage können wir dennoch für uns nutzen. Wir sorgen dafür, dass dieses abartige Video verschwindet."

Sohn. Hatte er mich gerade Sohn genannt?

Kurz überflutete mich eine Welle von Wärme, da ich mir nichts sehnlicher gewünscht hatte, als dass er

endlich ein Vater für mich war und mich gernhatte,
doch nach und nach drang die Bedeutung seiner Worte
in mein Gehirn vor.

Dieses. Blöde. Arschloch.

„Du denkst also dieses Video wäre ein Fake?", fragte
ich spöttisch.

„Natürlich, ich kenne meinen Sohn. Mein Sohn ist
keine Schwuchtel."

Ich zuckte bei seinen Worten zusammen. Sie verletzten mich mehr, als ich es je für möglich gehalten hätte,
auch wenn seine Reaktion absolut nicht überraschend
kam.

Der einzige Grund, warum er heute so nett zu mir
war, war der, dass er dachte, dass man mich einfach als
schwul darstellte, obwohl ich es nicht war. Was ich
aber eben doch irgendwie war.

Mit einem Mal wollte ich diesem Mann nur noch
wehtun. Ich wollte ihm sämtliche Knochen einzeln brechen. Aber noch viel mehr wollte ich sein Weltbild zerstören. Sein Weltbild, in dem sein Sohn ja niemals
schwul sein könnte.

„Das Video ist kein Fake", sagte ich mit einem leichten
Lächeln im Gesicht und reckte provozierend das Kinn
vor.

„Wie meinst du das?", fragte er stirnrunzelnd.

„Ich meine", sagte ich bedeutungsvoll, „dass das Video
kein Fake ist. Es ist echt."

Meine Mom gab einen erstickten Laut von sich, doch
ich weigerte mich in ihre Richtung zu sehen. Ableh-
nung in ihrem Gesicht zu lesen, könnte ich nicht ertragen.

Mein Dad sah mich aus weit aufgerissenen Augen an, bevor er heftig mit dem Kopf schüttelte. „Nein, das kann nicht sein. Du bist doch ein ganz normaler Junge."

Ich lachte laut auf, obwohl absolut nichts Lustiges an dieser Situation war.

„Ich bin so normal, wie man es mit Eltern, wie euch, nur sein kann. Aber tatsächlich habe ich Jace an diesem Tag meine Zunge in den Hals gesteckt."

Mein Vater zuckte zurück und verzog sein Gesicht, während ich frech grinste.

Wieder schüttelte er den Kopf. „Nein, dann hatte das sicher einen anderen Grund oder du hattest eine Wette verloren. Oder ... oder ..."

Er rang um Worte und würde vermutlich bald ein Schleudertrauma vom vielen Kopfschütteln bekommen. Es tat so gut, ihn so verstört zu erleben.

Scheiße, ich war so was von kaputt, denn ich genoss diese Situation in vollen Zügen.

„Weißt du, Dad. Eigentlich ist es ganz einfach. Ich habe ihm die Zunge in den Hals gesteckt und es verdammt nochmal genossen. Du kannst dir nicht mal ausmalen, wie sehr. Und weißt du, warum? Weil ich ihn liebe. Weil ich bisexuell bin. Weil ich nun mal gerne andere Kerle ficke."

Dads Faust traf mich vollkommen unvorbereitet und mit voller Wucht an meinem Kiefer. Ich spürte, wie meine Lippe aufplatzte und schmeckte Blut in meinem Mund.

Meine Mutter war entsetzt aufgesprungen. „William, spinnst du?" Immerhin dazu war sie noch fähig. Vorwurfsvoll sah sie meinen Dad an, doch ein Blick seinerseits genügte, um sie wieder zum Schweigen zu bringen. Arschloch.

Ich hingegen konnte gerade noch einen warnenden Blick in Richtung von Jace und Brandon werfen. Sie durften sich jetzt auf keinen Fall einmischen.

Diese Sache zwischen meinem Dad und mir war so was von überfällig. Dieses blöde Arschloch hatte mich eben vollkommen unvorbereitet getroffen. Nochmal würde ihm diese Scheiße nicht gelingen.

Er hatte endlich mehr Abstand zwischen uns gebracht und umklammerte sein Glas fest, bevor er weiter Alkohol in sich hineinschüttete.

Ich lächelte, als ich mir mit dem Ärmel das Blut von der Lippe wischte. Mit meiner expliziten Wortwahl hatte ich ihn aus der Fassung bringen wollen und es hatte funktioniert.

Dads Hände zitterten, als er sich klirrend nachschenkte.

„So habe ich dich, verdammt nochmal, nicht erzogen. Du bist sowieso schon zu nichts zu gebrauchen und jetzt musst du auch noch unbedingt so etwas tun? Du wirst umgehend damit aufhören, hast du mich gehört? Wir werden bei der Fake-Geschichte bleiben und du wirst dich einfach einmal in deinem Leben zusammenreißen und etwas für diese Familie tun."

Ich lachte ihm mitten ins Gesicht bei dieser Aussage. Ich war hier verdammt nochmal der Einzige, der irgendwas für diese Familie tat.

„Na klar, dann höre ich jetzt einfach auf bi zu sein. Ich höre auf, meinen Freund zu lieben, nur weil du nicht damit zurechtkommst, dass ich Sex mit Männern habe", sagte ich mit so viel Sarkasmus in der Stimme, wie ich aufbringen konnte. „Denkst du wirklich, ich höre einfach so damit auf? Niemals."

„Aber mein Sohn ist nicht schwul", schrie er mit so donnernder Stimme, dass sie mehrfach von den Wänden widerhallte.

Kurz trat eiserne Stille ein.

„Tja, dann ist es doch perfekt, dass ich gar nicht dein Sohn bin."

Dad hielt mitten in der Bewegung inne und starrte mich an.

„Was hast du gerade gesagt?", fragte er beängstigend ruhig.

„Lake fand es cool, als ich ihm gesagt habe, dass ich auch auf Männer stehe", ließ ich die Bombe hochgehen.

Er wurde weiß, wie eine Wand und stand da, wie zu Salzsäure erstarrt. Und er hatte es verdient.

Kopfschüttelnd wollte ich mich abwenden und endlich, endlich zu meiner kleinen Schwester gehen. Ich hatte erreicht, was ich wollte.

Auch wenn ich ihm am liebsten den Kopf abreißen wollte, wusste ich, dass es doch nichts bringen würde. Ich musste mich auf Sadie konzentrieren, denn sie brauchte mich. Und meinen Dad hatte ich hoffentlich mit meinen Worten nur ansatzweise so sehr getroffen, wie er mich all die Jahre. Hatte ihm hoffentlich nur einen Hauch des Schmerzes zugefügt, der seit meiner Kindheit in mir nistete und wuchs.

Viel zu spät realisierte ich seine schnelle Bewegung. Viel zu spät wurde mir klar, dass sein Blick mörderisch verzerrt war und seine Augen einen irren Ausdruck angenommen hatten.

Viel zu spät nahm ich wahr, dass er das schwere Glas fest umklammert hielt. Und viel zu spät reagierte ich, als er plötzlich neben mir stand und seinen Arm hob.

Seine Augen funkelten vollkommen wahnsinnig, als er mir das Glas mit einer solchen Wucht über den Schädel hämmerte, dass ich sofort den Boden unter den Füßen verlor. Ich spürte einen weiteren schweren Schlag und dann noch einen. Jedenfalls glaubte ich das, denn ich war kurz davor in absolutes Nichts abzutauchen. Ich spürte keinen Schmerz. War das gut?

Wie aus weiter Ferne vernahm ich Schreie, die mir das Herz in der Brust zusammenziehen ließen. War das Jace? Sadie? Ich?

Ich wusste es nicht mehr.

Aber ich wusste, dass ich die beiden beschützen musste.

Das war mein letzter Gedanke, bevor mich absolute Schwärze umfing.

Kapitel 40

Brandon

Blut.

Überall war Blut.

Um uns herum war das absolute Chaos ausgebrochen. Keine Ahnung, wer zuerst geschrien hatte. Rivers Mom, die seitdem einen hysterischen Anfall hatte. Jace, der innerhalb von Sekunden neben River gekniet hatte. Sadie, die genau in dem Moment, als William ausgerastet war, in der Tür gestanden hatte. Oder ich, der einfach nur starr dastehen konnte.

Mein Handy glitt mir aus den Fingern. Bis eben hatte ich alles online gestreamt.

William stand einfach nur neben River und starrte fassungslos das zerbrochene Glas in seiner Hand an. Er blutete, ließ es aber dennoch nicht los. Viel mehr klammerte er sich daran fest.

Endlich setzte ich mich in Bewegung und ließ mich schlitternd neben Jace fallen.

River lag bewegungslos am Boden.

Blut. Da war so viel Blut. Ich konnte nichts anderes sehen als das.

Blut. Das Blut war überall, egal wohin ich sah. Um ihren Kopf hatte sich eine große Lache gebildet, die sie einrahmte wie einen Engel. Meinen Engel. Ihre Haare waren blutdurchtränkt und einer ihrer Hände lag inmitten der großen Pfütze, seltsam verbogen. Ihr

Gesicht war kalkweiß und stach zwischen all dem Rot hervor. Rot. Ich hasste rot – sie hasste rot. Es musste weg, sofort, doch es war überall. Das Blut war überall.

„BRANDON", riss Jace mich aus meiner Erinnerung. Er schrie mich panisch an. Meine Atmung ging stoßweise und mein Herz raste unkontrolliert. Fuck, hatte ich hier eine Panikattacke? Die letzte war Ewigkeiten her. Fuck. Atmen.

Jace liefen die Tränen übers Gesicht, ebenso wie mir.

„Bring Sadie hier raus", schrie er mich ein weiteres Mal an.

Ich konzentrierte mich aufs Atmen. Einfach nur atmen. Ein. Aus.

Mein Blick fiel erneut auf River. Er war viel zu weiß im Gesicht. Er war blutüberströmt, auch wenn Jace etwas mit beiden Händen auf seinen Kopf presste. Rivers Mom schrie immer noch. Sadie weinte laut und saß am Boden, ihren Blick auf River gerichtet.

Halt. Sie durfte das nicht sehen.

Mit einem Ruck löste ich mich aus meiner Trance, sprang auf, zog Sadie an mich und vergrub ihr Gesicht an meiner Schulter. Ich rannte aus dem Zimmer, die grässliche große Halle entlang und riss die Haustür auf.

Die Sirenen waren zu hören, bevor ich die Fahrzeuge sehen konnte.

Sowohl Feuerwehr als auch Polizei, rasten die Einfahrt der Scotts hinauf.

Ich drückte Sadie enger an mich und flüsterte ihr beruhigende Worte zu.

Beruhigende Worte, auch wenn alles in mir drinnen schrie.

Rot. Ich hasste Rot.

Kapitel 41

Jace

Nein, nein, nein. Das hier durfte einfach nicht passieren.

Tränen strömten ungehindert meine Wangen hinunter und nahmen mir die Sicht. Ich konnte nicht atmen. Die Angst hatte mich fest in ihren Fängen und trotzdem hörte ich nicht auf mein T-Shirt auf Rivers Wunde zu pressen. Die Wunde, die viel zu groß war. Ich hatte eindeutig viel zu viel gesehen, was mich für immer verfolgen würde, doch viel schlimmer war es ihn so bewegungslos zu sehen.

Weitere Schluchzer entfuhren mir. Zum Glück hatte Brandon Sadie endlich hier rausgebracht, denn ich konnte mich nicht um beide gleichzeitig kümmern.

„Baby, du schaffst das", brachte ich schluchzend hervor.

Ich durfte nicht daran denken, was schlimmstenfalls passieren konnte. Ich konnte einfach nicht ohne River sein. Scheiße, ich brauchte ihn so dringend. Ich liebte ihn so sehr, er war mein Ein und Alles. Das hier musste einfach gut ausgehen. Wieso war ich nicht früher eingeschritten?

Ich wurde nur von umso mehr Schluchzern geschüttelt, als mir klar wurde, wie blass er schon war. Seinen Puls zu checken, traute ich mich einfach nicht.

„Ich liebe dich, Babe. Bleib bei mir", flehte ich ihn an.

Das Atmen fiel mir schwer und ich war mir sicher, dass ich jede Sekunde zusammenklappen würde, doch ich hielt durch. Musste durchhalten.

Irgendwann wurde ich von Sanitätern beiseitegeschoben und musste mich zwingen River loszulassen. Mir kam es vor, als wäre ich Zuschauer eines Filmes, als würde ich von weitem zuschauen und wäre nicht mittendrin. Und doch war ich genau das.

Rivers Dad wurde in Handschellen abgeführt.

Ehe ich mich rühren konnte, lag River auf einer Trage, hatte bereits einen dicken Verband um den Kopf und wurde nach draußen gebracht.

Ich stolperte ihnen hinterher, völlig hilflos.

„Bitte, ich … kann ich mitfahren?", stotterte ich in Richtung des einen Sanitäters, der mich sofort aufmerksam musterte.

„Bist du ein Verwandter?", fragte er sanft.

„Ich … nein. River ist mein fester Freund."

Er nickte. „Steig ein, Junge. Packst du das, ohne zusammenzuklappen?"

Und wie ich das packen würde. Auch wenn ich komplett am Durchdrehen war, würde mich nichts davon abbringen, bei ihm zu sein. Unter keinen Umständen würde ich ihn allein lassen. Ich schaffte das.

„Ich packe das", sagte ich zittrig, bevor ich in den Krankenwagen stieg und die Tür hinter mir zugeknallt wurde. River wurde an Monitore angeschlossen. Untersucht. Wie durch einen Nebel beobachtete ich die Szenerie vor mir.

Stumm. Hilflos. Verzweifelt.

Ich konnte nichts tun, außer hoffen.

River durfte einfach nicht sterben.

Kapitel 42

Langsam öffnete ich meine Augen, schloss sie aber sofort wieder, als das Licht Schmerzwellen durch meine Schläfen jagte. Ich stöhnte auf, was kaum möglich war, denn meine Kehle fühlte sich an, wie ausgetrocknet.

Was war hier los? Panik überkam mich.

Ich spürte eine Berührung an meiner Hand, die mich sofort beruhigte und mich dazu zwang, ein paar Mal vorsichtig zu blinzeln.

Dieses Mal war es nicht mehr ganz so schlimm, auch wenn mein Kopf ohne Zweifel hämmerte.

Nach mehrmaligem Blinzeln konnte ich endlich etwas sehen und spürte augenblicklich nichts mehr als grenzenlose Liebe, als ich Jace an meinem Bett sitzen sah.

Er sah fertig aus. Seine Haare waren völlig zerwühlt und unter seinen Augen lagen dunkle Schatten. Wie von selbst fuhr meine Hand an seine Wange und streichelte sanft darüber.

„Schön, dass du wieder hier bist, Baby", flüsterte er mit rauer Stimme.

Ich räusperte mich und sah mich nach Wasser um. Jace verstand und hielt mir wenig später einen Strohhalm an die Lippen. Gierig sog ich Wasser in meinen Mund und ließ es meine Kehle herunterrinnen. Das tat so gut.

Erschöpft lehnte ich mich zurück in mein Kissen und sah wieder zu Jace.

„Was ist passiert?", fragte ich, wobei meine Stimme sich so rau und fremd anfühlte, dass ich kurz überlegen musste, ob es auch wirklich meine war.

„Woran erinnerst du dich noch?"

Er malte mit den Fingern sanfte Kreise auf meinen Handrücken.

„Ich … ich wollte nach Hause, weil Sadie … Sadie. Geht es ihr gut?"

Mein Herz pochte plötzlich viel zu schnell, als Panik mich überkam. War ihr irgendwas passiert?

„Hey, alles okay, es geht ihr gut", sagte Jace beruhigend und streichelte sanft meinen Arm.

Erleichtert stieß ich die Luft aus, nachdem ich vor Schreck den Atem angehalten hatte und sammelte mich kurz wieder.

„Ich … keine Ahnung, was war. Ich war bei meinen Eltern und … ich glaube ich habe mit meinem Vater gestritten. Er hat mir dieses Video gezeigt. Ich habe ihn provoziert und dann … Ich weiß nicht, was danach passiert ist." Wieso wusste ich das nicht? Wieder schlug mein Herz schneller, was auch dem Monitor neben mir zu entnehmen war. Dennoch sah ich fragend zu Jace. Er drückte meine Hand und sah mich an, als er tief durchatmete.

„William hat mit seinem schweren Glas auf dich eingeschlagen. Mehrmals. Du bist sofort zusammengebrochen." Dunkle Schatten lagen auf Jace' Gesicht. Sie gehörten da nicht hin.

Geschockt sah ich ihn an. Mir war klar gewesen, dass etwas passiert sein musste, sonst wäre ich wohl kaum in einem Krankenhaus aufgewacht, aber es zu hören, war trotzdem heftig. Viel schlimmer war allerdings Jace' Gesicht.

Seine Stimme brach, als er weitersprach und nun war ich es, der seine Hand drückte.

„Da war so viel Blut. Ich hatte solche Angst um dich."

Tränen rollten über seine Wangen, die ich sofort mit meinem Daumen wegwischte.

Ich legte meine Handfläche an seine Wange und zog ihn zu mir.

„Komm her, Baby", flüsterte ich.

Er schluchzte auf, während er sich zu mir beugte, damit ich ihn küssen konnte. Es war ein unschuldiger Kuss, aber er war so nötig, wie noch nie. Ich schmeckte das Salz seiner Tränen auf seinen Lippen, löste mich von ihm und sah tief in seine bernsteinfarbenen Augen.

„Es tut mir so leid, dass du das miterleben musstest."

„Nein, River, es ist nicht deine Schuld. Absolut nichts davon."

Ich lehnte meine Stirn an seine und schloss die Augen.

„Ich liebe dich", flüsterte ich.

„Ich dich auch. So sehr."

Kurz darauf setzte Jace sich wieder auf und ein Lächeln schlich sich zurück auf sein Gesicht. Auch wenn ich derjenige war, der körperlich verletzt worden war, war es trotzdem Jace, der das schlimmste durchgemacht hatte. Ich konnte mir nicht mal im Ansatz vorstellen, wie es wäre, Jace blutüberströmt vor mir liegen zu sehen.

Für mich war nur wichtig, dass es ihm und Sadie gut ging. Die beiden waren mein Ein und Alles.

„Wo ist mein Dad jetzt?“, fragte ich und runzelte die Stirn.

Er seufzte.

„Keine Ahnung. Er wurde auf Kaution entlassen. Brandons Dad und Lake haben gesagt, dass er sich euch nun nicht mehr nähern darf, solange er auf seinen Prozess wartet. Versuchter Totschlag und Kindesmisshandlung. Ich bezweifle, dass er noch in Grove Hill ist. Immerhin haben fast alle gesehen, was passiert ist.“

Wenn möglich runzelte ich die Stirn noch weiter. Jace bemerkte es lächelnd und sprach einfach weiter. „Brandon hat alles online gestreamt. Er wusste nicht, dass es so schlimm werden würde.“

„Wie lang habe ich bitte geschlafen?“, fragte ich irritiert.

Er zögerte kurz, bevor er antwortete. „Sie haben dich zwei Tage lang sediert, weil sie sicher gehen wollten, dass es keine bleibenden Schäden gibt.“

Ich starrte ihn mit offenem Mund an. Zwei Tage. Ich war ganze zwei Tage lang weg gewesen.

„Wo ist meine Mom? Bitte sag mir, dass sie nicht bei ihm ist.“

Wieder zögerte Jace und schluckte. Mehrmals setzte er zum Sprechen an, nur um letztendlich doch nichts zu sagen.

„Jace, was ist los?“, fragte ich allarmiert.

„Sie ... naja ... deine Mom ist irgendwie ausgeflippt. Sie hat nur geschrien, als alles passiert ist und ... sie wird momentan in einer geschlossenen psychiatrischen Klinik betreut.“

Erneut überrollte mich die Wut auf meinen Dad, denn es war seine Schuld, dass es ihr jetzt so schlecht ging.

Dennoch hatte sie sich so oft gegen mich und Sadie entschieden, dass ziemlich viel zwischen uns kaputt war und vermutlich auch für immer sein würde.

Bei dem Gedanken an Sadie setzte ich mich ruckartig auf und wurde mit einem Stechen an meiner Schläfe belohnt. Ich hielt mir den Kopf und zum ersten Mal bemerkte ich den Verband, der darum gewickelt war.

„Langsam", mahnte Jace und hielt mich am Arm fest.

„Wo ist Sadie? Wenn sie nicht bei meiner Mom ist, wo ist sie dann? O Gott, stecken sie solche Kinder nicht direkt irgendwohin?"

Mein Herz raste und wollte sich auch nicht durch Jace' Berührungen beruhigen.

„River, sieh mich an", bat Jace und ich folgte seiner Anweisung. „Sadie geht es gut. Brandons Dad und Lake haben schnell reagiert. Lake hat durch einen Vaterschaftstest im Eilverfahren das Sorgerecht zugesprochen bekommen. Brandons Dad hat es echt ziemlich drauf."

Mein Blut gefror in meinen Adern zu Eis.

„Lake hat was?", fragte ich schockiert.

Dieser, im Prinzip völlig fremde, Mann, über den wir praktisch nichts wussten, hatte jetzt das Sorgerecht für Sadie. Für *meine* Sadie. Ich würde ihn umbringen.

„Er hat das Sorgerecht für Sadie, um sie vor dem Jugendamt zu beschützen. Sie ist nicht bei ihm, falls du das denkst. Sie ist bei eurer Tante Carol. Lake wollte keine Entscheidung ohne dich treffen, er hat gesagt, dass du entscheidest und dass du ihr engster Vertrauter bist. Er hat ... er hat gesagt, dass du bisher ihr Vater warst und dass sie nichts ohne dich machen dürfen. Also ist sie bei eurer Tante. River, er war wirklich großartig die letzten Tage."

Ich ließ seine Worte sacken und konnte nichts dagegen tun, dass ich erleichtert war. Vielleicht war Lake doch nicht so schlimm. So alles in allem.

Bevor ich weiter nachgrübeln konnte, wurde die Tür aufgerissen und ein Mann in einem weißen Kittel betrat das Zimmer.

Er blieb überrascht stehen, als er mich im Bett sitzen sah und wandte sich kurz darauf mit verkniffenem Gesichtsausdruck Jace zu.

„Sie sollten doch Bescheid geben, wenn er aufwacht."

Jace wand sich unter seinem Blick.

„Tschuldigung", murmelte er kleinlaut, was mich auflachen ließ.

Verlegen sah Jace zu mir und zeigte mir mit einem frechen Lächeln, dass es ihm überhaupt nicht leidtat.

Der Arzt wandte sich ebenfalls lächelnd zu mir um.

„Ich bin Dr. Wilder, ihr behandelnder Arzt. Wie fühlen Sie sich, River?"

„Als hätte mich ein Laster überfahren", scherzte ich.

Dr. Wilder nahm eine kleine Lampe und leuchtete mir damit in die Augen. Okay ... jetzt war ich ganz offiziell blind. Eine Vorwarnung wäre nett gewesen.

„Normale Pupillenreaktion, das ist gut. Wir werden mit Ihnen noch ein CT machen. Wenn alles gut ist, wovon wir ausgehen, dann können wir Sie in ein paar Tagen entlassen."

„Ein paar Tage? So lang?", fragte ich nörgelnd und ich wusste, ich hörte mich an, wie ein kleines Kind.

Der Arzt zog eine Augenbraue hoch.

„River, neben einer heftigen Platzwunde und kleineren Schnittwunden haben Sie ein Schädel-Hirn-Trauma zweiten Grades erlitten. Sie hatten eine subdurale Blutung, die in den letzten Tagen rückläufig zu sein schien. Wir müssen sicher sein, dass die Blutung aufgehört hat, und deshalb müssen wir Sie weiterhin beobachten. Erst dann werden wir Sie entlassen."

Verdattert sah ich den Doc an. Subdurale was? Das hörte sich ... ernst an. Musste man spüren, wenn im Gehirn irgendwo was blutete? Klar, ich hatte ziemlich starke Kopfschmerzen, aber ... hieß das nun, dass es weiter blutete oder nicht? Der Arzt lächelte und sah irgendwie entspannt aus, aber konnte ja sein, dass das sein Standard-Patientengesicht war. So nach dem Motto *Sie werden leider sterben, aber ich bin immer für Sie da, machen Sie sich keine Sorgen.* Das war irgendwie ... schräg.

Meine Gedanken wirbelten umher und der Doc schien es zu bemerken.

„Haben Sie eine Frage, River?"

„Lächeln Sie immer so? Auch, wenn Sie schlechte Nachrichten haben?", platzte ich heraus.

Jace prustete los und hielt sich sofort die Hände vor den Mund.

Der Arzt sah ihn wieder mahnend an. Offenbar mochte er meinen Freund nicht besonders.

„Er hat Angst vor lächelnden Menschen", kam Jace mir zu Hilfe und grinste mich an.

„Ich habe keine Angst", protestierte ich.

Dr. Wilder verdrehte die Augen leicht, so als wäre ihm das Ganze hier eigentlich zu blöd, antwortete aber trotzdem.

„Ich versichere Ihnen, dass ich furchtbar schlechte Nachrichten niemals lächelnd überbringe. Dennoch müssen wir die CT-Ergebnisse abwarten. Es wird Sie gleich jemand abholen. Ruhen Sie sich bitte aus und bleiben Sie liegen. Vielleicht geht Ihr Freund dann auch irgendwann mal nach Hause."

Der Doc bedachte Jace mit einem letzten, langen Blick und verließ dann mein Zimmer.

Lachend ließ ich mich in die Kissen zurücksinken und bereute meinen Enthusiasmus der letzten Minuten. Ich war erschöpft und mein Kopf tat mir weh.

„Was hast du getan, um den Doc zu verärgern?"

Jace zuckte mit seinen Schultern.

„Ich habe mich geweigert, dich allein zu lassen und habe mit Anwälten und Presse gedroht."

Wieder musste ich lachen.

„Ich bin doch eigentlich der unfreundliche Part von uns beiden."

Ich griff wieder nach seiner Hand und verschränkte unsere Finger miteinander.

„Wenn du diesen Part gerade nicht übernehmen kannst, bin ich da, um dich zu vertreten. Es ist keine Option dich irgendwo allein zu lassen – wir sind ein Team."

Ich betrachtete ihn lächelnd und zog ihn wieder dicht zu mir heran, bis sein Gesicht nur noch wenige Zentimeter von meinem entfernt war.

Hier waren wir.

So viel war in den letzten Wochen passiert und alles hatte sich verändert. Tat es noch.

Ich war mir allerdings sicher, dass ich von nun an alles packen würde. Alles, solange Jace nur an meiner Seite war.

„Ich liebe dich", sagte er und sah dabei trotz seiner Erschöpfung und Müdigkeit absolut perfekt aus.

„Ich liebe dich auch, Bro", erwiderte ich schief grinsend, bevor unsere Lippen endlich wieder aufeinandertrafen.

Epilog

River

3 Monate später ...

Grinsend betrachtete ich die Kartons, die sich in der ganzen Wohnung stapelten und einen Kontrast zu den neuen Möbeln bildeten, die überall herumstanden. Kaum zu glauben, dass man so viel Zeug haben konnte.

Neben mir krachte es, als Jace über einen der Kartons stolperte und leise fluchte.

Grinsend nahm ich ihm die Cola ab, die er mir hinhielt, und öffnete die Dose.

Als ich einen Schluck nahm, betrachtete ich grinsend, wie Jace den Kopf leicht nach hinten legte, um zu trinken. Dabei gab er den perfekten Blick auf seinen Kehlkopf frei.

Ich ging auf ihn zu, zog ihn an mich und knabberte leicht an seinem Hals. Er vergrub sofort die Finger in meinen Haaren und entlockte mir damit ein Seufzen.

Ein weiteres Krachen unterbrach uns und wir sahen beide auf.

„Hört mal Kinder, wir wohnen noch nicht mal eine Stunde zusammen. Können wir die *Sex-im-Wohnzimmer-Sache-bei-der-Onkel-Brandon-euch-früher-oder-später-erwischen-wird* nicht auf einen anderen Tag verlegen?"

Unweigerlich musste ich lachen.

Brandon stand selbstgefällig grinsend vor einem großen Karton und sah uns an.

Hier waren wir. Wir waren tatsächlich am College – wenn auch nicht alle von uns.

„Habt ihr was von Tristan gehört?", fragte ich die beiden. Jace schüttelte traurig den Kopf.

„Nein. Er zieht sich komplett zurück. Nicht mal Penelope kommt an ihn ran und das will was heißen, so verknallt wie er in sie ist", murmelte Brandon.

„Ich kann es immer noch nicht fassen, dass er wirklich durchgefallen ist." Fassungslos schüttelte ich den Kopf.

„Er wird das schon packen und macht eben einfach ein Jahr länger. Er kann nächstes Jahr aufs College kommen. Und bis dahin sind wir eben zu dritt." Ich nickte Jace bei seinen Worten zu.

Brandon, Jace und ich. Irgendwie waren wir uns nach den ganzen Ereignissen vor ein paar Monaten einig gewesen, dass wir nirgendwo getrennt hingehen konnten. Wir drei hatten einiges durchgemacht, aber wir wussten, dass wir uns aufeinander verlassen konnten. Das hatten die letzten Monate deutlich gezeigt.

Brandon schien das Ganze auch ziemlich mitgenommen zu haben und ich habe erst später erfahren, dass er es gewesen war, der Sadie weggebracht hatte, als ich blutend auf dem Boden gelegen hatte. Die beiden hatten sich kaum voneinander trennen können und seitdem war Brandon neben mir ihr absoluter Lieblingsmensch. Die beiden verband seitdem etwas Tiefes und ich war unheimlich dankbar dafür. Sadie redete viel mit ihm und ich war vor allem glücklich, dass sie ihre Fröhlichkeit nicht verloren hatte. Sie war immer noch

Sadie. Noch lebte sie noch bei Tante Carol, aber sowohl sie als auch Lake wollten, dass sie zu ihm zog und mittlerweile war das für mich in Ordnung. Lake machte das tatsächlich toll mit ihr und Sadie vergötterte ihn.

Es hatte zwar lange gedauert, mich davon zu überzeugen, dass sie nicht zu mir ziehen und ich mir einen Job suchen würde, aber letztendlich haben es alle geschafft. Vielleicht, weil es insgeheim auch mein Wunsch gewesen war aufs College zu gehen. Zusammen mit Jace.

Brandon wollte sich weder von uns trennen noch weit weg von seinen Eltern sein, zu denen er wirklich ein sehr enges Verhältnis hatte, wie ich in den letzten Monaten festgestellt hatte. Und so waren wir hier gelandet.

„Welcome to the *University of Oregon*", sagte Jace und hielt seine Cola in die Luft.

„Leute, das wird großartig, das wisst ihr, oder?", fragte Brandon frech grinsend und sah sich in unserer großen Wohnung um.

Ich sah zuerst zu Jace und dann zu Brandon, bevor auch ich meine Cola hob und den beiden zuprostete.

„Das wird verdammt episch, Mann. Und keine Sorge, Brandon – für dich werden wir auch noch jemanden finden", zog ich ihn auf.

„Ach bitte, als ob jemand mit so viel Testosteron umgehen könnte", sagte er abwinkend. „So, Ladies, den Scheiß werde ich bestimmt nicht allein wegräumen. Vögeln könnt ihr später. Unsere Collegezeit fängt jetzt an."

Jace und ich lachten synchron. Ich zog ihn nochmal fest zu mir heran und küsste ihn innig.

„Ich kann es kaum erwarten", flüsterte ich an seinen Lippen und es stimmte.

Das College mit Brandon und Jace, während ich wusste, dass Sadie in guten Händen war – das war mehr, als ich je zu hoffen gewagt hatte.

Die Zukunft erschien mir plötzlich greifbar – und sie fing jetzt an.

Ende

Danksagung

Ich kann es kaum glauben, dass ich nun wirklich hier angelangt bin und eine Danksagung verfasse – aber natürlich gibt es einige Menschen, ohne die das alles gar nicht möglich gewesen wäre.

Mein größter Dank gilt Yasmin – ohne dich wäre dieses Buch niemals entstanden. Von der ersten bis zur letzten Seite, du warst dabei und hast mich unterstützt. Ich hab dich lieb!

Natürlich danke ich auch meinem wundervollen Ehemann, der mir von Anfang an Mut zugesprochen hat und mir Zeit zum Schreiben gegönnt hat. Danke, dass du da bist und akzeptierst, dass ich gedanklich manchmal komplett woanders bin! Auch meine beiden wundervollen Söhne mussten dann und wann viel Geduld mitbringen. Ich liebe euch!

Meine besten Freundinnen Denise und Rike waren sofort Feuer und Flamme und sind seither unermüdlich am fangirlen. Danke, Mädels, ihr seid die Besten!

Ein großes Dankeschön geht an den dp Verlag und besonders an Alex, die meinem Buch und meinen Jungs eine Chance gegeben und seitdem gut auf mein Buchbaby aufgepasst hat. Auch meiner Lektorin Stephie, mit deren Hilfe ich die Geschichte zu dem machen konnte, was sie jetzt ist, möchte ich danken. Ich hätte nie gedacht, dass ein Lektorat so viel Spaß macht!

Ein ganz besonderer Dank geht auch an Ina Taus, die mich seit meinen Schreibanfängen unterstützt hat und die bei bestimmten Gelegenheiten immer an mich denkt. Auch durch dich habe ich diese Chance bekommen. Danke!

Ein riesengroßes Dankeschön auch an Jacques, der River und Jace ein Gesicht gegeben hat. Die Illustrationen sind der Wahnsinn!

Vielen Dank an meine Bloggermädels Jenny, Diana, Alexandra, Sandra und Selina. Ihr seid toll!

Tausend Küsse gehen an dich, liebe/r Leser:in weil du zu diesem Buch gegriffen und meinen beiden Jungs eine Chance gegeben hast.

Danke, danke und abermals DANKE!

Eure Jen 🖤

P.S. Ihr findet mich auf Instagram unter j_in_love_with_books – schreibt mir gerne.